BETH WISEMAN

Weil ich dich brauche

SCM Hänssler

SCM

Stiftung Christliche Medien

FSC
www.fsc.org
MIX
Papier aus verantwortungsvollen Quellen
FSC® C006701

SCM Hänssler im SCM-Verlag GmbH & Co. KG · 71088 Holzgerlingen
Internet: www.scm-haenssler.de · E-Mail: info@scm-haenssler.de

Originally published in English under the title: Need You Now

Die Bibelverse sind, wenn nicht anders angegeben, folgender Ausgabe entnommen:
Neues Leben. Die Bibel, © der deutschen Ausgabe 2002 und 2006
SCM R.Brockhaus im SCM-Verlag GmbH & Co. KG, Witten.

Übersetzung: SunSide Übersetzung
Umschlaggestaltung: OHA Werbeagentur GmbH, Grabs, Schweiz;
www.oha-werbeagentur.ch
Titelbild: shutterstock.com; istockphoto.com
Satz: Satz & Medien Wieser, Stolberg
Druck und Bindung: CPI – Ebner & Spiegel, Ulm
Gedruckt in Deutschland
ISBN 978-3-7751-5429-1
Bestell-Nr. 395.429

Für Kelly Long (alias June)

1

Darlene hatte das Gefühl, keine Luft mehr zu bekommen. Ein paar Sekunden stand sie wie gelähmt und konnte sich nicht rühren. Wenn sie je in ihrem Leben Grund gehabt hatte zu fliehen, dann jetzt. Sie legte die Hand auf die Brust, hielt die Luft an und ging langsam rückwärts, setzte einen bestrumpften Fuß hinter den anderen auf den Holzfußboden ihres Schlafzimmers. Dabei behielt sie den Eindringling fest im Blick und überlegte, warum er sich gar nicht mehr bewegte. War er vielleicht tot?

Als sie spürte, dass sie in der Nähe der Tür war, griff sie hinter sich, tastete nach dem Türknauf, fand ihn und drehte ihn rasch. Doch beim Klicken des Riegels kam plötzlich wieder Bewegung in den Eindringling und er glitt auf sie zu. Sie nahm alle Kraft zusammen, machte einen Riesensatz rückwärts, über die Türschwelle ins Wohnzimmer hinein und schlug die Schlafzimmertür so heftig zu, dass das Bild mit den Kindern von der Wand fiel. Sie blickte kurz auf Chad, Ansley und Grace hinunter, die sie durch das zerbrochene Glas anstarrten, und rannte durch das Wohnzimmer in die Küche. Dort klappte sie mit zitternden Händen ihr Handy auf und drückte die Kurzwahltaste für Brad. *Bitte, geh ran!*

Die Frist für die jährlichen Steuererklärungen lief bald ab und sämtliche Angestellten im Büro ihres Mannes machten Überstunden, deshalb war Brad in diesen letzten Wochen vor der Deadline im April nur schwer zu erreichen. Sie wusste, dass er heute nicht vor zwanzig Uhr nach Hause kommen würde.

Ihr Schlafzimmer konnte sie nicht mehr betreten. Worauf würde sie bis heute Abend verzichten müssen? Sie blickte an sich herab. Zunächst einmal auf ein Oberteil. Sie war heute Morgen etwas später dran gewesen als sonst und gerade erst in ihre Jeans geschlüpft, als sie merkte, dass sie nicht allein war.

Sie stieß einen schweren Seufzer aus und rieb sich die Stirn. Brad nahm nach dem sechsten Klingeln ab.

»Bradley ...« Sie nannte ihn nur dann bei seinem vollen Namen, wenn sie seine ganze Aufmerksamkeit brauchte.

»Was ist denn los, Schatz?«

Sie holte tief Luft. »Da ist eine Schlange in unserem Schlafzimmer. Eine große schwarze Schlange.« Sie schwieg kurz und presste abermals die Hand auf die Brust. »In unserem Schlafzimmer!«

»Wie groß?«

Sie hatte eigentlich mit einer etwas anderen Reaktion gerechnet. Vielleicht hatte er sie ja nicht verstanden? »Groß! Sehr groß! Riesig, Brad!«

Er lachte leise. »Liebling, erinnerst du dich noch an die kleine Schlange, die in unseren Wintergarten eingedrungen war, als wir noch in der Charter Road in Houston gewohnt haben? Die hast du damals auch als riesig bezeichnet.« Er lachte wieder und Darlene hätte ihm am liebsten durchs Telefon hindurch eine gescheuert. »Dann stellte sich heraus, dass es eine winzig kleine Ringelnatter war.«

»Brad, du musst mir glauben. Diesmal ist sie wirklich riesig, fast zwei Meter lang.« Ein Schauder überlief sie. »Kommst du nach Hause oder soll ich die Polizei rufen?«

»Wie bitte? Du kannst doch nicht wegen einer Schlange die Polizei rufen!« Sein Ton änderte sich; er wurde ernst. »Darlene, tu das nicht. Round Top ist ein Dorf. Was meinst du, wie schnell sich herumsprechen wird, dass die feinen Pinkel aus der Großstadt wegen einer Schlange die Polizei gerufen haben?!«

»Dann musst du eben kommen und dich darum kümmern.« Trotzig hob sie das Kinn und kämpfte gegen das Zittern in ihrer Stimme an.

Auf der anderen Seite hörte sie tiefe Atemzüge. »Du weißt doch, wie es im Moment bei uns zugeht. Ich kann hier jetzt nicht weg. Wahrscheinlich ist es nur eine Kükennatter und die ist nicht giftig.«

»Es sind aber keine Küken in unserem Schlafzimmer, also hat sie auch nichts darin zu suchen.«

»Chad kann sie doch rausbringen, wenn er aus der Schule kommt. Er soll eine Schaufel oder so was nehmen. Aber sag ihm, er soll vorsichtig sein. Sie sind zwar nicht giftig, aber ein Biss von ihr würde wahrscheinlich trotzdem sehr wehtun.«

Darlene seufzte. »Die Mädchen werden ausflippen, wenn sie nach Hause kommen und hören, dass eine Schlange im Haus ist.« Sie hörte ein leises Geräusch im Flur und drehte sich um. »Ich rufe dich gleich noch mal zurück. Ich liebe dich!« Sie legte auf und rief dann in Richtung Tür: »Eine Minute!«

Sie hastete in Ansleys Zimmer, suchte ein T-Shirt heraus, streifte es über und eilte durch das Wohnzimmer zurück an die Vordertür. Dies war ihr erster Besucher in den ganzen zwei Monaten, seit sie aus Houston hierhergezogen waren.

Sie spähte rasch durch den Vorhang, bevor sie die Tür öffnete. Dabei wurde ihr bewusst, dass sie diese Angewohnheit, die sie aus der Stadt mitgebracht hatte, wohl nicht so schnell ablegen würde. Hier draußen auf dem Land gab es wahrscheinlich keinen Grund, sich Sorgen zu machen, aber sie war trotzdem erleichtert, als sie sah, dass es eine Frau war. Eine große Frau mit einem Cowboyhut. Darlene öffnete die Tür.

»Ihre Rinder sind auf meiner Weide.« Die Frau zog die Nase kraus und verschränkte die Arme vor der Brust. »Das ist nun schon das zweite Mal, dass sie den Zaun eingerissen haben und auf mein Grundstück gekommen sind.«

Darlene fand, dass dieses Cowgirl aussah, als wäre es direkt einem Western entsprungen. Die Frau trug ein langärmeliges Jeanshemd und ihre verwaschenen Jeans steckten in hohen Stiefeln. Sie war etwas älter als Darlene, vielleicht Mitte vierzig, und sah schlicht umwerfend aus mit ihren riesigen braunen Augen und dem blonden Haar, das zu einem Pferdeschwanz gebunden war, der ihr bis zur Taille ging.

»Das tut mir sehr leid.« Darlene schüttelte den Kopf.

Brad hätte diese Longhorn-Rinder niemals kaufen dürfen. Weder sie noch Brad wussten etwas über Kühe, aber Brad hatte behauptet, wenn sie aufs Land zögen, bräuchten sie auch ein paar Longhorns –

eine Logik, die ihr verschlossen blieb. Sie machte die Tür weit auf. »Ich bin Darlene.«

Die Frau verlagerte ihr Gewicht von einem Bein aufs andere, erwiderte ihren Gruß jedoch nicht. Stattdessen starrte sie auf Darlenes Brust. Darlene wartete darauf, dass die Frau sie ansah, und blickte schließlich selbst an sich herunter. Sie wurde rot und seufzte.

»Das ist das T-Shirt meiner Tochter.« Quer über das weiße T-Shirt stand in großer roter Schrift: ›Nerv mich nicht!‹, und darunter war eine ekelerregende, riesige Kakerlake abgebildet. Darlene fand das T-Shirt abscheulich, doch die zwölfjährige Ansley liebte es über alles. »Möchten Sie nicht hereinkommen?« Sie trat einen Schritt zurück.

»Nein. Ich wollte Ihnen nur sagen, dass ich Ihre Longhorns zusammentreiben und auf Ihre Weide zurückbringen werde. Den Zaun werde ich provisorisch reparieren.«

Die Frau drehte sich um und wollte gehen. In diesem Augenblick sah Darlene, dass an ihrem Gartenzaun ein Pferd festgebunden war. Sie unterdrückte ein Lächeln. Ihre Besucherin war tatsächlich ein Cowgirl.

»Kennen Sie sich mit Schlangen aus?« Darlene trat auf die Veranda hinaus und umging dabei sorgfältig eine Bohle, von der sie wusste, dass sie lose war. Die Veranda stand auf der Liste der Dinge, die sie an dem alten Farmhaus ihrer Großeltern dringend reparieren mussten.

»Bitte?« Die Frau drehte sich um und legte dabei zum Schutz gegen die Sonne die Hand an die Krempe ihres Hutes.

»Ich habe eine Schlange im Schlafzimmer.« Darlene hob die Schultern. »Und ich dachte, vielleicht haben Sie ja … Erfahrung mit so was?« Auf ihren Socken kam sie zwei Verandastufen herunter. »Entschuldigung, ich habe Ihren Namen nicht verstanden.«

»Layla.« Sie nickte knapp und drehte sich wieder um. Darlene seufzte. Die Frau hatte anscheinend kein Interesse daran, sie kennenzulernen, geschweige denn, ihr mit der Schlange zu helfen. Darlene sah ihr nach, wie sie zu ihrem Pferd ging und einen Fuß in den Steigbügel hob. Doch dann hielt sie plötzlich inne und drehte sich noch einmal zu Darlene um. »Was für eine Schlange?«

Darlene trat hoffnungsvoll eine weitere Stufe hinunter. »Sie ist groß und schwarz.«

Layla stellte ihren Fuß wieder auf den Boden und kam über den Rasen zurück zur Veranda. Ihre Bewegungen waren elegant und anmutig und ihre Schönheit passte nicht im Geringsten zu der Kleidung, die sie trug.

»Das Einzige, wovor Sie sich in dieser Gegend fürchten müssen, sind Mokassinschlangen.« Sie schob ihren Hut zurück. »Ist es eine Mokassinschlange?«

Darlene, die nur knapp einssechzig groß war, fühlte sich dieser hochgewachsenen, beeindruckenden, reitenden, Schlangen tötenden, blonden Frau unterlegen. Sie würde ihr auf gar keinen Fall sagen, dass sie keine Ahnung von Schlangen hatte. »Ich glaube nicht.«

»Ich habe nur eine Zweiundzwanziger dabei.« Layla deutete hinter sich in Richtung ihres Pferdes und Darlene sah ein Gewehr in einem Futteral am Sattelknauf hängen. »Ein Schuss mit einer Zweiundzwanziger würde Ihren Fußboden ruinieren«, fuhr Layla fort. Darlene kam die Szene plötzlich unwirklich vor. Sie dachte an ihr früheres Haus in Houston, wo der Anblick einer Frau mit einem Gewehr auf einem Pferd etwas völlig Undenkbares war.

»Haben Sie ein Luftgewehr?« Sie trat zu Darlene auf die Stufen hinauf. Darlene war sich ziemlich sicher, dass das die einzige Schusswaffe war, die sie im Haus hatten – Chads Luftgewehr.

»Ja, ich glaube schon.«

Fünf Minuten später öffnete Darlene die Tür ihres Schlafzimmers und sah zu, wie Layla den Kriegsschauplatz betrat. Auf der Tagesdecke lag ein Berg frischer Wäsche, aber wenigstens war das Bett gemacht. Der Staubsauger stand mitten im Zimmer statt im Schrank unter der Treppe.

Es gefiel ihr gar nicht, dass eine Fremde ihr Schlafzimmer so sah, aber es hätte schlimmer sein können.

Layla kniete sich hin und schaute unter das Bett. Darlene, die in der Tür stehen geblieben war, überlegte fieberhaft, was sich darunter befand. Schachteln mit Fotos, eine Hutschachtel mit Blumenmuster, die ihrer Großmutter gehört hatte, ein alter roter Koffer mit der Babykleidung der Kinder – und sehr viel Staub.

»Da ist sie.« Layla legte sich flach auf den Boden und brachte das Gewehr in Anschlag. Darlene schlang die Arme um sich und kniff die Augen zu, als kurz nacheinander zwei Schüsse fielen. Eine Minute später zog Layla die Schlange mithilfe des Gewehrlaufs unter dem Bett hervor. »Nur eine Kükennatter.«

Darlene trat ein paar Schritte zurück und überließ es Layla, die Schlange hinauszubringen. Sie war groß, schwarz und hässlich. Layla trug sie zum Zaun und legte sie über den obersten Balken, mit dem gelben Bauch nach oben.

»Bauch nach oben soll Regen bringen.« Layla saß schon wieder auf ihrem Pferd. »Sagen Sie Ihrem Mann, dass ich den Zaun notdürftig flicke, aber er muss sich dann wirklich bald drum kümmern.«

»Mach ich. Und vielen Dank, dass Sie die Schlange erledigt haben. Möchten Sie und Ihr Mann nicht heute Abend zu uns zum Essen kommen? Ich würde mich gern revanchieren.«

»Ich bin nicht verheiratet. Und ich kann heute Abend nicht zum Essen kommen. Trotzdem danke.« Sie kickte ihr Pferd leicht in die Flanken und ritt durch das Tor, das ihr Grundstück von dem von Brad und Darlene trennte. Sie schloss das Tor hinter sich, ohne abzusteigen, und galoppierte auf das große Haus oben auf dem Hügel zu. Von Richtung Stadt war das riesige Anwesen weithin sichtbar. Darlenes jüngste Tochter hatte es ›das Schloss auf dem Berg‹ getauft – eine Wendung, die der Rest der Familie übernommen hatte.

Im Vergleich mit ihrem heruntergewirtschafteten alten Farmhaus war es tatsächlich ein Schloss, dachte Darlene. Beide Häuser stammten vermutlich aus dem Ende des neunzehnten Jahrhunderts, doch Laylas war vollständig renoviert, zumindest von außen; die Hauswand war in einem frischen Gelb gestrichen und weiß abgesetzt. Der weitläufige Garten war von einem makellosen Zedernholzzaun umgeben und auf der Rückseite des Hauses stand mitten in einer Heuwiese eine leuchtend rote Scheune. Ganz in der Nähe der Gebäude lag ein kleiner See. Die lange, gewundene Auffahrt war zur Straße hin begrenzt durch ein massives Eisentor, das die meiste Zeit geschlossen war. Auf dem Gelände selbst weidete Vieh, zumeist Longhorn-Rinder, und Pferde. Wenn der Wind entsprechend stand, hörte Darlene manchmal ganz leise Musik aus dem Haus.

Sie hoffte sehr, mit Layla Freundschaft schließen zu können, auch wenn sie bezweifelte, dass sie beide auch nur ein einziges gemeinsames Interesse hatten. Auf jeden Fall würde sie sie demnächst besuchen. Vielleicht konnte sie ihr ein paar selbst gebackene Kekse bringen, als kleines Dankeschön dafür, dass sie die Schlange getötet hatte.

Brad presste das Handy ans Ohr und lauschte Darlenes Ausführungen über ihr Abenteuer mit der Schlange. Als sich Darlene verabschiedete, fragte sie wie immer: »Wen liebst du?«

»Dich, Süße.«

Die Frage war ihr ganz persönlicher Code. Vor fast zwanzig Jahren hatte Brad Darlene eröffnen wollen, dass er sie liebte. Damals hatten sie in einem Bistro in Houston zu Abend gegessen und Brad war entsetzlich aufgeregt gewesen. Seine Nerven lagen blank und er fragte sich die ganze Zeit, ob es ihr wohl ähnlich ging. Nervös nestelte er an der Serviette herum und brachte die Worte einfach nicht heraus. Vielleicht sah sie es ihm an, jedenfalls legte sie plötzlich ihre Hand auf die seine und lächelte ihn an. Dann fragte sie ihn leise: »Wen liebst du?« Die Antwort war ihm plötzlich leicht über die Lippen gekommen. »Dich, Süße.« Dann hatte sie ihm gesagt, dass sie ihn auch liebte. Und diese Frage war ihnen geblieben. Darlene stellte sie ihm oft. Er wusste genau, dass sie es nicht aus Unsicherheit tat; es war einfach eine Erinnerung, die ihnen beiden lieb war. An jenem Abend in dem Bistro war Brad endgültig klar geworden, dass er Darlene heiraten wollte.

Er klappte sein Handy zu und setzte seinen Heimweg durch den dichten Verkehr in Houston fort. Froh, dass er sich zu Hause nicht gleich als Erstes mit einer Schlange befassen musste, dachte er amüsiert über Darlenes Beschreibung eines großen blonden Cowgirls nach, das die Schlange mit Brads Luftgewehr erschossen hatte.

Heute Abend nach dem Essen musste er noch vier Steuererklärungen fertig machen. Doch die vielen Überstunden würden sich bezahlt machen. Er brauchte Geld, wenn er die unzähligen Renovierungen an der Farm durchführen wollte, die Darlene und er sich vorgenommen hatten. Es war ihm sehr wichtig, dass er seiner Frau die finanzielle Freiheit bieten konnte, das Haus ihrer Großeltern in das Traumhaus zu verwandeln, das sie sich immer gewünscht hatte. Cliff Hodges lockte ihn nun schon seit fast zwei Jahren mit der Aussicht auf eine Partnerschaft und Brad war sicher, dass er seinen Namen schon bald auf dem Türschild lesen würde.

Wenn sie es nicht so eilig gehabt hätten, als sie Houston verließen, hätten sie sicherlich einen höheren Preis für ihr altes Haus erzielt. So hatten sie gerade einmal die Hypothek ablösen können und die Kosten dafür, das alte Farmhaus in einen halbwegs bewohnbaren Zustand zu versetzen, hatten einen Großteil ihrer Ersparnisse verschlungen. Zudem hatten sie noch Darlenes Bruder auszahlen müssen, doch wenn es Darlene glücklich machte, war ihm das jede Mühe wert. Sie hatte seit Jahren davon gesprochen, wie gern sie das alte Farmhaus ihrer Großeltern wieder herrichten würde. Ursprünglich hatten sie es nach und nach instand setzen und vorläufig nur als Wochenendhaus nutzen wollen. Doch dann hatten sie beschlossen, so bald wie möglich umzuziehen, auch wenn das Haus noch nicht ganz fertig war.

Nach fünfundvierzig Minuten hatte er die Stadt hinter sich. Nun verengte sich die sechsspurige Schnellstraße zu einer Straße mit jeweils zwei Spuren auf beiden Seiten, entlang einer Mittellinie aus blauen Wiesenlupinen und Indianerpinsel. Nach einem solchen Arbeitstag in Houston, an dem ihm nur noch Zahlen im Kopf herumschwirrten, beruhigte ihn nichts so sehr wie ein Frühlingstag auf dem Land in Texas, doch da er heute so spät aus dem Büro weggekommen war, schien ihm die sinkende Sonne nun direkt in die Augen. Er klappte die Sonnenblende herunter, froh, dass es nur noch ein paar Meilen bis zur Abfahrt vom Highway 36 waren. Sobald er von der Schnellstraße abgebogen war, würde die Sonne ihn nicht mehr blenden. Dann ging es nur noch durch die Städtchen Sealy und Belville und danach gelangte man auf einer einspurigen Straße in das friedliche Round Top. Es war ein langer Weg, morgens und abends je fast anderthalb Stunden, doch wenn er in die Einfahrt seines Hauses einbog, wusste er, dass es sich lohnte. Das Leben in einer Kleinstadt war für sie alle besser. Vor allem für Chad.

Brad erinnerte sich noch gut an die Nacht, in der Chad sturzbetrunken ins Haus getorkelt war. Sein siebzehnjähriger Sohn hatte sich einer Gruppe Rowdys angeschlossen, die Houston unsicher machten. Manchmal hatte er beim Anblick von Chads glasigen Augen an Schlimmeres als nur an Alkohol gedacht. Brad schüttelte den Kopf, um die Erinnerungen loszuwerden. Er würde weiterhin dafür beten, dass sein Sohn jetzt, nachdem er dem Einflussbereich seiner alten Freunde entkommen war, einen besseren Geschmack bei der Wahl seiner Freunde beweisen würde.

Brad fand, dass er viel Glück in seinem Leben gehabt hatte. Er war nun schon seit fast zwanzig Jahren mit seiner Highschool-Liebe verheiratet und hatte drei wunderbare Kinder. Sein Lebensziel war es, ein wirklich guter Ehemann und Vater zu sein. Es gab keinen Tag, an dem er Gott nicht für das Leben, das er führte, dankte. Er sah seine wichtigste Aufgabe darin, gut für seine Familie zu sorgen.

Darlene hatte den Tisch gedeckt. Sie fand es schade, dass ihre Mutter nicht sehen konnte, welche Freude sie an den Esszimmermöbeln ihrer Großmutter hatte. Zu Darlenes Überraschung waren der Eichentisch und die dazu passenden Stühle noch vorhanden gewesen, als sie das Haus bezogen hatten. Die Antiquitäten waren zwar völlig verstaubt gewesen und hatten erst einmal gründlich gereinigt werden müssen, doch sie waren in gutem Zustand gewesen. Sie erinnerte sich an unzählige Mahlzeiten, die sie gemeinsam mit ihren Eltern und Großeltern in diesem Haus an diesem Tisch eingenommen hatte.

Sie vermisste ihre Großeltern noch immer – ebenso ihre Eltern. Ihr Vater war vor fast sechs Jahren gestorben, vor zwei Jahren war ihm ihre Mutter gefolgt. Ihre Eltern hatten erst in fortgeschrittenem Alter eine Familie gegründet; beide waren schon Ende dreißig gewesen, als Darlene geboren wurde. Zwei Jahre später war ihr Bruder Dale zur Welt gekommen.

Sie war froh, dass Dale die Farm nicht haben wollte. Es war ihnen nicht leichtgefallen, das Geld aufzutreiben, um ihn auszuzahlen, doch sie bereute es nicht. Eines Tages würden auch sie ein ›Schloss auf dem Berg‹ besitzen, wie Layla. Sie betrachtete den abgetretenen Holzfußboden und runzelte die Stirn. Hoffentlich konnten sie die alten Dielen bald erneuern.

Der Gedanke an Layla zauberte ein Lächeln auf ihr Gesicht, während sie die gekochten Kartoffeln, die in einem Topf auf dem Herd standen, zu Püree zerdrückte. Sie fragte sich, was die hochgewachsene Blondine wohl ganz allein auf dem riesigen Anwesen tat. Darlene selbst war noch nie in ihrem Leben auf einem Pferd gesessen und besaß nicht einmal ein Paar Cowboystiefel. Einige ihrer Freundinnen in Houston hatten sogar mehrere Paare dieser teuren spitzen Stiefel, doch Darlene hatten sie nie so richtig gefallen. Ihre Freundin Gina sagte immer, es sei absolut untexanisch, keine Cowboystiefel zu besitzen.

Sie vermisste Gina sehr. Sie waren schon lange befreundet – seit ihre Töchter zusammen bei den Pfadfinderinnen waren, doch seit Ginas Scheidung sahen sie sich nur noch selten.

Ginas Interessen hatten sich von Pfadfindertreffen und Elternversammlungen auf das Kennenlernen männlicher Singles und Dates verlagert.

Sie ging aus dem Esszimmer in die angrenzende Küche und stellte zufrieden fest, dass der Duft des Essens den muffigen Geruch überdeckte, der trotz all ihrer Bemühungen mit Putzmitteln und Lufterfrischern noch immer in dem alten Haus hing.

»Mom! Mom!« Ansley platzte mit einer Energie in die Küche, die entweder von einer Riesenfreude oder einem Riesenunglück herrührte – bei Ansley konnte man das nie so genau wissen. Mit ihren zwölf Jahren war sie die Jüngste der Familie und sie liebte dramatische Auftritte.

Darlene rührte den Kartoffelbrei noch ein letztes Mal um und drehte sich dann zu ihrer Tochter um. »Was ist denn los, Ansley?«

»Rate mal!« Ansley hüpfte auf und ab und ein Blick ins Gesicht ihrer Tochter sagte Darlene, dass es gute Neuigkeiten waren. »Ich hab's geschafft! Lauter Dreien und besser!«

Darlene presste die Hände an die Brust, atmete erleichtert auf und lächelte. Nach Ansleys Einschulung hatte sich schnell gezeigt, dass ihr das Lernen nicht leichtfiel, und Darlene und Brad wussten inzwischen, dass Ansley ein wenig langsamer war als die anderen Kinder in ihrem Alter.

Darlene wollte lieber nicht an die Belohnung denken, die Brad Ansley versprochen hatte für den Fall, dass sie ein gutes Zeugnis nach Hause brachte. »Süße, das ist ja großartig. Ich bin so stolz auf dich!« Sie umarmte ihre Tochter. Leider wusste sie nur zu gut, dass es höchst unwahrscheinlich war, dass Ansley das Versprechen ihres Vaters vergessen hatte. Ansley zappelte sich frei.

»Ich weiß, dass dir Hühner nicht so geheuer sind, Mom, aber es wird so super sein, ein paar Hühner und einen Hahn zu haben! Wir sind dann richtige Farmer! Jeden Tag nach der Schule werde ich die Eier einsammeln.« Ansleys dunkles Haar fiel glatt auf ihre Schultern und ihre großen braunen Augen leuchteten. »Denk doch nur, wie viel Geld für Eier du sparen wirst!«

Darlene biss sich auf die Lippen, als sie an die Hühner dachte, die ihre Großeltern auf der Farm gehalten hatten. Die Hühner und den gemeinen alten Hahn. Die acht Dollar im Monat, die sie sparen würde, waren die Sache mit Sicherheit nicht wert, aber versprochen war versprochen. Sie hatte Brad, bevor sie Houston verlassen hatten, extra eingeschärft, dass er den Kindern keine derartigen Versprechungen machen sollte, doch ihr war schon damals klar gewesen, dass ihre Rede nichts nützen würde. Außerdem war es ein großer Anreiz für Ansley, sich in der Schule Mühe zu geben.

»Vielleicht könnten wir uns ja mit Hühnern begnügen. Wir brauchen doch nicht unbedingt einen Hahn, oder?« Darlene ging zum Kühlschrank und nahm die Butter heraus.

»Mom …«

Darlene stellte die Butter auf den Tisch und zog die Brauen hoch.

Ansley verdrehte die Augen. »Sogar ich weiß, dass man ohne Hahn keine Küken haben kann.« Ihre Tochter verschränkte die Arme vor der Brust.

Darlene grinste. »Ich weiß, dass du das weißt, aber wie viele Küken willst du denn haben?« Ihr fiel ein, dass man früher, je nach Wind, die Hühner hatte riechen können, obwohl der Hühnerstall über fünfzig Meter vom Haus entfernt stand. Als sie hier eingezogen waren, hatte Brad als Erstes den alten Stall in Ordnung gebracht, als Anreiz für Ansley, gute Noten nach Hause zu bringen. Doch mittlerweile saßen Darlene und Brad abends gerne auf der Veranda und schon allein der Gedanke an den Hühnergestank, der vom Stall zur Veranda wehen würde, ließ sie erschaudern.

»Nicht sooo viele«, meinte Ansley, nahm ein Glas aus dem Schrank und füllte es mit Wasser.

Für Darlene war schon ein einziges Huhn eins zu viel, doch ihre Tochter hatte sich die Belohnung verdient. Ein Großteil des Verdienstes gebührte allerdings der Schule hier am Ort. Ihre Kinder waren darüber entsetzt gewesen, dass es im Schuldistrikt von Round Top und Carmine insgesamt nur zweihundertvierzig Schüler gab – vom Kindergarten bis zur zwölften Klasse –, doch Darlene fand, dass sie hier eine bessere Ausbildung erhielten als in Houston und dass die Lehrer an der Schule den einzelnen Kindern mehr Aufmerksamkeit und Zuwendung schenkten. Bevor sie Houston verlassen hatten, war Darlene drauf und dran gewesen, Ansley zu Hause zu unterrichten, doch ihre Tochter hatte einen solchen Aufstand gemacht, dass sie die Idee wieder verworfen hatte.

Ansley trank das Wasser in einem Zug aus und stellte das Glas in die Spüle. »Ich kann es kaum erwarten, dass Daddy nach Hause kommt.«

Darlene lächelte. Ihre Jüngste war immer wie eine frische Brise, voller Energie, der Wildfang in der Familie.

Sie musste an die Schlange denken. Wahrscheinlich hätte sich Ansley überhaupt nicht darüber aufgeregt. Sie hörte Brads Auto in der Auffahrt und einen Augenblick später riss Ansley die Vordertür auf und rief: »Daddy! Du wirst es nicht glauben!«

Eine Stunde später saßen sie alle um den Esszimmertisch, nur Chad fehlte noch. Zehn Minuten später kam er endlich herein, ließ sich auf seinen Stuhl fallen und faltete die Hände zum Gebet.

»Du bist heute dran mit dem Tischgebet, Chad.« Darlene senkte den Kopf.

»Wir danken dir, Gott, für alles, was du uns gegeben hast, für dieses Essen, für das Dach über unserem Kopf und für deine Liebe. Und, Gott …« Chad hielt inne und seufzte. Darlene öffnete ein Auge und hielt die Luft an. Chads Tischgebete enthielten häufig Anliegen, die über den Dank fürs Essen hinausgingen. Wie damals, als er Gott gebeten hatte, seinen Eltern doch bitte zu helfen, ihm ein besseres Auto zu kaufen. Darlene schloss ihr Auge wieder, stieß die Luft aus und lauschte.

»Könntest du bitte Mr Blackstones Krebs heilen, sodass er wieder an die Schule kommen kann? Er ist ein guter Kerl.« Darlene wurde ganz warm ums Herz vor Freude, doch da fuhr Chad schon fort: »Sein Vertretungslehrer stinkt. Amen.«

»Chad!« Darlene straffte die Schultern und warf Brad einen missbilligenden Blick zu, weil der lächelte.

»Nein, Mom, er stinkt wirklich. Er stinkt einfach. Er riecht nicht gut.«

Chad schaufelte sich Kartoffelbrei auf den Teller. »Und er ist mindestens hundert Jahre alt.«

»Ein Grund mehr, dass du nicht schlecht über ihn reden solltest. Du sollst die Älteren achten, das weißt du doch!« Chad verschlang den Kartoffelbrei, als hätte er seit Wochen nichts zu essen bekommen, und Darlene legte ihm ein großes Stück Hackbraten auf.

»Grace, wie war dein Tag?« Brad reichte seiner älteren Tochter einen Korb mit Brötchen.

»Ganz okay.«

Grace beschwerte sich selten, doch Darlene wusste, dass sie über den Wegzug aus Houston gar nicht glücklich gewesen war, vor allem wegen eines ganz bestimmten Jungen an ihrer alten Schule.

Ansley drehte den Kopf zu Darlene, grunzte und runzelte die Stirn. »Mom, warum hast du mein T-Shirt an?«

Darlene blickte an sich herunter. »Ich musste es mir ausleihen. Ich konnte eine Weile nicht ins Schlafzimmer.«

Am Telefon hatte Darlene Brad nur eine Kurzfassung der Geschichte von der Schlange gegeben. Nun erzählte sie alles in voller Länge.

»Ich hab die Frau auch schon gesehen«, sagte Chad. »Sie sieht scharf aus.«

»Chad, das ist ja widerlich! Sie ist alt – wie Mom!« Ansley schloss einen Moment angeekelt die Augen und schüttelte dann den Kopf.

Darlene biss von ihrem Brötchen ab. Sie war achtunddreißig. Wann war sie in den Augen ihrer Kinder alt geworden? »Ich glaube, Layla ist ein paar Jahre älter als ich, Chad.«

Ihr Sohn zuckte mit den Achseln. »Völlig egal. Sie ist trotzdem …«

»Chad, das reicht.« Brad blickte zu Chad hinüber. Darlene war froh, dass er einschritt, denn normalerweise war sie es, die die Kinder zur Ordnung rief, während Brad Hühner versprach.

Einen Augenblick schwiegen alle, dann sagte Chad: »Wusstet ihr, dass Layla einen Traktor fahren kann? Ich habe sie draußen auf der Weide gesehen, als ich in die Schule gegangen bin.« Er schüttelte den Kopf. »Komisch, dass eine Frau das kann.« Dann lachte er und sah Ansley an. »Kannst du dir Mom auf einem Traktor vorstellen?«

Ansley lachte. »Nein, niemals.«

»Unterschätzt eure Mom nicht. Ihr wisst nicht, wozu sie fähig ist.« Brad griff nach einem weiteren Brötchen und zwinkerte Darlene zu.

Darlene lächelte. Wieder einmal dachte sie, dass der Umzug ihnen allen gutgetan hatte. Sie hatten alle einen Neuanfang gebraucht. Anfangs waren die Kinder zwar alles andere als begeistert darüber gewesen, doch allmählich fanden sie sich in ihr neues Leben ein.

»Darf ich aufstehen?« Grace legte ihre Serviette auf den Tisch und schob ihren Stuhl zurück.

Darlene wusste, dass Hackbraten nicht zu ihren Lieblingsspeisen gehörte. »Wer ist dran, mir beim Abwasch zu helfen?«

Grace und Ansley deuteten auf Chad.

»In Ordnung«, sagte Darlene zu Grace. »Du darfst gehen.«

Sie blickte ihr nach, als sie aufstand und hinausging. Ihre mittlere Tochter war so klein gewachsen wie sie selbst und die Einzige in der Familie, die Darlenes blondes Haar und ihre blauen Augen geerbt hatte. Ihre Gesichtszüge waren so vollkommen wie die einer Porzellanpuppe, einschließlich des schneeweißen, makellosen Teints. Sie sah aus wie eine kleine Prinzessin. Chad und Ansley hatten dagegen das dunkle Haar und die Augen ihres Vaters geerbt – und seine Größe. Darlene hatte alle ihre Kinder gleich lieb und war auf alle stolz, doch manchmal fiel es ihr schwer, Grace nicht zu bevorzugen, vor allem, weil sie sie als Säugling beinahe verloren hätten. Grace war ein Frühchen gewesen – zur Überraschung aller, einschließlich von Darlenes Gynäkologen, denn Chad war zwei Jahre zuvor ohne Komplikationen zur Welt gekommen. Grace hatte in den ersten Wochen mit einer unterentwickelten Lunge und einer schweren Gelbsucht gekämpft. Zwei Mal hatten die Ärzte ihnen gesagt, sie sollten sich auf das Schlimmste gefasst machen. Doch ihre Grace war eine Kämpferin und jetzt – kurz vor Graces sechzehntem Geburtstag – dankte Darlene Gott zum millionsten Mal für seine Gnade.

Mit Chad und Ansley hatten sie immer wieder Schwierigkeiten gehabt – vor allem mit Chad. Doch Grace hatte ihnen noch nie Kummer bereitet.

2

Auf dem Weg zu Laylas Haus hielt Darlene kurz an, um das Anwesen zu bewundern. Schon allein die Einfahrt war beeindruckend. Eine kunstvoll gearbeitete Amselschar zierte den schmiedeeisernen Torbogen und üppige rote Rosenbüsche rankten sich um die schlanken weißen Säulen.

Mit leisem Bedauern dachte sie an ihr eigenes Tor, das aus schlichten runden Eisenstäben bestand und sich zudem nur mit großer Mühe öffnen ließ.

Zu ihrer Überraschung stand Laylas Tor einladend offen. Darlene fuhr durch das Tor auf die großzügige, gepflasterte Auffahrt. Sie versuchte zu überschlagen, was ein derartiges Projekt wohl kosten mochte, vor allem wenn die Auffahrt so lang war wie die von Layla, gab den Versuch jedoch rasch wieder auf, weil ihr klar wurde, dass eine solche Verschönerung weit außerhalb ihrer Möglichkeiten lag. Sie konnten bereits froh sein, wenn sie sich eine neue Kiesauffahrt leisten konnten. Im Moment blieben sie bei Regen jedes Mal im Schlamm stecken.

Je näher sie dem Haus kam, desto nervöser wurde sie. Vielleicht verabscheute Layla ja Überraschungsbesuche mitten am Tag. Darlene dachte an die Zeit, als man Telefonnummern noch im Telefonbuch nachschlagen konnte. Damals hatte noch niemand ein Handy. Darlene hatte nachgeschaut, ob Layla einen Festnetzanschluss hatte, war aber nicht fündig geworden.

Ein rascher Blick in den Rückspiegel zeigte ihr, dass ihr Make-up und ihr Lippenstift in Ordnung waren. Sie strich sich noch einmal über das Haar und stieg aus. Während sie versuchte, auch ihre ärmellose Bluse glattzustreichen, in der der Sicherheitsgurt ein paar Falten hinterlassen hatte, war sie froh darüber, dass sie heute ein besseres Erscheinungsbild abgab als bei ihrer ersten Begegnung mit Layla.

Sie blickte sich um und staunte über Laylas üppige Blumenrabatten, eine Mischung aus Begonien, Lilien und Tulpen. Es duftete nach frisch gemähtem Rasen. Die hübsche Blechdose mit den Schokoladenkeksen fest umklammernd, ging sie zur Haustür. Ihre Absätze klapperten auf den Pflastersteinen. Ihre dunkle Sonnenbrille war heruntergerutscht; sie schob sie wieder hoch. Es war erst Anfang April, aber schon um die dreißig Grad heiß.

Sie klopfte mehrmals und wartete. Nichts. Sie nahm die Keksdose in die andere Hand und klopfte wieder, aber es kam immer noch niemand an die Tür. Sie wollte gerade wieder zum Auto zurückgehen, als sie links von sich ein Geräusch hörte. Es war Layla, die gerade das Scheunentor aufgeschlossen hatte und durch den Garten auf das Haus zukam.

»Hallo!« Darlene winkte. Sie kam sich vor wie ein Eindringling. Aber sie würde einfach nur schnell ihre Kekse abgeben und wieder verschwinden.

Layla war genauso gekleidet wie beim ersten Mal – in die Stiefel gesteckte Jeans, langärmeliges Jeanshemd und Cowboyhut. Ihr Gesicht war schmutzig, aber Darlene hatte trotzdem das Gefühl, dass sie besser aussah als sie selbst.

»Hi, Darlene.« Layla blieb vor ihr stehen und sah sie ausdruckslos an. »Was kann ich für Sie tun? Wieder eine Schlange?« Sie grinste. Nur ganz kurz, doch lange genug, dass Darlene sehen konnte, dass ihre Zähne genauso perfekt waren wie der Rest von ihr.

»Oh nein …« Darlene winkte lachend ab. »Keine Schlangen mehr. Ich wollte Ihnen nur etwas bringen … ein kleines Dankeschön dafür, dass Sie den Eindringling erlegt haben.« Sie drückte Layla die Dose in die Hand.

Layla zog einen ihrer Arbeitshandschuhe aus, griff nach der Dose und hob sofort den Deckel ab. Sie betrachtete die Kekse ein paar Sekunden, wählte einen aus und biss hinein. »Danke«, sagte sie, nachdem sie geschluckt hatte. Dann verspeiste sie den Rest des Kekses.

»Gern geschehen.« Darlene fragte sich, ob Layla sie wohl hereinbitten würde oder ob sie damit entlassen war. Sie strich sich eine Haarsträhne hinters Ohr und schob wieder ihre Sonnenbrille hoch. »Wie viele Hektar Land haben Sie eigentlich?«

Layla nahm sich noch einen Keks und schloss die Dose wieder. »Vierzehn.«

Darlene dachte an ihre vier Hektar und daran, wie viel Arbeit sie Brad kosteten. »Wow! Das ist ganz schön viel. Haben Sie Hilfe oder machen Sie alles selbst?«

»Keine Hilfe. Hält mich jung.«

Das kannst du laut sagen. Darlene sah zu, wie sie den zweiten Keks aß, und konnte förmlich spüren, wie ihre eigenen Hüften breiter wurden. Sie backte für ihr Leben gern, aß aber nur selten von ihrem Backwerk. Sie war klein und musste sehr aufpassen, dass sie nicht zunahm. »Meine Kinder lieben Schokoladenkekse, deshalb backe ich sie oft.« Sie schwieg kurz. Dann fragte sie: »Haben Sie Kinder?«

Layla schluckte. »Nein.«

Hmmm … kein Mann. Keine Kinder. Lebt in einem Schloss auf dem Berg. Und sieht aus wie ein vierzigjähriges Supermodel in Cowboykluft.

»Äh – gut. Ich wollte Ihnen nur die Kekse bringen und mich noch einmal bedanken.« Darlene winkte noch einmal und ging. Layla zog sich gerade den zweiten Handschuh aus und blickte nicht auf. Darlene war schon fast bei ihrem Auto, als Layla sie rief. Sie drehte sich um.

»Sie können nicht zufällig nähen? Sie sehen so aus.«

Sie sah aus, als ob sie nähen könnte? »Äh, ja. Ich kann tatsächlich nähen.« Vielleicht sah man es ihr ja an, dass sie seit fast zwanzig Jahren Hausfrau war.

Layla fuhr sich mit dem Ärmel über die Stirn und verschmierte den Schmutz in ihrem Gesicht. »Ich muss zu einer formellen Veranstaltung.« Sie seufzte. »Ich habe sechs Kilo abgenommen und keins meiner Kleider passt mir mehr. Ich würde es Ihnen bezahlen, wenn Sie mir eins ändern.«

Ihre Probleme möchte ich haben. »Äh – gern.« Darlene schob sich die Sonnenbrille ins Haar. »Und Sie brauchen mir nichts dafür zu geben.«

»Okay.«

Das war's? Einfach nur okay? Sie schob die Hände in die hinteren Taschen ihrer Capri-Jeans und richtete sich resolut auf, doch weiter als bis zu Laylas Schultern reichte sie ohnehin nicht.

»Können Sie gleich mit reinkommen und die Sachen abstecken?«

Jetzt gleich? »Ja, klar.«

Immerhin bekam sie so das Innere von Laylas Haus zu sehen.

Layla ging auf das Haus zu, Darlene folgte ihr. Doch bevor Layla die Tür öffnete, drehte sie sich noch einmal zu ihr um. »Würden Sie bitte einen Augenblick warten? Ich habe heute keinen Besuch erwartet.«

Darlene lächelte. »Kein Problem.« Sie war eigentlich ganz erleichtert, dass Laylas Wohnung offenbar nicht im allerbesten Zustand war, schließlich hatte Layla ihr Zuhause vor ein paar Tagen ebenfalls am falschen Ende des Reinigungsvorgangs erwischt.

Dennoch war es seltsam, dass Layla sie so einfach auf der Veranda stehen ließ. Normalerweise kam man doch mit Überraschungsbesuch zurecht, egal, ob man aufgeräumt hatte oder nicht.

Layla fegte wie ein Wirbelwind durch Wohnzimmer und Küche und beseitigte sämtliche verräterischen Spuren. Das Letzte, womit sie gerechnet hatte, war eine neugierige Nachbarin, die bei ihr herumschnüffelte, aber wenigstens bekam sie auf diese Weise ihr Kleid geändert.

Es erschien ihr als absolute Verschwendung, für eine Veranstaltung, die sie eigentlich gar nicht besuchen wollte, ein neues Kleid zu kaufen. Doch dann rief sie sich ins Gedächtnis, dass es ja schließlich für einen guten Zweck war und außerdem eine Möglichkeit, Steuern zu sparen.

Sie raffte alles zusammen, warf es einfach aufs Bett im Schlafzimmer und zog die Tür zu. Aufräumen konnte sie später. Dann lief sie den Flur hinunter in ein anderes Schlafzimmer, suchte ihr smaragdgrünes Abendkleid heraus und legte es sich über den Arm.

»Tut mir leid«, entschuldigte sie sich, als sie Darlene hereinließ.

»Ist schon in Ordnung.«

Darlene war ein hübsches kleines Ding mit blondem Haar und einem viel zu sonnigen Lächeln, als hätte die Welt ihr noch immer nicht sämtliche Energie geraubt. *Warte einfach noch ein bisschen, Darlene.* Layla seufzte und lud Darlene dann mit einer Handbewegung ein, sich aufs Sofa zu setzen. »Geben Sie mir eine Minute. Ich ziehe rasch das Kleid an und hole ein paar Stecknadeln.« Sie ging in ihr Schlafzimmer und schloss die Tür hinter sich.

Ein paar Minuten später starrte sie sich im Spiegel an. Das Kleid erinnerte sie an alte Zeiten. Sie schloss die Augen und stellte sich vor, wie sie von Tom ins funkelnde Licht des Ballsaals im Waldorf Astoria in Manhattan geführt wurde. Doch das war lange her. Wahrscheinlich war es ein Fehler, dass sie sich hatte breitschlagen lassen, zu dieser Gala zu gehen. Doch jetzt konnte sie nicht mehr zurück. Die eifrige Dame, die vor ein paar Wochen bei ihr aufgetaucht war, hatte versichert, dass die Plaza des Festival Hill Institute in einen exquisiten Veranstaltungsort verwandelt werden würde. »Ihre Anwesenheit würde viel zum Gelingen unseres Vorhabens beitragen«, hatte sie betont.

Na dann. Layla war nur froh, dass Darlene noch nicht herausgefunden hatte, wer sie war; jedenfalls schien es so. Denn dann hätte sie Laylas beste Freundin werden wollen und dafür hatte Layla ganz einfach nicht die Kraft.

Darlene nutzte die Gelegenheit, sich ein bisschen in Laylas Wohnzimmer umzusehen. Auf den ersten Blick schien jede einzelne Antiquität sorgfältig platziert und mit teuer aussehenden Nippes geschmückt. Wie die äußere Fassade war auch das Interieur im Stil des frühen zwanzigsten Jahrhunderts gehalten. Auf dem schimmernden Holzfußboden lagen kostbare Teppiche. Darlene sah mehrere Glasvitrinen mit hauchzartem Porzellan. Sie kannte sich mit Antiquitäten nicht besonders gut aus, doch auf den zweiten Blick erschien ihr die Einrichtung als ein ziemlich willkürlich zusammengewürfeltes Durcheinander von antiken Sammlerstücken und Vintageobjekten. Laylas Zuhause verströmte Wärme, zugleich jedoch eine gewisse kühle Distanz, ohne dass Darlene hätte sagen können, woran das lag.

Als Layla wieder ins Zimmer kam – jetzt trug sie das Kleid –, fielen Darlene die zarten Linien und Fältchen um ihre Augen auf. Die Frau musste mindestens sechs oder sieben Jahre älter als sie selbst sein, doch das spielte keine Rolle; sie hatte vollendet ebenmäßige, feine Gesichtszüge. Zudem war Darlene überzeugt, dass sie ein Kleid niemals so tragen könnte; sie hatte ganz einfach nicht die Figur dafür.

»Das ist ein hinreißendes Kleid.« Darlene trat näher und musste blinzeln, als sie sich bückte und die winzigen Kristalle betrachtete, mit denen der Saum des Kleides bestickt war. Es war ein ärmelloses, bodenlanges Gewand mit schmeichelndem V-Ausschnitt und einem tiefen, verführerischen Rückendekolleté. Sie stand beklommen still und presste die Hand auf die Brust. »Ich weiß nicht, ob ich dieses Kleid wirklich anrühren soll.«

»Ich dachte, Sie könnten nähen.« Layla runzelte die Stirn.

»Ich kann schon nähen, aber … es muss wahnsinnig teuer gewesen sein. Nicht auszudenken, wenn ich es ruinieren würde.« Sie fuhr sich mit der Hand durchs Haar. »Möchten Sie es nicht doch lieber von einer richtigen Schneiderin ändern lassen?« Darlene konnte sehen, dass das Kleid um die Brust und in der Taille enger gemacht werden musste.

Layla verschränkte die Arme. »Haben Sie vielleicht vergessen, wo wir leben?«

»Ich weiß, dass es hier in Round Top niemanden gibt, der das kann, aber Sie könnten nach Houston fahren oder nach …«

»Wenn Sie es nicht machen wollen, brauchen Sie es nur zu sagen.«

»Ich möchte schon, ich habe nur ein bisschen Angst. Und wenn ich es nun ruiniere?«

»Dann ruinieren Sie es eben nicht.« Layla reichte Darlene ein kleines Schächtelchen mit Stecknadeln. »Ich will es nicht zu eng haben. Wenn ich schon auf diese Gala gehen muss, möchte ich wenigstens das Essen genießen.«

Darlene nahm die Nadeln und machte sich an die Arbeit. Was für eine Verwandlung! Vom Cowgirl zur Glamourqueen. »Was ist das denn für eine Gala?«

Layla seufzte. »Eine der vielen Wohltätigkeitsveranstaltungen, für die mir Einladungen ins Haus flattern.« Sie schwieg einen Augenblick und meinte dann: »Aber diese hier ist für eine wirklich gute Sache.«

»Warum spenden Sie denn nicht einfach etwas, wenn Sie nicht hingehen wollen?« Darlene steckte das zarte Gewebe sorgfältig in Höhe von Laylas Taille ab.

Layla lachte und warf ihr Haar zurück, sodass Darlene der Stoff aus der Hand glitt. »Es ist den Leuten lieber, wenn ich … persönlich auftauche.« Dann verlagerte sie ihr Gewicht und Darlene fing an sich zu fragen, ob sie mit dem Abstecken jemals fertig werden würde.

Doch nach ein paar Minuten hatte sie es geschafft und Layla verschwand wieder in ihrem Schlafzimmer. Kurz darauf kam sie mit dem abgesteckten Kleid auf einem Kleiderbügel zurück. »Die Gala ist in drei Wochen. Schaffen Sie es bis dahin?«

»Ja, ich glaube schon.«

»Sie glauben? Ja oder nein?«

Darlene hätte ihr am liebsten ins Gesicht gesagt, dass sie nicht ihre Dienerin sei, doch sie lächelte nur und sagte: »Ja, das schaffe ich.«

Später am Abend kletterte sie zu Brad ins Bett. Ihr Mann hatte seinen Laptop auf dem Schoß. Seine Seite des Bettes war völlig mit Papieren bedeckt. Wenn nur die Zeit der Steuererklärungen endlich vorüber wäre! Sie wartete auf einen geeigneten Moment und erzählte ihm dann von ihrem Besuch bei Layla.

»Sie ist … irgendwie anders. Ich werde nicht recht schlau aus ihr.« Darlene gab einen Klecks Lotion in ihre Hand und atmete den Lavendelduft ein, während sie die Creme auf ihren Armen verrieb.

»Warum willst du denn unbedingt Freundschaft mit ihr schließen?« Brad nahm seine Brille ab und rieb sich die Augen. Er hatte die optischen Gläser wahrscheinlich schon viel früher gebraucht, als er zugeben wollte, doch als er letztes Jahr vierzig geworden war, hatte er sich endlich der Realität gestellt und sich eine Brille zugelegt.

»Das will ich ja gar nicht, aber sie ist einfach …«, Darlene zuckte mit den Achseln, während sie den Rest der Creme auf ihrem Hals verrieb, »interessant, würde ich sagen.«

Brad setzte die Brille wieder auf und konzentrierte sich erneut auf seine Arbeit. Darlene griff nach dem Buch auf ihrem Nachttisch und begann zu lesen, doch es gelang ihr nicht so recht, sich auf die Geschichte einzulassen. Ihre Gedanken wanderten immer wieder ab.

In Houston hatte sie sich alle möglichen Aufgaben aufgehalst, von der Pfadfinderbetreuung bis zur Elternbeirätin und Sporttrainerin. Sie hatte es gern getan, aber jetzt waren ihre Kinder älter und brauchten sie nicht mehr so sehr. Und während sie das ruhigere Leben in den beiden letzten Monaten genoss, nahm langsam eine Idee in ihrem Kopf Gestalt an.

»Ich habe überlegt, ob ich mir nicht einen Teilzeitjob suche.«

»Was?« Brad drehte sich zu ihr um und zog eine Grimasse, genau wie sie erwartet hatte. »Warum denn das? Ich habe dir doch erzählt, dass man mir schon bald die Partnerschaft anbieten wird. Dann haben wir mehr als genug Geld, um dir alle deine Wünsche für das Haus zu erfüllen.«

»Es geht mir nicht ums Geld. Ich muss einfach wieder mal ein bisschen herauskommen, dann würde ich auch ein paar Leute kennenlernen. Die Kinder sind jetzt älter und führen ihr eigenes Leben, deshalb habe ich nicht mehr so viel mit anderen Eltern zu tun.« Darlene wusste, dass Brad seinen Stolz hatte und dass sie das Thema Geld vorsichtig ansprechen musste. In dieser Hinsicht war er sehr altmodisch; er war der Ansicht, dass der Mann für die Familie sorgen musste. Sie gab ihm einen zärtlichen Schubs und sagte: »Und du musst zugeben – ein bisschen zusätzliches Geld wäre auch nicht zu verachten.«

Er nahm die Brille wieder ab, beugte sich zu ihr hinüber und küsste sie auf den Mund. »Wenn du einen Teilzeitjob willst, such dir meinetwegen einen. Aber nicht des Geldes wegen. Tu es für dich. Finanziell sorge ich schon für uns.«

»Das weiß ich. Ich würde es auch wirklich nur für mich tun.« Aber ein bisschen mehr Geld zur Verfügung zu haben, käme ihr wirklich gelegen. Sie dachte an Laylas Kleid. Als sie es vorhin an den Schrank gehängt hatte, hatte sie gesehen, dass es ein Modell von Versace war. Darlene konnte sich nicht vorstellen, wie man ein Designerkleid für zwei- oder dreitausend Dollar kaufen konnte, und bereute, dass sie sich bereit erklärt hatte, es zu ändern. Sie und Brad führten ein gutes Leben; es hatte ihnen nie an etwas gefehlt und den Kindern auch nicht, aber wenn sie mal etwas Elegantes brauchte, kaufte sie es in einem ganz normalen Kaufhaus, und alles, was teurer war als dreihundert Dollar, erschien ihr astronomisch im Preis. Sie hatte große Angst, Laylas teures Kleid zu ruinieren.

Brad schloss seinen Laptop, nahm zwei Aktenordner und fing an, die Blätter auf seiner Bettdecke einzusammeln.

»Machst du Schluss für heute?« Sie legte ihr Buch auf das Nachttischchen und rutschte zu ihm hinüber.

Brad legte seinen Laptop und die Ordner neben das Bett und nahm seine Brille ab. »Ja. Mir fallen immer wieder die Augen zu.«

Darlene war hellwach, doch als Brad seine Lampe ausknipste und sich auf die Seite drehte, wusste sie, dass er wirklich müde war. Sie löschte ebenfalls das Licht und kuschelte sich unter die Decke, während sie wartete, dass er sie in die Arme nahm.

Sie sprach jeden Abend das gleiche Gebet, hakte gleichsam eine Liste ab, deren Reihenfolge sie nie veränderte, wohl wissend, dass dieser Ablauf ein Ritual, ja schon fast ein Zwang für sie war. Zuerst zählte sie alles auf, wofür sie dankbar war, dann bat sie um Vergebung für ihre Sünden, wobei sie insbesondere die Vergehen aufzählte, die sie schon am längsten mit sich herumtrug. Danach folgten die Bitten um Gesundheit und Glück für ihre Kinder. Dann bat sie Gott, ihre Ehe zu segnen, und zum Schluss kamen die besonderen Gebete – Fürbitten für Menschen, die sie kennengelernt hatte, Bitten um Hilfe in bestimmten Situationen oder wenn eines der Kinder etwas brauchte. Doch heute Abend ging es ihnen allen gut, deshalb empfand sie das starke Bedürfnis, besonders für Layla zu beten. Sie sprach ein kurzes, schlichtes Gebet, weil sie nicht genau wusste, worum sie eigentlich bitten sollte.

Gott, bitte segne Layla. Darlene hielt inne und überlegte, ob sie und Layla wohl Freundinnen würden. *Ich weiß, dass du manche Menschen aus einem ganz bestimmten Grund in unser Leben schickst, und habe das Gefühl, dass das diesmal der Fall ist. Ich bitte dich, leite mich in allem, was ich für meine Freundschaft mit Layla tue, und in allem, was ich in deinem Namen tue. Amen.*

Sie zog Brads Arm fester um sich, schloss die Augen und genoss den Frieden. Die letzten Jahre in Houston waren nicht einfach gewesen. Chad war in schlechte Gesellschaft geraten, Ansley war in der Schule nicht mitgekommen und Grace hatte Liebeskummer gehabt. Der Umzug war genau das Richtige für sie alle gewesen.

»Wen liebst du?«, flüsterte sie in die Dunkelheit.

»Dich, Süße.«

Grace ging später als sonst ins Bett. Sie war noch aufgeblieben und hatte sich einen Film angeschaut, obwohl ihre Mutter sie ständig ermahnt hatte, endlich schlafen zu gehen. Sie schlief nicht mehr gut, seit sie umgezogen waren.

Das sanfte Licht ihrer Nachttischlampe erhellte ihr Zimmer, das so völlig anders war als ihr altes Zimmer in Houston – wo sie gewohnt hatten, bevor sie in die Pampa ziehen mussten.

Sie kroch unter ihre pinkfarbene Bettdecke, zog die Nachttischschublade auf und nahm ihre Schmuckschatulle heraus. Sie mochte den Duft des Lavendelsäckchens, das sie darin aufbewahrte. Daneben lag die Halskette, die Tristan ihr zu ihrem fünfzehnten Geburtstag geschenkt hatte. Doch inzwischen trug sie den herzförmigen Anhänger nicht mehr – nur noch im Bett.

Sie hob das Duftsäckchen an die Nase und atmete tief ein. Dann legte sie sich das Kettchen um. Sie schloss die Augen und wurde von Angst, Kummer und Schmerz überwältigt. Es gab nur eine Möglichkeit, wie sie sich Erleichterung verschaffen konnte. Sie starrte auf die glänzenden Gegenstände, die in der Schatulle lagen.

Und hatte nur noch den einen Wunsch: sich wieder besser zu fühlen.

Am nächsten Morgen verzog sie das Gesicht, als sie ihr Laken sah. Sie musste wirklich vorsichtiger sein. Sie betupfte die Blutflecken mit kaltem Wasser, zog die Bettwäsche ab und lief nach unten in die Waschküche. Dort stopfte sie das Bettzeug in die Waschmaschine, gab Waschmittel dazu und stellte die Maschine an.

»Ich weiß, warum du dein Laken wäschst.«

Grace fuhr herum, als sie die Stimme ihrer Mutter hörte. Ihr Herz raste. Ihre Mutter kam näher und legte ihr eine Hand auf die Schulter.

»Liebling, es macht mir nichts aus, deine Sachen zu waschen. Ich weiß, woher das Blut kommt.«

Grace war sicher, dass ihre Mutter sehen konnte, wie heftig ihr Herz schlug. »Wirklich?« Sie schlug die Augen nieder, doch ihre Mutter hob ihr Kinn an.

»Ja. Das passiert allen Frauen manchmal, glaub mir. Wir haben alle manchmal solche Unfälle, wenn wir unsere Tage haben. Das braucht einem nicht peinlich zu sein. Ich will nicht, dass du das Gefühl hast, etwas vor mir verbergen zu müssen.«

Erleichterung überflutete sie wie Wasser, das ein Feuer löscht. »Danke, Mom.«

»Das Frühstück ist fertig. Geh und iss. Ich lege die Wäsche nachher in den Trockner und beziehe dein Bett frisch.«

Grace nickte und ging in die Küche, um zu frühstücken.

Ein oder zwei Minuten später kam ihre Mutter nach. »Euer Vater ist heute etwas früher als sonst zur Arbeit gefahren. Ich soll euch einen guten Tag wünschen und viel Spaß heute Abend bei der Jugendgruppe.«

Chad stand auf und schob sich den Rest seines Brötchens in den Mund. »Wir müssen los«, sagte er mit vollem Mund.

»Lass deine Schwester in Ruhe essen, Chad. Ihr habt noch genügend Zeit.«

»Ich bin im Auto.« Chad verließ das Zimmer und Grace wusste, dass sie jetzt gleich ohrenbetäubende Musik hören würden. Hoffentlich kauften ihre Eltern ihr zu ihrem sechzehnten Geburtstag ein Auto. Sie hasste Chads unerträgliche Rapsongs. Er war so ein typischer Teenie. Er hielt es für cool, mit dieser laut plärrenden Musik zur Schule zu fahren, dabei war es einfach nur peinlich.

Grace konnte die Ferien kaum mehr erwarten, doch bis dahin waren es noch fast sechs Wochen. Sie hatte noch keine wirklichen Freundschaften geschlossen seit ihrem Umzug, lediglich Bekanntschaften – ein paar Mädchen, mit denen sie zusammen zu Mittag aß. Sie waren eigentlich ganz nett, aber Grace passte irgendwie nicht zu ihnen. Ihr war das ganz recht so. Sie rechnete nicht damit, dass es heute Abend auf der Party der Jugendgruppe anders sein würde.

Sie hatte ihre Eltern angefleht, nicht umzuziehen, doch als Tristan mit ihr Schluss gemacht hatte, hatte sie nachgegeben. Chad und Ansley waren von dem Gedanken an einen Umzug anfangs auch nicht begeistert gewesen, doch sie schienen sich besser einzufügen als Grace. *Egal.*

Sie legte ihre Serviette auf den Teller und wartete darauf, dass Ansley mit ihrem Frühstück fertig war, das wie jeden Morgen aus zwei Brötchen mit Erdnussbutter und Gurken bestand. Ansleys Geschmack war genauso seltsam wie Ansley selbst, aber Grace glaubte nicht, dass es irgendjemanden gab, der Ansley so sehr liebte wie sie. Ihre kleine Schwester war vielleicht nicht die Hellste, aber sie war das freundlichste Wesen auf Gottes weiter Welt. Sie hatte noch nie mit Absicht jemanden verletzt und ihr quirliges Wesen war manchmal das Einzige, das Grace noch Lebensmut gab.

»Grace! Grace! Dein Arm blutet durch dein T-Shirt durch! Guck doch, Mom!«

Grace legte die Hand auf ihren Arm und sprang auf, als ihre Mutter zu ihr trat.

Mom verzog das Gesicht und streckte die Hand aus. »Grace, zeig mir deinen Arm.«

3

»Geht's dir wirklich gut?«, rief Darlene Grace nach, die hinaufging, um sich umzuziehen.

»Ja, Mom«, rief Grace zurück. »Ich hab dir doch gesagt, ich habe mich gestern am Zaun geschnitten. Jetzt mach doch nicht so ein Drama daraus!«

Darlene wartete, bis Grace wieder herunterkam. Sie trug jetzt ein langärmeliges Oberteil. »Es ist doch so warm, Grace. Willst du denn nicht etwas Leichteres anziehen?«

»Mom, bitte! Du hörst doch, dass Chad schon hupt! Wir kommen zu spät.« Sie drückte sich an Darlene vorbei, gab ihr rasch einen Kuss auf die Wange und drehte sich dann zu Ansley um. »Komm, wir müssen los.«

Darlene sah zu, wie die Kinder zu Chads Auto rannten. »Genießt den Tag!«, rief sie ihnen nach.

Dann schlenderte sie, die Kaffeetasse in der Hand, ins Haus zurück und überlegte, was sie heute alles tun musste. Sie wollte Layla ihr teures Kleid so schnell wie möglich zurückgeben, doch zuallererst musste sie noch einmal die Anzeige in der Zeitung lesen, die sie heute Morgen umkringelt hatte. Sie setzte sich an den Küchentisch und schlug die Zeitung auf.

Hilfslehrerin an Förderschule gesucht. Pädagogische Erfahrung wird vorausgesetzt.

Darlene wusste, dass die zwei Jahre auf dem College, in denen sie nur die Kernfächer belegt hatte, sie nicht für diese Arbeit qualifizierten, aber Lebenserfahrung zählte doch auch, oder nicht? Ansley war eigentlich keine Kandidatin für eine Förderschule, doch Darlene hatte jahrelang mit ihr gelernt und nach Möglichkeiten gesucht, ihr zu helfen. Vielleicht würde sie durch die Arbeit an dieser Schule Wege finden, sie noch besser zu fördern.

Die Evans-Schule lag zwischen Round Top und Fayetteville, knapp fünfzehn Kilometer von ihrem Haus entfernt. Darlene war schon oft an dem kleinen Backsteinbau vorbeigefahren.

Auf dem frisch betonierten Parkplatz standen immer ein paar Autos und sie hatte sich gefragt, für welchen Einzugsbereich die Schule wohl zuständig war. Round Top hatte nur neunundachtzig Einwohner, doch die nahegelegenen Orte mit ihren Einwohnerzahlen zwischen dreihundert und dreitausend profitierten sicherlich ebenfalls von dieser Schule.

Sie beschloss, sich am besten gleich persönlich vorzustellen. Sie duschte, zog sich an, räumte die Küche auf, legte Graces Bettwäsche in den Trockner und fegte. Um zehn Uhr fuhr sie zu der Schule.

In dem kleinen Warteraum standen lediglich vier Stühle und ein Tisch. Sie sah einen Klingelknopf neben einem Milchglasfenster und drückte ihn vorsichtig. Einen Augenblick später ging das Fenster schon auf.

»Kann ich Ihnen helfen?« Ein Mädchen, das nicht älter als Grace aussah, schaute heraus.

»Ich bin hier wegen des Jobs für eine Hilfslehrerin, der in der Zeitung ausgeschrieben ist.«

»Ah ja. Einen Augenblick bitte.« Das Fenster ging wieder zu und ein paar Minuten später kam eine ältere Frau mit grauem Haar und freundlichen haselnussbraunen Augen durch die Tür.

»Hallo, meine Liebe. Kommen Sie doch rein.« Die Frau winkte Darlene, ihr zu folgen. Dann drehte sie sich um und warf ihr über die Schulter einen Blick zu. »Haben Sie schon mit Kindern einer Förderschule gearbeitet?«

»Nein, das nicht, aber …«

»Macht nichts.« Die Frau blieb vor einer geschlossenen Tür stehen. »Wenn man es genau nimmt, brauchen ja schließlich alle Kinder besondere Förderung, oder?« Sie lächelte und Darlene schloss sie sofort ins Herz.

Brad kam um Punkt acht nach Hause. Es roch zwar nach Essen, aber es war ungewöhnlich ruhig. Er stellte seine Aktentasche aufs Sofa und ging in die Küche. Leer. »Darlene?«

Er lockerte seine Krawatte und ging weiter ins Esszimmer. »Wow.« Seine schöne Frau saß oben am Tisch, der fürs Abendessen gedeckt war, allerdings nur für zwei Personen. »Darf ich fragen, wo die Kinder sind?«

»Die Party der Jugendgruppe, weißt du nicht mehr?« Sie lächelte. Ihre Augen schimmerten im Kerzenlicht. Dann winkte sie ihm: »Setz dich, Hübscher.«

Brad war so müde, dass er am liebsten ins Bett gegangen wäre und tagelang geschlafen hätte, doch gleichzeitig war er fest entschlossen, diesen Abend nach Kräften zu genießen. Er zog seinen Stuhl heran. »Du siehst wunderschön aus. Gibt es einen besonderen Anlass hierfür?«

»Ich habe dir doch gesagt, dass die Kids auf einer Party sind.« Sie lächelte wieder. »Der Anlass ist, dass wir das Haus ganz für uns haben.«

»Okay, das genügt mir.« Doch er sah ihr an, dass da noch mehr war. Fragend hob er eine Braue.

»Ich habe heute einen Job bekommen.«

Darlene schien förmlich zu glühen vor Freude. Wenn sie sich das wirklich so sehr wünschte, dann würde er sich auch darüber freuen. »Liebling, das ist ja großartig! Was ist es denn?«

»Lass uns erst mal beten, damit wir anfangen können zu essen, dann erzähle ich dir alles.«

Brad sprach eilig ein Tischgebet, weil sein Magen bereits knurrte; dann fragte er, was sie gekocht hatte.

»Spaghetti mit Hähnchenfleisch und Gemüse, so wie du sie magst, mit allem.«

»Oh Süße …« Darlenes Hähnchenspaghetti waren sein Lieblingsessen, doch meistens ließ sie die Zwiebeln weg, weil Ansley sie nicht aß, den Sellerie, weil Chad behauptete, allergisch dagegen zu sein, und ein paar von den Gewürzen, weil keines der Kinder Gewürze besonders mochte. Es war immer noch ein leckeres Essen, kam jedoch nicht an das eigentliche Rezept heran, in dem alles enthalten war. »Habe ich dir eigentlich schon gesagt, wie sehr ich dich liebe?« Er lud sich eine großzügige Portion auf den Teller und griff nach einem Brötchen. »Erzähl mir von deinem Job.«

»Brad, es ist genau das Richtige für mich. Ich arbeite mit den Kindern einer Förderschule. Die Schule ist ganz klein – im Moment haben sie nur sieben Schüler – und wird von einer Frau namens Myrna geleitet. Ihre Enkelin ist eine der Schülerinnen. Sie ist autistisch.«

Brad nickte, während er schluckte. »Sind alle Kinder autistisch?«

»Nein. Aber alle brauchen in irgendeiner Weise besondere Förderung. Eines der Mädchen ist in Graces Alter und …« Darlene schwieg kurz und holte Luft. »Sie hat den Verstand einer Vierjährigen. Ich habe sie heute kennengelernt. Sie heißt Mindy. Und noch ein Mädchen habe ich kennengelernt, Tina. Sie ist emotional behindert.«

»Du wirst also mit den Kindern arbeiten?«

»Ja, insbesondere mit einem Mädchen namens Cara. Sie ist zwölf und autistisch, dabei aber hochfunktional, das heißt, sie kann sprechen. Allerdings nicht viel und sie lässt sich auch leicht ablenken.« Darlene lächelte. »Ich weiß ja noch nicht viel, aber ich habe sie heute kurz gesehen. Sie ist ein liebes, hübsches Ding.«

»Aber du hast doch weder eine Ausbildung noch Erfahrung in dieser Arbeit.« Brad sah von seinem Teller auf und bereute seine Worte bereits. Seine Frau biss sich auf die Unterlippe und starrte auf ihren Teller. »Du wirst das ganz großartig machen, Liebling, da bin ich ganz sicher. Ich bin einfach nur überrascht, dass man keine Ausbildung braucht.«

»Es ist ja nur eine Hilfstätigkeit«, sagte sie und pickte auf ihrem Teller herum. Brad hätte sich in den Hintern beißen können. Dann blickte sie auf und sah ihm in die Augen. »Ich freue mich so darüber und bin so aufgeregt.«

»Ich auch.« Er lächelte sie strahlend an. »Ich finde es großartig. Es ist genau das, was du wolltest, und du wirst dadurch sicher noch mehr Leute aus der Gegend kennenlernen.« Froh, dass er sie nicht zu sehr gekränkt hatte, griff er nach einem weiteren Brötchen. »Wie oft wirst du hingehen – einen oder zwei Tage die Woche?«

»Jeden Tag.«

Brad hörte auf zu kauen. »Für wie viele Stunden?«

»Von acht bis siebzehn Uhr.«

»Ich dachte, du wolltest dir einen Teilzeitjob suchen, Dar. Von acht bis siebzehn Uhr?«

»Ich weiß, ich hätte mit dir darüber sprechen sollen, bevor ich zugesagt habe.« Sie schloss einen Moment die Augen, dann sah sie ihn wieder an. »Aber ich möchte das machen. Ich weiß, dass es ein bisschen viel ist, aber die Schule ist nicht weit entfernt. Ich habe immer noch Zeit zu kochen, wenn ich nach Hause komme, und … vielleicht lerne ich dort … du weißt schon …«, sie zuckte mit den Achseln und schob erneut das Essen auf ihrem Teller herum, »wie ich Ansley besser helfen kann.«

Brad versteifte sich. Mit Ansley war alles in Ordnung. »Ich glaube nicht, dass du Ansley mit den Kindern in dieser Schule vergleichen kannst.«

»Das will ich ja auch gar nicht. Aber manchmal weiß ich einfach nicht, was in ihrem Kopf vorgeht.«

Brad schob seine kritischen Gedanken beiseite und konzentrierte sich wieder auf die neue Tätigkeit seiner Frau. Er hatte viele Freunde, deren Ehefrauen voll berufstätig waren und daneben die Familie versorgten, und er wusste, dass sie unterschiedlicher Ansicht darüber waren. Er legte die Gabel hin und sah Darlene an. Ihre schönen Augen bettelten um seine Zustimmung. »Meiner Ansicht nach bist du die beste Lehrerin auf der ganzen Welt. Die Schüler werden dich lieben. Und ich finde, die Schule kann froh sein, dich zu bekommen.«

Ihr Gesicht hellte sich augenblicklich auf. »Danke, Brad.«

»Wann fängst du an?«

»Montag in einer Woche. Ich brauche auch keine besondere Kleidung oder so was. Nur Jeans oder Caprihosen. Ganz lässig.«

»Meine Frau arbeitet. Was du natürlich schon immer getan hast, nur hast du bis jetzt kein Geld dafür bekommen.« Brad lächelte. Darlene war immer Hausfrau gewesen und obwohl er inzwischen genauso aufgeregt war wie seine Frau, war das Wichtigste für ihn doch, dass sie glücklich war. Ihr Leben drehte sich um die Kinder und bis jetzt hatte sie immer gesagt, dass diese Aufgabe sie völlig ausfüllte. Doch jetzt schien sie mehr zu brauchen – oder etwas anderes. Er vermisste manchmal die Anfangszeit ihrer Ehe, als ihr Leben sich nur um ihn drehte. Das war egoistisch und selbst wenn er die Möglichkeit gehabt hätte, Darlene ihren Kindern zu entziehen, hätte er es niemals getan. Doch jetzt, als sie ihm die Neuigkeit erzählte, fragte er sich unwillkürlich, ob ihre Zweisamkeit nicht darunter leiden würde. Er würde später deswegen beten. Jetzt wollte er erst einmal die Hähnchenspaghetti genießen … und die verheißungsvollen Blicke, die seine Frau ihm zuwarf.

Er aß schneller.

Am Morgen ihres großen Tages stand Darlene zusammen mit Brad auf. Sie wollte sich in Ruhe für ihren ersten Arbeitstag zurechtmachen und trotzdem genügend Zeit haben, um das Frühstück für die Kinder vorzubereiten.

Brad aß normalerweise nur eine Banane oder einen Muffin, bevor er nach Houston fuhr.

Während sie ihre Haare mit dem Lockenstab in Form brachte, putzte Brad sich am Waschbecken neben ihr die Zähne. Sie hoffte, dass er mit ihrem neuen Job wirklich einverstanden war. In der letzten Woche hatte sie manchmal das Gefühl gehabt, dass er sich Sorgen machte, weil es eine Vollzeitstelle war, auch wenn er versuchte, es sich nicht anmerken zu lassen. Für Ansley hatten sie in der Schule einen Tutor engagiert, der jeden Tag eine Stunde mit ihr arbeitete, weil Darlene keine Zeit mehr hatte, ihr bei den Hausaufgaben zu helfen.

»Ich bin um Viertel nach fünf zu Hause, habe also Zeit genug, um aufzuräumen und zu kochen, und wenn …«

»Darlene …« Er spuckte die Zahnpasta ins Waschbecken und sah sie an. »Es ist alles in Ordnung. Die Kinder sind doch jetzt älter; sie sollten dir ohnehin viel mehr bei der Hausarbeit zur Hand gehen.« Er küsste sie auf die Wange. »Die Arbeit ist dir wichtig. Wir schaffen das schon zusammen.«

Sie war mit Brad zusammen, seit sie achtzehn war. Er kannte sie, kannte sie in- und auswendig. Manchmal verdächtigte sie ihn sogar, das zu sagen, was sie hören wollte. Doch heute Morgen würde sie es dabei belassen. Sie war schon nervös genug, auch ohne sich zu fragen, was aus dem Haushalt wurde, wenn sie zur Arbeit ging. Und Brad hatte recht; die Kinder mussten sich sowieso mehr im Haus nützlich machen.

»Danke.«

Er nahm ein Hemd vom Bügel und zog es an. Während er es zuknöpfte, drehte er sich zu ihr um. »Wenn das bisschen zusätzliche Geld, das du verdienst, dich glücklich macht, bin ich auch glücklich. Also mach dir nicht zu viele Gedanken, wie es hier läuft.«

Sie hatten sich immer nach der Decke strecken müssen, deshalb war ihr Beitrag zum Familieneinkommen in ihren Augen ein durchaus willkommener Nebeneffekt ihrer Berufstätigkeit. »Es ist nicht nur das. Ich werde neue Leute kennenlernen. Du hast deine Freunde im Büro. Ich möchte auch ein paar Freunde haben …« Sie stellte den Lockenstab aus, legte ihn aufs Waschbecken und zuckte mit den Achseln. »Du weißt schon, was ich meine.«

Brad nickte. »Ich weiß es. Wirklich. Wir werden ein paar Veränderungen vornehmen. Und wenn ich heute Abend nach Hause komme, will ich alles über deinen neuen Job hören.«

Sie hatte immer noch das Gefühl, sich rechtfertigen zu müssen, wenn nicht vor Brad, dann doch vor sich selbst. »Von meinem ersten Monatsgehalt werden wir das Dach über Ansleys Zimmer reparieren können.«

»Schätzchen, lass das meine Sorge sein.« Er setzte sich aufs Bett und zog Socken und Schuhe an. »Von dem Geld, das du verdienst, leistest du dir was Schönes.«

Sie hatte nie viel Geld für Kleidung, Schuhe oder persönliche Dinge ausgegeben; Brads Einkommen war immer in erster Linie den Kindern und dem Haus zugutegekommen. Was nicht hieß, dass sie sich gehen ließ – fand sie jedenfalls. Aber schöne Kleider waren ihr einfach nie wichtig gewesen, auch nicht, als sie noch in Houston gewohnt hatten. »Mal sehen«, sagte sie, während sie in eine schwarze Hose und eine weiße Bluse schlüpfte. Ihre Jeans waren ein bisschen zu abgetragen, sie hätte sich heute nicht wohl darin gefühlt. Das stand mit als Erstes auf ihrer Einkaufsliste: neue Jeans.

Brad stand auf und lächelte sie an. »Okay. Zeig's ihnen. Ich liebe dich.« Er küsste sie und eilte aus dem Zimmer.

Ein paar Minuten später war sie unten und machte die übrig gebliebenen Blaubeermuffins warm.

»Darauf müssen wir uns wohl in Zukunft gefasst machen«, meinte Chad, als er sich an den Tisch setzte. »Auf Resteessen.« Er lachte.

»Du siehst hübsch aus, Mom.« Ansley setzte sich neben ihren Bruder.

»Danke, Ansley. Wo ist Grace?« Darlene stellte die Butter auf den Tisch.

»Hier bin ich.« Grace kam herein, setzte sich hin und griff nach einem Muffin. Darlene sah, dass sie Caprijeans und ein langärmeliges braunes T-Shirt trug, sagte aber nichts. Wenn die Temperaturen in einem oder zwei Monaten auf vierzig Grad stiegen, würde Grace sich ganz von selbst leichter kleiden.

Darlene stemmte die Hände in die Hüften. »Jetzt hört mal zu. Ich möchte nicht, dass in diesem Haus Chaos herrscht, wenn ich heute Abend nach Hause komme. Ihr seid mindestens zwei Stunden vor mir zu Hause, also schaut selbst nach euren Sachen. Am Kühlschrank hängt eine Liste mit den wöchentlichen Erledigungen: Fegen, Staubwischen, Bettenmachen und so weiter.«

»Du machst Witze, oder?«, fragte Chad mit vollem Mund. Sein dunkles Haar fiel ihm bis auf die Schultern.

Darlene ignorierte seinen Kommentar und sagte: »Und du, Chad, musst dringend zum Frisör.« Sie griff nach ihrem Geldbeutel und den

Schlüsseln. »Ansley, vergiss nicht, deine Hühner zu füttern, wenn du von der Schule nach Hause kommst.«

»Hoffentlich legen sie bald Eier!«

Darlene lächelte. Sie wusste, wie selig Ansley war, dass ihr Vater sein Versprechen gehalten und ihr vier Legehennen gekauft hatte. Und einen Hahn. »Ganz bestimmt.«

»Viel Glück heute, Mom.« Ansley stand auf und drückte sie. Chad nahm sich noch einen Muffin.

»Grace, brauchst du etwas?«

»Nein, Mom. Mir geht's gut.« Grace strich sich eine Strähne ihres langen blonden Haars hinters Ohr. Anders als Ansley, die ihr Haar am liebsten schulterlang trug, reichte Graces Haar fast bis zur Taille.

Darlene stieß einen schweren Seufzer aus. »Gut, ich geh dann mal. Bis später.« Es klang gut – *ich gehe arbeiten*. Sie wünschte nur, die Schmetterlinge in ihrem Bauch würden sich wieder beruhigen.

Grace ging mit ihrem Essen zu dem Tisch gleich neben dem Ausgang. Es war der gleiche Tisch wie jeden Tag, der Tisch, an dem die beliebtesten Mädchen der Schule saßen. Er hatte acht Plätze. Sie saß mit einer ähnlichen Gruppe zusammen wie in Houston, allerdings hatten sie dort immer zwei Tische zusammengeschoben für eine Gruppe von zwanzig Freunden, Jungen und Mädchen. Grace hatte neben Tristan gesessen.

Sie schob ihre Kartoffeln auf dem Teller herum, während die anderen Mädchen sich unterhielten. Nikki erzählte, dass sie mit Dwayne zum Abschlussball ginge, Glenda fragte Missy, ob sie ihr ihre Hausaufgaben borgen könnte, und Jill berichtete von ihrem Schwein, das einen Preis gewonnen hatte. Es gab zwar eine Menge Ähnlichkeiten zwischen diesen Mädchen und Graces Freundinnen in Houston, aber auch große Unterschiede. Die Mädchen in Round Top gingen zwar ebenfalls zur Kosmetikerin und machten für ihr Leben gern Einkaufsbummel, aber sie konnten alle auch reiten und Schweine großziehen.

Die meisten hatten irgendwann einmal an einer Koyotenjagd teilgenommen und wussten, was der Begriff ›Kühe umwerfen‹ bedeutete. Grace konnte sich noch immer nichts darunter vorstellen.

Die Mädchen waren alle sehr hübsch, begehrt und, in manchen Fällen, zu erhaben für Hausaufgaben. Grace hatte zwar nicht das Gefühl dazuzugehören, aber sie hatten sie nun einmal in ihren Kreis aufgenommen. Warum sollte sie sich dagegen wehren?

Glenda, die Missys Mathematikaufgaben inzwischen abgeschrieben hatte, beugte sich über den Tisch und winkte Grace mit dem Finger näher zu sich. Grace beugte sich über ihren Teller nach vorn zu Glenda.

»Carter Fritsch will dich fragen, ob du mit ihm zum Abschlussball gehst.« Glendas braune Augen bohrten sich in die von Grace. Ihr Ton war eindringlich, als würde diese Neuigkeit den Hunger auf der Welt abschaffen oder doch zumindest Grace vor dem schrecklichen Schicksal bewahren, dieses Jahr nicht zum Abschlussball eingeladen zu werden. Grace gehörte zu den jüngeren Schülerinnen, doch der Wettbewerb war hart, denn da nur zehn Jungen den Abschluss machten, konnten nur zehn Mädchen auserwählt werden.

Sie dachte an Tristan und fragte sich, mit wem er wohl zum Abschlussball gehen würde. In Houston würden dieses Jahr über tausend Schüler von ihrer alten Schule abgehen, darunter auch Tristan. Mehrere ihrer alten Freunde hatten sie schon gefragt, ob sie sie nicht begleiten wolle, doch sie hatte abgelehnt. Dieses Leben gehörte der Vergangenheit an und ein Besuch dort würde nur schmerzliche Erinnerungen wecken. Als Tristan mit ihr Schluss gemacht hatte, hatte er zu ihr gesagt: »Es wird nicht funktionieren, Grace. Wir sollten lieber beide versuchen, neue Leute kennenzulernen.« Sie hatte ihm klarmachen wollen, dass sie sich auch noch treffen konnten, wenn sie nach Round Top gezogen war, doch er hatte geantwortet: »Es ist nicht nur das, Grace. Ich glaube, dass du noch andere Probleme hast. Du weißt schon … vielleicht solltest du dir irgendwie Hilfe besorgen oder so.«

Und dabei hatte Grace immer gedacht, Tristan verstünde sie.

Ihr ganzes Leben lang hatte man ihr gesagt, dass sie hübsch sei, aber kein einziger Mensch hatte begriffen, dass gutes Aussehen nicht automatisch eine Garantie für Glück war. Grace litt. Und manchmal hielt sie den Schmerz in ihrem Innern einfach nicht aus.

»Hast du mich verstanden?« Glenda lehnte sich zurück und stützte die verschränkten Arme auf den Tisch. »Wenn ich nicht mit Jake gehen würde, würde ich mich richtig über Carter und dich aufregen.«

»Ich kann nicht mit ihm gehen, auch wenn er mich fragt.« Grace zwang sich, eine Kartoffel zu essen, und kaute in der Hoffnung, dass sie nicht daran ersticken würde. Sie schluckte. Dann sah sie Glenda an, der vor Verblüffung der Mund offen stand.

»Spinnst du? Alle wollen mit Carter gehen.«

Grace wusste, dass sie den Gedanken nicht einmal in Erwägung ziehen durfte. »Ich bin an dem Wochenende in Houston. Die Verabredung steht schon seit Monaten.«

»Was ist das denn für eine Verabredung?«

Grace zuckte mit den Achseln. Sie hatte nicht damit gerechnet, dass Glenda die Sache weiterverfolgen würde. »Ein paar Freunde meiner Eltern geben eine Party … jedes Jahr.«

Glenda nahm die Arme wieder auseinander und fing an, mit den Fingerspitzen auf den Tisch zu trommeln. »Du wirst die Einzige an diesem Tisch sein, die nicht zum Abschlussball geht.«

»Ich weiß. Blöd, dass es ausgerechnet an dem Wochenende stattfindet.« Grace krümmte sich innerlich; sie wusste, dass diese Lüge ihr Elend nur noch vergrößern würde. Das Herz tat ihr weh, wie immer, wenn sie nicht die Wahrheit sagte. Manchmal fragte sie sich, ob Gott ihr auf diese Weise zu verstehen gab, dass er es wusste.

Glenda nickte nach rechts, als Skylar Brown mit einem Tablett an ihrem Tisch vorbeiging. Sie war das einzige Mädchen an der kleinen Schule, das sich als Grufti kleidete. Schwarze Schuhe, schwarze Jeans und ein schwarzes langärmeliges T-Shirt. »Sie würde bestimmt gern mit Carter gehen.« Glenda grunzte. »Falls er sie je fragen würde.«

Grace sah Skylar nach. Sie war hübsch, sogar mit ihrem dunklen Augen-Make-up und ihrem rabenschwarzen Haar, doch hier auf dem

Land wirkte sie noch viel deplatzierter, als es an einer großen Schule in der Stadt der Fall gewesen wäre. Grace erinnerte sich noch an ihren ersten Schultag. Sie hatte keinen Stift gehabt, um sich im Mathematikunterricht Notizen zu machen. Skylar, die neben ihr saß, hatte ihr still einen Stift herübergeschoben, ohne sie auch nur anzusehen. Es war eine simple Geste, aber Grace hatte sie nicht vergessen. Skylar blickte zu Grace herüber, doch diese wandte rasch den Blick ab.

Glenda ließ sich weiter darüber aus, was für ein furchtbarer Fehler es war, nicht mit Carter zu dem Ball zu gehen, doch Grace hörte nicht mehr, was sie sagte. Ihre Gedanken drifteten ab. Es stimmte so vieles nicht mit der Welt. Ihr Magen zog sich zusammen, ihr Herz schmerzte. Sie wusste, dass sie eine tolle Familie hatte und dass Tristan ihren Kummer nicht wert war. Trotzdem war sie immer unruhig, fühlte sich wie ein Kreisel, der sich schneller und schneller drehte. Die Farben tanzten in ihrem Kopf.

Kreisel fallen irgendwann um.

Die Glocke ertönte und Grace war froh, von Glenda und den anderen Mädchen wegzukommen. Es kostete sie ihre ganze Kraft so zu tun, als gehörte sie zu ihnen. Sie wusste, dass sie rein äußerlich so wirkte, bis auf die Tatsache, dass die anderen alle ärmellose oder kurzärmelige Tops trugen. Grace war klar, dass die Zeit der langärmeligen Oberteile bald vorbei war.

Während sie über den überfüllten Flur in ihr Klassenzimmer ging, dachte sie wieder daran, was Tristan ihr bei ihrer Trennung gesagt hatte. Sie wechselte ihre Bücher von einem Arm auf den anderen und schüttelte den Kopf. *Alle haben Probleme, nicht nur ich.*

Tristan irrte sich. Grace wusste, dass sie ihre Probleme allein lösen konnte.

Sie hob das Kinn und fasste einen Entschluss. Sie würde sich ändern. Sie fing am besten gleich heute damit an.

4

Am Vormittag zeigte Myrna Darlene die Schule und machte sie mit den vier anderen Lehrerinnen bekannt.

Lindsay hatte sie schon bei ihrem ersten Besuch kennengelernt. Sie war erst achtzehn Jahre alt, leitete aber das Büro ganz selbstständig. Myrna sagte, sie sei sehr tüchtig und habe ein nicht ganz uneigennütziges Interesse an der Schule: Ihre achtjährige Schwester gehörte zu den Schülerinnen. Dann gab es noch drei weitere Lehrerinnen. Zwei von ihnen hatten erst vor Kurzem ihr Pädagogikstudium abgeschlossen, die Dritte war älter, vielleicht in Darlenes Alter, und war Lehrerin und Psychologin. Sie nahmen sie alle sehr freundlich auf, doch Darlene fragte sich unwillkürlich, warum Myrna sie so schnell eingestellt hatte, obwohl sie keinerlei Qualifikationen besaß.

Mittags führte Myrna sie in die Küche, einen großen Raum auf der Rückseite des Gebäudes, mit einem runden Tisch und sechs Stühlen. Myrna packte ein Sandwich aus, Darlene machte sich den Rest Hackbraten und Kartoffelbrei warm.

Als sie sich hinsetzten, fragte Myrna: »Und? Was haben Sie für einen Eindruck?« Ihr graues Haar war auf dem Oberkopf zu einem Knoten geschlungen und sie trug ein graues Kleid, das ihre Knie bedeckte. Darlene hatte noch nie eine so matronenhaft wirkende Frau gesehen. Myrna war ein Fels in der Brandung. Selbst als Lindsay ihr berichtet hatte, dass die Toilette übergelaufen war, den ganzen Toilettenraum unter Wasser gesetzt hatte und das Wasser jetzt schon im Flur stand, hatte sie nicht die Fassung verloren. »Wenn das das Schlimmste ist, was Gott heute für uns in der Hinterhand hat, ist ja alles in Ordnung«, hatte sie lächelnd gesagt.

»Eine tolle Schule haben Sie hier.« Darlene pustete auf einen Bissen Hackfleisch, um ihn abzukühlen. »Ich kann es kaum mehr erwarten, mit den Kindern arbeiten zu dürfen, vor allem mit Cara.« Nachdem sie in Myrnas Büro drei Stunden lang über Cara und den Unterricht gesprochen hatten, brannte Darlene förmlich darauf loszulegen.

Myrna lächelte und ihre Augen blitzten wie schon heute Vormittag, als sie Darlene herumgeführt und ihr von Cara erzählt hatte. »Ihr Einzel-Unterricht mit Cara beginnt um dreizehn Uhr. Morgen werden Sie dann auch vormittags im Unterricht dabei sein.«

Darlene nickte. »Eine Frage habe ich noch: Ich bin ein bisschen überrascht, dass ich keine Qualifikation brauche, um diese Arbeit zu machen.« Sie wusste, dass ihr Gehalt nicht besonders hoch war, aber sie wollte trotzdem gute Arbeit leisten, auch wenn sie nur als Hilfslehrerin eingestellt war. Vielleicht hatte sich ja außer ihr niemand auf die Stelle beworben und die Schule suchte verzweifelt nach Mitarbeitern, die in einem Dorf wie diesem sicherlich nur schwer zu bekommen waren.

Myrna betupfte sich ihr Kinn mit der Serviette. »Ich muss Ihnen noch etwas sagen.« Sie hielt inne und seufzte. »Caras Vater ist nicht gerade einfach. Mae Perkins hat uns seinetwegen verlassen, obwohl ihr sehr viel an Cara lag.«

Darlene hätte es wissen müssen: Das Ganze war zu schön, um wahr zu sein. »Aha«, meinte sie und führte ihre Gabel zum Mund.

Myrna machte eine abwehrende Handbewegung. »Ich kümmere mich schon um Dave Schroeder.«

Darlene schluckte und dachte nach. »Hatte Mae ein Diplom oder sogar schon Berufserfahrung?« Sie stocherte in ihrem Kartoffelbrei herum und überlegte, ob sie wirklich die Richtige für diesen Job war.

»Ja, das hatte sie. Sie sind die erste Lehrerin ohne Abschluss und ohne Berufserfahrung, die ich eingestellt habe.«

Ein paar Minuten schwiegen sie beide. Darlene rutschte unbehaglich auf ihrem Stuhl herum. »Warum haben Sie mich eigentlich genommen?«

Myrna schluckte den Bissen ihres Sandwichs, an dem sie gerade gekaut hatte, wischte sich den Mund ab und sah Darlene an. »Weil Sie Mutter von drei Teenagern sind. Keine der anderen Lehrerinnen hat eigene Kinder. Die meisten kommen frisch vom College und ich weiß, dass unsere kleine Schule für sie lediglich ein Sprungbrett zu höheren und besser bezahlten Positionen ist.« Myrna erhob sich mit ihrem Teller und ging zum Mülleimer. Sie kippte die Krümel in den Müll, warf ihre Serviette hinterher, drehte sich um und sah Darlene wieder an. »Ich habe einfach ein gutes Gefühl bei Ihnen, Darlene.«

Heute Morgen hatte sich Darlene noch auf den Job gefreut, doch jetzt bekam sie Angst. »Erzählen Sie mir von Caras Vater. Warum ist er so schwierig? Ist Caras Mutter genauso?«

Myrna lehnte sich gegen die Arbeitsplatte. »Es gibt keine Mutter. Sie kam bei einem Autounfall ums Leben, als Cara sechs Jahre alt war. Dave zieht Cara allein groß.«

»Hmmm …« Darlene stand ebenfalls auf und stellte ihren Teller in die Spüle. »Das muss schwer für ihn gewesen sein.«

Myrna wusch sich die Hände und wartete, bis Darlene dasselbe getan hatte. Dann drehte sie sich wieder zu ihr um. »Morgens arbeiten wir mit allen Kindern zusammen in einer Gruppe, nachmittags teilen wir uns auf in die Einzelsitzungen. Zwei der Kinder kommen nur vormittags, damit bleiben fünf für den Nachmittag – ein Kind für jede von uns.«

Sie lächelte. »Ich arbeite meistens mit meiner Enkelin, Theresa, aber heute ist Theresa bei Beverly, damit ich bei Ihnen und Cara bleiben kann.«

Darlene nickte, während Myrna fortfuhr.

»Ein paar Dinge sollten Sie noch über Cara wissen, bevor wir ins Klassenzimmer gehen. Wie ich schon sagte, ist sie hochfunktional. Sie kann ein Gespräch führen, doch manchmal will sie einfach nicht. Ihr Vater hat gesagt, dass sie manchmal tagelang nicht mit ihm spricht. Ein andermal wieder ist sie eine richtige Plaudertasche. Ihre Aufmerksamkeitsspanne ist nicht sehr lang; unsere größte Herausforderung ist deshalb, sie bei der Stange zu halten. Wenn ihr etwas Spaß macht, gibt sie sich große Mühe, aber immer nur eine bestimmte Zeit lang. Sie liebt Kreuzworträtsel, beendet sie allerdings fast nie. Sie scheint gern zu lesen, aber ich glaube nicht, dass sie schon einmal ein ganzes Buch von Anfang bis Ende durchgelesen hat.«

Darlene wünschte, sie hätte einen Stift und Papier zur Hand. »Soll ich mir Notizen machen?«

Myrna schnippte mit den Fingern. »Ach, und das hätte ich beinahe vergessen. Cara isst nur weiße Nahrungsmittel – sonst nichts.« Sie schüttelte den Kopf und lächelte. »Die arme Mae hat ihr eines Tages mal einen großen Beutel Geleefrüchte mitgebracht, weil sie dachte, dass die Süßigkeiten ihre Einstellung zu farbigem Essen ändern würden.« Myrna lachte. »Cara hat sie durch das ganze Zimmer geschleudert.«

Darlene lächelte, begeistert von dieser Frau, die ihr ohne eine Spur von Verärgerung von Caras Verhalten erzählte.

»Ach, und Sie sollten Ihren Schmuck ablegen. Cara ist versessen auf Schmuck. Nicht nur, dass Sie nichts mehr mit ihr anfangen können, sobald sie ein Schmuckstück sieht, sie will es auch mit nach Hause nehmen. Es ist eine Art Perseveration.« Myrna hob die Hände und deutete auf ihre Ohren. »Sie haben sicher bemerkt, dass wir alle keinen Schmuck tragen.«

Darlene deutete auf ihren Ehering.

»Ja, Ihren Ehering müssen Sie auch ablegen.«

Darlene wusste nicht mehr, wann sie ihren Ehering das letzte Mal abgezogen hatte. Vielleicht vor fünfzehn Jahren? Sie wusste gar nicht, ob sie ihn überhaupt noch abbekam.

»Ich gehe jetzt noch rasch auf die Toilette. Wir treffen uns dann im Klassenzimmer auf der linken Seite«, sagte Myrna so fröhlich, als träfen sie sich zu einem Konzert oder einem ganz besonderen Ereignis.

Darlene nickte, drehte sich zur Spüle und hielt ihre Hände unters fließende Wasser in der Hoffnung, dass sie ihren Ring so leichter abziehen konnte.

Brad fragte sich jedes Jahr, wie sie es wieder einmal geschafft hatten, die Abgabefrist für die Steuererklärungen zu überleben, doch um siebzehn Uhr dreißig teilte ihm Jeannie mit, dass alle Briefe im Postausgang waren. Er lockerte seine Krawatte, lehnte sich auf seinem Stuhl zurück und holte tief Luft. Zum ersten Mal am heutigen Tag dachte er an Darlene und fragte sich, wie es ihr wohl an ihrem ersten Arbeitstag ergangen war. Er nahm das Foto von ihnen beiden in die Hand, das auf seinem Schreibtisch stand. Es stammte von der Reise nach San Antonio, die sie vor einigen Jahren zusammen unternommen hatten. Sie hatten im Hyatt auf dem Riverwalk gewohnt. Darlene trug eine Baseballkappe, Shorts und ein rosafarbenes T-Shirt. Sie lehnten am Geländer einer Fußgängerbrücke über dem Fluss.

Brad lächelte. Er wünschte, er hätte die Romantik, mit der diese vier wunderbaren Tage angefüllt waren, in Flaschen abfüllen und mitnehmen können. Damals waren Brads Eltern aus Florida gekommen, um auf die Kinder aufzupassen.

Jetzt, nachdem die Steuersaison vorüber war, konnte er vielleicht ein paar Tage freinehmen und einen Miniurlaub mit Darlene machen. Sie verreisten viel zu selten zusammen. Ihm war es egal, wo sie hinfuhren, wenn sie nur zusammen waren.

Er fuhr seinen Computer herunter, schloss ein paar offene Aktenordner, die auf seinem Schreibtisch lagen, und stellte sie ins Regal. Wahrscheinlich würde Cliff bald einen neuen Partner wählen und Brad hoffte und betete, dass er das sein würde. Das Geld, das Darlene nun verdiente, sollte sie für sich selbst ausgeben – oder für etwas Besonderes. Die Familie finanziell zu versorgen, war allein seine Sache. Er verdiente nicht schlecht, doch als Partner würde er eine hübsche Gehaltserhöhung bekommen. Dann konnte er das alte Farmhaus für Darlene zu einem Schloss auf dem Berg ausbauen.

»Jeannie, ich gehe jetzt. Machen Sie auch Schluss?« Brad nahm seine Mappe, machte das Licht in seinem Büro aus und ging zum Schreibtisch seiner Assistentin.

»Ja. Gleich. Dan wollte grillen – zur Feier des letzten Tages der Steuersaison. Ich kann die Steaks schon auf der Zunge schmecken.«

»Wir haben es tatsächlich mal wieder geschafft!« Brad lächelte. »Genießen Sie Ihren Feierabend. Kommen Sie morgen ruhig ein bisschen später, wenn Sie möchten.« Jeannie arbeitete schon viele Jahre für ihn und sie war jeden Cent ihres Gehalts wert. Wenn er Partner wurde, würde er auch für Jeannie eine angenehme Gehaltserhöhung herausschlagen.

Als er zum Aufzug ging und den Knopf nach unten drückte, kam ihm eine Idee. Es gab da etwas, das Darlene schon mehrmals angesprochen hatte, seit sie in Round Top wohnten. Heute schien ihm ein guter Tag zu sein, es ihr zu kaufen. Die Steuersaison war vorbei, er konnte sich ein wenig umschauen und ihr diese besondere Kleinigkeit bestellen, die sie sich so sehr wünschte. Zur Feier ihres neuen Jobs.

Um fünfzehn Uhr wurde Darlene allmählich ein wenig nervös bei dem Gedanken, dass ihre eigenen Kinder nun am Nachmittag ohne sie zu Hause zurechtkommen mussten. So gut es sich auch anfühlte, wieder zur arbeitenden Bevölkerung zu gehören, war es doch nicht leicht für sie, dass sie nicht da war, wenn die Kinder heute nach Hause kamen. Sie rief sich in Erinnerung, dass ihre Kinder keine Babys mehr waren. Aber trotzdem war sie froh, dass die Evans-Schule nur ein paar Kilometer entfernt war.

Cara war ein liebes Mädchen und Myrna war den ganzen Nachmittag bei ihnen geblieben. Die ersten beiden Stunden widmeten sie einfachen Aufgaben, die Caras Konzentrationsfähigkeit fördern sollten – sie lasen zusammen Kurzgeschichten, lösten einfache Rechenaufgaben und machten Übungen zur besseren Koordination von Händen und Augen. Von fünfzehn bis siebzehn Uhr konzentrierten sie sich dann auf Caras Kommunikationsfähigkeit. Cara sprach meistens sehr undeutlich und vor allem viel zu schnell. Myrna hatte ihr erklärt, das läge daran, dass ihre Fähigkeit zu reden nicht mit ihren Gedanken mithalten könne, und wenn ihr Verstand ein Problem gelöst hatte, hörte sie einfach auf zu sprechen. Myrna hatte ihr auch gesagt, dass manche autistischen Kinder es nicht mochten, wenn man sie berührte. Das galt auch für Cara, wenngleich sie ihrem Vater ihre Liebe durchaus zeigte.

Wenn Cara nicht mehr zuhören wollte, hielt sie ihre Hand hoch und tippte mit allen vier Fingern kurz gegen ihren Handballen, eine Bewegung, die Darlene selbst oft gegenüber Brad machte, wenn sie jemanden am Telefon hatte, den sie nicht mehr loswurde. Deshalb musste Darlene ein Grinsen unterdrücken, als sie zum ersten Mal sah, wie Cara diese Bewegung machte, während Myrna ihr eine Rechenaufgabe erklärte.

Sie hatten viele Pausen gemacht, waren nach draußen gegangen, um zu spielen, und hatten gegen fünfzehn Uhr einen kleinen Imbiss eingenommen – Biskuitkuchen, den Caras Vater heute Morgen geschickt hatte. Einen sehr teuren Biskuitkuchen. Darlene hatte das Preisschild an der Schachtel der Bäckerei gesehen. Zweiundzwanzig Dollar. Es war ein guter Kuchen, doch Darlene hätte niemals so viel Geld dafür ausgegeben.

Darlene hatte selbst Probleme gehabt, sich den ganzen Nachmittag zu konzentrieren, da sie die vollen vier Stunden entweder auf ihren Händen gesessen oder die Hände unter ihre Arme gesteckt hatte, um ihren Ehering zu verbergen. Es hatte sich herausgestellt, dass sie mehr als ein wenig warmes Wasser und Seife brauchte, um ihren Ring abzuziehen.

Ihren übrigen Schmuck – kleine silberne Kreolen und ein silbernes Armband, ein Set, das Brad ihr letztes Jahr zum Geburtstag geschenkt hatte – hatte sie abgelegt.

»Cara, ich sehe gerade, dass dein Vater kommt.« Myrna schaute aus einem Fenster auf der Vorderseite des Gebäudes. »Komm, wir räumen auf und dann stellen wir ihm Darlene vor.« Myrna fing an, die Arbeitsbücher zu stapeln, doch Cara starrte Darlene an. Und dann sprach sie sie zum ersten Mal direkt an.

»Gehst du jetzt zu dir nach Hause?«

Darlene nickte. »Ja.«

Cara stand auf, als Myrna und Darlene sich erhoben. Darlene faltete die Hände hinter dem Rücken. Das schöne zwölfjährige Mädchen war fast gleich groß wie sie – und größer als Ansley, die genauso alt war. Caras kastanienbraunes Haar war zu einem hübschen, knapp schulterlangen Bob geschnitten, der sich ganz leicht lockte. Unter dem feinen Pony strahlten grüne Augen hervor.

»Hey, meine Kleine.« Ein großer dunkelhaariger Mann in einer hellbraunen Hose und einem gelben Poloshirt kam auf sie zu. Cara lief ihm entgegen und schlang ihre Arme um seine Taille. Dann ließ sie ihn los und deutete auf Darlene, sagte aber nichts.

Myrna trat einen Schritt vor. »Darlene, das ist Dave, Caras Vater.«

Es bestand kein Zweifel, von wem Cara ihre außergewöhnlichen Augen hatte.

Dave musste in Darlenes Alter sein, Ende dreißig. Sein hellbraunes Haar war kurz geschnitten, sein Gesicht glatt rasiert. Als er auf sie zukam, roch sie sein Eau de Toilette. Es war ein angenehmer, leichter Duft. Er streckte die Hand aus.

»Ich bin Dave Schroeder.« Er lächelte nicht und schüttelte ihr nur kurz die Hand.

»Schön, Sie kennenzulernen.« Darlene faltete die Hände vor sich. »Wir hatten einen richtig schönen Tag zusammen.«

Da stand Cara auch schon vor ihr und zerrte an ihrem Ehering. Heftig.

»Oje«, murmelte Myrna und tat einen Schritt auf Cara zu.

»Nein, mein Schatz, ich fürchte, ich bekomme ihn nicht ab.« Darlene versuchte, ihr die Hand zu entziehen, doch Cara zog umso gewaltsamer an ihrem Ring. Darlene spürte, wie sich die Diamanten in ihr Fleisch gruben. Gleich würde sie anfangen zu bluten. Sie versuchte, ihr die Hand zu entziehen, doch Cara stöhnte auf und zerrte noch fester.

Dave legte seine Hand fest auf Caras Arm. »Cara, nein.« Dann sah er Myrna mit zusammengekniffenen Augen an. »Hat es ihr denn niemand gesagt?«

Er blickte kurz zu Darlene herüber. Dann versuchte er wieder, Darlenes Hand zu befreien. »Cara, lass los.«

Es brauchte mehrere kräftige Versuche, bis Darlene ihre Hand wiederhatte. Dave sagte nichts, während er Cara zum Auto führte. Cara schrie die ganze Zeit und blickte mehrmals zu Darlene zurück.

»Es tut mir so leid«, sagte Darlene zu Myrna, als Cara und ihr Vater das Haus verlassen hatten. »Ich war den ganzen Tag so vorsichtig und dann ...« Sie schüttelte den Kopf.

»So etwas passiert gelegentlich, meine Liebe.« Myrna hob die Schultern und ließ sie langsam wieder fallen. »Aber Sie sollten versuchen, den Ring heute Abend abzuziehen.« Sie lächelte, wurde jedoch rasch wieder ernst. »Sie werden doch wiederkommen, oder?«

Etwas anderes hatte Darlene nie in Erwägung gezogen. »Natürlich.«

»Sehr gut. Ein paar andere Lehrerinnen haben wir nämlich gleich am ersten Tag in die Flucht geschlagen.« Myrna zog die Vorhänge im Klassenzimmer zu und Darlene half ihr, die sechs Stühle ordentlich um den Tisch herumzustellen. Die Stühle und der Tisch waren die einzigen Möbelstücke in dem großen Raum. Darlene fand, dass die beruhigende babyblaue Farbe, in der die Wände gestrichen waren, gut zu ihrer Stimmung passten. Überall hingen Zeichnungen der Kinder. Die bunten Kunstwerke verliehen dem Zimmer eine warme, heimelige Atmosphäre. Dazwischen hing ein Spruch, der ihr bis jetzt nicht aufgefallen war. *Alle deine Bewohner werden Schüler des Herrn sein und in großer Zufriedenheit leben. Jesaja 54,13.*

Sie musste lächeln. Sie lebten in einer Zeit, in der Gott bewusst aus den Klassenzimmern ausgeschlossen wurde. Umso mehr freute sie sich zu sehen, dass die Evans-Schule nicht zu dieser Kategorie gehörte.

»Ich freue mich darauf, mit Cara zu arbeiten«, sagte Darlene ebenso sehr zu sich selbst wie zu Myrna. Vielleicht konnte sie ja etwas bewirken und Cara ein bisschen helfen. Ihre eigenen Kinder schienen sie nicht mehr so zu brauchen wie früher, in erster Linie noch als Dienstmädchen, zum Kochen und Waschen. Gut möglich, dass Cara sie auch nicht brauchte, doch hier an dieser Schule zu sein, war eine willkommene Abwechslung und sie würde sich auf jeden Fall große Mühe geben.

Darlene ging hinaus und war froh, dass sie in fünfzehn Minuten zu Hause sein würde. Genügend Zeit, um zu kochen und noch eine Maschine Wäsche zu waschen. Später am Abend würde sie dann noch versuchen, Laylas Kleid zu ändern. Darlene fühlte sich der Aufgabe zwar gewachsen, doch die Angst, das teure Kleid zu ruinieren, hatte ihr mehr als einmal zitternde Hände beschert. Sie würde froh sein, wenn sie es Layla zurückbringen konnte.

Als sie in die Auffahrt einbog, sah sie Ansley mit einem breiten Lächeln vom Hühnerstall kommen.

»Ich glaube, ich weiß, worüber du dich freust«, sagte Darlene, als sie die Autotür zuschlug.

»Ja! Sieh nur!« Ansley streckte ihr beide Hände entgegen. »Zwei Eier.«

»Das ist ja großartig, meine Süße!« Sie schlang einen Arm um ihre Tochter. »Ich sollte vielleicht etwas machen, wofür wir Eier brauchen, was meinst du?«

Ansley blieb stehen und runzelte die Stirn. »Wir können die aber erst essen, wenn Daddy sie gesehen hat.«

Darlene unterdrückte ein Grinsen. »Okay. Ich hatte sowieso vor, einen Fleisch- und Käseauflauf zu machen und dafür brauche ich keine Eier.«

»Wie war dein erster Arbeitstag?« Ansley hielt Darlene die Tür auf. »Wirst du jetzt abends immer stinkig sein, wie Dad?«

»Dad ist nicht stinkig. Er ist nur ... müde. Vor allem in der Steuersaison. Und die ist jetzt vorbei.«

Darlene warf ihre Tasche aufs Sofa und ging durch das Wohnzimmer in die Küche. »Wo sind Chad und Grace?« Sie nahm eine Packung Hackfleisch aus dem Gefrierschrank.

»Chad ist oben. Grace ist nicht mit uns nach Hause gefahren.«

Darlene, die gerade das Fleisch auspackte, hielt inne. »Was? Wo ist sie denn?«

Ansley zuckte mit den Schultern. »Sie hat gesagt, sie will zu Fuß nach Hause gehen.«

Darlene schaute auf die Wanduhr. »Die Schule ist schon seit über zwei Stunden aus. Hat sie nicht gesagt, warum sie später kommt?«

»Nö.« Ansley legte ihre braunen Eier in einen Eierkarton, der noch vier gekaufte Eier enthielt. »Schade, dass ich die nicht schon vor ein paar Wochen, zu Ostern, hatte.«

»Ihr bemalt doch schon seit Jahren keine Ostereier mehr.« Darlene legte das Hackfleisch auf einen Teller und stellte es in die Mikrowelle zum Auftauen.

»Das war, bevor wir unsere eigenen Eier angebaut haben.«

Darlene lächelte. »Eier angebaut?«

»Du weißt schon, was ich meine.«

Sie schwiegen ein paar Minuten. Darlene schnitt eine Zwiebel. Ansley schaute wiederholt in den Kühlschrank und holte schließlich ein Stück Käse heraus.

»Ich hoffe, dass mit Grace alles in Ordnung ist.« Darlene schwieg kurz und dachte nach.

»Es sind gut acht Kilometer von der Schule nach Hause. Vielleicht sollte ich Chad losschicken, sie zu suchen.«

»Na dann viel Glück.« Ansley kicherte. »Er hat nämlich eine heiße Braut oben.«

Darlenes Magen hob sich, als sie herumfuhr. »Was?«

»Cindy Weaver. Er ist schon hinter ihr her, seit wir hierhergezogen sind.«

Darlene wartete keine weiteren Erklärungen ab, sondern lief zur Treppe und nahm immer zwei Stufen auf einmal. Vor Chads geschlossener Tür blieb sie stehen und klopfte.

»Ja, komm rein.«

Darlene öffnete die Tür; sie wusste nicht mehr, wovor sie eigentlich Angst gehabt hatte. Sie hatte den Kindern nie sagen müssen, dass sie keine Angehörigen des anderen Geschlechts mit nach Hause bringen durften, wenn sie nicht da war – sie war ja immer da gewesen. »Hey«, sagte sie erleichtert, als sie hineinschaute. Chad und Cindy saßen einander gegenüber auf dem Bett. Zwischen ihnen lagen Bücher und Hefte.

»Hey, Mom. Das ist Cindy.« Chad blickte nicht einmal von dem Buch auf, in das er vertieft war.

»Hi, Mrs Henderson.« Cindy sah auf und lächelte und Darlene

schalt sich innerlich dafür, dass sie geglaubt hatte, hier würde etwas anderes als Hausaufgaben gemacht.

»Nett, dich kennenzulernen, Cindy.« Lächelnd wandte sie sich an Chad. »Weißt du, warum Grace nicht mit euch nach Hause gefahren ist?«

Chad blickte noch immer nicht auf. »Nö. Sie hat nur gesagt, sie kommt später zu Fuß nach.«

Darlene verschränkte die Arme vor der Brust und dachte kurz nach. »Gut. Wenn sie bis achtzehn Uhr nicht zu Hause ist, gehst du sie suchen, okay?«

Chad seufzte. »Was bleibt mir übrig?«

»Das ist kein Problem, Mrs Henderson. Wir können Grace gern suchen. Ich weiß, wo manche der Mädchen nach der Schule noch herumhängen.«

Was für ein nettes Mädchen. Darlene lächelte wieder. »Danke, Cindy. Wir warten noch eine halbe Stunde. Ich sehe, ihr beiden seid beschäftigt.«

»Ja … sind wir«, sagte Chad und bedachte sie mit einem bösen Blick.

»Noch mal, war nett, dich kennenzulernen, Cindy.« Darlene ging rückwärts aus dem Zimmer, zögerte einen Moment und schloss dann die Tür. Cindy war höflich, gut erzogen und sehr hübsch. Sie dachte an ein paar der Mädchen, mit denen Chad sich in Houston getroffen hatte, und schüttelte den Kopf. Sie war froh, wenn er mit einem netten Mädchen zusammen war. Die meisten seiner Freundinnen in Houston hatten Darlene und Brad gemieden.

»Wow, das war knapp.« Cindy griff unter Chads Bett und zog eine offene Dose Bier hervor. Dann griff sie ein zweites Mal hinunter und holte auch seine hervor. »Danke«, sagte er, als sie sie ihm gab.

»Deine Mutter scheint nett zu sein.« Cindy nahm einen großen Schluck Bier.

Chad trommelte mit dem Daumen gegen die Dose. »Ja, sie ist cool.« Er nahm ebenfalls einen Schluck. Es schmeckte nicht mehr so gut. Er konnte nicht so leicht vergessen, was er in Houston durchgemacht hatte. Aber Cindy Weaver war es wert, ein paar Gänge herunterzuschalten. Er hatte nicht vor, sich wieder mit solchen Typen wie in Houston einzulassen. Sie hatten sich aus dem Haus geschlichen, gesoffen, bis sie kotzen mussten, und Dinge getan, von denen Chad nie gedacht hatte, dass er sie jemals tun würde.

Doch das lag alles hinter ihm. Cindy war eine Einser-Schülerin, eines der beliebtesten Mädchen an der Schule, und sie kleidete sich auch nicht so abgerissen wie die Mädchen, mit denen er früher herumgehangen hatte. Sie war hübsch. Sie hatte Klasse. Und sie war gern mit ihm zusammen. Er hatte sie von der Schule nach Hause gefahren. Sie wohnte in einem großen Haus am Marktplatz von Round Top. Ihr Vater arbeitete fast immer im Garten und hatte ihm zugewinkt, als er sie absetzte. Mom sollte froh sein, dass er sich mit einem Mädchen wie Cindy traf.

»Wir haben kein Bier mehr.« Cindy setzte sich auf und zwinkerte ihm zu, woraufhin sich sein Puls beschleunigte, vor allem, als sie die Bücher beiseiteschob und näher zu ihm rückte. Er hatte sie noch nicht geküsst, doch nach der Art, wie sie sich an ihn lehnte, schien sie ihn dazu aufzufordern. Sie berührte seine Wange und strich ihm eine Haarsträhne aus dem Gesicht. Ein wohliger Schauer lief ihm über den Rücken. »Hey«, sagte sie und lächelte. »Haben deine Eltern vielleicht was zu trinken da, an das du herankommst?«

Chad rieb sich die Stirn. »Nein. Sie trinken eigentlich nicht. Höchstens mal hin und wieder ein Glas Wein, das ist alles.«

»Wein reicht doch.« Cindy kam noch näher.

»Ich – ich glaube, jetzt muss ich Grace suchen.«

Cindy runzelte die Stirn und rückte von ihm ab, doch dann lächelte sie. »Okay.« Sie stand auf und nahm ihren Rucksack. »Kannst du mich zu Hause absetzen, bevor du sie suchst?«

»Aber ich dachte …« Chad hielt inne, als Cindy die Brauen hochzog. »Klar, kein Problem. Ich bringe dich zuerst nach Hause.«

»Prima.« Sie ging zu ihm und küsste ihn auf die Wange. »Du bist ein Schatz.«

Chad war sicher, dass er ihre weichen Lippen nie vergessen würde. Aber was war mit seinem Magen los? Er kannte das Gefühl. Es war Schuld.

Grace ging schneller. Sie hätte den Lesesaal viel früher verlassen sollen. Es war schon spät. Mom würde sich Sorgen machen. Sie mochte es nicht, wenn sie irgendjemandem Probleme machte, vor allem nicht Mom.

Darlene Henderson war die beste Mutter der Welt und hatte schon genügend Probleme mit Chad und Ansley. Grace war stolz darauf, dass sie ihrer Mutter nie Kummer machte. Sie wollte ›das gute Kind‹ sein, deshalb behielt sie ihre Probleme für sich, belastete ihre Eltern nie mit ihren Sorgen und brachte gute Noten nach Hause. Sie hatte genau das Richtige tun wollen, als sie heute Nachmittag noch im Lesesaal geblieben war. Außerdem passte es zu ihrem neuen Plan, ein besserer Mensch zu werden. Sie hielt den Kopf hoch, ging schneller und sprach ein leises Gebet, in dem sie Gott um Kraft bat.

Als es hinter ihr hupte, machte sie vor Schreck einen Satz. Sie ging ein bisschen weiter seitlich ins Gras hinein, um Platz zu machen, doch der alte Dodge Pickup fuhr langsamer und blieb schließlich stehen. Grace blickte durch das offene Beifahrerfenster des heruntergekommenen Wagens. *Skylar Brown?*

»Willst du mitfahren?« Skylar schob ihre Sonnenbrille ein Stückchen die Nase herunter und Grace verzog das Gesicht, als sie das schwarze Augen-Make-up sah.

Sie und Skylar hatten noch nie miteinander gesprochen. »Äh, nein. Danke. Ich hab's nicht mehr weit.« Sie lächelte gezwungen. »Aber danke noch mal.«

»Schon okay.« Skylar rammte den Gang rein und fuhr ruckend los, die kurvige Straße hinunter.

Grace ging weiter. Das Auto, das Skylar fuhr, musste ihrem Urgroßvater gehört haben. Der Motor röhrte und aus dem Auspuff qualmte schwarzer Rauch. Aber wenigstens war es ein fahrbarer Untersatz – immer noch mehr, als Grace hatte. Doch das würde sich hoffentlich ändern, wenn sie bald sechzehn wurde.

Dann hörte sie einen lauten Knall und sah eine Menge Rauch aufsteigen.

Ein oder zwei Minuten später hatte sie den Wagen eingeholt. Skylar stand daneben und starrte hinein. Dann versetzte sie ihm einen Fußtritt. »Ich glaube, jetzt bin ich diejenige, die eine Mitfahrgelegenheit braucht.«

»Hast du's noch weit bis nach Hause?«

»Immerhin so weit, dass ich mich nicht freue, zu Fuß gehen zu müssen.«

Grace steckte die Hand in ihren Rucksack und suchte. »Willst du mein Handy benutzen?« Mom bestand darauf, dass sie alle Handys hatten, jetzt, wo es nur noch zehn Dollar pro Familienmitglied kostete. Grace zog ihr Handy heraus und hielt es Skylar hin.

»Ich habe selbst ein Handy«, sagte Skylar und verdrehte die Augen. »Es funktioniert hier nicht. Ich wüsste kein Handy, das auf dieser Strecke Empfang hat. Aber versuch's ruhig.«

Grace schaute auf das Display. »Du hast recht. Kein Empfang.« Sie steckte das Handy wieder ein und stellte den Rucksack ab. »Du kannst mit mir nach Hause kommen und von uns aus anrufen. Ich hab's nicht mehr weit.«

»Oder ich kann mich auf den Weg machen. Irgendwann werde ich auch wieder Empfang haben und dann …«, Skylar hielt kurz inne, »kann ich anrufen«, schloss sie.

Grace hob die Hand an die Stirn zum Schutz gegen die Sonne, die sie blendete. »Und der Wagen?«

Skylar versetzte ihm erneut einen Tritt. Ihr langes, schwarzes Haar fiel nach vorn.

Sie warf es über die Schulter zurück. »Ich glaube, der muss erst mal hierbleiben.«

»Soll ich dir helfen, ihn von der Straße herunterzuschieben, falls du es nicht zurückschaffst, bevor es dunkel wird?«

Skylar seufzte und stemmte die Hände in die Hüften. »Das wäre gut. Ich lege den Leerlauf ein und löse die Handbremse.«

Zusammen schoben sie den Wagen an den Straßenrand, wobei sie ein paar Wiesenlupinen plattmachten. Grace war überrascht, wie leicht sich der Wagen schieben ließ, obwohl Skylar nicht größer war als Grace.

»Da kommt mein Bruder.« Grace deutete auf Chads rostigen Chevy Pickup, der auf sie zutuckerte. »Ich bin spät dran. Wahrscheinlich sucht er mich.«

»Du blutest.«

Bevor Grace Skylar ansah, blickte sie auf ihren Arm herunter. »Ach, das ist weiter nichts.«

Skylar kam zu ihr und überraschte sie, indem sie ihren Arm berührte. Grace zuckte zusammen und zog ihn fort. »Wie lange ritzt du dich schon?«, fragte Skylar.

»Was?« Graces Herz klopfte so stark, dass sie dachte, ihr Brustkorb würde zerspringen.

»Du hast mich schon verstanden. Wie lange bist du schon eine Ritzerin?«

Grace hob ihren Rucksack auf und schwang ihn über die Schulter. In diesem Moment hielt Chad neben ihnen an. »Ich weiß nicht, wovon du sprichst«, gab sie zurück.

»Und ob du das weißt.« Skylar blinzelte und holte tief Luft. »Sag mir, wenn du darüber reden willst.«

Grace blickte Skylar nach, die in ihren schwarzen Armeestiefeln die Straße hinuntertrottete, und fühlte sich verpflichtet, ihr nachzurufen: »Willst du mitfahren?«

»Nein.« Skylar drehte sich nicht um.

Ein Glück! Eines wusste Grace ganz sicher. Mit Skylar Brown würde sie über gar nichts reden.

Sie stieg vorn bei Chad ein. Ihre Unterlippe zitterte, während sie sich anhörte, wie Chad mit ihr schimpfte, weil sie so spät dran war und nicht angerufen hatte. Und weil Cindy wegen ihr hatte früher gehen müssen

Grace hasste es, spät dran zu sein. Doch sie saß nur da und hörte zu, ohne etwas zu sagen, und biss die Zähne so fest zusammen, dass es wehtat. Ihr Kopf fühlte sich an wie ein Flippergerät, die Bälle sausten herum und schlugen von innen gegen ihren Schädel. Und ihr Herz klopfte so heftig, dass sie spürte, wie ihr übel wurde. *Hör auf, Chad, hör doch endlich auf!*

Sie schloss die Augen, um ihn auszublenden, doch es funktionierte nicht. Als es ihr schließlich gelang, sah sie Skylar vor sich, wie sie sie angesehen hatte – voller Mitleid. Das Letzte, was Grace wollte, war Mitleid von einem Mädchen wie Skylar.

Mit mir ist alles in Ordnung, Grufti.

5

Darlene saß an der Nähmaschine in einer Ecke des Schlafzimmers. Sie hatte sich bewusst viel Zeit genommen für das Ändern von Laylas Kleid und war sehr vorsichtig damit umgegangen. Jetzt schob sie den Stuhl zurück, stand auf und hielt das Kleid dabei hoch über ihren Kopf, damit der Saum nicht auf dem Boden schleifte. »Wie findest du es?«

Brad, der schon im Bett lag, nahm seine Brille ab, legte sie auf das Buch, in dem er gerade las, und drehte sich zu ihr um.

»Wie vorher.« Er grinste, schließlich hatte er das Kleid schon mehrmals gesehen.

Darlene ließ die Arme sinken. »Ha, ha.« Sie drapierte das Kleid behutsam auf einen Bügel, hängte ihn an die Schranktür und kam zum Bett. »Ich hätte mich nicht breitschlagen lassen dürfen, es zu ändern.« Sie stieg ins Bett, schüttelte ihre Kissen auf und lehnte sich zurück.

»Du nähst schon, seit ich dich kenne, und das Kleid sieht großartig aus.« Brad breitete die Arme weit aus und Darlene kuschelte sich an ihn. Sie hatte ihm bereits von ihrem Tag berichtet, hatte ihm zugehört, wie er von seinem erzählte, hatte gekocht, die Küche aufgeräumt, eine Ladung Wäsche gewaschen und dafür gesorgt, dass die Kinder alles hatten, was sie brauchten. Jetzt wollte sie nur noch schlafen.

»Ich bin so müde!«

»Willkommen in meiner Welt«, sagte Brad und gähnte. »Bist du sicher, dass du das wirklich machen willst? Einen Vollzeitjob? Ich rechne fest damit, dass ich bald Partner werde.«

Darlene ließ die Augen geschlossen, während sie sprach. Sie würde ihm nicht sagen, dass sie die Kinder vermisste. Brad kannte sie gut genug, um das ohnehin zu wissen, und sie wollte nicht, dass er sich noch mehr Gedanken darüber machte. Die Arbeit war wichtig für sie. Sie musste es einfach versuchen. Ein bisschen Unabhängigkeit, noch ein anderes Leben außer dem als Ehefrau und Mutter. »Es geht nicht ums Geld.« Wobei das Geld natürlich nicht zu verachten war. »Der Tag hat mir gefallen. Ich brauche nur ein bisschen Zeit, um mich daran zu gewöhnen, dass ich tagsüber nicht mehr zu Hause bin.«

»Das habe ich dir ja gesagt. Sorg dafür, dass die Kinder dir mehr helfen.« Er gab ihr einen Kuss auf die Wange. »In der Schule sind sie sicher froh, dich zu haben.«

»Danke.«

Er zog sie dichter an sich. »Hey, jetzt, wo die heiße Phase vorbei ist, könnten wir doch mal ein paar Tage wegfahren. Die Kinder kommen doch sicher auch mal ein Weilchen allein zurecht, oder? Sie sind alt genug, finde ich.«

Darlene fühlte sich alles andere als wohl bei diesem Gedanken. Sie glaubte nicht, dass sie den Urlaub genießen konnte, wenn sie wusste, dass ihre Kinder allein zu Hause waren.

»Ich spüre schon, wie du dich verkrampfst.« Brad seufzte. »Vielleicht hast du ja recht. Es sind gute Kinder, aber …«

Darlene war ziemlich sicher, dass Brad an die Zeit in Houston mit Chad dachte, und zitterte selbst bei dem Gedanken daran, auch jetzt noch.

Brads Eltern wohnten weit weg, in Florida, und seinem Vater ging es in letzter Zeit gesundheitlich nicht mehr so gut. Da Brad ein Einzelkind war, blieb nur noch Darlenes Bruder Daly, doch ihn herkommen zu lassen, hätte lediglich bedeutet, noch ein Kind mehr ins Haus zu holen. Sie liebte ihren Bruder, doch er war trotz seiner sechsunddreißig Jahre alles andere als erwachsen.

»Ja …«, sagte sie schließlich, »und außerdem habe ich gerade erst angefangen zu arbeiten. Ich kann nicht gleich Urlaub nehmen.« Sie schmiegte sich in seine Arme. »Wir überlegen uns etwas.«

Das sagten sie schon lange, aber dann verfolgten sie ihre Pläne doch nie weiter. Sie dachte an die Reise zum Riverwalk vor vier Jahren. Es wäre schön, so etwas noch mal zu machen.

»Ich werde morgen auf der Fahrt zur Arbeit schnell bei Layla haltmachen und ihr das Kleid bringen.« Darlene schloss wieder die Augen und gähnte. »Ich weiß einfach nicht, was ich von der Frau halten soll.«

Brad las schon wieder und Darlene dachte, wenn sie nicht gleich mit dem Gebet anfing, würde sie mittendrin einschlafen.

»Wen liebst du?«, fragte sie ihren Mann, bevor sie begann, Gott für seine vielen guten Gaben zu danken.

»Dich, Süße.«

Am nächsten Morgen rührte sie sich nicht, als der Wecker klingelte. Schließlich stand Brad auf, ging ums Bett herum und knuffte sie. »Die Arbeit wartet, mein Schatz.«

»Oh. Ja.« Sie stand auf und griff mit geschlossenen Augen nach ihrem Bademantel. »Ich mache Frühstück.«

»Dar …« Bradley fasste sie am Arm. »Die Kinder sollen sich selbst darum kümmern. Es gibt Müsli, Muffins und alles Mögliche zu essen. Du brauchst ihnen nichts zuzubereiten und hinzustellen.«

Sie gähnte. »Nein, wahrscheinlich nicht. Du hast recht.«

Fünfundvierzig Minuten später stand sie angekleidet unten. Chad fragte, ob er jemals wieder Eier zum Frühstück bekäme, und Ansley meinte, sie hoffe nicht.

»Was bringt es, die Eier im Kühlschrank zu sammeln?« Chad lachte. »Es sei denn, wir heben sie auf, um irgendwann irgendjemandes Haus mit Eiern zu bewerfen.«

»Oh nein!«, sagte Darlene und griff nach der Kaffeekanne. »Das machen wir ganz bestimmt nicht.«

»Irgendwie ist das Ganze doch echt krank, Mom. Dass du jetzt arbeitest.« Chad sprach mal wieder mit vollem Mund. »Und was ist, wenn eins deiner armen Kinder irgendetwas braucht?«

Darlene drehte sich um und lachte ihrem Sohn in das übertrieben entsetzte Gesicht. »Ich nehme an, dann werden meine kleinen Lieblinge sich etwas einfallen lassen müssen.«

»Ich kann morgens Eier kochen«, sagte Grace, die sich gerade Butter auf ihren Muffin strich.

Ansleys Augen wurden weit, doch sie sagte nichts.

Chad deutete auf Grace. »Ich wusste doch, dass du dich für uns einsetzen würdest, Grace.«

Darlene nahm ihre Tasche. Ohne jeden Schmuck kam sie sich beinahe ein bisschen nackt vor. Es war nicht leicht gewesen, aber es war ihr gestern Abend tatsächlich gelungen, ihren Ehering abzustreifen, indem sie den Finger zuerst mit Bodylotion eingerieben und dann am Ring gezogen hatte, bis sie vor Schmerz am liebsten geschrien hätte. »Schließt hinter euch ab. Und vor allem räumt hinter euch auf. Die Kleider legt bitte gleich …«

»Wissen wir alles, Mom«, fielen sie unisono ein.

Darlene nahm ihren Thermobecher mit dem Kaffee. »Dann bis heute Abend. Hab' euch lieb!«

An diesem Vormittag hörte Darlene in der ersten Stunde des Unterrichts fast nur zu. Sie saß im Kreis mit den anderen, gegenüber von Rachel, der Lehrerin, die in Darlenes Alter war und mehrere Studienabschlüsse hatte. Auch die beiden jüngeren Lehrerinnen – Christie und Beverly – beteiligten sich an den Gesprächen, ebenso wie Myrna. Heute waren die sieben Schüler vollständig erschienen – Myrnas Enkelin, Theresa, war mit sieben Jahren die Jüngste, Mindy mit fünfzehn die Älteste.

Jedes einzelne Kind hatte ganz besondere Bedürfnisse. Darlene war vor allem davon beeindruckt, wie es den Lehrerinnen gelang, Ordnung zu halten, mit großer Freundlichkeit und viel Empathie, ohne je die Geduld zu verlieren. Sie mochte sie alle, doch in der zweiten Stunde entwickelte sie eine Vorliebe für Beverly, eine der beiden Frauen, die frisch vom College kamen. Beverly war eine stämmige Frau, die ständig lächelte, und drei Kinder hatten ingrimmig darum gekämpft, neben ihr sitzen zu dürfen. Sie hatte ein ganz leichtes Lispeln und hielt ihre Hände beim Sprechen oft wie im Gebet. Sie betete wohl nicht wirklich – oder vielleicht tat sie es doch –, aber ihre Stimme war sanft und das, was sie sagte, verriet eine Reife, die weit über ihr Alter hinausging. Sie sagte nicht viel, doch wenn sie etwas sagte, hörten die Kinder auf sie.

»Mindy, du hast heute aber ein schönes gelbes Kleid an.« Beverly nickte der Fünfzehnjährigen, die rechts von ihr saß, zu. »Diese Farbe macht mich fröhlich und glücklich. Woran erinnert sie euch?«

Darlene hörte zu, wie die Kinder Wörter wie *Bananen* und *Sonnenschein* nannten. Die zehnjährige Tina sagte, Gelb erinnere sie an ein fahrendes Auto.

»Sie hat in New York gelebt und ihr Vater war Taxifahrer«, flüsterte Myrna Darlene zu.

Es war alles sehr interessant, doch Darlene hatte nicht das Gefühl, viel beitragen zu können. Ihr war aufgefallen, dass Mindy angefangen hatte, ihr Haar so heftig zwischen den Fingern zu zwirbeln, dass es Darlene schon vom Zusehen wehtat. Instinktiv ließ sie ihren Blick suchend durchs Zimmer schweifen, bis sie in einer kleinen Wiege voller Spielzeug ein Stofftier entdeckte. Sie wartete, bis Rachel alle zu einem Klatsch-Spiel animierte, das die Koordination von Händen und Augen verbessern sollte, dann schlich sie aus dem Kreis.

Nach kurzer Zeit kehrte sie mit einer flauschigen orangefarbenen Katze zurück und legte sie Mindy in den Schoß. »Ich glaube, sie braucht jemanden, der sie streichelt«, flüsterte sie Mindy zu und fragte sich gleichzeitig, ob sie sich lieber doch nicht hätte einmischen sollen. Doch Mindy ließ sofort von ihrem bereits völlig verfilzten Haar ab und fing an, das Stofftier zu streicheln. Darlene erinnerte sich daran, wie Ansley ihre Haare früher auf ähnliche Weise malträtiert hatte, wenn auch nicht so heftig wie Mindy. Ansley hatte diese Angewohnheit beibehalten, bis sie etwa neun Jahre alt war. Damals hatte Darlene ebenfalls immer versucht, sie mit einer anderen Beschäftigung abzulenken.

In der letzten Stunde wurde Darlene in den Unterricht einbezogen und beteiligte sich auch an den Gesprächen. Cara sprach nicht viel, aber Darlene war aufgefallen, dass sie sie oft anschaute. Sie fragte sich, was dem Mädchen wohl durch den Kopf ging, und hatte beinahe ein bisschen Angst vor dem Einzelunterricht nach dem Mittagessen.

Die Lehrerinnen aßen in zwei Schichten zu Mittag; Darlene ging mit der ersten Schicht, zusammen mit Rachel und Beverly.

»Das war eine prima Idee, Mindy mit dem Stofftier abzulenken. Den Rest des Unterrichts hat sie ihr Haar nicht mehr angefasst«, sagte Rachel im Pausenraum, während sie herzhaft in ihr Sandwich biss.

»Meine Tochter hat das auch gemacht«, sagte Darlene und spürte, wie sie rot wurde. Sie war es nicht gewöhnt, mit Leuten, die sie nicht sehr gut kannte, über ihre Familie zu sprechen. Doch sie vermisste es, sich mit anderen Frauen zu unterhalten. Während sie aß, hörte sie Rachel und Beverly zu. Die Gesprächsthemen machten ihr rasch klar, dass sie nicht viel mit den beiden Frauen gemein hatte – bis auf die Arbeit hier an der Schule. Rachel war geschieden und momentan nicht gut auf Männer zu sprechen. Beverly, so reizend sie auch war, war mindestens fünfzehn Jahre jünger als Darlene. Sie traf sich seit Neuestem mit einem Arzt. Christie, die zusammen mit Myrna und Lindsay im anderen Raum die Kinder beaufsichtigte, war ebenfalls noch sehr jung. Und Myrna war natürlich sehr viel älter als sie alle. Doch es waren alles nette, anständige Frauen.

Darlene überlegte, ob sie wohl jemals wieder eine Freundin wie Gina finden würde, und fragte sich, wie es Gina wohl als Single erging. Sie nahm sich vor, sie demnächst anzurufen.

Nach dem Essen ging Darlene in das kleinere Klassenzimmer zum Einzelunterricht mit Cara. Myrna und Cara waren bereits da und erwarteten sie.

»Alles in Ordnung?« Myrna stand auf. Cara war mit einem Kreuzworträtsel beschäftigt. »Ich bin im Nebenzimmer, falls Sie mich brauchen. Machen Sie es einfach genauso wie gestern. Beständigkeit ist sehr wichtig.« Myrna schaute Cara an. »Cara, erinnerst du dich an Ms Darlene?«

Cara blickte nicht auf, nickte aber. Darlene holte tief Luft, als Myrna sie kurz anlächelte und dann ging.

Sie setzte sich neben Cara und sah zu, wie sie weiter an dem Kreuzworträtsel arbeitete. Es war kein leichtes Rätsel und Darlene war überrascht, wie viele Kästchen Cara bereits ausgefüllt hatte. Sie wartete erst einmal ab, weil sie sie nicht unterbrechen wollte. Außerdem war sie nicht ganz sicher, wie sie vorgehen sollte. Sie überflog die Notizen, die sie sich gestern gemacht hatte, dann schaute sie auf den Stapel Bücher und Hefte, die zwischen ihr und Cara lagen. In dem Moment, als sie die Hand danach ausstreckte, legte Cara den Stift hin.

»Wollen wir jetzt ein bisschen rechnen?« Darlene suchte den Stapel durch und fand das Lehrbuch. Sie schlug es auf der Seite auf, die Myrna markiert hatte, und machte da weiter, wo sie am Vortag aufgehört hatten. Sie ließ das Buch ein wenig sinken, damit Cara ebenfalls hineinschauen konnte, doch diese blickte immer noch nicht auf. Darlene nahm den Stift und hielt ihn ihr hin. »Okay?«

Zuerst rührte Cara sich nicht, doch dann griff sie nach dem Stift, löste ein paar Rechenaufgaben und legte den Stift wieder hin. Darlene prüfte die Ergebnisse. Alles richtig. Sie fragte, ob sie auch noch die übrigen Aufgaben lösen wolle, doch Cara schüttelte den Kopf.

Den Rest des Nachmittags widmeten sie sich den anderen Fächern, ohne dass es zu irgendwelchen Zwischenfällen kam. Interessant war, dass Cara immer ein Weilchen arbeitete, dann aber den Kopf hob und sich im Zimmer umblickte, als suche sie etwas oder jemanden. Es dauerte immer ein paar Minuten, ihre Aufmerksamkeit wieder zurück auf die Arbeit zu lenken. Während der Kommunikationsübungen sagte sie kein Wort, sondern starrte Darlene nur an. Das war anfangs ein bisschen unangenehm, doch am Ende der Stunde hatte Darlene sich daran gewöhnt.

Punkt siebzehn Uhr ging die Tür auf. Darlene erwartete, dass Myrna hereinkam, doch es war Caras Vater. Cara stand auf und ging zu ihm. Darlene legte die Hefte auf einen Stapel, dann stand sie ebenfalls auf und trat zu den beiden. »Ich glaube, wir hatten einen guten Tag«, sagte sie zu Mr Schroeder.

Er nickte, dann beugte er sich hinunter und küsste Cara auf die Stirn. »Hattest du einen guten Tag, meine Süße?«

Cara schüttelte den Kopf. »Nein.«

Darlene stockte der Atem. Sie hatte nicht gemerkt, dass es nicht gut gelaufen war.

»Es war ein schlechter Tag.« Cara sprach schnell. Sie drehte sich um und starrte Darlene an. Dann deutete sie mit dem Finger auf sie.

Dave Schroeder sah Darlene mit finsterem Blick an. »Was meint sie damit?«

Darlene blickte zwischen Cara und ihrem Vater hin und her. »Ich weiß es nicht. Ich hatte das Gefühl, dass es gut lief.«

Sie sah Cara an, doch die wandte nach einer Sekunde den Blick ab. »Cara, du warst sehr gut. Du hast die Rechenaufgaben und das Kreuzworträtsel richtig gelöst und auch die anderen Aufgaben, die Myrna dir gegeben hat.« Außer bei den Kommunikationsübungen hatte Darlene wirklich das Gefühl gehabt, dass alles gut gegangen war. Sie lächelte Cara an, in der Hoffnung, doch noch eine positivere Reaktion zu erhalten. Nichts.

»Es tut mir leid, Mr Schroeder. Vielleicht braucht Cara einfach ein bisschen Zeit, um sich an mich zu gewöhnen.«

»Sie mag keine Veränderungen«, sagte er und strich Cara eine kastanienfarbene Strähne aus dem Gesicht.

Am liebsten hätte Darlene ihm gesagt, wenn Beständigkeit für Cara so wichtig sei, solle er doch bitte nicht dauernd ihre Lehrerinnen vergraulen, doch sie nickte nur. »Morgen ist ein neuer Tag.«

»Verabschiede dich von Ms Darlene, Cara.« Doch mit diesen Worten schob er seine Tochter auch schon in Richtung Tür, als erwarte er gar nicht, dass sie reagierte.

»Tschüss, Cara. Bis morgen.«

Darlene stand neben dem Tisch mitten im Zimmer, als Myrna hereinkam. »Na, wie ist es gegangen?«

»Ich hatte eigentlich ein gutes Gefühl, aber Cara hat zu ihrem Vater gesagt, dass sie einen schlechten Tag hatte, also lief es wohl nicht so besonders.«

Myrna lächelte. »Cara ist ein cleveres Mädchen. Autistisch, ja, aber sehr viel schlauer, als man erwarten würde.«

Darlene legte den Kopf schräg. »Wie meinen Sie das?«

»Ich mag Cara wirklich gern, Darlene, aber wenn es so etwas wie selektiven Autismus gäbe, wäre sie das beste Beispiel dafür. Sie hat ihrem Vater gesagt, dass sie einen schlechten Tag hatte, weil sie genau weiß, dass ihr Dad ihr nachher gleich als Erstes ein großes Eis spendieren wird. Das ist in Ordnung – vermute ich jedenfalls –, aber unsere Aufgabe ist es zu versuchen, Cara so viel wie möglich beizubringen, damit sie das Beste aus sich machen kann. Es hilft ihr nicht weiter, wenn man allen ihren Launen immer sofort nachgibt.«

»Aber Mr Schroeder wirkte besorgt darüber, dass sie einen schlechten Tag hatte. Er schien ihr zu glauben. Sie hätten sehen sollen, wie er mich angeguckt hat.«

Darlene seufzte. »Ich glaube, er ist nicht sehr froh darüber, dass ich hier bin.«

»Er ist einfach nur ein unglücklicher Mann. Ich kannte ihn nicht, als seine Frau noch lebte, aber ich habe gehört, dass er damals ganz anders war. Sie hatten eine florierende Firma und gingen ganz in Cara auf.« Myrna schwieg und hob einen Finger. »Cara ist noch immer sein Lebensinhalt. Er ist noch immer sehr erfolgreich in seinem Beruf als Immobilienmakler, aber er ist ... wie soll ich sagen ... innerlich ziemlich leer, glaube ich.«

Darlene krümmte sich bei dem Gedanken, dass Brad etwas zustoßen könnte. Sie würde Dave und Cara auf ihre Gebetsliste setzen. »Ich verstehe.«

»Lassen Sie sich nicht von ihm entmutigen, meine Liebe.« Myrnas Ton klang fest. Dann lächelte sie. »Geben Sie der Sache ein bisschen Zeit. Wie ich schon sagte, ich habe bei Ihnen ein gutes Gefühl.«

»Heute war erst mein zweiter Tag. Ich weiß, dass es ein Weilchen dauern wird.«

Fünfzehn Minuten später klopfte Darlene an Laylas Tür. Das Versace-kleid lag über ihrem Arm.

Layla öffnete in ihrem gewohnten Dress – Jeans, Stiefel, Arbeitshemd. »Kommen Sie doch rein«, sagte sie mit mehr Begeisterung, als Darlene von ihr gewöhnt war. Darlene folgte ihr ins Haus.

»Danke. Können Sie warten, bis ich es anprobiert habe?«, fragte Layla und nahm ihr das Kleid ab.

Darlene hatte absolut keine Zeit. Ihre Familie wartete auf sie und sie musste noch kochen. »Natürlich, ich warte gern.«

Layla kehrte in dem Kleid zurück und da war sie wieder, die Verwandlung von der Farmarbeiterin zur Glamourqueen. »Es passt sehr gut. Sitzt es hinten auch?« Layla drehte sich um.

Darlene wünschte, sie könnte ein Kleid mit solcher Allüre tragen wie Layla. »Ja, es sieht wundervoll aus.«

»Ich bin gleich zurück.«

Darlene tippte mit dem Fuß auf den Boden und blickte auf ihre Uhr. Layla kam zurück. »Ich danke Ihnen. Ich hätte es natürlich nach Houston bringen können …«

»Das ist schon in Ordnung.« Darlene lächelte. »Ich muss jetzt leider gehen.«

»Warum sind Sie so aufgebrezelt?« Layla trat näher und betrachtete Darlene von oben bis unten.

Darlene blickte an sich herunter. Sie trug eine hellbraune Caprihose und eine rosarote Bluse. »Ich weiß nicht, ob ich das als aufgebrezelt bezeichnen würde.« Sie lachte. »Na ja, für meine Verhältnisse wohl schon. Ich habe einen Job angenommen.«

Layla runzelte die Stirn. »Oh. Ich verstehe.«

»Ich arbeite in der Evans-Schule oben an der Straße.«

Der Anflug eines Lächelns erschien auf Laylas Gesicht. »Das ist eine ganz wunderbare Einrichtung. Was machen Sie dort?«

»Ich bin nur Hilfslehrerin, aber sie bilden mich aus. Ich habe noch nie richtig gearbeitet, nicht außerhalb des Hauses. Aber meine Kinder sind jetzt größer und ich wollte etwas tun … ich habe mir eine Tätigkeit gewünscht, mit der ich etwas Sinnvolles bewirken kann.«

Layla setzte sich aufs Sofa und bedeutete Darlene, sich ebenfalls zu setzen. Darlene sah wieder auf ihre Armbanduhr. Sie war hin- und hergerissen zwischen dem Wunsch, nach Hause zu ihren Kindern zu kommen, und der Sehnsucht, in diesem Dorf endlich eine Freundin zu finden. Außerdem war diese Offenheit so ungewöhnlich für Layla, dass Darlene nicht anders konnte, als sich ein paar Minuten mit ihr zu unterhalten.

»Myrna leitet eine erstklassige Schule. Ich nehme an, Sie wissen, dass ihre Enkelin autistisch ist?« Layla faltete die Hände im Schoß und hob die Brauen.

»Ja.«

»Hat sie Ihnen gesagt, dass wir die Schule gern vergrößern würden? Wir möchten noch mehr Schüler aufnehmen können, auch Kinder aus einkommensschwachen Familien, die ebenfalls vom Besuch einer solchen Schule profitieren würden, deren Eltern es sich aber nicht leisten können, ihre Kinder dorthin zu schicken.«

Darlene fiel auf, dass Layla mehr als einmal das Pronomen *wir* verwendete, und sie war überrascht von dem Engagement, mit dem sie sprach. »Nein, das wusste ich nicht.«

»Es ist nicht einfach, hier in dieser Gegend gute Lehrer zu finden. Ich bin froh, dass Sie dort arbeiten.«

»Ich hoffe, dass ich mich bewähre.« Nach dem heutigen Tag hatte sie da ihre Zweifel.

»Das werden Sie. Ganz bestimmt.«

Das sagte sie so überzeugt, dass Darlene ihr beinahe glaubte.

»Sie sollten mich auf die Gala begleiten. Die Einnahmen kommen der Schule zugute.«

Darlene presste die Hand auf die Brust. »Oh nein, das kann ich nicht.«

»Warum nicht?« Layla überkreuzte die Beine, runzelte die Stirn und wippte mit dem nackten Fuß.

»Ich – ich …« Sie zuckte mit den Achseln. Wenn Layla zu diesem Ereignis ein Versacekleid trug, hatte sie, Darlene, ganz bestimmt kein passendes Kleid für einen solchen Anlass. »Ich habe keine Zeit.«

Layla stand auf, stürmte aus dem Zimmer und kam mit einem Umschlag zurück. »Hier. Ich habe noch eine Einladung. Es wäre eine Schande, sie einfach verfallen zu lassen. Betrachten Sie es als Bezahlung für das Kleid.«

»Ich dachte, Sie wollen die Gala eigentlich gar nicht besuchen.«

»Das will ich auch nicht. Aber ich werde trotzdem hingehen, weil es für einen guten Zweck ist. Und jetzt habe ich ein Date.« Sie hob ihre schmale Braue und lächelte.

Darlene stand auf. »Layla, ich will gern etwas spenden, aber ich kann Sie nicht begleiten. Ich habe einen vollen Terminkalender und …«

»Sie findet an einem Samstag statt. Und wenn es darum geht, dass Sie nichts anzuziehen haben, ich habe noch etwa hundert Kleider wie das, das Sie für mich geändert haben. Ich leihe Ihnen eins.«

Versace? Darlene hatte noch nie ein Versacekleid anprobiert, geschweige denn getragen.

»Sie werden es natürlich kürzen müssen.«

Layla war plötzlich eine völlig andere Frau und obwohl Darlene keine Ahnung hatte, woran das lag, gefiel ihr die neue, freundliche Layla doch ausnehmend gut. Vielleicht konnten sie ja doch noch Freundinnen werden.

»Na gut«, meinte sie schließlich und sah wieder auf die Uhr.

Brad kam um achtzehn Uhr dreißig nach Hause, warf seine Aktentasche aufs Sofa und ging in die Küche, obwohl es nicht roch, als hätte jemand etwas gekocht. Ansley legte gerade ein paar Eier in den Kühlschrank.

»Guck nur, Dad! Noch mal vier.«

Brad lächelte. »Ansley, das ist ja wunderbar. Aber dir ist hoffentlich klar, dass wir sie auch irgendwann essen müssen, oder?« Seine Tochter seufzte, doch dann nickte sie. »Wo ist Mom?«, fragte er.

»Sie ist noch nicht zu Hause.«

Brad sah auf die Uhr. »Wo ist sie?«

»Keine Ahnung. Ich hab sie noch nicht gesehen.«

»Vielleicht kauft sie noch ein paar Sachen ein. Wo sind Chad und Grace?«

»Weiß ich auch nicht.« Ansley schloss den Kühlschrank.

Brad sah auf die Teller, die in der Spüle standen. »Ihr müsst alle mehr im Haushalt mit anpacken, jetzt, wo Mom arbeitet. Du fängst am besten schon mal in der Küche an.«

»Aber das sind Chads Teller. Ich und Grace haben unsere in die Spülmaschine gestellt.«

»Und jetzt sage ich dir, dass du die Spüle putzt, bevor deine Mom nach Hause kommt. Mit Chad befasse ich mich, sobald ich ihn gefunden habe.«

Ansley murrte ein bisschen, doch sie öffnete die Spülmaschine – eines der ersten Dinge, die sie angeschafft hatten, als sie in das alte Farmhaus gezogen waren. »Chad ist wahrscheinlich bei Cindy und Grace sitzt bestimmt in ihrem Zimmer.«

Brad verließ die Küche und stieg die Treppe hinauf. Er klopfte an die Tür von Graces Zimmer. Als er keine Antwort bekam, trat er ein. Gott sei Dank hielt wenigstens eins seiner Kinder sein Zimmer sauber. Graces Bett war ordentlich gemacht, es lagen keine Kleidungsstücke herum und es roch auch nicht so streng wie manchmal in Chads oder Ansleys Zimmer.

Als er das Zimmer gerade wieder verlassen wollte, stieß er mit Grace zusammen. »Da bist du ja! Ist Chad da?«

»Nein. Vielleicht ist er bei Cindy.« Grace ging an ihm vorbei in ihr Zimmer.

»Wie war dein Tag?« Brad steckte seinen Kopf noch einmal durch die Tür. Grace ging mit einem inneren Frieden durchs Leben, den er sich selbst sehnlichst wünschte.

»Wunderbar, Dad.«

»Gut. Wenn Chad nach Hause kommt, sag ihm, er soll aufhören, seine Teller in der Spüle zu stapeln und zu hoffen, dass jemand anders hinter ihm aufräumt. Und er soll nach den Longhorns gucken und sie tränken.« Irgendwann in nächster Zeit würde Brad eine Wasserleitung auf die Weide legen. »Hast du was von Mom gehört?«

Grace schüttelte den Kopf und setzte sich aufs Bett. Sie zog ein Heft aus ihrer Schultasche. »Nein.«

»Hmmm …« Brad ging wieder die Treppe hinunter. Komisch, dass Darlene nicht angerufen und Bescheid gesagt hatte, wo sie war. Es war schon lange her, dass er selbst gekocht hatte, aber wenn sie einigermaßen rechtzeitig essen wollten, musste er sich darum kümmern.

Fünfzehn Minuten später, als er gerade Hotdogs und Pommes frites machte, hörte er, wie jemand durch die Vordertür hereinkam. Er legte die Zwiebel, die er gerade schälte, auf die Arbeitsplatte und ging ins Wohnzimmer.

»Es tut mir so leid«, sagte Darlene, die schon im Zimmer stand. »Ich habe Layla ihr Kleid gebracht und dann kamen wir ins Reden und es hat gedauert und gedauert und …«

»Was ist das denn?« Brad deutete auf das Kleid, das über Darlenes Arm hing.

»Oh. Das ist ein Kleid, das Layla mir geliehen hat.« Darlene stellte sich auf die Zehenspitzen und lächelte. »Es ist von *Versace*, Brad. Du solltest Laylas Kleiderschrank sehen! Lauter Designerklamotten. Sie hat mich zu der Gala zugunsten der Evans-Schule eingeladen.« Sie hielt einen Moment die Luft an. »Sie findet am Samstag in einer Woche statt. Das geht doch in Ordnung, oder?«

»Ja, ich finde es großartig. Aber warum hast du mich dennoch nicht angerufen und Bescheid gesagt, dass du später kommst?« Er beugte sich hinunter und küsste sie. »Ich hab mir schon richtig Sorgen gemacht.«

»Das tut mir leid! Ich habe mein Handy im Auto gelassen, weil ich dachte, es dauert nur eine Minute, und dann hat Layla mich mit ihrem Vorschlag überrascht. Ach, und ich habe sie zu Graces Geburtstag an diesem Wochenende eingeladen, du wirst sie also bald kennenlernen.«

»Wow. Das klingt aber ganz anders als das, was du am Anfang über sie erzählt hast.«

»Ich weiß. Heute war sie tatsächlich ganz anders, viel freundlicher.«

Sie ging an ihm vorbei zur Treppe. »Ich hänge nur schnell das Kleid auf. Geht es den Kindern gut? Und was rieche ich da überhaupt?«

»Den Kindern geht's gut, aber Chad habe ich noch nicht gesehen. Hotdogs und Pommes.«

»Perfekt! Ich komme gleich!«

Brad wollte wieder in die Küche gehen, drehte sich jedoch um, als es an der Haustür klopfte. Durch die Glasscheibe sah er, dass ein junges Mädchen draußen stand.

Es war ganz in Schwarz gekleidet.

»Ist Grace da?«, fragte sie, als Brad aufmachte.

Er trat zurück, um sie hereinzulassen. »Komm doch rein. Sie ist oben.« Brad streckte ihr die Hand hin; er kannte das Mädchen nicht. »Ich bin Brad Henderson, Graces Dad.«

Das Mädchen gab ihm zögernd die Hand. »Hi.«

Er hätte nie gedacht, dass Grace sich so jemanden als Freundin aussuchen würde, doch er wollte nicht nach dem Aussehen urteilen. Sie passte nur nicht zu den Mädchen der Jugendgruppe oder den anderen, die er gelegentlich schon hier gesehen hatte. »Geh ruhig rauf. Ich muss kochen.« Brad deutete auf die Treppe. »Dritte Tür links.«

Brad sah ihr nach, wie sie in ihren schwarzen Armeestiefeln, der schwarzen Jeans und dem schwarzen T-Shirt hinaufging. Sie hatte pechschwarzes Haar und genügend dunkles Make-up aufgelegt, um Eltern das Fürchten zu lehren. Er schüttelte nur stumm den Kopf und ging zurück in die Küche. In diesem Moment kam Chad durch die Hintertür herein.

»War das Skylar Brown, deren Auto ich vor dem Haus gesehen habe?«, flüsterte Chad.

»Sie hat sich mir nicht vorgestellt.« Brad öffnete die Ofentür und schaute nach den Pommes.

»Doch, das war sie. Sie fährt den verrosteten alten Dodge. Was will sie denn hier?« Chad ließ seinen Rucksack auf einen Stuhl fallen und ging zum Kühlschrank.

»Sie wollte zu Grace.«

Chad fuhr herum. »Warum?«

»Chad, ich weiß es nicht. Ich habe sie nicht gefragt.« Brad holte eine Dose Hotdog-Chili aus dem Schrank.

»Sie ist eine Spinnerin. Guck doch nur, wie sie sich anzieht, total gruftimäßig.«

Brad öffnete die Dose und goss die Sauce in einen Topf. Dabei fragte er sich, wo Darlene blieb. Er war dieses Chaos einfach nicht gewohnt. »Du solltest einen Menschen nicht nach seinem Aussehen oder seiner Kleidung beurteilen, Chad.«

Sein Sohn setzte sich mit einem Glas Eistee an den Tisch. »Komm schon, Dad. Du musst doch zugeben, dass sie nicht aussieht wie die Mädchen, mit denen Grace sonst rumhängt.«

Brad dachte nach. »Grace kann sich ihre Freundinnen selbst aussuchen.«

»Meinetwegen.« Chad stand auf und griff nach seinem Rucksack. »Solche Mädchen bedeuten Ärger. Ich mein' ja nur.« Er zuckte die Achseln und ging hinaus.

Brad überlegte, ob Chad damit auf die Mädchen anspielte, mit denen er selbst früher Umgang gehabt hatte.

Er versuchte, nicht weiter darüber nachzudenken, während er das Chili umrührte.

»Was willst du hier?« Grace hielt die Tür auf, damit Skylar hereinkommen konnte, und schloss sie dann schnell wieder hinter dem schwarz gekleideten Mädchen.

Skylar zog ein Blatt aus einer Tasche an ihrem T-Shirt, faltete es auseinander und gab es Grace. »Du warst heute nicht im Physikunterricht und Mrs Telgan hat uns beide für ein Projekt eingeteilt. Hier ist die Aufgabe.«

Grace nahm das Blatt, warf einen Blick darauf, stemmte die Hände in die Hüften und meinte geringschätzig: »Ich hab den Unterricht nicht geschwänzt. Mrs Telgan hat mir erlaubt, eine Mathearbeit bei Mr Zahn nachzuschreiben.«

»Meinetwegen. Sie hat die Arbeitsgruppen gebildet und ich hab dich abgekriegt.« Skylar seufzte.

Grace presste die Lippen zusammen. Es wunderte sie nicht, dass keiner mit Skylar zusammenarbeiten wollte, und Skylar brauchte nicht so genervt zu tun, weil man sie mit ihr zusammengesteckt hatte. »Das tut mir aber schrecklich leid für dich!«

Skylar zuckte die Achseln. »Meinetwegen.«

Grace tat sich schwer mit Physik und Mathematik, auch wenn sie es bis jetzt immer geschafft hatte, im Zeugnis eine Eins oder Eins minus zu bekommen.

Skylar war in allen Fächern die Beste. In der Zeitung hatten sie eine Liste mit den besten Schülern veröffentlicht und Skylars Name hatte ganz oben gestanden. Vielleicht, weil sie kein Leben außerhalb der Schule und keine Freundinnen hatte. Grace las ihre Aufgabe durch. »Die Auswirkung der Sonnenaktivität auf die Ausbreitung von Radiowellen.« Sie seufzte. »Na großartig.«

»Das ist doch einfach«, meinte Skylar, während sie durchs Zimmer schlenderte und die Fotos betrachtete, die auf Graces Schreibtisch standen.

»Für dich vielleicht«, murmelte Grace und setzte sich aufs Bett.

Skylar nahm eines der gerahmten Familienfotos in die Hand. »Deine Mom ist hübsch.«

»Ja.« Grace war in Gedanken schon bei der Physikaufgabe. Wie blöd, dass sie mit Skylar zusammenarbeiten musste. Andererseits würde sie dadurch wahrscheinlich die beste Note der ganzen Klasse bekommen.

»Du siehst aus wie deine Mom.« Skylar stellte das Bild wieder hin und drehte sich zu Grace um. »Meine Mutter ist gestorben, als ich zwei war.«

Grace wusste zwar, dass Skylar bei ihrem Vater wohnte, doch den Grund dafür hatte sie nicht gekannt. »Woran?«

Skylar setzte sich auf den Stuhl vor Graces kleinem weißen Schreibtisch.

»Brustkrebs.«

»Das tut mir leid.« Grace konnte sich ein Leben ohne ihre Mutter nicht vorstellen.

»Ja. Wie mein Vater sagen würde: Gott hat sie früh zu sich genommen.«

Die meisten Jugendlichen, die Grace kannte, sprachen nicht von Gott. »Tut mir leid«, wiederholte sie.

»Ich werde sie eines Tages wiedersehen.« Skylar stand auf. »Aber jetzt muss ich gehen. Ich muss noch für meinen Dad kochen.«

Grace stand ebenfalls auf. »Hey – warum …?« Sie holte tief Luft und wünschte, sie hätte die Frage, die ihr immer durch den Kopf ging, wenn sie Skylar sah, nicht gestellt.

»Was?« Skylars Stimme klang ganz sachlich. »Wenn du mich was fragen willst, frag einfach.«

»Warum – warum ziehst du dich so an, gruftimäßig, meine ich?«

Skylar grinste. »Um mir Mädchen wie dich vom Leib zu halten.« Dann machte sie einen Satz auf Grace zu. »Buh!«

Grace sprang vor Schreck in die Luft, doch dann musste sie lachen.

»Du bist aber leicht zu erschrecken«, sagte Skylar und lachte ebenfalls. Dann schüttelte sie den Kopf und ging hinaus.

Grace setzte sich wieder aufs Bett und lehnte sich zurück. Vielleicht war es gar nicht so schlimm, dass sie für das Referat zusammen mit Skylar eingeteilt war.

6

Am Freitag war Darlene ziemlich niedergeschlagen. Sie hatte nicht das Gefühl, diese Woche besondere Fortschritte bei Cara gemacht zu haben. Doch jetzt freute sie sich erst einmal auf morgen Abend, auf Graces Geburtstagsfeier. Grace wurde sechzehn. Überraschenderweise hatte sie nur eine einzige Freundin eingeladen, Skylar, mit der sie zusammen ein Referat für die Schule ausarbeiten sollte. Skylar war im Lauf der letzten Woche abends öfter bei ihnen gewesen und hatte bis spät in die Nacht mit Grace gearbeitet. Die Freundschaft zwischen den beiden Mädchen war ein bisschen ungewöhnlich, aber weder Grace noch Skylar hatten viele Freunde, deshalb hatte Grace sie eingeladen. Darlene hatte auch Layla gefragt, ob sie kommen konnte. Und Chads neue Freundin Cindy würde ebenfalls kommen. Darlene konnte es gar nicht erwarten, Grace ihr Geburtstagsgeschenk zu geben; ihre Tochter hatte es sich wirklich verdient.

Darlene sah zu, wie Cara sich mit einer Rechenaufgabe abmühte. Cara hatte die ganze Woche über fleißig gearbeitet, doch jedes Mal, wenn Darlene versucht hatte, mit ihr ins Gespräch zu kommen, hatte sie die Hand gehoben und mit den Fingern gegen den Handballen geklopft – quak, quak, quak. So waren ihre Nachmittage ziemlich eintönig verlaufen und Darlene glaubte schon, zu früh gehofft zu haben, etwas Positives in Caras Leben bewirken zu können.

Jeden Nachmittag pünktlich um siebzehn Uhr war Caras Vater aufgetaucht und hatte Cara gefragt, wie ihr Tag gewesen war. Und jedes Mal hatte Cara geantwortet, er sei schlecht gewesen. Dann runzelte Dave die Stirn, machte ein böses Gesicht und sagte Cara, sie solle sich verabschieden.

Darlene blickte auf die Uhr. *Noch fünfzehn Minuten.* Sie hatte schreckliche Kopfschmerzen. Ihre Tasche stand neben ihrem Stuhl. Sie griff hinein und holte vorsichtig ein Fläschchen mit Kopfschmerztabletten heraus, bemüht, Cara nicht zu sehr abzulenken. Dabei fiel ein kleines Fotoalbum mit Bildern ihrer Familie heraus. Sie öffnete das Fläschchen, schüttelte sich zwei Tabletten in die Hand und warf sie sich in den Mund. Wenn sie nur ein Glas Wasser hätte! Als sie nach dem Album griff, schlug Cara mit der flachen Hand darauf. Darlene blickte das Mädchen an, doch Cara starrte nur auf das Album und zog es unter Darlenes Hand hervor.

»Das ist meine Familie«, sagte Darlene, während Cara mit den Fingern über das erste Foto strich. »Das ist mein Mann, Brad, und das sind Chad, Ansley und Grace.«

Cara blätterte um und strich auch über das zweite Foto. Darlene deutete auf Ansley.

»Das ist meine Tochter Ansley. Sie ist genauso alt wie du.«

Cara blickte zu Darlene auf. Ihre grünen Augen funkelten, sie lächelte. »Du bist eine Mama.«

Darlene lächelte ebenfalls, überrascht, wie langsam und deutlich Cara die Worte ausgesprochen hatte. »Ja, ich bin eine Mama. Und das sind meine Kinder.«

»Ansley?« Cara berührte Ansleys Gesicht auf dem Bild mit ihrer Fingerspitze.

»Ja, Ansley. Sie ist zwölf Jahre alt.« Darlene schwieg, als sie Caras aufgeregtes Gesicht sah. Ihre Augen waren weit geöffnet. »Und weißt du was? Ansley hat Hühner.«

Cara sah Darlene an und kicherte. »Hühner? Ansleys Hühner?«

Darlene lachte, hingerissen, dass Cara sich tatsächlich mit ihr unterhielt. »Ja. Sie gehören Ansley. Jeden Nachmittag nach der Schule sammelt sie die Eier ein. Magst du Eier?«

»Ich mag Ansleys Eier.« Das sagte Cara so schnell, dass Darlene es kaum verstand. Und dann sagte sie etwas, das Darlene tatsächlich nicht verstand.

»Cara, ich verstehe dich nicht, wenn du so schnell sprichst. Kannst du es noch einmal langsam und deutlich sagen?«

Cara schloss einen Moment die Augen und Darlene wusste nicht, ob sie wütend war oder nur versuchte, sich zu konzentrieren.

»Lass dir Zeit, Cara.«

»Ich mag Ansleys Eier.« Diesmal sprach sie jede einzelne Silbe langsam und deutlich aus.

»Gut.« Darlene lächelte in der Hoffnung, dass sie weiterreden würde. Und da sprach sie auch schon.

»Eier kommen von Hühnern.«

»Richtig. Und du solltest einmal sehen, wie viele Eier wir in unserem Kühlschrank haben. Dutzende. Ansley möchte nicht, dass wir die Eier essen.«

Cara fing an, laut zu lachen. Darlene hatte keine Ahnung, ob Cara verstand, was sie sagte, doch das Lachen des Mädchens wärmte ihr das Herz.

»Hallo, ihr zwei!«

Darlene sprang auf, als sie Dave Schroeders Stimme hörte. »Mr Schroeder! Tut mir leid, ich habe gar nicht gehört, dass Sie hereingekommen sind.«

»Das sehe ich. Wenn hier auch so laut gelacht wird!« Und dann lächelte er. Zum ersten Mal.

Er ging zwischen Darlene und Cara in die Hocke. »Kannst du Daddy erzählen, was so lustig ist?«

Cara quiekte, etwas, was Darlene noch nie von ihr gehört hatte. Sie und Mr Schroeder zuckten zusammen, lächelten aber beide.

»Ansleys Eier!«, schrie Cara und strahlte übers ganze Gesicht.

»Ansley ist meine Tochter«, sagte Darlene zu Mr Schroeder. »Sie ist genauso alt wie Cara.«

»Sie ist ein hübsches Mädchen«, sagte er und stand auf.

Darlene erhob sich ebenfalls. »Danke.«

»Dad.« Cara deutete auf das Foto. »Das ist Ansley.«

»Ja, Cara. Aber jetzt solltest du Ms Darlene ihr Album zurückgeben, damit sie zu ihrer Familie nach Hause gehen kann.« Mr Schroeder versuchte, dem Mädchen das Album fortzunehmen, doch Cara quiekte wieder. In ihren Augen stand jetzt die blanke Wut.

»Das ist schon in Ordnung«, sagte Darlene rasch. »Sie kann es behalten. Ich habe Abzüge davon zu Hause.«

Mr Schroeder wand sich. »Tut mir leid. Ich sorge dafür, dass Sie es wiederbekommen.«

»Kein Problem.«

Mr Schroeder wandte sich an seine Tochter. »Willst du mir nicht sagen, wie dein Tag war?«

Darlene hielt die Luft an.

Ein langes Schweigen, dann sagte Cara: »Er war gut, Dad.« Sie sah unverwandt das Album an. »Ansley hat Hühner.«

Dave Schroeder lachte. »Wirklich?«

Darlene triumphierte innerlich. Beide, Cara und ihr Vater, lachten. »Eigentlich sind wir richtige Großstadtpflanzen, glaube ich. Aber unsere jüngste Tochter hat darauf bestanden, dass wir uns ein paar Hühner zulegen.«

»Ansley hat Hühner«, wiederholte Cara leise.

Darlene nahm ihre Tasche. »Mr Schroeder, ich wünsche Ihnen und Cara ein schönes Wochenende.«

»Dave. Bitte, sagen Sie doch Dave zu mir.«

Er lächelte, während er kurz Caras Arm berührte und ihr beim Aufstehen half. »Das Gleiche wünsche ich Ihnen und Ihrer Familie, Darlene.«

Sie winkte ihnen nach, als die beiden zur Tür gingen.

Es war definitiv ein guter Tag. Und jetzt freute Darlene sich auf ein schönes Wochenende.

Am Samstag ging sie wieder ganz in der Rolle der Hausfrau auf, putzte und bereitete alles vor für Graces Geburtstagsfeier am Abend. Sie hatte schon Graces Lieblingskuchen gebacken, mit Schokoguss. Ansley hatte das Schmücken übernommen und Chad half Brad, den Garten zu mähen und herzurichten. Darlene konnte kaum glauben, dass ihre kleine Grace wirklich schon sechzehn wurde.

»Liebling, bist du sicher, dass du nicht noch ein paar Mädchen aus der Schule einladen willst?« Darlene hastete in der Küche an Grace vorbei. »Wir haben doch gesagt, du kannst einladen, wen immer du willst.«

»Ist schon gut, Mom.« Grace trat an die Arbeitsplatte, auf der der Kuchen stand.

»Nicht anfassen!« Darlene balancierte auf Zehenspitzen, um an die Teller zu kommen, die sie für die Antipasti brauchte. Sie angelte zwei Glasteller aus dem obersten Schrankfach und bereitete dann die Salatsoße zu. Grace hatte sich Lasagne, Salat und Knoblauchbrot zum Abendessen gewünscht. »Du scheinst dich recht gut mit Skylar zu verstehen.«

»Mom, ich weiß, dass sie anders ist als die anderen, und ich weiß auch, worauf du abzielst.« Grace schüttelte den Kopf.

»Grace, ich hab doch gar nichts gesagt!«

»Ich weiß es aber. Ich habe doch gesehen, wie du sie immer anguckst, wenn sie hier ist.«

Darlene stemmte die Hände in die Hüften. »Grace, ich pflege die Menschen nicht nach ihrem Äußeren zu beurteilen.« Doch noch während sie das sagte, krümmte sie sich innerlich.

»Ich dachte anfangs auch, dass sie komisch ist. Sie zieht sich komisch an, aber sie ist in Ordnung.«

»Wir freuen uns, wenn sie hier ist.« Darlene schaute nach, wie viel Tee sie noch hatte. Genügend. »Was hältst du eigentlich von Cindy, Chads neuer Freundin?«

Grace strich sich die Haare hinter die Ohren und zuckte die Achseln. »Sie ist okay, nehme ich an.«

»Ein hübsches Mädchen«, murmelte Darlene. Sie schämte sich, weil sie sich fragte, wie es Chad gelungen war, ein solches Mädchen an Land zu ziehen. Chad sah gut aus, aber er war nicht sehr gewandt. Cindy hingegen war überlegener und selbstsicherer als jede andere Siebzehnjährige, die Darlene kannte. Sie hatte immer ein Lächeln auf den Lippen und war ausnehmend höflich ihnen gegenüber.

»Wann kriege ich mein Geschenk?« Grace gab Darlene einen Schubs mit der Hüfte. »Hm? Wann?«

»Gleich nach dem Abendessen.«

»Was? So lange kann ich aber nicht mehr warten!«

»Das musst du aber, es ist nämlich noch nicht eingepackt.«

Grace lächelte. »Es ist ein Auto. Es muss ein Auto sein. Chad hat an seinem sechzehnten Geburtstag auch ein Auto bekommen.«

»Die alte Mühle?« Darlene runzelte angestrengt die Stirn, doch innerlich konnte sie es kaum mehr erwarten, dass Grace sah, was sie ihr gekauft hatten. »So eins willst du doch nicht wirklich haben, oder? Willst du nicht lieber warten, bis wir uns ein wirklich hübsches Auto leisten können?«

Grace seufzte und blinzelte. »Wenn's sein muss.«

Darlene hätte ihr liebend gern gesagt, dass sie für ein Auto für sie gespart hatten. Der Wagen, für den sie sich schließlich entschieden hatten, war zwar gebraucht, aber gut erhalten und auf jeden Fall sehr viel besser als der, den Chad fuhr. Darlene wusste, dass Chad ein neues Auto brauchte, bevor er aufs College ging, doch bis dahin war es noch ein gutes Jahr.

»Tut mir leid, Grace. Ich verspreche, dass wir alles tun, damit du bald zu deinem Auto kommst, aber bis dahin, hoffe ich, gefällt dir auch das Geschenk, das du heute bekommst.«

»Ganz bestimmt, Mom.« Grace ließ den Kopf hängen und schlich aus der Küche.

Das war ganz Grace. Sie beklagte sich nie. Umso schöner würde es sein, ihre Reaktion auf ihr Geschenk zu sehen.

Trotz ihrer anfänglichen Vorbehalte fand Layla Darlene mittlerweile ganz sympathisch. Sie war eine attraktive Frau, auch wenn sie wahrscheinlich noch nie viel Zeit oder Geld in ihr Aussehen investiert hatte. Dafür hatte sie viel zu viel mit ihren drei Kindern zu tun gehabt. Es war geradezu eine Ironie, aber nichtsdestoweniger bewundernswert, dachte Layla, dass sie jetzt auch noch mit Kindern arbeitete. Normalerweise hätte man doch erwartet, dass sie sich eine Arbeit suchte, bei der sie es mit Erwachsenen zu tun hatte.

Layla war überrascht, dass Darlene tatsächlich nichts von ihr zu wollen oder zu brauchen schien – außer vielleicht ihre Freundschaft. Das war etwas völlig Neues für sie. Bisher hatten immer alle etwas von Layla haben wollen und das hatte dazu geführt, dass sie sich ausgerechnet von dem Menschen zurückgezogen hatte, der sie am dringendsten brauchte. Marissa. Layla hatte Angst vor der Geburtstagsfeier bei den Hendersons. Wie hätte wohl der sechzehnte Geburtstag ausgesehen, den Layla für Marissa vorbereitet hätte, wenn diese so lange gelebt hätte?

Ein Zittern überlief sie. Vielleicht, wenn sie ein bisschen mehr wie Darlene gewesen wäre, öfter zu Hause geblieben wäre, bei Marissa gewesen wäre …

Sie knöpfte ihre Bluse zu und prüfte ihren Lippenstift. Für eine Frau von fünfundvierzig hatte sie sich gut gehalten, das wusste sie wohl. Äußerlich jedenfalls. Allerdings war das nicht allein ihr Verdienst. Mit Geld konnte man viel bewirken. Was sie sich ganz allein verdankte, war ihre Arbeit. Die Pflege ihres Landes und die Versorgung ihrer Pferde hielten sie davon ab, ihren Gedanken freien Lauf zu lassen. Nur abends hatte sie zu kämpfen, wenn die Sonne untergegangen und das Haus still und dunkel war. Dann vermisste sie Marissa am meisten. Und Tom.

Sie dachte manchmal an Tom. Aber so war es besser. Und einfacher. Dabei liebte sie ihn wirklich. Für keinen Mann vor ihm oder nach ihm hatte sie je etwas Derartiges empfunden.

Sie nahm die Geburtstagskarte, die sie gestern ausgesucht hatte, legte einen Scheck hinein und steckte sie ein. Hoffentlich würde es nicht so lange dauern. Die Erinnerung an Marissa drohte sie zu überwältigen. Wenn sie nach Hause kam, wartete bereits eine Flasche Wein auf sie.

Es war fast achtzehn Uhr; Darlene und Ansley waren gerade fertig mit dem Tischdecken. Chad war losgefahren, um Cindy abzuholen, und

Brad holte das Auto für Grace. Wie es bei ihnen Brauch war, hatte das Geburtstagskind an seinem Ehrentag keine Aufgaben, deshalb war Grace oben.

Darlene war überrascht, als es schon so früh klopfte. Sie hatten die Gäste eigentlich erst auf achtzehn Uhr dreißig eingeladen.

»Ansley, mach mal auf.« Darlene legte noch die guten Servietten hin. Ansley ging zur Tür.

Eine Minute später kam sie mit Skylar zurück. »Tut mir leid, ich bin ein bisschen früh dran.«

Darlene wartete darauf, dass sie erklärte, warum sie so früh gekommen war, doch als nichts kam, meinte sie nur: »Das ist schon in Ordnung, Skylar. Schön, dass du kommen konntest. Grace ist oben, falls du raufgehen willst.« Dann wandte sie sich an Ansley. »Liebling, geh noch schnell die Hühner füttern, bevor die anderen kommen.« Sie lächelte, als sie an Cara dachte.

Skylar schlurfte in ihren schwarzen Stiefeln zu Darlene herüber. Sie strich sich eine schwarze Haarsträhne hinters Ohr. »Darf ich Sie etwas fragen?«

Darlene schob sich ebenfalls die Haare hinter die Ohren. Zum ersten Mal bemerkte sie das kleine Piercing in Skylars Nase. Sie konnte nur beten, dass ihre beiden Mädchen sich nie ein Piercing zulegen würden, außer den Ohrlöchern. »Natürlich. Worum geht es?«

Skylar holte ein Schächtelchen aus ihrer Jeanstasche, etwa so groß wie eine Schmuckschachtel für einen Ring. Sie öffnete es. »Glauben Sie, dass er Grace gefällt?«

Darlene kam näher und nahm den kleinen Silberring mit dem Engel in die Hand. Sie sah Skylar an. »Das ist ein wunderschöner Ring. Ich bin sicher, dass er Grace gefällt.« Schweigend legte sie ihn in die Schachtel zurück. »Es scheint mir ein sehr kostspieliges Geschenk zu sein, Skylar. Bist du sicher, dass du ihn Grace geben willst?«

»Ja, ganz sicher.« Skylar schloss die Schachtel. »Er hat meiner Mutter gehört.«

Darlene presste die Hand gegen die Brust. »Skylar ...« Sie blickte in die dunklen Augen des Mädchens und wusste nicht, was sie sagen sollte – außer dem Naheliegenden. »Du kannst Grace nicht einen Ring schenken, der deiner Mutter gehört hat.«

»Warum nicht?«

Darlene fehlten die Worte. »Weil … deine Mutter ihn dir gegeben hat.« Grace hatte Darlene erzählt, dass Skylars Mutter an Brustkrebs gestorben war, als das Mädchen zwei Jahre alt gewesen war. Der Gedanke, dass Skylar ein so kostbares Geschenk hergab, war ihr nur schwer erträglich.

Skylar sah sie an. »Ich möchte gern, dass Grace ihn bekommt, wenn Sie glauben, dass er ihr gefällt.«

Darlene überlegte, ob Skylar vielleicht versuchte, sich auf diese Weise Graces Freundschaft zu erkaufen, doch als sie die Hoffnung in ihren Augen sah, sagte sie: »Ja, ich glaube, er wird ihr gefallen.«

»Prima.« Skylar steckte die Schachtel wieder ein und wollte gehen.

»Skylar, auf meinem Bett liegt noch Geschenkpapier.« Darlene deutete auf ihr Schlafzimmer. »Falls du ihn einpacken willst.«

»Gern. Danke.«

Brad kam hereingelaufen, völlig atemlos. »Das Auto steht hinter der Scheune, also lasst Grace nicht mehr rausgehen!«

»Wir passen auf.« Darlene beugte sich vor und küsste Brad, dann legte sie ihm zärtlich die Hand an die Wange. »Trink noch eine Tasse Tee und ruh dich ein bisschen aus. Wir haben alles im Griff.«

Brad wollte gerade durchs Esszimmer in die Küche gehen, als es klopfte. Er verzog das Gesicht. »Ich geh schon hin.«

Darlene wollte öffnen, doch Brad war schneller als sie. Er zog die Tür auf und erstarrte, als er Layla durch das Fliegengitter sah. Er machte es nicht auf, er sagte nichts … er rührte sich überhaupt nicht mehr.

Darlene blickte zu ihm hin und hätte ihm am liebsten den offenen Mund zugedrückt. Layla war schön, keine Frage. *Aber trotzdem, Brad!* Sie schob ihn beiseite und öffnete die Fliegentür.

»Hi, Layla, kommen Sie rein.« Sie drehte sich zu Brad um, der immer noch mit offenem Mund dastand. »Layla, das ist mein Mann, Brad.«

Brad lächelte, sagte aber immer noch nichts. Dann nickte er. Und dann ging er wortlos weg. Darlene würde ihn sich später noch vorknöpfen.

»Es ist nichts Großartiges, aber unser Zuhause«, sagte Darlene und bat Layla, Platz zu nehmen.

»Es ist sehr hübsch«, antwortete Layla. Es klang beinahe ehrlich.

»Darf ich Ihnen etwas zu trinken holen? Ein Glas Tee, eine Limonade?«

»Tee wäre schön.«

»Ich bin gleich zurück.« Sie lief in die Küche. Brad lehnte an der Küchentheke und rieb sich die Stirn. Dabei schüttelte er unablässig den Kopf.

»Was hast du denn nur?«, flüsterte Darlene. »Ich weiß ja selbst, dass Layla sehr attraktiv ist, aber das war eben richtig peinlich, wie du mit offenem Mund dagestanden bist …« Sie verschränkte die Arme vor der Brust und verdrehte die Augen. »Also wirklich, Brad! Ein bisschen diskreter hättest du schon sein können!«

Brad drehte sich zu ihr um und grinste wie ein Schuljunge. »Du hast keine Ahnung, wer da in unserem Wohnzimmer sitzt, oder?«

»Unsere Nachbarin. Ich hab dir doch gesagt, dass ich sie eingeladen habe. Es ist Layla.«

»Layla Jager. Da drüben sitzt Layla Jager!« Brads Stimme klang plötzlich schrill, doch dann flüsterte er auch schon wieder. »Sagt dir das denn überhaupt nichts?«

Darlene runzelte die Stirn. »Nein. Wer soll das sein?«

Brad lachte, dann zuckte er die Achseln. Er wirkte fast wie ein Verrückter. »Oh, niemand Besonderes. Wir haben nur eine Oscarpreisträgerin in unserem Wohnzimmer sitzen. Das ist alles, Darlene. Wie ist es bloß möglich, dass du sie nicht kennst?«

Darlene stand ganz still, während sie versuchte aufzunehmen, was ihr Mann sagte.

»Ich will deine Erinnerung ein bisschen auffrischen, meine Liebe.« Brad kratzte sich das Kinn. »*Legacy of a Cowgirl*, *Free Rider*, *Leaving You on Tuesday* … äh … dämmert's?«

Darlene rührte sich noch immer nicht. Ihr Herz raste wie verrückt. Brad sammelte alte Western und ihr war ganz plötzlich ein Licht aufgegangen. »Oh du meine Güte. Du meine Güte. Oje.« Sie legte die Hand über den Mund.

»Sie war Anfang zwanzig, als sie diese Filme machte, und mit *Legacy of a Cowgirl* hat sie den Oscar gewonnen.« Brad senkte die Stimme. »Bis Mitte dreißig hat sie weiter Filme gedreht, die allerdings nicht mehr ganz so erfolgreich waren wie ihre ersten. Und dann ist sie praktisch vom Erdboden verschwunden …« Brad lachte. »Und in Round Top, Texas, wieder aufgetaucht, als unsere Nachbarin.«

»Ich muss ihr eine Tasse Tee bringen.« Darlene verzog das Gesicht. »Okay, sie ist also berühmt.« Sie deutete mit dem Finger auf ihren Mann. »Brad, bring mich nicht in Verlegenheit! Du darfst nichts sagen.«

Brad hob die Hände und drehte ihr die Handflächen zu. »Ich schweige wie ein Grab.« Er ließ die Hände wieder fallen und rieb sich das Kinn. »Weißt du, dass sie wirklich ein Cowgirl ist? Sie hat alle Stunts in ihren Filmen selbst gemacht, ist geritten, alles. Ihr Vater hatte eine riesige Ranch und sie ist auf einer Ranch aufgewachsen. Ich weiß nur nicht, wo.« Er schnippte mit den Fingern. »Vielleicht stammt sie sogar aus Round Top.«

»Ich weiß es nicht.« Darlene goss Layla ein Glas Tee ein. »Aber es würde eine Menge erklären.« Sie lächelte und schüttelte den Kopf beim Gedanken an ihr Schlangen-Abenteuer. Dann ging sie ins Wohnzimmer.

»Bitte sehr. Hier ist Ihr Tee.« Sie reichte Layla das Glas. Jetzt erkannte sie sie ebenfalls. *Unglaublich.*

Layla nahm den Tee und stand auf, als Grace und Skylar die Treppe herunterkamen. Gleichzeitig kamen auch Chad und Cindy herein. Nachdem alle einander vorgestellt worden waren, gingen sie gemeinsam ins Esszimmer. Brad sprach das Tischgebet, doch Darlene erwischte ihn dabei, wie er ein Auge geöffnet hielt und auf Layla schielte. Sie schüttelte unwillig den Kopf. Wenigstens waren die anderen alle zu jung, um Layla zu kennen.

»Amen.«

Brad befand sich immer noch in einer Art Verzückung. Darlene stieß ihn unter dem Tisch mit dem Fuß an.

»Aua!«

»Du wünschst dir jedes Jahr Lasagne«, sagte Ansley zu Grace, als man ihr das Essen reichte.

Sie nahm sich eine kleine Portion und runzelte die Stirn. »Sind da Eier drin?«

»Bist du allergisch gegen Eier?«, fragte Cindy.

Chad grunzte. »Nein. Sie ist nicht allergisch dagegen, sie sammelt sie.«

Darlene warf ihm einen strengen Blick zu. Er zuckte nur mit den Achseln und nahm sich eine großzügige Portion.

Als sich alle bedient hatten, wurde es erst einmal ruhig. Darlene schaute sich am Tisch um und versuchte, Layla nicht anzustarren, vor allem, da Brad offenbar die Augen nicht von ihr lassen konnte. Ihre Gäste waren alle mit Essen beschäftigt, außer vielleicht Skylar, die ihre Lasagne auseinanderklaubte, die Nudeln vom Fleisch trennte und zusammen mit der Fleischsauce und dem Käse beiseiteschob. Darlene schaute ihr zu, wie sie Pilze und anderes Gemüse herauspickte und ebenfalls zur Seite schob. Als sie fertig war, hatte sie drei Häufchen auf ihrem Teller und Darlene fragte sich, welches sie wohl essen würde.

»Was machst du denn da?«, fragte Chad Skylar feixend.

Skylar zuckte mit den Achseln und wurde rot. »Ich – ich esse es immer so.«

Chad gab Cindy einen Stoß mit dem Ellbogen und beide grinsten. Darlene hätte Chad gern neben sich gehabt, damit sie ihn ebenfalls unter dem Tisch treten könnte.

Layla räusperte sich. »Ich habe gehört, dass es so gesünder ist.« Sie lächelte Skylar an und begann ihrerseits, ihre Lasagne auseinanderzuklauben.

Darlene hatte das noch nie gehört. Aber es war eine freundliche Geste und Skylar entspannte sich ein bisschen.

Von da an wandte sich das Gespräch einem Mädchen in der Schule zu, das schwanger war, dem Mathematiklehrer, der eine Affäre mit der Sportlehrerin hatte, und schließlich Ansleys Englischlehrerin, die die ganze Zeit in der Nase bohrte. Darlene dachte, dass sie noch nie unpassendere Gesprächsthemen am Esstisch gehört hatte. Layla musste sie alle für Bauerntölpel halten. Und Brad lachte nur.

»Ich bin ziemlich sicher, dass ich meine Kinder nicht zu solchen Gesprächen beim Essen erzogen habe.« Darlene blickte sich um. »Habt ihr nicht ein anderes Thema?« Die Kinder schwiegen kurz und redeten dann weiter. Sie schaute Layla an, die ihren Blick erwiderte und grinste. Darlene schüttelte nur den Kopf und lächelte.

Am Ende der Mahlzeit ergriff Brad das Wort. »Wenn alle satt sind, kann Grace jetzt ihre Geschenke auspacken.« Er lehnte sich in seinem Stuhl zurück. »Ich glaube, hinter der Scheune steht noch etwas …«

Grace sprang von ihrem Stuhl auf und lief zur Tür … gefolgt von Ansley, Chad, Cindy und Skylar.

»Ich vermute, es ist ein Auto?« Layla nahm sich noch ein Stück Knoblauchbrot, während die Tür hinter den Teenagern ins Schloss fiel.

»Kein neues. Es ist ein Ford Explorer. Groß genug, um einigermaßen Sicherheit zu bieten, sportlich genug, um ihr nicht peinlich zu sein, und alt genug, dass wir ihn uns leisten können.« Darlene wartete, bis Layla das Brot gegessen und die Serviette auf ihren Teller gelegt hatte. »Kommt, wir gucken mal, ob es ihr gefällt.«

Darlene, Brad und Layla gingen nach draußen. Sie hörten das Geplapper schon von Weitem. Gleich darauf tauchte Grace auf und lief auf sie zu.

»Danke, Mom! Danke, Dad!« Sie umarmte beide und Darlene küsste sie auf die Stirn.

»Gern geschehen, mein Liebling.«

Eine Stunde später dankte Grace Layla für die Karte und den Scheck und packte ihre restlichen Geschenke aus. Chad und Cindy hatten ihr einen Gutschein für Royer's Restaurant in der Stadt besorgt. Ansley hatte eine rosa Bluse für sie gekauft, die sie bei *Bealls* in La Grange gesehen hatte. Doch ihr Lieblingsgeschenk – neben dem Auto natürlich – war der Silberring, den Skylar ihr gegeben hatte. Er war mit einem wunderschönen Engel geschmückt, einer filigranen, außergewöhnlich schönen Arbeit. Skylar sagte weiter nichts dazu, doch ihre Mutter wies sie darauf hin, dass der Ring Skylars Mutter gehört hatte.

»Willst du ihn mir wirklich schenken, Skylar?«, fragte Grace. Sie dachte an die Zeit, die sie in der letzten Woche mit Skylar verbracht hatte. Sie hatten nicht nur über ihr Projekt geredet, sondern auch über vieles andere. Über Skylars Familie. Über Graces Familie. Und über andere Dinge, über die Grace nur sehr ungern sprach.

»Er wird dich begleiten.« Skylar lächelte. Die Mädchen wussten beide, was sie meinte.

»Danke«, sagte sie zu Skylar und wandte sich dann an die anderen. »Ich danke euch allen so sehr.«

Grace wusste, dass sie eine wunderbare Familie hatte und jetzt auch eine Freundin. Und sie besaß ein Auto. Das Leben war perfekt.

7

Später am Abend, als sie im Bett lagen, kuschelte Darlene sich an Brad. »Meinst du, Grace hat ihr Geburtstag gefallen?«

Brad gähnte. »Sie hat ein Auto bekommen, also hat er ihr ganz bestimmt gefallen.« Er küsste sie auf die Stirn. »Ja, ich glaube, sie hatte einen schönen Geburtstag. Das Essen, das du gekocht hast, war fantastisch, und dazu noch unser berühmter Gast, der, nebenbei gesagt«, Brads Stimme kletterte eine Tonlage höher, »ganz und gar nicht so war, wie du gesagt hast. Ich fand sie im Gegenteil wirklich ausgesprochen nett.«

»Das glaube ich sofort.« Sie zwickte ihn spielerisch in den Arm. »Sie ist wunderschön, keine Frage. Aber weißt du, nett ist sie eigentlich erst seit dem Abend, an dem ich ihr das Kleid zurückgebracht habe.«

Sie schwieg und fuhr dann fort. »Warum sie mir wohl nicht gesagt hat, wer sie ist?«

Er schüttelte den Kopf. »Keine Ahnung. Nächsten Samstag ist die Gala, oder? Wirst du ihr sagen, dass du nun weißt, wer sie ist?«

»Ich weiß noch nicht. Ich sollte wohl. Irgendwas wie ›Hey, Layla, ich wusste gar nicht, dass Sie berühmt sind!‹. Oder wie hast du es dir vorgestellt?« Sie lächelte, rückte ein Stückchen von ihm ab und schüttelte ihr Kopfkissen auf, während Brad sich durch die Fernsehkanäle zappte. »Ich hoffe, du suchst keinen Layla-Jager-Film.«

»Manchmal bringen sie ihre Filme spät nachts in einem der Kabelprogramme.«

Darlene schnappte sich die Fernbedienung.

»He, gib sie mir wieder!« Er griff danach, doch Darlene schaltete den Fernseher aus und legte die Fernbedienung auf den Nachttisch.

Am Montagmorgen war Darlene schon auf dem Weg zur Tür, drehte sich jedoch noch einmal um, als Chad die Treppe herunterkam.

»Wie steht's mit Frühstück?«

Die Verzweiflung in seiner Stimme hätte sie normalerweise amüsiert, doch sie war schon spät dran. »Chad, mach dir ein Müsli. Oder Toast. Du bist schon ein großer Junge, ich bin sicher, du findest etwas zu essen.« Sie griff nach ihrer Tasche, die auf der Truhe neben der Tür stand.

»Ich sag Ansley, dass sie mir was machen soll, weil ich sonst ihre Eier aufesse.«

»Sei lieb, Chad. Ich muss jetzt gehen.« Sie blickte noch einmal über die Schulter zurück. »Ich hab dich lieb. Einen schönen Tag!«

Auf dem Weg zur Arbeit dachte sie an den schönen Tag, den sie gestern gehabt hatten. Nach der Kirche hatten Brad und die Kinder sie zu ihrer Überraschung zu *Scotty and Friends* zum Essen ausgeführt – zur Feier ihres neuen Jobs. Es war Darlenes Lieblingsburgerrestaurant in Round Top. Die Kinder hatten zusammengelegt und ihr eine neue Tasche geschenkt – die Grace und Ansley als wesentlich schicker bezeichneten als ihre alte und die sie ihrer Ansicht nach dringend brauchte, jetzt, wo sie arbeitete. Brad hatte gesagt, dass er ihr etwas bestellt habe, doch es war noch nicht gekommen.

Die Schriftlesung gestern im Gottesdienst hatte jedoch ein leichtes Unbehagen in ihr ausgelöst. *Sprüche 31,27 – Sie weiß genau, was in ihrem Haus vor sich geht, und Faulheit kennt sie nicht.*

Aber sie wusste doch genau, was in ihrem Haus vor sich ging, oder? Sie versorgte ihren Haushalt und sie war nicht faul.

Beim nächsten Vers allerdings fragte sie sich, ob es richtig gewesen war, einen Job anzunehmen. *Sprüche 31,28 – Ihre Kinder begegnen ihr mit Achtung und segnen sie. Ihr Mann lobt sie.*

Würden ihr Mann und ihre Kinder sie immer noch loben, wenn das Essen nicht rechtzeitig fertig war, das Haus nicht geputzt, die Wäsche nicht gewaschen und wenn nicht alles so perfekt war wie bisher?

Vielleicht hätten ihr Mann und ihre Kinder ihre Arbeit ein bisschen mehr schätzen sollen.

Bei diesem Gedanken lief ihr ein Schauer über den Rücken und sie packte das Lenkrad fester.

Und da war es auch schon, das Gefühl, zerrissen zu sein zwischen ihrem Leben als Ehefrau und Mutter … und ihrer neuen Aufgabe in der Schule.

Im Grund hatte sie ihre mütterlichen Pflichten lediglich auf fremde junge Menschen übertragen, die ihre Arbeit genauso wenig zu schätzen wussten.

Warum hatte sie dann überhaupt einen Job angenommen?

Sie konnte anführen, dass es sie unabhängig machte, was zumindest zum Teil stimmte. Darüber hinaus kam ihnen das zusätzliche Einkommen sehr gelegen – auch das stimmte. Doch tief innen wusste sie, dass es noch einen anderen Grund gab. Sie wollte, dass Brad stolz auf sie war. Er hatte ihr nie Grund gegeben zu denken, dass er nicht stolz war auf alles, was sie als Hausfrau erreicht hatte, aber das Gefühl war trotzdem da – vielleicht war es ja ihr ganz persönlicher Minderwertigkeitskomplex.

Sie schüttelte den Kopf. Von dieser unnötigen Grübelei bekam sie nur Kopfschmerzen. Ihre Arbeit machte ihr Freude. Ihre Kolleginnen waren nett, sie mochte Myrna und sie hatte das Gefühl, etwas Sinnvolles zu tun. Sie dachte an den kleinen Durchbruch, den sie am Freitag bei Cara erzielt hatte, und schob die beunruhigenden Gedanken beiseite.

Der Gruppenunterricht am Vormittag mit allen Kindern und Lehrerinnen verging wie im Flug. Cara sorgte mehrmals für Unruhe, als sie versuchte, Darlene nach Ansley und den Hühnern zu fragen. Darlene versprach ihr, dass sie später im Einzelunterricht darüber reden würden.

Am Nachmittag redete Cara dann so schnell, dass Darlene sie kaum verstehen konnte. »Cara, Liebling … langsamer, damit ich verstehe, was du sagst.«

Cara schüttelte mehrmals energisch den Kopf, versuchte, von vorn zu beginnen, doch schließlich war sie so frustriert, dass sie anfing zu weinen. Es war das erste Mal, dass Darlene sie weinen sah. Sie griff nach ihrer Hand, doch Cara machte einen Satz rückwärts und stöhnte laut auf.

»Wir könnten erst ein paar Rechenaufgaben lösen und dann über die Hühner reden.« Sie legte das Rechenbuch vor Cara hin, doch diese schob es weg und weinte noch lauter. »Hühner«, war alles, was sie zwischen den Schluchzern herausbrachte.

Darlene dachte kurz nach. »Wir könnten ein Bild von den Hühnern malen. Meinst du, dass du das kannst?«

Cara schniefte und nickte.

Darlene war heilfroh, dass sie nicht mehr weinte. Sie hätte sie gern in den Arm genommen, wie jedes andere Kind auch, das unglücklich war, aber Cara ertrug keine Berührungen. Darlene nahm ein Blatt Papier, schob es Cara hin und gab ihr einen Stift. »Weißt du, wie man ein Huhn zeichnet?«

Cara hatte Darlenes Fotoalbum in der einen Hand. Sie legte es auf den Tisch und nahm den Stift. Dann wandte sie sich an Darlene. »Hilf mir.«

Darlene war überrascht, dass Cara so langsam und deutlich gesprochen hatte.

»Gern. Ich helfe dir, ein Huhn zu zeichnen.« Darlene nahm ebenfalls einen Stift, doch Cara schüttelte den Kopf.

»Nein, nein, nein.« Sie fing wieder an zu weinen.

Darlene legte den Stift wieder hin. »Gut.« Sie wusste nicht genau, was sie tun sollte.

Cara richtete den Stift mit tränenüberströmtem Gesicht auf Darlenes Brust und sagte etwas, aber ganz schnell, sodass Darlene sie wieder nicht verstand. Sie schien den gleichen Satz mehrmals zu wiederholen, während der Stift immer noch auf Darlene deutete. Myrna hatte Darlene gesagt, dass Cara gewalttätig werden konnte. Und hier saß Cara mit einem spitzen Stift direkt vor Darlenes Brust.

»Cara … kannst … du … so … langsam … sprechen … wie … ich?« Darlenes Herz raste, doch sie bewegte sich nicht.

Cara legte den Stift hin und öffnete den Mund, doch es kam kein Laut heraus.

»Sag die Wörter einfach ganz langsam, sodass ich dich verstehen kann, und dann mache ich, was du mir sagst.«

»Ansleys Hühner.«

Darlene holte tief Luft. »Möchtest du Ansleys Hühner zeichnen?«

»Nein.« Cara schloss krampfhaft die Augen. »Ich möchte Ansleys Hühner sehen.«

»Du willst Ansleys Hühner sehen?«

Cara lächelte und nickte.

Darlene dachte daran, wie das alles angefangen hatte.

Wenn sie gewusst hätte, dass Cara von den Hühnern so fasziniert sein würde, hätte sie sie bestimmt gar nicht erst erwähnt. »Na gut. Äh …«

Cara berührte Darlenes Handrücken, ihre Augen leuchteten hoffnungsvoll.

»Gut. Dann erledigen wir jetzt unsere Arbeit und nachher fragen wir deinen Dad, ob du irgendwann einmal Ansleys Hühner sehen darfst.«

Cara zog ihre Hand wieder fort. »Du bist eine Mama.«

Darlene lächelte. »Ja.«

Cara nahm den Stift und löste alle Rechenaufgaben, die Darlene ihr gab … und auch jede andere Aufgabe, die sie ihr im Laufe des Nachmittags stellte.

Dave ging an die Tür der Evans-Schule und spähte durchs Fenster hinein. Monatelang war er durch den Seiteneingang direkt in Caras Klassenraum gegangen. Das war bequemer, als den Haupteingang zu nehmen, und Myrna hatte nichts dagegen. Darlene sprach gerade mit Cara und seine Tochter lachte – genau wie letzten Freitag, als Dave sie abgeholt hatte.

Er war noch zu keinem abschließenden Urteil über die neue Lehrerin gekommen, doch als er sah, dass sie und Cara zusammen lachten, musste auch er lächeln. Er öffnete die Tür und schloss sie leise wieder hinter sich. Darlene und Cara sahen ihn an, beide noch immer lachend.

»Ihr lacht ja schon wieder. Das ist immer schön zu hören.« Dave ging zu Cara, beugte sich hinunter und küsste sie auf die Stirn. »Wieder ein guter Tag?«

Cara nickte und Darlene sagte: »Wir haben wieder über Hühner gesprochen.«

Dave hatte das ganze Wochenende lang nichts anderes gehört. Er würde Cara eine ganze Armee Hühner kaufen, wenn sie das wollte. Doch im Moment fragte er sich, ob hier überhaupt noch gearbeitet wurde. Anscheinend sah man ihm seine Sorge an.

»Cara hat alle Aufgaben gemacht und sogar schon ein paar der morgigen.« Darlenes blaue Augen leuchteten. Es war schwer, angesichts ihrer Begeisterung über Caras Fortschritte nicht zu strahlen. Doch das war erst ihre zweite Woche. Was würde sie tun, wenn Cara zum ersten Mal einen Wutanfall bekam oder den ganzen Tag vor sich hin summte und sich weigerte, irgendetwas zu tun? Dave liebte seine Tochter mehr als sein Leben, aber er wusste auch, wie anstrengend sie sein konnte.

Er straffte sich. »Nun, das klingt wirklich nach einem guten Tag.«

Darlene stand auf, dann beugte sie sich zu Cara hinunter. »Cara, ich muss mit deinem Vater reden. Kannst du noch einen Augenblick ruhig sitzen bleiben?«

Cara blickte nicht auf und Dave schwante Böses. Vielleicht wollte Darlene ihm ja sagen, dass sie schon aufgab? Er erinnerte sich noch daran, wie er Caras letzte Lehrerin, Mae, behandelt hatte. Jetzt, im Rückblick, war ihm klar, dass er zu streng mit ihr gewesen war. Und das Letzte, was Cara brauchte, war eine weitere Veränderung nach so kurzer Zeit.

Er folgte Darlene, die ihm winkte, in eine Ecke des Zimmers. »Stimmt etwas nicht?«, flüsterte er.

»Oh nein, es ist alles in Ordnung. Ich wollte nur nicht vor Cara darüber sprechen. Ich möchte Sie nicht in Verlegenheit bringen, aber …« Sie strich sich das schulterlange blonde Haar hinter die Ohren und beugte sich leicht nach vorn. »Meinen Sie, Cara könnte irgendwann mal die Hühner meiner Tochter anschauen?«

»Bei Ihnen zu Hause?« Der Gedanke, dass Darlene Cara irgendwohin mitnahm, behagte ihm gar nicht, vor allem, weil sie Caras unberechenbares Temperament nicht kannte.

»Ich habe ihr gesagt, wenn sie ihre Aufgaben gut macht, erlauben Sie es vielleicht.« Darlene lächelte und Dave spürte, wie sein Blutdruck anstieg.

»Sie haben sie also bestochen?«

Ihr Lächeln schwand, sie biss sich kurz auf die Unterlippe. »In gewisser Hinsicht ja. Sie war so auf die Hühner fixiert, dass ich dachte, ein Ausflug zu ihnen könnte sie motivieren.«

»Ich finde, Sie hätten ihr das nicht versprechen dürfen, ohne mich vorher zu fragen.«

Sie ließ einen Moment den Kopf sinken und seufzte, doch dann sah sie ihn an. »Ich weiß. Es fiel mir im gleichen Moment ein, in dem ich es sagte, aber …« Sie schwieg und verschränkte die Arme vor der Brust. Dann lächelte sie spitzbübisch. »Da Sie sie nach einem schlechten Tag mit Eiskrem belohnen, dachte ich, ein Besuch bei den Hühnern nach einem guten Tag könnte nicht allzu schlimm sein.« Ihr Lächeln wurde breiter.

Dave öffnete den Mund, um ihr zu sagen, dass sie sich zu viel herausnahm, doch dann dachte er an Mae. Cara schien Darlene zu mögen und er wollte sie nicht vergraulen. Sie hatte ganz schön Mut. Doch im Moment schien es ihm nicht angebracht, sich mit ihr über seine Erziehungsmethoden zu streiten. »Es behagt mir gar nicht, wenn Sie Cara mit zu sich nach Hause nehmen.« Er schwieg kurz. »Jedenfalls noch nicht. Sie kennen Cara noch nicht richtig. Es könnte etwas passieren. Sie ist unberechenbar.«

Sie wandte den Blick ab und verzog den Mund, doch dann seufzte sie. »Sie haben ja recht. Es tut mir leid, dass ich es ihr versprochen habe. Das war nur, weil …« Sie biss sich wieder auf die Lippen und verlagerte das Gewicht aufs andere Bein. »Ich habe diese Arbeit angenommen, weil ich etwas Sinnvolles tun möchte, und ich habe doch nur versucht, eine Beziehung zu Cara aufzubauen. Es tut mir wirklich leid.«

Dave hatte die Fotos von Darlenes Familie gesehen. Er war neugierig, ob sie die Arbeit nur des Geldes wegen angenommen hatte oder ob sie die Wahrheit sagte und Cara wirklich helfen wollte. Doch das konnte er sie kaum fragen … es wäre doch zu unhöflich. Andererseits verbrachte diese Frau mehr Zeit mit Cara als er selbst, deshalb beschloss er, ehrlich zu ihr zu sein. »Die meisten Lehrer machen ihre Arbeit des Geldes wegen oder weil diese kleine Schule hier ihnen als Sprungbrett in eine größere Einrichtung dient. Warum sind Sie hier? Warum möchten Sie Cara helfen, wo Sie doch«, er schwieg kurz und rieb sich das Kinn, »wo Sie doch Ihre eigene Familie haben?«

Sie blickte zu Cara hinüber, die zu Daves Überraschung geduldig dasaß und wartete. Dann sah sie ihn wieder an. »Meine Kinder sind zwölf, sechzehn und siebzehn Jahre alt. Sie brauchen mich nicht mehr so wie früher.« Sie schmunzelte. »Sie sind höchstens unglücklich, weil ich ihnen morgens nicht mehr das Frühstück mache und weil sie jetzt bei der Hausarbeit helfen müssen.« Sie machte eine unbestimmte Handbewegung. »Wie auch immer, ich war bis jetzt nur Hausfrau und Mutter und als ich beschlossen habe, mir einen Job zu suchen, wollte ich nicht einfach nur irgendeine Bürotätigkeit. Ich wollte etwas Bedeutendes tun.«

Dave sah an der Überzeugung, mit der sie sprach, dass sie es ernst meinte, doch wie es seine Art war, ging er noch einen Schritt weiter. »Haben Sie eine Ausbildung zur Sonderschullehrerin?«

»Nein, leider nicht.« Sie stieß die Luft aus. »Ich weiß, dass ich die einzige Lehrerin hier bin, die keine besondere Ausbildung und keinen Abschluss hat, und wenn Sie nicht wollen, dass ich weiter mit Cara arbeite, bin ich zwar sehr enttäuscht, kann das aber verstehen und werde Ihren Entschluss respektieren.«

Dave traute seinen Augen nicht, als er sah, dass sie anfing zu weinen. Da war endlich einmal ein Mensch, der sich um Caras Wohlergehen sorgte.

»Was hielten Sie davon, wenn Cara und ich Ihnen in meinem Auto folgten und wir uns kurz die Hühner ansähen?«

Sie legte eine Hand auf die Brust und lächelte. »Das wäre fantastisch.«

Dave hob einen Finger. »Aber ... ich muss Sie warnen. Wenn Cara sich auf etwas versteift, lässt sie so schnell nicht locker. Wie Sie es mit dem Schmuck erlebt haben.« Er blickte auf ihre linke Hand. »Es tut mir leid, dass Sie Ihren Ehering nicht tragen können, wenn Sie mit ihr zu tun haben.«

»Das macht doch nichts.« Sie beugte sich näher zu ihm und flüsterte: »Vielleicht hat Cara den Besuch bei den Hühnern ja vergessen. Wir sagen erst einmal nichts mehr davon. Sie schien ganz zufrieden, sie zu zeichnen und darüber zu reden. Ich wollte es Ihnen nur sagen, falls Sie es Ihnen gegenüber anspricht.«

»Ich glaube, wir sollten es doch ansprechen. Sie haben gesagt, sie hätte heute gut gearbeitet, und Sie haben ihr den Besuch versprochen.« Er lächelte und freute sich, dass Darlene sein Lächeln erwiderte. »Wir folgen Ihnen zu Ihrem Haus, aber wir bleiben nicht lange. Ich weiß, dass jetzt eigentlich Ihre Familie Vorrang hat.«

Sie gingen zurück zu Cara und Dave sagte ihr, was sie beschlossen hatten. Cara stand auf und umarmte ihn. »Danke, Daddy.« Sie sprach langsam und deutlich, als hätte sie keinerlei Probleme mit dem Sprechen.

»Gern geschehen, mein Schatz.«

Er sah Darlene an und fragte sich, ob sie sich wohl über Caras Ruhe wunderte – er jedenfalls war die ganze Zeit schon darüber erstaunt. Doch im Moment war Cara glücklich und mehr wünschte er sich nicht. Mehr hätte auch Julie sich nicht gewünscht.

Darlene bog in die Auffahrt ein und hoffte inständig, dass sie Dave und Cara nicht ins Haus zu bitten brauchte. Sie hatte keine Ahnung, wie es drinnen aussah, und außerdem bestand immer die Gefahr, dass gerade jemand von Lehrern erzählte, die in der Nase bohrten. Oder von etwas noch Schlimmerem. Sie hoffte, dass Ansleys Küken alle schön in ihrem Stall waren und Ansley sie nicht wieder frei herumlaufen ließ.

Chads Geländewagen stand schon da, ebenso Graces neues Auto. Brad müsste eigentlich auf dem Heimweg sein. Sie war erleichtert, dass ihre Teenager schon zu Hause waren, vor allem Grace, die ja erst seit Kurzem Auto fuhr. Wie mit Chad hatten Darlene und Brad auch mit Grace häufig Autofahren geübt, nachdem sie die schriftliche Prüfung bestanden hatte. Beide Kinder waren gute Fahrer, doch Darlene würde bestimmt noch sehr lange Angst haben, sobald ihre Kinder sich hinter ein Lenkrad setzten.

Dave bog mit seinem glänzenden schwarzen Mercedes hinter ihr in die Auffahrt ein. Sie würde Cara die Hühner zeigen, danach hatte sie noch genügend Zeit, um zu kochen. Als sie ausstieg, sah sie in einiger Entfernung Layla auf einem ihrer Pferde. Sie konnte es immer noch nicht fassen, dass Layla berühmt war. Vielleicht sollte sie ihr Dave vorstellen. Nach seiner Kleidung und seinem Auto zu urteilen, schien er finanziell gut zu Layla zu passen. Doch dann versuchte sie, sich die beiden zusammen vorzustellen, und verwarf die Idee wieder. Layla hatte keinen sehr mütterlichen Eindruck auf sie gemacht.

»Hi! Die Hühner sind da drüben im Hühnerstall«, sagte sie und ging zu Dave und Cara hinüber. Sie sah, dass Dave das Farmhaus betrachtete. »Wir müssen noch eine ganze Menge Arbeit hineinstecken. Wir wohnen erst zwei Monate hier. Es war das Haus meiner Großeltern.«

»Ich mag solche alten Häuser«, sagte er lächelnd. »Das erinnert mich an meine Besuche bei meinen Großeltern. Sie hatten ein altes Farmhaus außerhalb von Dallas.«

»Wie lange leben Sie schon hier?«

»Wir sind kurz vor Caras Geburt hierhergezogen. Julie – meine Frau – und ich stammen beide aus Dallas.« Er schwieg; seine grünen Augen wirkten plötzlich abwesend. »Sie starb, als Cara sechs war.«

»Das tut mir leid.« Darlene ging neben ihm, Cara lief voraus.

Er sah sie wieder an und lächelte. »Danke. Aber wenigstens habe ich Cara.«

»Hühner!«, schrie Cara, als sie vor dem Stall standen, den Brad hergerichtet hatte. In dem etwa drei mal drei Meter großen Stall lebten vier Hennen und ein Hahn. Jede Henne hatte einen eigenen, mit Heu ausgelegten Schlafplatz. Dann gab es noch einen eingezäunten Auslauf.

»Ich habe eigentlich Angst vor Hühnern, deshalb bin ich froh, dass sie im Stall sind.« Darlene sah Dave an und zuckte mit den Schultern. »Aber Brad hat sie Ansley versprochen, weil sie sich in der Schule verbessert hat.« Sie lachte. »Außerdem leben wir auf dem Land, also ...«

»Brad ist Ihr Mann?«

»Ja. Er arbeitet in Houston und kommt meistens erst spät nach Hause.«

»Wow.« Dave verschränkte die Arme vor der Brust. »Das ist aber eine ganz schöne Strecke.«

»Etwa anderthalb Stunden pro Weg, aber es gefällt ihm hier und er sagt, es ist die weite Fahrt wert.«

Sie schwiegen und sahen zu Cara hinüber, die die Hühner beobachtete.

Drei der Hennen saßen auf ihren Schlafplätzen, die vierte flatterte herum und versuchte, dem Hahn zu entkommen.

»Vielleicht sollte ich Cara ein Haustier kaufen«, meinte Dave. »Aber ich habe auch so schon alle Hände voll zu tun mit Cara und meiner Firma.«

»Das kann ich verstehen. Wir hatten in Houston einen Hund, Buddy. Wir haben ihn alle sehr geliebt, aber als er gestorben ist, war ich dafür, erst einmal ein Weilchen zu warten, bis wir uns wieder einen anschaffen. Nicht nur, dass Buddy unersetzlich war, ich wollte auch nicht wieder ganz von vorn anfangen. Die Kinder versprachen natürlich, ihn zu füttern, zu baden und alles, aber meistens war die Arbeit doch an mir hängen geblieben.«

Cara warf lachend den Kopf zurück. Ihr kastanienbraunes Haar fing das Licht der untergehenden Sonne ein, als sie ihnen den Kopf zuwandte. »Ansleys Hühner!«

»Magst du sie, Cara?«, fragte Darlene. Sie und Dave traten näher zu Cara heran. Cara nickte. Darlene hörte, wie die Hintertür zugeschlagen wurde, und drehte sich um. »Hier kommt die Besitzerin der Hühner.« Sie deutete auf Ansley, die gerade den Weg hinuntertrottete.

»Das ist meine jüngste Tochter, Ansley.« Sie legte Ansley eine Hand auf die Schulter. »Ansley, das sind Mr Schroeder und seine Tochter Cara. Ich unterrichte Cara an der Evans-Schule.«

Dave streckte Ansley die Hand hin. »Schön, dich kennenzulernen, Ansley. Du hast da ein paar ausnehmend schöne Hühner.«

»Mom verabscheut sie. Schön, Sie kennenzulernen.« Dann ging sie gleich zu Cara. »Hi, Cara.«

»Ansleys Hühner …«, Cara hob die Schultern und ließ sie langsam wieder fallen, »… sind hübsch.«

»Möchtest du in den Stall gehen?« Ansley griff hinunter und öffnete den Haken an der Drahttür. Dave trat vor.

»Ich weiß nicht, ob das eine gute Idee …«

Doch Ansley war schon im Hühnerstall und Cara folgte ihr.

»Das sind Meg, Jo, Beth und Amy.« Ansley deutete auf jede einzelne Henne, die sie vorstellte.

»Sie hatte gerade *Betty und ihre Schwestern* gelesen, als sie die Hühner bekam«, sagte Darlene.

Dave nickte. »Und wie heißt der Hahn?«

»Rocky.«

Dave beugte sich zu Darlene hinüber und flüsterte: »Gibt es einen Rocky in *Betty und ihre Schwestern?* Ich habe das Buch nie gelesen, aber es würde mich wundern.«

Darlene lachte. »Nicht dass ich wüsste.«

Ansley stemmte die Hände in die Hüften und drehte sich zu Cara um. »Willst du sie füttern?«

Cara nickte und wenn Darlene nicht gewusst hätte, dass Cara autistisch war, hätte sie das Mädchen für eine ganz normale Zwölfjährige gehalten. Ein rascher Blick auf Dave zeigte ihr, dass er sehr viel entspannter war als noch vor einer Minute – oder wenigstens nicht mehr ganz so verkrampft. Darlene musste zugeben, dass sie selbst ein bisschen nervös gewesen war, als Cara den Stall betreten hatte. Doch Cara strahlte über das ganze Gesicht, während sie Ansley folgte und eine Handvoll Körnerfutter auf den Boden warf. Die drei anderen Hennen kamen sofort von ihren Brutplätzen herunter.

»Meg ist ziemlich ängstlich, man kommt gar nicht in ihre Nähe.« Ansley warf der braunen Henne in der Ecke ganz gezielt eine Handvoll Futter hin, streckte jedoch den Arm aus, um Cara zurückzuhalten. »Wirf ihr das Futter auch einfach nur hin.«

Cara tat, was Ansley sagte. Sie lächelte immer noch.

»Und jetzt müssen wir noch den kleinen Trog hier füllen.« Ansley griff nach dem Wasserschlauch. »Hier, Cara. Willst du ihnen zu trinken geben? Zieh einfach hier und richte den Schlauch auf den Trog, so.« Ansley zeigte es ihr, Cara nahm den Schlauch und füllte den Metalltrog, als hätte sie es schon hundert Mal getan.

»Sie haben Durst.« Cara sprach langsam und deutlich.

Darlene warf Dave einen Blick zu. Er sah völlig verändert aus; er lächelte über das ganze Gesicht. Meistens hatte er zwei tiefe Falten zwischen den Brauen, sodass er stets zornig wirkte – die Folge von zu häufigem Stirnrunzeln, nahm sie an. Doch jetzt waren diese Falten nur noch ganz leicht zu ahnen.

»Das ist erstaunlich«, flüsterte er Darlene zu, ohne die Augen von seiner Tochter abzuwenden. »Sie ist wie …«

Er brauchte den Satz nicht zu beenden.

Darlene wusste, was er dachte. »Sie ist ein hübsches Mädchen, Dave.«

Dave sah sie an. »Ansley ist einfach wunderbar«, sagte er. »Sehen Sie doch nur, wie sie mit Cara umgeht.« Er lächelte wieder. »Es muss in der Familie liegen.«

Darlene wurde rot. »Ansley hat wenig Kontakt mit Fremden.« Sie spürte, wie Dave sie ansah, hielt ihren Blick jedoch fest auf die beiden Mädchen gerichtet, bis sie ein Auto in der Einfahrt hörte. »Oh, gut. Jetzt könnt ihr beiden noch Brad kennenlernen. Er ist heute früher dran als sonst.« Sie sah auf die Uhr und hob dann die Hand an die

Stirn, zum Schutz gegen die Sonne, die sie blendete. In der Ferne sah sie Layla über eine Weide reiten.

Cara und Ansley warfen den Hühnern noch mehr Futter hin. Brad kam langsam zu ihnen herüber. Darlene ging ihm entgegen und gab ihm einen Kuss. »Hey. Du bist früh dran.« Gemeinsam gingen sie zu Dave. »Das ist Dave Schroeder. Er ist Caras Vater.«

Die beiden Männer begrüßten sich höflich.

Ihr Mann war größer als Dave, der jedoch immer noch ein gutes Stück größer war als Darlene. Brad hatte dunkles Haar und braune Augen und sah immer noch jugendlich aus, obwohl er bald einundvierzig wurde. Er hatte noch immer die Figur des Quarterback-Footballspielers auf der Highschool, in den sie sich verliebt hatte, und sah auf klassische Weise sehr gut aus. Sie lächelte innerlich. Manchmal verhielt er sich sogar noch wie der Highschool-Junge von damals. Brad war es wichtig, dass er die Dinge zu Hause und an seinem Arbeitsplatz im Griff hatte, doch es gab auch eine spielerische Seite an ihm, die ihn sehr viel jünger wirken ließ, als er war.

Dave muss in Brads Alter sein, dachte Darlene. Cara hatte seine grünen Augen geerbt. Als er mit Brad sprach, konnte sie im Sonnenlicht die goldenen Sprenkel in seinen Augen sehen. Seine olivfarbene Haut spannte sich über hohe Wangenknochen und bei den seltenen Gelegenheiten, bei denen er lächelte, lag eine Seite seines Mundes höher als die andere. Er hielt sich aufrecht und unter seinem grünen Poloshirt zeichneten sich seine breiten Schultern ab. Er war ein gut aussehender Mann, aber … angespannt. Das war das richtige Wort. Sie hatte gehofft, dass Brad hier in Round Top jemanden kennenlernte, mit dem er gern zusammen war und mit dem er auch mal Golf spielen konnte, doch sie bezweifelte, dass es ausgerechnet Dave sein würde.

Aber als sie sich wieder auf das Gespräch der beiden Männer konzentrierte, war sie überrascht, als Brad Dave tatsächlich eine Runde Golf vorschlug.

»Ich weiß Ihr Angebot zu schätzen«, sagte Dave, bevor er einen Blick auf Cara warf, »aber es ist nicht so einfach, mir für so etwas Zeit zu nehmen.«

»Mom kann doch auf Cara aufpassen«, sagte Ansley, während sie und Cara den Hühnerstall abschlossen. »Sie hat auch in Houston immer auf alle möglichen Nachbarskinder aufgepasst.«

»Das stimmt«, sagte Darlene lächelnd. »Ich habe nichts dagegen, dass Cara zu mir kommt, wenn Sie und Brad gelegentlich eine Runde Golf spielen möchten.«

Dave schüttelte nur den Kopf. »Sie passen schon die ganze Woche jeden Tag auf Cara auf. Ich möchte nicht ...«

»Dad.« Cara berührte Daves Arm und deutete auf das Hühnergehege hinter sich. »Hühner.« Ein Lächeln trat auf Daves Gesicht. Er mochte verkrampft sein, doch es war deutlich zu sehen, dass er seine Tochter liebte.

»Ja, mein Schatz.« Er legte einen Arm um sie und Cara kuschelte sich an ihn. Dann drehte er sich zu Brad um und streckte ihm die Hand hin. »Es war schön, Sie kennenzulernen. Jetzt überlasse ich Sie wieder Ihrer Familie.« Dann wandte er sich an Darlene. »Danke, dass Cara die Hühner sehen durfte.«

»Gern geschehen.« Darlene winkte ab. »Tschüss, Cara. Bis morgen.«

Brad legte Darlene einen Am um die Schulter und flüsterte: »Scheint ein netter Kerl zu sein.« Er hob die Hand und rief: »Und lassen Sie es mich wissen, wenn Sie mal Zeit für eine Partie Golf haben!«

»Mach ich.« Dave und Cara stiegen in ihr Auto und fuhren davon.

Dreißig Minuten später ging Darlene mit Brad hinaus auf die Veranda, während im Ofen ein paar Schweinekoteletts schmorten. Er hatte sich umgezogen und trug jetzt eine hellbraune Hose und ein graues T-Shirt mit NASA-Emblem.

Vor ein paar Jahren waren sie mit den Kindern bei der NASA in Houston gewesen. Brad kannte sich in Astronomie sehr gut aus und durchschaute Zusammenhänge, die Darlene nie verstehen würde. Doch sie genoss es, mit ihm zusammen den Himmel zu betrachten, der hier draußen auf dem Land in manchen Nächten beeindruckend war.

Als sie sich heute Abend zusammen auf die Hollywoodschaukel setzten, die auf der Veranda stand, war es allerdings noch viel zu früh für Himmelsphänomene. Die Sonne ging gerade erst unter und in der Ferne sahen sie Laylas Silhouette auf einem Pferd vor einem orangefarbenen Feuerball – ganz der Filmstar, der sie einmal war.

Brad schüttelte den Kopf, während sie beide zusahen, wie sie das mit blauen Lupinen und Indianerpinsel bewachsene Feld überquerte. »Ich kann immer noch nicht glauben, dass Layla Jager im Haus neben uns wohnt.«

Darlene gab ihm einen Schubs mit dem Ellbogen. »Pass auf, dass du das nächste Mal, wenn du sie siehst, nicht gleich wieder in Verzückung gerätst.«

Brad zog sie an sich. »Du bist die einzige Frau, die mich in Verzückung versetzt, meine Süße. Nur du.« Er beugte sich hinunter und küsste sie so, dass sie sich wieder wie ein Teenager fühlte.

Danke, Gott, für Brad und dafür, dass du unsere Ehe all die Jahre gesegnet hast.

Als Dave losfuhr, schaute Cara aus dem Fenster und lächelte Darlene und Brad zu. Er dachte an Brads Vorschlag, gelegentlich zusammen Golf zu spielen, und an Darlenes Angebot, währenddessen auf Cara aufzupassen. Doch er war noch nicht so weit, Cara einfach allein zu lassen. Vielleicht würde es ihm leichter fallen, wenn sie Darlene ein bisschen besser kannten, doch Cara war kein einfaches Kind, und er wollte die potenzielle Freundschaft mit Brad und Darlene nicht gleich aufs Spiel setzen. Vor allem Ansley hatte ihn sehr beeindruckt und er vermutete, dass Darlenes andere beiden Kinder genauso angenehm waren.

Gute Eltern. Gute Menschen. Jedenfalls hatte er diesen Eindruck gewonnen.

Er lehnte sich im Sitz zurück und strich sich übers Kinn. Cara beobachtete eine Gruppe Longhorns, die unter einer Eiche am Straßenrand ruhten, deshalb bremste Dave ab. Er sah, wie Caras Gesicht beim Anblick der Kühe aufleuchtete, und dachte, welch ein Glück er doch hatte, eine so besondere Tochter wie Cara zu haben. »Gott erwählt besondere Paare für besondere Kinder«, hatte Julie immer gesagt.

Gott, ich vermisse sie so sehr.

Er vermisste das Lachen in der Familie. Julie hatte viel gelacht, auch in schweren Zeiten. Zu Beginn ihrer Ehe waren sie mit leeren Händen dagestanden und hatten zunächst in einem kleinen Zweifamilienhaus in Dallas gewohnt. Gemeinsam hatten sie ihre Immobilienfirma aufgebaut. Und dann hatten sie Cara bekommen. Sie war vom ersten Tag an ihr Ein und Alles gewesen. Und Julie war eine gute Mutter gewesen.

Darlene hatte ihn heute an Julie erinnert.

Brad ist ein Glückspilz.

8

»Wie sehe ich aus?« Darlene kam ins Wohnzimmer. Sie trug das königsblaue Versacekleid, das Layla ihr geliehen hatte. Brad und die Kinder aßen Popcorn und sahen fern.

»Wow.« Brad setzte sich aufrecht hin und zog eine Braue hoch. »Ich glaube, du solltest heute Abend lieber zu Hause bleiben. Dieses kleine Dorf ist nicht gewappnet gegen dich, Dar.«

Darlene drehte sich einmal um sich selbst und zeigte ihnen das rückenfreie Kleid und ihr Haar, das sie zu einer Banane hochgesteckt hatte. Sie kam sich unsagbar elegant vor mit ihren langen Strass-Ohrringen. »Kann ich so gehen?«

»Und ob!« Brad starrte sie unverwandt an. »Du siehst atemberaubend aus.«

Chad reichte Grace die Popcornschüssel. »Mom. Das gehört sich nicht. Mütter sollten nicht so aussehen.«

»Sei still, Chad.« Ansley ging zu ihrer Mutter, um sie genauer betrachten zu können. Dann flüsterte sie: »Du siehst aus wie eine Prinzessin.«

Grace trat neben Ansley. »Mom, du siehst so wunderschön aus.«

»Das wäre also entschieden«, sagte Brad kauend. »Du bleibst zu Hause.«

»Ha, ha.« Darlene nahm die kleine Abendtasche, die sie letzte Woche reduziert gekauft hatte. »Jetzt hört mal zu. Im Backofen steht ein Hühnerauflauf, den braucht ihr nur noch aufzuwärmen. Und im Kühlschrank ist ein Salat.«

Brad stand auf. »Wir kommen schon zurecht.« Er küsste sie zärtlich auf die Wange, um ihren Lippenstift nicht zu verschmieren. »Geh und amüsier dich gut.« Dann beugte er sich zu ihr herunter und flüsterte ihr ins Ohr: »Du siehst heiß aus, Süße.«

»Kein Rumgesülze, bitte«, rief Chad von seinem Platz auf dem anderen Ende des Sofas. Dann sprang er auf und ging zum Fenster. »Äh … Mom, da fährt gerade eine Limousine vor.«

»Was?« Darlenes Herz machte einen Satz. Sie trat ebenfalls ans Fenster. Sie war erst zwei Mal in ihrem Leben in einer Limousine gefahren, zum Abschlussball an der Highschool und bei ihrer Hochzeit. »Ich glaube es nicht!«

Alle kamen ans Fenster.

»Ich schon«, sagte Brad und kicherte los. Darlene starrte ihn an. Sie waren übereingekommen, vor den Kindern nicht zu erwähnen, dass Layla ein Filmstar war. Jedenfalls vorläufig noch nicht.

Darlene holte tief Luft, verabschiedete sich und ging vorsichtig die Stufen der Veranda hinunter – auf Zehenspitzen, damit ihre Absätze nicht auf dem unbefestigten Weg zwischen Haus und Auto stecken blieben. Ein kleiner grauhaariger Mann im Smoking hielt ihr die Tür auf. Sie stieg hinten ein und setzte sich neben Layla.

»Champagner?« Layla reichte ihr ein Glas, kaum dass sie sich gesetzt hatte. »Mann, Sie sehen richtig gut aus!«

Darlene nahm die Champagnerflöte und fühlte sich plötzlich schrecklich unzulänglich. Sie hatte Layla zwar schon in diesem Kleid gesehen, doch jetzt, mit der eleganten Frisur, dem perfekten Make-up und den teuren Accessoires wirkte sie hundertprozentig wie eine Berühmtheit. »Sie aber auch«, sagte Darlene und überlegte, warum sie eine Limousine und Champagner brauchten, wo sie doch nur ein Stückchen die Straße hinunterfahren würden.

»Ich mag solche Ereignisse nicht, aber dieses ist für einen guten Zweck.« Layla nahm einen Schluck Champagner.

Darlene nickte. »Ja, es ist für einen guten Zweck.« Sie lehnte sich vorsichtig zurück, um das Versacekleid nicht zu zerdrücken. »Warum die Limousine?«

Layla zuckte mit den Achseln. »Ich dachte, Sie kommen wahrscheinlich nicht oft raus und eine Limousine gefällt Ihnen vielleicht.« Sie grinste.

»Ich nehme an, früher haben Sie so was öfter gemacht.« Darlene lächelte und hob ihr Glas.

Layla runzelte die Stirn. »Ich habe mich schon gefragt, wie lange es wohl dauert, bis Sie es herausfinden.«

»Ich habe es nicht herausgefunden, aber mein Mann ist ein leidenschaftlicher Fan von Ihnen. Es war ja schon richtig peinlich, wie er sich bei Graces Geburtstagseinladung aufführte.« Sie seufzte und schüttelte den Kopf; dann lächelte sie. »Seitdem sucht er dauernd im Kabelprogramm nach Layla-Jager-Filmen.«

»Aber Sie werden deswegen jetzt nicht komisch werden, oder?« Layla machte ein finsteres Gesicht und stellte ihr Glas hin. »Ich bin eigentlich nicht auf der Suche nach Freunden, aber mit Ihnen könnte es vielleicht sogar etwas werden.« Sie zwinkerte Darlene zu.

»Wenn Sie keine Aufmerksamkeit erregen wollen, warum dann die Limousine?«

»Das habe ich Ihnen doch gesagt: Ihretwegen.«

»Richtig«, sagte Darlene trocken. »Bestimmt vermissen Sie es noch manchmal. Den Ruhm, die Limousinen und was sonst noch alles zu einem Star gehört.«

Layla wandte das Gesicht zum Fenster und blickte hinaus in den Sonnenuntergang. »Alles hat seinen Preis, glauben Sie mir.«

Sie schwiegen ein paar Minuten. »Jedenfalls danke ich Ihnen, dass Sie mich eingeladen haben. Und dass Sie mir ein Kleid geliehen haben. Ich hätte nie gedacht, dass irgendeine Vereinigung hier draußen bei uns eine solche Veranstaltung auf die Beine stellt.«

»Genau genommen sind es ein paar Leute aus Houston, die diese Gala organisieren, und alles, was Rang und Namen hat, wird dabei sein. Es ist erst das zweite Mal, dass der Erlös einer Schule zugutekommt. Sie werden dort viele Leute kennenlernen – Leute, die Sie nicht einfach im Supermarkt treffen, meine ich.«

Das klang ein bisschen hochnäsig, aber Darlene ließ es durchgehen. Sie hatte erst ein- oder zweimal an ihrem Champagner genippt, als der Fahrer bereits auf das Gelände des Festival Hill Institute abbog. Es war eine traumhafte Anlage, mindestens achtzig Hektar groß und ganz den darstellenden Künsten gewidmet. Darlene, Brad und die Kinder hatten schon früher einmal die weltberühmte Festival Concert Hall besucht und das edle Holzschnitzwerk bewundert. Es überraschte Darlene immer noch, dass ausgerechnet in dem kleinen Round Top eine solche Anlage voller architektonischer und gartenbaulicher Wunder errichtet worden war, darunter die Herzstein Plaza, eine Versammlungsstätte unter freiem Himmel, in der auch die Gala stattfand.

Sie stieg aus und beäugte erst einmal die anderen Frauen, die zum Eingang gingen. Die meisten trugen bodenlange Gewänder, ein paar hatten Cocktailkleider an und ein älteres Paar war anscheinend einfach in seinen besten Sonntagskleidern gekommen. Die Männer trugen Anzüge. Die meisten Gäste waren als Paar gekommen. Darlene berührte ihr Haar; sie hoffte, dass ihre Frisur den Abend über halten würde. Im Sommer trug sie ihr Haar fast immer zurückgenommen, aber meistens nur zu einem Pferdeschwanz, nichts so Elegantes wie heute Abend.

»Da ist Chuck Perkins«, sagte Layla, während sie und Darlene auf die Stufen zuschritten, die zur Plaza hinaufführten. Als sie den roten Teppich betraten, tauchte Darlene in ein geschäftiges Summen ein. »Die Veranstalter werden sich freuen, dass er gekommen ist. Er wird die Auktionspreise durch seine Gebote in die Höhe treiben und auch selbst eine große Summe stiften. Er hat mehr Geld als Gott.«

»Gott hat kein Geld«, sagte Darlene beiläufig.

Layla blieb stehen. Ihre Unterlippe verzog sich. »Er hat auch kein Erbarmen.«

Darlene starrte sie eine Sekunde an, dann lief sie ihr nach, denn Layla war einfach weitergegangen. Sie wusste, dass es zwei Dinge gab, über die man bei einer solchen öffentlichen Veranstaltung nicht sprach: Politik und Religion. Doch als die Frau vor ihr in ihrer Tasche nach der Eintrittskarte suchte, fiel ihr eine Bibelstelle ein, so plötzlich und mit solcher Klarheit, dass sie Gänsehaut bekam.

Dankt dem Herrn, denn er ist gut und seine Gnade bleibt ewig bestehen.

Darlene war christlich erzogen worden, ihre Kinder waren christlich erzogen und sie hatte ihr ganzes Leben lang stets regelmäßig gebetet. Sie und Brad sprachen viel über Gott; für sie war das ganz selbstverständlich. Doch hin und wieder schien Gott ihnen einen besonderen Anstoß geben zu wollen; eine Erinnerung, dass er immer gegenwärtig war.

Sie dachte einige Augenblicke über den Vers nach und sagte dann leise: »Aber Layla, Sie wissen doch, dass Gott gut und barmherzig ist, oder?«

Layla versteifte sich, ihre Augen wurden zu runden Feuerbällen. »Kommen Sie mir nicht mit Religion, Darlene. Mit Gott hab ich nichts mehr am Hut.«

»In Ordnung. Tut mir leid.« Darlene hob entschuldigend die Hand, doch im gleichen Augenblick sprang ihr ein anderer Vers ins Gedächtnis: *Du bist mein Gott, ich will dir danken! Du bist mein Gott, ich will dich loben!* Sie empfand plötzlich Schuldgefühle, weil sie Layla so einfach nachgegeben hatte.

Als sie die Plaza betraten, stockte Darlene der Atem. Der Platz war in einen Ballsaal unter Sternen verwandelt worden. Die Leute drängten sich um Layla. Wenn Darlene nicht gewusst hätte, dass Layla berühmt war, hätte sie es sich heute Abend denken können. Sie beobachtete fasziniert, wie Layla das Fest mit ihrem Lächeln erhellte und alle freundlich begrüßte, hatte jedoch den Eindruck, dass ihr Verhalten einstudiert war und sie es nach Belieben an- und abstellen konnte. Layla stellte Darlene nicht vor und ging immer gleich weiter, auch wenn die Leute noch etwas zu ihr sagten. Darlene folgte ihr. Sie schlängelten sich zwischen den Tischen hindurch. Auf den strahlend weißen Tischtüchern standen Vasen mit roten Rosen, umgeben von vier weißen Votivkerzen. Jeder Tisch war eingedeckt mit sechs Gedecken aus kostbarem Porzellan, Kristallgläsern und blütenweißen Servietten.

»Hier ist unser Tisch«, sagte Layla zu Darlene und deutete auf eine weiße Karte, auf der ihr Name stand. Daneben lag eine Karte mit Darlenes Namen. Sie blickte sich um. »Ich brauche was zu trinken.«

»Hier laufen doch überall Kellner herum. Sie kommen sicher auch zu uns.« Darlene sah, dass immer noch mehr Leute eintrafen. Auf einer Seite des Platzes war ein langer Tisch aufgebaut, auf dem die Auktionsgegenstände präsentiert wurden. Die Plaza selbst war umgeben von imposanten Steingebilden, zwei Wasserfällen und der Statue des Heiligen Bonifatius auf einem Marmorsockel.

Darlene liebte stille Auktionen, auch wenn sie immer in letzter Minute überboten wurde.

Heute Abend hatte sie sich ein Limit von zweihundert Dollar gesetzt, die sie spenden wollte. Layla hatte gesagt, nach dem Essen würde zusätzlich eine Auktion mit einem Auktionator stattfinden, auf der die wertvolleren Gegenstände versteigert würden.

Darlenes Blick fiel auf zwei faszinierende Eisskulpturen, einen Jungen und ein Mädchen, die einander gegenüberstanden. Etwas weiter entfernt sah sie einen Schokoladenspringbrunnen und verschiedene andere Desserts. Sie hob das Kinn, um besser sehen zu können, doch Layla versperrte ihr die Sicht; sie winkte gerade einen Kellner herbei.

»Was möchten Sie trinken?«, fragte sie Darlene.

»Äh …« Sie trank eigentlich nie Alkohol, höchstens mal ein Glas zu einem besonderen Anlass. »Äh …«

»Bringen Sie uns bitte ein Glas Chardonnay«, sagte Layla. In diesem Moment trat ein Paar an ihren Tisch, gefolgt von einem älteren Mann.

»Hallo, Layla. Ich glaube, wir sitzen an deinem Tisch.« Die Frau deutete auf den Mann an ihrer Seite.

»Du erinnerst dich doch bestimmt an meinen Mann George. Und das ist Georges Vater, Bob.«

Layla begrüßte sie und stellte Darlene vor. »Darlene, das sind Penny Peters, George und Bob.«

Penny ließ ihren Blick von oben bis unten über Darlene gleiten, als sie ihr die Hand gab. Ihr Händedruck war der eines kleinen Mädchens, wie Brad es ausgedrückt hätte. Ihr Mann dagegen drückte Darlenes Hand fest, offensichtlich machte er bei der Begrüßung keinen Unterschied zwischen Männern und Frauen. Penny war klein, etwa Darlenes Größe, sodass sie beide aufblicken mussten, um Layla und den Männern ins Gesicht zu sehen. Penny wandte ihre Aufmerksamkeit wieder Layla zu.

»Layla, du siehst blendend aus, wie immer. Ich weiß gar nicht, wie du das machst.« Penny lächelte. Ihre Zähne waren genauso weiß und perfekt wie Laylas. Darlene wusste, dass sie schöne Zähne hatte, doch diese beiden Damen hatten offensichtlich sehr viel mehr unternommen, als ihre Zähne regelmäßig zu putzen und hin und wieder ein wenig zu bleichen.

Layla lächelte ebenfalls, das gleiche Lächeln, das sie immer wieder angeknipst hatte, seit sie hier waren, doch dann wandte sie sich rasch an Darlene. »Gehen wir?«

Bevor Darlene antworten konnte, hatte Layla sich schon wieder zu Penny umgedreht. »Entschuldige uns, Penny. Wir wollten uns gerade die Sachen für die stille Auktion anschauen.« Sie nahm Darlenes Arm und zog sie fort.

»Jetzt brauche ich zwei Drinks. Oder vier.« Sie verdrehte die Augen. »Lacy St. John kann sich auf was gefasst machen. Dass sie mich an einen Tisch mit Penny Peters gesetzt hat! Diese Frau nervt nur. Sie ist durch und durch falsch.« Layla blieb unvermittelt stehen und starrte Darlene an. »Ich mag keine Blender, nur dass Sie es wissen.«

»Alles klar …« Darlene holte tief Luft und stieß sie wieder aus, während Layla zwischen den Tischen hindurchging, an denen die Gäste bereits Platz nahmen. Layla wurde mehrmals von weiteren Leuten aufgehalten, die sie begrüßen wollten, aber schließlich standen Darlene und sie vor den Tischen mit den Gegenständen. Es war nichts darunter, das Darlene mit zweihundert Dollar hätte ersteigern können; bei den meisten Objekten war das Mindestgebot höher.

Sie dachte an die stillen Auktionen, die sie schon besucht hatte – zugunsten der Kirche oder von Schulen oder gemeinnützigen Organisationen. Bei diesen Veranstaltungen lagen die Eröffnungsgebote zwischen fünf und zwanzig Dollar und der Durchschnittspreis betrug um die hundert Dollar, auch wenn die Sachen meist gar nicht so viel wert waren. Die Dinge, die hier auf den Tischen lagen, waren ihrer Schätzung nach Hunderte und Tausende von Dollars wert.

Sie sah sehr viele Kunstgegenstände. *Teure Kunst,* dachte sie beim Anblick eines Ölgemäldes, das den Marktplatz des nahegelegenen

Fayetteville zeigte. Es stammte von einem ortsansässigen Künstler und das Eröffnungsgebot betrug zwölfhundert Dollar. Sie schluckte schwer und ging weiter zum nächsten Gegenstand.

Darlene ließ Layla vorausgehen, während sie nach etwas Ausschau hielt, worauf sie bieten konnte. Und dann sah sie es. Layla war achtlos vorbeigegangen, doch Darlene blieb stehen und starrte die Türkiskette und die dazu passenden Ohrringe an. Sie besaß bereits eine ganz ähnliche Garnitur, doch ihre war nicht echt, nur Modeschmuck, den sie vor ein paar Jahren in einer Boutique in Houston gekauft hatte. Sie hob die Kette an. Sie war sehr viel schwerer als ihre unechte. Ihr fiel ein, was Layla über Blender gesagt hatte, und sie hoffte, dass dieses Urteil nicht auch für die Besitztümer einer Person galt.

Das Eröffnungsgebot betrug hundertfünfzig Dollar, der Wert des Sets lag bei dreihundertfünfzig Dollar. Sie würde ihr Limit etwas erweitern müssen, wenn sie es zu diesem Preis ersteigern wollte. Sie schrieb ihren Namen und ihr Gebot auf. Brad hatte ihr im Laufe der Jahre ein paar hübsche Schmuckstücke geschenkt, doch sie hatte sich noch nie selbst etwas so Schönes gekauft. Sie lächelte, richtete sich wieder auf und folgte Layla, die ihren Namen auf mindestens fünf verschiedene Gegenstände geschrieben hatte.

Plötzlich stieß Layla einen missbilligenden Laut aus und stemmte die Hände in die Hüften. »Gucken Sie sich das mal an. Das gehört wirklich nicht hierher.«

Darlene trat näher heran. Es war ein Set aus selbst genähten Topfhandschuhen, dazu passenden Handtüchern und einer Schürze. Das Eröffnungsgebot betrug hundert Dollar. Preislich zu hoch angesetzt, wie die meisten Sachen hier, doch eindeutig mit viel Liebe gemacht. »Ich finde es schön«, sagte sie, hob das Kinn und sah Layla an. Darlene konnte sich gut vorstellen, dass ihre Großmutter ähnliche Dinge angefertigt hatte, als sie noch lebte.

»Sie machen Witze, oder? Es sieht billig aus.« Layla schaute zu ihrem Tisch hinüber. »Ich hole unseren Wein. Bin gleich zurück.«

Sie ging davon und Darlene war froh, dass sie sich auf die Zunge gebissen und ihr nicht gesagt hatte, dass sie ein Snob war. Nach diesem Kommentar fragte sie sich, ob sie den ehemaligen Filmstar wirklich zur Freundin haben wollte.

Sie spürte etwas hinter sich, wie einen Atemzug im Nacken. »Gefällt Ihnen etwas von den Sachen?«

Sie fuhr herum. »Dave! Was machen Sie …« Sie lächelte und schüttelte den Kopf. »Natürlich können Sie hier sein. Wie geht es Cara?«

Darlene hatte die beiden seit dem Montag, an dem sie mit ihr nach Hause gefahren waren, um sich die Hühner anzuschauen, nicht mehr gesehen. Dave hatte am Dienstag in der Schule angerufen und gesagt, dass Cara eine schlimme Erkältung hatte. Am nächsten Tag hatte der Arzt eine Halsentzündung diagnostiziert. Den Rest der Woche hatte Darlene den anderen Lehrerinnen beim Einzelunterricht geholfen.

»Viel besser. Ich bin die ganze Woche bei ihr zu Hause geblieben.«

»Und wo ist sie jetzt?« Darlene erinnerte sich, dass es für Dave schwierig war, eine Betreuung für Cara zu finden.

»Bei Myrna. Sie bestand darauf, dass ich zu der Gala gehe. Deshalb hat sie Cara abgeholt. Sie passt heute auch auf ihre Enkelin auf, weil ihr Sohn und ihre Schwiegertochter ebenfalls zu der Gala eingeladen sind. Sie werden sie sicher noch kennenlernen.« Er lachte leise. »Cara hat die ganze Woche nur von den Hühnern geredet. Sie wird Sie höchstwahrscheinlich zum Wahnsinn treiben.«

»Ich freue mich, dass es ihr gefallen hat. Sie dürfen uns – beziehungsweise die Hühner – jederzeit wieder besuchen.« Sie drehte sich um, weil sie sah, dass Layla mit zwei Gläsern Weißwein auf sie zukam. Layla reichte Darlene ihr Glas, lächelte Dave an, beugte sich vor, küsste ihn auf die Wange und umarmte ihn. Darlene trat einen Schritt zurück, damit die beiden Platz hatten.

»Dave, Dave. Du siehst jedes Mal, wenn wir uns treffen, noch attraktiver aus.« Dann sah sie Darlene an. »Du kennst Darlene, nicht? Sie ist eine der Lehrerinnen an der Schule.«

»Sie ist Caras Lehrerin für den Einzelunterricht.« Er lächelte.

»Oh, das wusste ich ja gar nicht. Da hat Cara aber Glück gehabt.« Layla nahm einen Schluck Wein. So ein nettes Kompliment, und dabei hatte Darlene sie vor ein paar Minuten innerlich noch als Snob bezeichnet. *Vielleicht ist sie ja ein netter Snob.* Sie trank ebenfalls einen Schluck Wein und sah dann zu Dave auf, der gerade antwortete: »Ja, das stimmt. Da hat Cara wirklich Glück gehabt.« Seine Stimme klang warm. Darlene spürte, wie sie zum zweiten Mal seinetwegen rot wurde.

»Danke. Es ist aber auch ein Vergnügen, sie zu unterrichten.«

Layla stellte ihr leeres Glas auf den Tisch mit den Auktionsgegenständen. »Ich muss zurück an unseren Tisch, Penny winkt nach mir. Dabei war ich doch gerade eben dort. Ich gehe mal lieber hin und gucke, was sie jetzt schon wieder will. Entschuldigt mich.«

Darlene nahm Laylas leeres Weinglas; sie befürchtete, dass jemand es zu den Küchensachen stellen könnte, die Layla so geschmacklos fand. Sie schaute sich noch einmal die Topfhandschuhe, die Handtücher und die Schürze an und beschloss, später wieder danach zu sehen. Wenn keiner darauf bot, würde sie den Türkisschmuck sausen lassen und selbst auf die Sachen bieten, weil es eine Schande wäre, wenn kein Mensch das Geschick und die Zeit würdigte, die dafür aufgewendet worden waren.

»Haben Sie etwas gesehen, ohne das Sie nicht leben können?« Dave nickte zu dem Tisch hinüber.

»Ich biete schon darauf. Eine Türkiskette und passende Ohrringe.«

»Sind Sie ein Schmuck-Junkie?«

»Nein. Ich kaufe mir nie Schmuck … jedenfalls nicht solchen.« Sie zuckte die Achseln. »Aber dieses Set gefällt mir wirklich.«

»Dann hoffe ich, dass Sie es ergattern.«

»Und was ist mit Ihnen? Haben Sie etwas gefunden?«

Dave nahm ein Glas Wein, das ihm ein Kellner anbot, und trank. »Ich habe ein Gemälde gesehen, das Cara wahrscheinlich gefallen würde.« Er lachte.

»Verraten Sie es mir nicht. Das Bild mit den drei Hühnern und der Scheune dort unten auf dem Tisch?« Sie nickte in die Richtung, aus der sie und Layla gerade gekommen waren.

»Genau. Und dann werde ich noch auf ein paar Sachen bei der späteren Auktion bieten.«

Darlene verlagerte ihr Gewicht. Ihre Füße in den Silbersandalen fingen bereits an zu schmerzen. »Also kommt erst das Essen und dann die Auktion?«

»Ja, und dann wird getanzt. Die Veranstalter denken wohl, je länger die Gäste hier sind, desto mehr trinken sie und desto lockerer sitzen ihre Scheckbücher.« Er grinste und blickte dann auf eine kleine Bühne auf der Stirnseite des Platzes, wo eine Frau mit einem Mikrofon herumhantierte. »Ich glaube, wir sollten uns setzen.«

Dave trat beiseite, damit Darlene vorausgehen konnte. Als sie zu ihrem Tisch kamen, der ganz vorn stand, fiel ihr ein Bereich zwischen den Tischen und der Bühne auf, der wohl später als Tanzfläche dienen sollte. Sie drehte sich um und sah, dass Dave neben ihr Platz genommen hatte.

»Was sagt man dazu?«, meinte er.

Darlene hatte gar nicht mehr auf den letzten Namen an ihrem Tisch geschaut, nachdem sie Penny, George und Bob kennengelernt hatte. »Großartig! Schön, dass ich neben jemandem sitze, den ich kenne!«

Er beugte sich zu ihr hinüber, legte den Arm um sie und flüsterte ihr ins Ohr: »Penny und George sind genauso snobistisch, wie sie wirken, aber Georges Vater ist zum Schreien! Sie werden ihn mögen. Er schwimmt in Geld, aber er hält Penny und George ziemlich knapp.« Er nickte zu Layla hinüber. »Layla kennen Sie ja. Ich persönlich kenne keinen Menschen, der ein so großes Herz hat. Ich habe gar nicht weiter darüber nachgedacht, sonst wäre mir natürlich klar gewesen, dass Sie sich kennen müssen. Ihre Farmen liegen ja direkt nebeneinander.«

Darlene lachte. »Laylas Haus ist aber mehr als eine Farm. Es ist eine Ranch, ein Anwesen. Einfach überwältigend.«

»Nun, es braucht Zeit, bis man ein Haus so gestaltet hat, wie man es haben will. Und Layla kann hart arbeiten, wie Sie sicher gemerkt haben.«

Daves Arm lag noch immer um ihren Stuhl, als sie ihm ihr Gesicht zuwandte. »Können Sie sich vorstellen, dass ich keine Ahnung hatte, wer sie ist, bis zum letzten Wochenende, als sie zum Abendessen zu uns kam, zum sechzehnten Geburtstag meiner Tochter Grace?«

»Wirklich?«

»Aber Brad hat sie sofort erkannt und ist seither völlig aus dem Häuschen.«

»Sie ist eine schöne Frau, äußerlich und innerlich.«

Das war schon das zweite Mal, dass Dave Layla als guten Menschen bezeichnete. Vielleicht hatte sie sie ja doch falsch eingeschätzt. Aber woher rührte diese Verbitterung gegenüber Gott?

Dave rieb sich einen Moment das Kinn, als prüfe er seine Rasur. »Lassen Sie sich nicht täuschen. Sie ist eine gute Schauspielerin. Ich vermute, das beherrscht sie noch von früher; sie war wirklich eine der Besten.«

Er wirkte völlig aufrichtig, wenn er von ihr sprach, und Darlene fragte sich, ob ihr erster Impuls vielleicht doch richtig gewesen war. Sie fand, dass Dave und Layla gut zusammenpassten.

»Ich habe meinen Namen gehört.« Layla beugte sich vor und sah sie beide an.

Dave nahm seinen Arm von Darlenes Stuhl und sie lehnte sich zurück, damit die beiden einander sehen konnten.

»Ich habe Darlene nur gerade gesagt, was für ein wunderbarer Mensch du bist.« Dave trank seinen Wein aus. Darlenes Glas war noch fast voll.

»Du sollst doch nicht schwindeln, Dave.«

Beide lachten. Als Layla ein paar Minuten später zur Toilette ging, legte Dave wieder den Arm auf Darlenes Stuhllehne und flüsterte: »Layla hat viel durchgemacht. Hat sie Ihnen von Marissa erzählt?«

Darlene rutschte auf ihrem Stuhl ein Stückchen zur Seite. Sein Gesicht war ganz dicht neben ihrem, als er sprach, und sie wollte mehr Abstand. Er nahm seinen Arm wieder weg und lehnte sich zurück.

»Wer ist Marissa?«, fragte sie.

»Marissa war ihre Tochter.«

Darlene blieb der Mund offen stehen. »Ich wusste nicht, dass Layla Kinder hatte.«

»Marissa starb, als sie fünfzehn war, an einer Überdosis Tabletten.« Dave fuhr mit dem Finger über den Rand seines Weinglases und senkte den Blick. »Niemand wusste so recht, ob es vielleicht Absicht war oder ob Marissa einfach nur einmal Ruhe suchte von allem, was sie quälte. Layla hat mir einmal gesagt, dass Marissa manisch-depressiv war.« Er schwieg und sah Darlene an. »Danach war Layla nie mehr dieselbe. Auch mit ihrer Karriere war es vorbei, obwohl alles getan wurde, um die Sache aus der Presse herauszuhalten. Aber es sickerte trotzdem durch.«

Darlene war überrascht, dass Brad nichts darüber wusste. Die arme Layla. »Das ist ja furchtbar.« Sie schwieg. »Layla und ich kennen uns noch nicht so lange.«

»Ich nehme an, sie wird es Ihnen selbst sagen, wenn sie es für richtig hält.«

Darlene nickte und überlegte, ob Layla vielleicht wegen Marissa gesagt hatte, dass Gott kein Erbarmen kenne. Sie konnte sich nicht vorstellen, dass einem ihrer Kinder so etwas passierte. Es war der schlimmste Albtraum aller Eltern.

»Marissa ist einer der Gründe, weshalb Layla die Schule unterstützt und möchte, dass sie erweitert wird.« Dave schob seinen Stuhl zurück. »Entschuldigen Sie mich bitte. Sie wollen anfangen und ich muss kurz mit dem Herrn dort drüben sprechen. Ich bin gleich zurück.« Er deutete auf einen Mann an einem nahestehenden Tisch und ging hinüber.

Darlene hörte ein lautes Quietschen, als das Mikrofon eingestellt wurde. Eine Männerstimme sagte etwas von technischen Problemen, doch sie hörte gar nicht richtig zu. Layla tat ihr entsetzlich leid. Wann sie ihr wohl davon erzählen würde? Und ob sie ihr Mitleid überhaupt wollte? Sie dachte an Chad, Ansley und Grace und sprach schnell ein Gebet.

Danke, Gott, für meine gesunden Kinder.

Sie konnte sich nicht vorstellen, dass eines ihrer Kinder sich selbst verletzte.

9

Dave plauderte ein paar Minuten mit Chuck Perkins, während vorne auf der Bühne am Mikrofon gearbeitet wurde. Chuck würde bestimmt eine ziemlich große Summe spenden; er war überhaupt ein guter Kerl.

Auf dem Rückweg zum Tisch stieß Dave mit Lacy St. John zusammen, der Frau, die für die Tischordnung zuständig war.

»Danke, dass du meinen Platzierungswunsch berücksichtigt hast«, flüsterte er ihr lächelnd zu.

»Es war gar nicht so einfach. Das ist der beste Tisch, den wir haben. Ich musste Chuck Perkins deinetwegen umsetzen.« Sie runzelte die Stirn und zog die Brauen hoch.

Dave schloss einen Moment die Augen und verzog das Gesicht. »Ups! Ich wusste nicht, dass ich Chuck Perkins von seinem Platz vertrieben habe.«

»So war es aber.« Sie verschränkte die Arme über ihrem rosafarbenen, trägerlosen, bodenlangen Kleid. »Ich hoffe, sie ist es wert.« Sie sah zu Daves Tisch hinüber. »Und, Dave – sie ist verheiratet, also sieh dich vor.«

»Lacy, schäm dich!« Dave schüttelte den Kopf. »Was du auch immer denkst! Sie ist Caras Lehrerin, das habe ich dir doch gesagt. Ich möchte sie einfach nur ein bisschen besser kennenlernen.«

»Ich weiß sehr wohl, was du mir gesagt hast.« Sie hob eine Braue. »Und du hast gehört, was ich gesagt habe.«

Weg war sie. Er kannte Lacy und ihren Mann seit der Highschool. Danach hatten sie sich fünf oder sechs Jahre aus den Augen verloren, bis sie alle hier in Round Top gelandet waren. Lacys Ehemann war noch immer der gleiche Trottel, der er auf der Highschool gewesen war. Er betrog seine Frau schon seit Jahren, was dieser natürlich nicht entgangen war. Doch Lacy entging sowieso nie etwas. Er ging zurück an seinen Tisch. In diesem Augenblick bat die Stimme einer Frau durch das Mikrofon um die Aufmerksamkeit der Gäste.

Die Moderatorin sprach ein paar einleitende Worte und bat um lebhafte Beteiligung an der Auktion, damit der neue Flügel der Schule gebaut werden konnte. Dave hatte sich vorgenommen, großzügig zu bieten, und er hoffte, dass auch die anderen fleißig mitbieten würden. Wenn sie genügend Mittel zusammenbekamen, konnten sie mehr Lehrer einstellen und ihr Angebot erweitern. Dann würden auch die Kinder aus den umliegenden Gemeinden, die spezieller Förderung bedurften, und Kinder aus einkommensschwachen Familien die Schule besuchen können.

»Genießen Sie Ihr Dinner«, forderte die Frau sie zum Schluss auf. »Die stille Auktion endet um einundzwanzig Uhr, dann folgt die Live-Versteigerung. Und danach dürfen Sie sich ganz der Band und dem Tanz widmen.«

Die Kellner trugen bereits den Salat auf und nachdem die Frau das Podium verlassen hatte, setzten an allen Tischen lebhafte Unterhaltungen ein. Dave beugte sich nach rechts, damit der Kellner einen Teller Salat vor ihn hinstellen konnte. Layla schnappte sich den Burschen, bevor er wieder in die Küche gehen konnte, und bat um ein zweites Glas Wein. Dave würde seine alte Freundin heute Abend ein wenig im Auge behalten müssen. Sie war zwar wahrscheinlich in einer Limousine mit Chauffeur gekommen, wie sie es immer machte, doch er wollte nicht, dass sie sich blamierte – was schon vorgekommen war, wenn sie zu viel Wein getrunken hatte.

Ursprünglich hatte er Layla fragen wollen, ob sie mit ihm zu der Gala gehen wollte. Es gab hier nicht viele alleinstehende Frauen und sie war ohne Zweifel sehr schön. Doch ihm war klar, dass Layla eine Menge seelisches Gepäck mit sich herumschleppte. Nicht nur den Verlust ihrer Tochter. Die wenigen Male, die er bei ihr zu Besuch gewesen war, hatte er zudem gemerkt, dass sie ihren Ex-Mann Tom immer noch liebte. Inzwischen waren Dave und Layla gute Freunde geworden. Wenn ihr Ego gelegentlich zum Höhenflug ansetzte, akzeptierte sie seine schroffen Hinweise, dass Round Top nicht Hollywood war – und auch er wusste ihre Offenheit zu schätzen. Trotz ihres ein wenig herrischen Wesens war sie ein warmherziger, liebevoller Mensch.

Penny räusperte sich. »Darlene, ich habe gehört, dass Sie erst seit ein paar Wochen in der Evans-Schule arbeiten. Wie gefällt es Ihnen bis jetzt?«

Dave sah nach links zu Darlene hinüber.

»Es gefällt mir sehr gut. Ich liebe die Arbeit mit den Kindern.« Sie nickte zu Dave hinüber.

»Nachmittags unterrichte ich Daves Tochter Cara. Die Arbeit mit ihr ist wirklich ein Vergnügen.«

Als sie sich wieder zu Penny wandte, sah Dave Darlene weiter an. Ihr königsblaues Neckholder-Kleid enthüllte einen makellosen Rücken und über ihren rosig angehauchten Wangen ringelten sich ein paar aschblonde Strähnen, die sich gelöst hatten. Er fragte sich, ob sie wusste, wie hübsch sie war, und ob ihr Mann es ihr wohl hin und wieder sagte.

»Und was haben Sie studiert?« Penny nahm einen Schluck Wein, ohne die Augen von Darlene abzuwenden.

»Ich habe keinen Abschluss.« Darlenes Wangen röteten sich ein wenig tiefer. »Aber Myrna und die anderen Lehrerinnen haben mir alles beigebracht, was ich wissen muss.«

»Cara mag sie sehr«, warf Dave ein, nachdem er den Bissen Salat, den er gerade in den Mund gesteckt hatte, hinuntergeschluckt hatte.

»Früher brauchten Lehrer noch einen Abschluss, damit sie unterrichten durften, aber heutzutage verlangen sie das ja nicht einmal mehr an den staatlichen Schulen.« Penny schüttelte den Kopf.

Dave trank einen Schluck Wasser und blickte zu Darlene hinüber. Auf ihren Lippen zitterte ein höfliches Lächeln. Er holte tief Luft und überlegte sich bereits, was er sagen wollte, doch Georges Vater Bob war schneller.

»Penny, ich wüsste nicht, dass du irgendeinen Abschluss hast«, sagte er und wischte sich einen Spritzer Salatsoße vom Kinn. Dann lachte er. »Außer vielleicht im Einkaufen und Geldausgeben.«

»Aber Dad …«, sagte Penny und versuchte, ihre Verlegenheit hinter einem zögernden Lächeln zu verstecken.

Bob richtete sich auf. »Stimmt doch!«

Penny sah George auffordernd an, als erwarte sie, dass er seinem Vater widersprach. Doch dieser zuckte nur die Achseln und widmete sich weiter seinem Salat.

»Penny, das ist eine wunderschöne Kette, die Sie da tragen.« Darlene wechselte das Thema, eine noble Geste, wenn man bedachte, wie Penny sich ihr gegenüber verhalten hatte. »Sind das Smaragde?«

Penny berührte das dreireihige Collier, das sie trug. »Ja, die Kette ist ein Geschenk von George.« Sie warf ihrem Mann einen verführerischen Blick zu. »Er ist so ein Schatz!«

Bob hustete, schaute seinen Sohn an und schüttelte den Kopf.

Dave beugte sich vor und warf einen Blick auf Layla. Ihr Schweigen hatte etwas Unheilvolles.

»Layla, kümmerst du dich noch immer ganz allein um dein Anwesen?«

Sie kaute und schluckte, dann antwortete sie ihm. »Ja. Hält mich jung.«

»Ich weiß gar nicht, wie du das schaffst, Layla. Du bist wirklich erstaunlich.« Penny strahlte Layla an. »Ich müsste eine ganze Horde Cowboys einstellen, um eine solche Ranch zu führen.«

»Eine Horde Männer ist wirklich das Letzte, was ich brauche.« Layla verdrehte die Augen.

Bob griff nach einer Scheibe Brot und hustete wieder. »Layla, du brauchst nur einen einzigen Mann. Und du weißt genau, wer das ist. Du brauchst nur ein Wort zu sagen.« Der ältere Mann beugte sich vor und zwinkerte Layla zu.

Alle lachten.

Von da an plätscherte die Unterhaltung fröhlich dahin. Als sie mit dem Dessert fertig waren, bereitete die Band sich schon auf ihren Auftritt vor. Normalerweise musste Dave sich zu einem oder zwei Tänzen zwingen, doch heute schlug sein Herz schon beim Gedanken ans Tanzen schneller.

Er war sich sehr wohl bewusst, dass Darlene die Frau eines anderen Mannes war, und er würde sich niemals in eine fremde Ehe drängen. Er wollte ganz einfach nur mit ihr tanzen.

Was sollte daran falsch sein?

Darlene ging wie zufällig an dem Türkisschmuck vorbei und überflog dabei die Namen und Gebote. Vierhundert Dollar, doppelt so viel, wie sie hatte ausgeben wollen. Sie betrachtete die Kette und die Ohrringe und stellte sich vor, wie gut sie aussehen würde, wenn sie sie zu ihrer braunen Spitzenbluse trug. Sie überlegte, wann sie diese Bluse das letzte Mal getragen hatte. Doch jetzt, da sie berufstätig war, hatte sie sicher eher einmal Gelegenheit, sie anzuziehen. Sie beugte sich vor und griff nach dem Stift.

»Tun Sie's einfach.«

Sie fuhr herum. »Das ist heute schon das zweite Mal, dass Sie mich zu Tode erschrecken!«

Dave grinste. »Sie sind aber auch leicht zu erschrecken. Sie sind immer ganz in Gedanken versunken – ich vermute mal, Sie haben einen Entschluss bezüglich der Kette und der Ohrringe gefasst.«

»Ja. Der Preis liegt zwar über meinem Limit, aber ich kämpfe noch mit mir.« Brad hatte ihr nie Vorwürfe gemacht, wenn sie Geld ausgab. Allerdings hatte sie ihm auch nie Grund dazu gegeben. Wenn es um sie selbst ging, war sie immer sehr sparsam gewesen. Manchmal leistete sie sich etwas für das Haus oder für die Kinder, aber nur ganz selten etwas für sich. Sie lächelte Dave an, dann beugte sie sich vor und schrieb vierhundertfünfzig Dollar hinter ihren Namen.

»Braves Mädchen.« Dave schlenderte weiter zum nächsten Tisch und Darlene folgte ihm.

Als sie zu den Handarbeitsstücken kamen, die nach Laylas Ansicht nicht hierhergehörten, sah sie, dass noch niemand darauf geboten hatte – außer Layla. Layla hatte fünfhundert Dollar geboten. Darlene lächelte.

Sie schauten sich noch die restlichen Sachen an, dann verkündete die Dame am Mikrofon, dass die stille Auktion in fünf Minuten endete. Darlene versuchte, unbeteiligt zu wirken, als sie noch einmal zu dem Türkisschmuck ging. Sie sah einen weiteren Namen unter dem ihren. Jemand namens Mary Copeland hatte sechshundert Dollar geboten. *Na gut, das war's dann wohl.*

Ein paar Minuten später wurden die Auktionszettel eingesammelt. Darlene ging zurück an ihren Tisch. Auch die anderen nahmen wieder Platz. Nun begann die Live-Auktion. Sie hörte zu, staunte über die Gebote und achtete darauf, ihre Hände in ihrem Schoß zu behalten. Als alles vorüber war, hatte Layla vier Kunstwerke ersteigert, die Tausende von Dollar wert waren. Dave hatte eine sehr schöne Keramik und drei Gemälde ergattert. Und nach einer heißen Schlacht mit Layla durfte er außerdem einen dreitägigen Wellnessurlaub für zwei Personen auf seinem Konto verbuchen.

Darlene fragte sich, wer wohl Cara zu sich nahm, wenn er Urlaub machte. Vielleicht würde er sie ja bei ihr lassen. Aber Myrna war schließlich auch noch da.

Penny und George fragten immer erst Bob, bevor sie ein Gebot abgaben. Dieser schüttelte mehrmals den Kopf, doch am Schluss hatte Penny trotzdem zwei Gemälde ersteigert. Darlene sah auf ihre Armbanduhr und gähnte. Es war schon nach halb zehn und die Band fing gerade an zu spielen.

»Lassen Sie mich jetzt bloß nicht im Stich.« Layla trank einen Schluck Wein. »Ich möchte noch tanzen.«

Darlene hatte gedacht, Layla würde die Veranstaltung so früh wie möglich wieder verlassen, um den vielen Personen zu entkommen, die um sie herumscharwenzelten, doch Layla wurde nach jedem Glas Wein redseliger und plauderte angeregt mit Leuten, denen sie anfangs noch aus dem Weg gegangen war. Sogar mit Penny. Nach ein paar Minuten stimmte die Band eine lebhafte Polka an, die sogleich die älteren Gäste auf die Tanzfläche lockte. Round Top und die umliegenden Dörfer hatten einen großen tschechischstämmigen Bevölkerungsanteil und viele der Älteren beherrschten die Sprache noch fließend. Dave und Darlene plauderten und beobachteten dabei Layla, die mit Bob tanzte.

»Ich durchschaue sie nicht ganz.« Darlene trank ebenfalls einen Schluck Wein, der inzwischen warm geworden war. »Immerhin war sie ein Filmstar und jetzt hütet sie Vieh. Sie lebt in einem wundervollen Haus …« Darlene kicherte. »Und sie hütet Vieh. Habe ich das schon gesagt? Und sie ist einfach …« Sie zuckte mit den Schultern. »Ich weiß nicht. Manchmal wirkt sie so stark und aggressiv und dann wieder meint man, direkt in ihr Herz schauen zu können.«

»Sie ist eben eine richtige Frau.«

Sie schwiegen ein paar Minuten. Inzwischen spielte die Band einen langsamen Song. Darlene versuchte sich zu erinnern, wann sie und Brad das letzte Mal getanzt hatten. Dave stand auf und streckte ihr die Hand hin.

»Sollen wir? Wer weiß, wann wir mal wieder eine solche Gelegenheit haben. Machen wir das Beste daraus!«

Darlene rührte sich nicht. »Oh … ich weiß nicht, ich …«

»Bitte, zwingen Sie mich nicht, mit Layla zu tanzen. Sie tritt mir die ganze Zeit auf die Füße«, sagte er grinsend.

Darlene wusste nicht, was sie sagen sollte, deshalb stand sie auf und nahm seine Hand. Er führte sie auf die Tanzfläche, die sich rasch füllte. Sie standen mitten in der Menschenmenge unter dem nächtlichen Sternenhimmel. Als Dave seine Hand auf ihren nackten Rücken legte, hatte sie ein seltsames Gefühl, weil sie mit einem anderen Mann tanzte und nicht mit Brad. Mit einem Mann, den sie kaum kannte. Sie versteifte sich und achtete darauf, ihm nicht zu nahe zu kommen.

Als das Musikstück zu Ende war, gingen sie zurück an den Tisch und fingen ein entspanntes Gespräch an. Es ging um den geplanten Anbau an die Schule. Dave war mitverantwortlich für die Planung und sprach mit leidenschaftlichem Engagement darüber. Doch dann griff er mitten im Reden plötzlich in seine Tasche und zog sein Handy heraus. »Das ist Myrna. Entschuldigen Sie mich.«

Er drängte sich durch die Menge nach draußen. Darlene blickte auf die Uhr. Es war schon fast elf. Sie hatte gar nicht so lange bleiben wollen und gähnte, als Dave zurückkam und sich hinsetzte.

»Ist alles in Ordnung?«, fragte sie.

Er rieb sich die Stirn. »Ja. Cara hat schlecht geträumt und ist aufgewacht und hat nach mir gefragt. Myrna weiß von früher, dass sie sich schneller beruhigt, wenn sie meine Stimme hört. Ich habe mit ihr gesprochen und danach wirkte sie ganz zufrieden.«

»Da bin ich aber froh«, sagte Darlene. Sie sah, dass Dave tief Luft holte und auf die Uhr sah.

Darlene wandte sich ab, um ein Gähnen zu unterdrücken, und hoffte, dass Layla bald aufbrechen würde. Sie schaute sich um und blickte dann zu Dave hinüber, als sie hörte, dass er seinen Stuhl zurückschob. Er streckte ihr seine Hand hin.

»Noch einen Tanz?«

Darlene wollte gerade ablehnen, doch als sie sah, dass alle anderen an ihrem Tisch auf die Tanzfläche gingen, nickte sie.

Diesmal drückte er sie fester an sich und einmal strich er kurz mit der Hand über ihren Rücken. Aber er hatte recht. Einen Abend wie diesen würde sie nicht so bald wieder erleben.

Sie versuchte, sich in seinen Armen zu entspannen und die Musik zu genießen, doch sie konnte das Brennen in ihrem Magen nicht ignorieren.

Dave schloss die Augen und atmete den Duft von Darlenes Haar ein, während er sie ganz sanft dichter an sich zog. Es war ein schönes Gefühl, sie im Arm zu halten, wohl das Romantischste, das er seit langer Zeit erlebt hatte.

Während sie tanzten, dachte er unwillkürlich über seine Motive nach. Er hatte neben ihr sitzen wollen, weil er Caras Lehrerin besser kennenlernen wollte – schließlich verbrachte diese Frau mehr Zeit mit seiner Tochter als er selbst. Doch er wusste auch, dass das nicht die ganze Wahrheit war.

Darlene war nicht nur eine schöne Frau, die gut mit Kindern umgehen konnte, sie hatte noch etwas anderes, etwas ganz Besonderes: Sie strahlte eine Güte und Wärme aus, die ihn faszinierten. Er wollte gerne mehr über sie erfahren.

Dave hielt sich für einen guten Christen und die Gedanken, die er im Moment hegte, widersprachen allem, woran er glaubte. *Bitte, Gott, hilf mir, diese Versuchung, der ich mich ausgesetzt habe, zu bekämpfen.*

Als das Stück zu Ende war, entwand sie sich ihm. Gleich darauf funkelte ihr Ehering plötzlich in einem Lichtstrahl auf. Vielleicht war es Zeit, den Abend zu beenden.

»Ich sehe, dass Sie gähnen«, sagte er, als sie zum Tisch zurückgingen.

»Ja, ich bin müde.« Sie sah ihn an und lächelte entschuldigend. »Aber es hat Spaß gemacht.«

Dave rückte ihr den Stuhl zurecht. Als sie saß, nahm er ebenfalls Platz und blickte sich um. »Ich frage mich, wo Layla steckt. Ich habe sie schon eine ganze Weile nicht mehr gesehen.«

»Ich auch nicht.« Sie beugte sich über den Tisch. »Penny, haben Sie Layla gesehen?«

Penny blickte gerade in einen kleinen Taschenspiegel und zog mit dem Lippenstift ihre Lippen nach. »Sie hat vorhin mit George getanzt und dann wollte sie auf die Toilette.«

»Ich schaue mal nach ihr.« Darlene entschuldigte sich.

Dave sah auf die Uhr. Myrna hatte darauf bestanden, dass Cara bei ihr übernachtete, doch er war immer unruhig, wenn er nicht bei ihr war.

Ein paar Minuten später stand er auf und ging in Richtung Damentoilette, doch da kamen Darlene und Layla ihm auch schon entgegen. »Ist alles in Ordnung?«

»Alles bestens, Davie.«

Layla hob das Kinn und strahlte ihn an. Er sah zu Darlene hinüber. Sie biss sich auf die Lippen und schüttelte verstohlen den Kopf, während Layla sich wieder umdrehte, um mit einer Frau links neben ihr zu reden.

Er beugte sich vor und flüsterte Darlene ins Ohr: »Müssen wir sie nach Hause bringen?«

»Ja. Ich glaube schon.«

Dave nahm Laylas Arm. »Entschuldigen Sie uns«, sagte er zu der

Frau, mit der sie gesprochen hatte. Dann wandte er sich an Layla. »Darlene würde gern gehen und ich auch. Ich bringe euch zum Wagen.«

Layla öffnete den Mund, doch als sie sein ernstes Gesicht sah, schloss sie ihn wieder.

»Gut. Gehen wir.« Sie ging voraus und lächelte den Leuten auf beiden Seiten zu.

Dave ging dicht hinter ihr und als sie anfing zu schwanken, nahm er ihren Arm. Sie verließen das Gelände und gelangten zum Parkplatz, wo sie die Limousine schnell fanden. Er küsste Layla auf die Wange und half ihr beim Einsteigen. Dann wandte er sich an Darlene und küsste sie ebenfalls leicht auf die Wange, ohne nachzudenken. »Es war ein schöner Abend.«

Gleich darauf hätte er sich ohrfeigen können. Das war kein Date heute Abend und er kannte Darlene kaum. Er trat beiseite, damit sie einsteigen konnte.

»Für mich war es auch schön«, antwortete sie und lächelte ihn etwas verkrampft an. »Ich sehe Sie dann am Montag.«

Dave schloss die Autotür.

Ja, wir sehen uns am Montag.

So falsch es auch war, er wusste, dass er die Minuten zählen würde, bis er Cara am Montagnachmittag abholte.

Darlene wollte Layla zur Haustür bringen, doch diese schüttelte ihren Arm ab. »Es geht mir gut. Sie brauchen mir nicht zu helfen.«

»Gut, dann warte ich nur, bis Sie im Haus sind, bevor der Chauffeur mich nach Hause fährt.«

Sie wartete, bis Layla die Tür aufgeschlossen hatte und über die Schwelle getreten war. »Nochmals vielen Dank für die Einladung. Es war ein wunderbarer Abend.« Sie wandte sich zum Gehen und musste schon wieder gähnen.

»Nein, gehen Sie noch nicht. Kommen Sie noch einen Augenblick mit herein.« Layla stemmte eine Hand in die Hüfte. »Trinken Sie ein Glas Wein mit mir.«

Es musste schon fast Mitternacht sein. »Ich kann nicht, Layla. Wir gehen morgen früh in die Kirche und ich muss nach Hause.«

Layla hob einen Finger und rief dem Fahrer zu: »Es dauert nicht lange.« Dann sah sie wieder Darlene an. »Bitte.«

»Fünf Minuten.« Sie folgte Layla ins Haus und schloss die Tür hinter sich. Layla streifte mitten im Zimmer ihre goldenen High Heels ab und ging weiter in die Küche. Darlene warf einen Blick auf die Uhr auf dem Kamin und folgte ihr. Es war schon Viertel nach zwölf.

Layla holte zwei Gläser aus einem Schrank.

»Für mich nicht, Layla.«

»Mit Ihnen macht es wirklich keinen Spaß, wissen Sie das?« Layla füllte beide Gläser und reichte eines Darlene. Diese nahm es und folgte Layla ins große Wohnzimmer, wo Layla sich schwer aufs Sofa fallen ließ – ohne einen einzigen Gedanken daran zu verschwenden, dass sie dabei ein Kleid im Wert von mehreren tausend Dollar mit Weinflecken ruinieren konnte. Darlene selbst setzte sich vorsichtig in einen hohen Lehnsessel.

»Sie gehören also zu den Kirchgängern, hm?« Layla trank in einem Zug das halbe Glas aus. »Ich bin früher auch zur Kirche gegangen.«

Darlene rutschte unbehaglich auf ihrem Stuhl herum. »Na ja, ich glaube nicht, dass regelmäßiger Kirchgang gleichbedeutend mit einer guten Beziehung zu Gott ist, aber ich mag die Gemeinschaft mit anderen Christen … und ich möchte, dass meine Kinder Gott kennenlernen und die Bibel verstehen.«

Layla hob das Kinn und sah Darlene mit zusammengekniffenen Augen an. »Ich wette, dass Ihnen in Ihrem ganzen Leben noch nichts wirklich Schlimmes zugestoßen ist.« Sie schwieg und hob eine Braue. »Oder? Ihr Leben plätschert doch bestimmt so vor sich hin; höchstens gibt es hin und wieder ein paar Strafzettel wegen überhöhter Geschwindigkeit.«

Die Frau war stockbetrunken. Darlene dachte einen Moment nach. »Mein Leben war auch nicht vollkommen«, sagte sie schließlich.

»Vorsichtig, Darlene.« Layla schwankte ein wenig, als sie sich aufrechter hinsetzte. Sie zeigte mit einem Finger auf Darlene. »Wenn Gott nämlich auf die Idee kommt, dass Ihr Leben zu glatt läuft, wird er einen Weg finden, Sie zu demütigen, Sie wieder auf den Boden der Tatsachen zu holen, auch wenn das bedeutet, dass er Sie vernichten muss. Das macht er nämlich, wenn Sie sündigen. Er nimmt, nimmt, nimmt … Ihnen alles, was Ihnen etwas bedeutet. Und dann blickt er erbarmungslos auf Sie hinunter, auch wenn Sie ihn auf Knien anflehen, dem Schmerz ein Ende zu machen.« Bei den letzten Worten knirschte Layla mit den Zähnen.

Darlene war froh, dass Dave ihr von Marissa erzählt hatte, sonst hätte sie angesichts dieses Ausbruchs wahrscheinlich zurückgeschossen. Doch nun sagte sie nur leise: »Ich glaube nicht, dass Gott so ist, Layla. Wir verstehen nur nicht immer, welche Pläne er für uns verfolgt. Auch guten Menschen stößt Schlimmes zu.«

Layla lächelte. »Ah ja.«

Sie hob ihr Glas wie zu einem Toast. »Sein Wille geschehe, hm?« Sie starrte Darlene an. Ihre Lippen wurden ganz schmal und verzogen sich zu einem zynischen Lächeln. »Und wir müssen einfach damit leben. Ich frage mich, wie stark Ihr Glaube wäre, wenn Ihre Welt erschüttert würde, wenn etwas so Schreckliches geschähe, dass Ihnen jedes Mal, wenn Sie daran denken, der Atem stockt.«

Darlene sagte, immer noch mit leiser, sanfter Stimme: »Ich weiß von Marissa, Layla. Es tut mir so leid.«

»Das geht natürlich auf Daves Konto.« Layla überkreuzte ihre Beine unter dem grünen Kleid.

Darlene schaute sich im Zimmer um und stellte fest, dass es nirgends ein Foto von Marissa gab. Oder von sonst jemandem. Sie stellte ihr Glas auf ein Tischchen und faltete die Hände im Schoß, unsicher, was sie sagen sollte.

»Marissa hat gern Flöte gespielt«, sagte Layla. »Sie war eine ehrgeizige Musikerin und spielte schon mit vierzehn sehr, sehr gut. Ich habe ihr so gern zugehört.« Sie schwieg, ihre Augen wurden glasig. »Wenn ich zu Hause war.«

»Es tut mir leid, Layla.« Darlene kam sich vor wie eine Versagerin, weil sie Layla nicht helfen konnte, und es fiel ihr schwer, nicht dauernd zur Uhr auf dem Kaminsims zu blicken.

»Gehen Sie nach Hause, Darlene.« Layla zog eine Nadel aus ihrem Haar; die üppigen Wellen ergossen sich über ihre Schultern. Sie sah noch immer wie ein Filmstar aus. »Gehen Sie nach Hause zu Ihrer Familie.«

Layla trank ihr Glas aus. Darlene konnte nichts mehr für sie tun; sie musste jetzt einfach gehen. Sie stand auf. *Wie kann ich ihr helfen, Gott?* »Layla …«

Layla hob ihre fein gezeichnete Braue.

»Kommen Sie morgen doch mit uns mit in die Kirche.« Darlene lief ein Schauer über den Rücken, als Laylas Nasenflügel weit wurden. Darlene hob die Hand. »Okay, vergessen Sie die Kirche. Aber warum kommen Sie nicht danach zu uns zum Essen? Ich mache immer Pfannkuchen nach dem Gottesdienst, jeden Sonntag. Bitte, essen Sie doch mit uns!«

Layla grinste. »Ich bin nicht Ihr persönliches Hilfsprojekt, Darlene. Im Grunde sind wir noch nicht einmal befreundet.«

Autsch. Darlene schüttelte den Kopf. »Gut, Layla. Danke noch mal, dass Sie mich zu der Gala eingeladen haben. Ich habe es sehr genossen.« Sie wandte sich zum Gehen, doch nach ein paar Schritten drehte sie sich intuitiv noch einmal um. »Wissen Sie was, Layla?« Sie stemmte die Hände in die Hüften. »Ich backe Pfannkuchen. Und ich backe mit Abstand die besten Pfannkuchen auf der ganzen Welt. Ich brate auch Schinken und mache Obstsalat. Und deshalb möchte ich Sie morgen um zwölf bei uns sehen.« Sie starrte Layla an und hob das Kinn, während ihre Augen sich mit Tränen füllten.

Layla starrte zurück, mit einem Ausdruck, den Darlene nicht deuten konnte. Sie wartete auf eine Antwort. Als keine kam, ging sie hinaus und überlegte, ob sie wohl jemals wieder von Layla hören würde.

Brad saß auf der Bettkante und sah schon wieder auf die Uhr, hin- und hergerissen zwischen Sorge und Zorn. Warum hatte Darlene nicht angerufen und gesagt, dass es so spät werden würde? Bei allen anderen Familienmitgliedern bestand sie schließlich auch darauf. Es war schon nach Mitternacht. Er hatte zwei Mal versucht, sie auf dem Handy zu erreichen, doch leider erfolglos. Und so müde er auch war, er konnte nicht einschlafen, solange Darlene nicht zu Hause war. Seufzend stand er auf, tigerte einige Minuten im Schlafzimmer auf und ab und beschloss dann, nach den Kindern zu sehen. Aus Chads Zimmer hörte er leise Musik; er war der Einzige, der keinen iPod besaß. Chad meinte, er vertrüge die Kopfhörer nicht.

»Tut mir leid. Ist es zu laut?« Chad hob den Kopf vom Kissen, als Brad in sein Zimmer kam, und richtete die Fernbedienung auf die Stereoanlage.

»Nein, eigentlich nicht. Ich wollte nur mal nach euch gucken.« Brad verzog das Gesicht, als er sich in dem schwach erleuchteten Raum umblickte. »Also wirklich, Chad! Wie hältst du das nur aus?« Überall lagen schmutzige Kleidungsstücke und Schuhe herum und auf der Kommode standen fünf Dosen Limonade. »Hier drin stinkt es!«

»Nicht, wenn man dran gewöhnt ist.« Chad grinste, legte die Hände unter den Kopf und ließ sich wieder zurück aufs Kopfkissen sinken.

Brad schüttelte den Kopf, ging aus dem Zimmer und schlurfte den Flur hinunter zum Zimmer von Ansley. Er öffnete die Tür und spähte hinein. Seine beiden Töchter schliefen tief und fest in Ansleys Bett, was bedeutete, dass Ansley einen Albtraum gehabt hatte. Grace ging immer zu Ansley, wenn diese schlecht träumte, und Brad fragte sich, wie sie das Chaos in diesem Zimmer aushielt. Das Flurlicht fiel in den Raum, der zwar nicht so penetrant roch wie Chads Zimmer, aber genauso unordentlich war. Brad schlich auf Zehenspitzen an die Seite des Bettes, auf der Graces iPod auf dem Boden lag. Er hob ihn auf und verließ leise das Zimmer.

Als er die Tür von Graces Zimmer öffnete, knipste er das Licht an und lächelte. Hier war alles an seinem Platz und ein blumiger Duft hing im Raum. *Das ist meine Gracie.* Brad ging zum Nachttisch. Er zog die Schublade auf und legte den iPod hinein. Dann tat er zwei Schritte in Richtung Tür – doch plötzlich blieb er stehen, drehte sich um und ging zurück zum Nachttisch. Er wollte nicht in den Sachen seiner Kinder herumschnüffeln, doch ihm war etwas ins Auge gefallen. Er zog die Schublade wieder auf und betrachtete die Rasierklingen, die in einer offenen Schachtel lagen, und die Strohhalme daneben.

Ein Zittern überfiel ihn. Brad wusste genau, wozu Jugendliche Rasierklingen und Strohhalme benutzten. Er erinnerte sich an seine Collegezeit und an Aaron Turner. Mit der Klinge zerkleinerte man die Droge, durch den Strohhalm wurde sie dann aufgesogen. Er und Darlene hatten nie Drogen genommen, aber mehrere ihrer Freunde. Brad vermutete, dass Chad es ausprobiert hatte, doch er hätte nie und nimmer vermutet, dass Grace Drogen nahm.

Er setzte sich aufs Bett, holte mehrmals tief Luft und versuchte, sein rasendes Herz zu beruhigen.

10

Darlene öffnete die Schlafzimmertür und kam auf Zehenspitzen herein. Brads Augen waren geschlossen; er lag quer über dem Bett, auf der Bettdecke. Der Fernseher lief noch und das Licht brannte. Sie schlüpfte aus den Schuhen und legte leise ihre Handtasche auf die Kommode. Dann hakte sie ihr Kleid auf und wollte ins Badezimmer schleichen.

»Hast du vergessen, wie man ein Telefon benutzt?« Brad hatte sich aufgesetzt; sein dunkles Haar war zerwühlt. Er rieb sich die Stirn.

»Tut mir leid«, sagte sie und ging weiter zum Badezimmer. »Ich hatte es stumm gestellt und dann vergessen, es wieder anzustellen, als die Gala vorüber war. Und es gab Probleme mit Layla, aber das erzähle ich dir morgen.«

Nachdem sie sich gewaschen und ihr Nachthemd angezogen hatte, nahm sie die Haarnadeln heraus und bürstete sich das Haar. Dann ging sie zurück ins Schlafzimmer in der Hoffnung, dass Brad inzwischen eingeschlafen war. Sie war viel zu müde, um jetzt noch lange Erklärungen abzugeben.

»Dar, es ist nach ein Uhr morgens. Ich habe dir zwei Nachrichten hinterlassen.« Er schüttelte sein Kopfkissen auf, lehnte sich dagegen und zog seine Decke bis zur Brust hoch. »Du wärst mordsmäßig sauer, wenn eines der Kinder sich so verhalten würde.«

Sie lief zu ihm. »Ich weiß. Ich wollte ja auch gar nicht so spät nach Hause kommen. Ich muss dir so viel erzählen, aber kann das bis morgen warten? Wir müssen ja schon bald zur Kirche.« Sie kuschelte sich an ihn und er legte den Arm um ihre Schulter.

Brad fuhr sich mit der Hand übers Kinn, seufzte und griff dann nach etwas, das auf seinem Nachttisch lag. »Das habe ich in Graces Nachttischschublade gefunden.« Er zeigte ihr die beiden Rasierklingen und die Strohhalme.

Darlene setzte sich auf und strich sich das Haar hinter die Ohren. Sie starrte die Gegenstände einen Moment an. »Grace nimmt keine Drogen, wenn du das sagen willst.«

»Das hätte ich auch niemals gedacht.«

Darlene schüttelte den Kopf.

»Nein. Nicht Grace.«

»Vielleicht …«

»Vielleicht was?« Darlene wandte ihm das Gesicht zu. »Was, Brad?«

»Skylar. Vielleicht zieht sie Darlene in etwas hinein …« Er zuckte die Achseln. »Ich weiß es nicht, Darlene. Aber Skylar ist irgendwie anders.«

»Sie zieht sich anders an als die anderen Mädchen, aber ich glaube nicht, dass sie ein Junkie ist. Du kannst sie nicht einfach nach ihren Kleidern beurteilen. Weißt du noch, wie lieb sie war, als sie Grace zum Geburtstag den Engelring geschenkt hat?«

»Okay. Dann erklär mir das hier.« Er schob ihr die beiden Klingen und die Halme zu. »Wir kennen genügend Eltern, deren Kinder Drogen nehmen. Ich befürchte sogar, dass Chad eine Weile damit herumexperimentiert hat.«

Darlene wurde nicht gern daran erinnert, dass Chad vielleicht Drogen genommen hatte. Er hatte es auch nie zugegeben, doch sie und Brad hatten beide den Verdacht gehabt, als sie noch in Houston wohnten.

»Chad ist jetzt mit Cindy zusammen und sie ist ein gutes Mädchen. So was macht er nicht mehr.«

»Ich weiß, ich sage ja nur, dass er es vielleicht eine Zeit lang gemacht hat.«

»Vielleicht. Aber nicht Grace. Sie würde so etwas niemals tun. Ich kenne meine Tochter, Brad.«

»Die letzten Wochen warst du aber nicht da. Vielleicht geht es ja noch nicht so lange.«

Darlene fiel der Kiefer herunter. »Was soll das denn heißen?«

»Nichts. Ich sage nur, dass du in letzter Zeit nicht viel zu Hause warst. Vielleicht ist Grace ja in schlechte Gesellschaft geraten.«

Darlene rutschte von ihm weg, knipste ihre Nachttischlampe aus und drehte sich auf die andere Seite. »Ich rede morgen mit ihr, aber ich weiß, dass es nicht stimmt.« Sie schwieg kurz. »Und es verletzt mich, dass du mir die Schuld daran gibst.«

»Baby, das mache ich doch gar nicht!« Er löschte ebenfalls sein Licht und rutschte zu ihr hinüber. »Ich gebe dir an gar nichts die Schuld. Ich mache mir nur Sorgen um Grace.«

»Ich rede mit ihr«, wiederholte sie. Es musste eine andere Erklärung geben. Sie würde sie morgen Nachmittag erfahren, nach der Kirche und dem Brunch.

Sie sagten einander gute Nacht und Darlene sprach noch rasch ihre Gebete, voller Angst, dass sie einschlafen könnte, bevor sie fertig war; sie wollte doch auf jeden Fall noch für Layla beten.

Und für Grace. Nur vorsichtshalber.

Layla wachte am Sonntagmorgen mit einem fürchterlichen Kater auf. Sie trug noch immer ihr Abendkleid – und war umgeben von ihrer Vergangenheit. Das hatte sie schon öfter so gemacht: alle ihre Fotos herausgesucht und geweint, bis keine Tränen mehr kamen. Bilder von Marissa, von Tom und von ihnen allen zusammen. Erinnerungen an die Vergangenheit, die sie nur ertrug, wenn sie genügend Wein getrunken hatte, um den Schmerz zu betäuben. Nach einem solchen Rückzug in eine Welt voller schöner Erinnerungen fühlte sie sich jedes Mal noch viel trauriger und einsamer als zuvor. Und Darlene hatte mit ihr über *Gott* reden wollen?

Sie hob ein Foto von Marissa auf, das, auf dem sie ihr rosa-weißes Kleid trug und das Haar zu einem Pferdeschwanz gebunden hatte. Sie kamen damals gerade von der Hochzeitsparty einer Freundin und Marissa hatte vor Freude gestrahlt. »Ich kann es gar nicht erwarten, selbst zu heiraten«, hatte sie auf dem Heimweg gesagt.

Layla wischte sich eine Träne ab und fragte sich, wie es sein konnte, dass immer noch Tränen kamen.

Sie und Tom waren nach Marissas Tod noch ein paar Monate zusammengeblieben, doch allmählich hatte sich ihr Kummer in Zorn aufeinander verwandelt. Sie waren so lange zu dritt gewesen, dass das Zusammensein mit Tom eine ständige Erinnerung daran war, was sie verloren hatte, und sie wusste, dass er genauso empfand. Er hatte sie an einem Samstag verlassen. Danach hatten sie noch ein paar Mal miteinander gesprochen, doch jedes dieser Gespräche hatte mit Tränen geendet, auf beiden Seiten. Und so hatte sie nicht nur Marissa verloren, sondern auch den einzigen Mann, den sie je geliebt hatte. Er hatte gesagt, er könne ihr erst helfen, wenn er sich selbst geholfen habe.

Wenn es einen Gott gab, dann hatte er damals auf sie heruntergeblickt und beschlossen, dass er ihr zu viel geschenkt hatte. Eine große Karriere. Einen wunderbaren Ehemann. Und eine schöne Tochter. Vielleicht hatte Gott gewollt, dass sie den vielen Menschen auf der Welt, deren Leid noch größer war als das ihre, mehr Aufmerksamkeit schenkte. Vielleicht fand er aber auch, dass Layla keine gute Mutter war, dass sie zu selten zu Hause war oder dass ihr die Karriere zu wichtig war. Sie hatte schon tausendmal darüber nachgegrübelt. Und jedes Mal kam sie zu dem gleichen Schluss: Gott bestrafte sie für irgendetwas. Sie wusste nur nicht genau, wofür.

Sie erinnerte sich noch an die Zeit, in der sie mit Marissa abends vor dem Bett gekniet und gebetet hatte. Marissa hatte einen starken Glauben gehabt, stärker als ihrer. Warum hatte Gott sie ihr so früh genommen? Marissa war ein guter Mensch gewesen. Wenn die Erweiterung der Evans-Schule nur einem einzigen Teenager – ob manisch-depressiv oder mit einer anderen psychischen Krankheit – helfen konnte, würde Layla mit Freuden Zeit und Geld dafür einsetzen.

Layla schauderte, als sie daran dachte, wie sie Marissa gefunden hatte, im Zimmer neben dem ihren. Neben ihr hatte ein Fläschchen mit Tabletten aus Laylas Hausapotheke gelegen.

Sie legte das Foto von Marissa weg, schlüpfte aus ihrem Kleid und legte sich ins Bett. Sie ertrug es nicht, die Bilder ständig vor Augen zu haben, deshalb bewahrte sie sie in einer Schachtel auf, für die Zeiten, in denen sie sich Marissa nahe fühlen musste, in denen sie sich erinnern musste, ganz gleich, wie entsetzlich weh es tat.

Trotz ihrem Groll auf Gott wusste Layla ganz genau, wessen Schuld es war, dass Marissa fort war.

Und dafür hasste sie Gott. Und sich selbst.

Darlene servierte den letzten Pfannkuchen und dachte dabei an Grace und an Layla. Nach dem Essen wollte sie mit Grace reden, auch wenn sie ganz sicher war, dass Grace ihnen eine plausible Erklärung für die Gegenstände liefern konnte, die Brad in ihrem Nachttischchen gefunden hatte.

Und was Layla betraf … sie schaute wieder aus dem Fenster in der Hoffnung, dass sie doch noch kommen würde. Doch um zwölf Uhr dreißig hatte sie die Hoffnung endgültig aufgegeben.

Früher am Morgen, als sie und Brad sich für den Gottesdienst gerichtet hatten, hatte Darlene ihm von dem Abend erzählt, von Marissa, und dass Layla sie gebeten hatte, nach der Gala noch mit hereinzukommen. Brad war verständnisvoll und mitfühlend gewesen, hatte sie aber noch einmal gefragt, warum sie nicht angerufen hatte.

Dasselbe hatte sie sich auch schon gefragt.

»Hattest du nicht gesagt, dass Layla kommen wollte?« Ansley nahm sich die letzte Scheibe Schinken.

Darlene schaute wieder aus dem Fenster. »Ich habe sie eingeladen, aber sie hat sich wohl dagegen entschieden.« Sie nahm an, dass Layla sich heute Morgen nicht besonders gut gefühlt hatte.

»Ich kann immer noch nicht glauben, dass ein echter Filmstar praktisch neben uns wohnt.« Chad schüttelte grinsend den Kopf.

Darlene stemmte die Hände in die Hüften und blickte anklagend auf Brad, der das Kinn auf die Hand gestützt hatte.

»Du hast es ihm gesagt? Ich dachte, wir hätten das besprochen.«

Brads Welpenaugen wurden kreisrund. »Sie haben sie letzte Nacht im Fernsehen gesehen!«

Darlene unterdrückte ein Grinsen. Brad sah eigentlich immer noch wie ein Junge aus und es war schwer, wütend auf ihn zu sein. »Bestimmt hast du im Programm nach einem ihrer Filme gesucht!«

Chad stand auf und schob seinen Stuhl zurück an den Tisch. »Ich hab doch gleich gesagt, dass sie heiß aussieht! Aber zu denken … wow, sie ist ein echter Star!«

»Ich finde es toll, dass sie immer noch reitet.« Grace stand auf und stellte ihren Teller in die Spüle. »Und sie versorgt dieses Riesenanwesen ganz allein.«

Darlene hatte Grace den ganzen Vormittag heimlich beobachtet und nach Anzeichen dafür gesucht, dass etwas mit ihr nicht stimmte, doch ihr war nichts Außergewöhnliches aufgefallen. »Ansley, du bist dran mit Küche-Aufräumen.« Ansley grunzte und Darlene wandte sich an Grace. »Komm doch bitte mal kurz mit auf die Veranda. Ich möchte etwas mir dir besprechen.«

»Das klingt aber nicht gut«, sagte Ansley und schüttelte den Kopf.

»Du räumst einfach die Küche auf und mischst dich nicht ein.« Darlene zog Ansley sanft am Pferdeschwanz und ging dann hinaus. Grace folgte ihr. Als sie sich auf die Hollywoodschaukel gesetzt hatten, beschloss Darlene, ›guter Bulle, böser Bulle‹ zu spielen. Sie hatte immer ein besonders gutes Verhältnis zu allen ihren Kindern gehabt, vor allem zu den Mädchen, und wusste, dass Brad im Irrtum war.

»Hör mal …« Sie stieß sich mit dem Fuß ab, bis der Zweisitzer langsam zu schaukeln begann. »Dein Vater hat ein paar Rasierklingen und Strohhalme in deiner Nachttischschublade gefunden.«

»Warum hat Dad in meinen Sachen gewühlt?« Grace drehte sich zu ihr und sah sie stirnrunzelnd an.

»Er hat deine Sachen nicht durchwühlt. Er hat nur deinen iPod weggeräumt. Und jetzt hat er Angst, dass du Drogen nimmst.«

»Niemals, Mom!« Graces Augen füllten sich mit Tränen und Darlene griff nach ihrer Hand, doch ihre Tochter entzog sie ihr. »Ich kann nicht glauben, dass Dad das wirklich denkt!«

»Hör mir doch mal zu, Liebling. Ich weiß, dass du niemals so etwas Dummes tun würdest, aber ich frage mich natürlich, warum du Rasierklingen in deinem Zimmer hast.« Für die Strohhalme hatte Darlene eigentlich selbst eine plausible Erklärung. Grace hatte längere Zeit eine Zahnspange getragen und deshalb meistens Strohhalme in ihrem Zimmer vorrätig gehabt, die sie zum Trinken benutzte, vor allem, wenn die Spange enger gemacht worden war. Vor einem Jahr hatte sie die Spange dann zwar ablegen dürfen, doch ihre Zähne waren noch immer sehr kälteempfindlich und deshalb benutzte sie weiterhin Strohhalme.

»Ich kann nicht glauben, dass Dad in meinem Zimmer war und in meinen Sachen gewühlt hat.« Grace senkte den Kopf und seufzte.

»Also, was soll ich ihm sagen? Sind das seine Rasierklingen? Wo hast du sie her?«

»Ich weiß nicht, Mom. Vielleicht stammen sie noch von einem alten Schulprojekt. Keine Ahnung. Aber ich kann nicht glauben, dass Dad gedacht hat …« Sie fuhr sich mit der Hand über die Augen.

»Ich glaube, er hat einfach nur einen Schreck bekommen. Du hast ein paar neue Freundinnen und …«

»Er denkt, Skylar nimmt Drogen? Warum denn? Bloß, weil sie sich schwarz anzieht?« Graces Stimme klang scharf und anklagend.

Darlene seufzte. »Schau, ich glaube dir ja. Aber ich musste dich fragen, weil Dad sich Sorgen macht.«

»Na gut. Kann ich jetzt gehen?« Grace hörte auf, die Schaukel mit dem Fuß abzustoßen.

»Sei nicht böse.« Darlene gab Grace einen sanften Schubs mit der Schulter. »Wir beide hatten noch nie Geheimnisse voreinander, deshalb musste ich es dir sagen.«

Grace stand auf und ging ins Haus. Darlene hätte die Sache nicht ansprechen dürfen, sie hätte Brad erklären müssen, dass sein Verdacht einfach nur dumm war. Sie ging ebenfalls ins Haus und sah nach, was Ansley in der Küche machte.

Grace schloss ihre Zimmertür und warf sich aufs Bett. Dabei stiegen ihr wieder Tränen in die Augen. Sie wollte auf gar keinen Fall, dass ihr Vater auf die Idee kam, sie sei nicht vollkommen. Wie oft hatte er gesagt: »Meine süße Grace ist so ein gutes Mädchen, sie macht uns nie Sorgen.«

Sie dachte an Skylar. Graces sogenannte Freundinnen würden ihre Beziehung zu Skylar nie verstehen und Skylar schien das zu wissen. Wenn sie Grace auf den Gängen in der Schule begegnete, lächelte sie ihr stets nur unmerklich zu – und mittags saß Grace immer noch mit ihrer alten Clique am Tisch. Hin und wieder, wenn sie zu Skylar hinübersah, fing sie kurz ihren Blick auf, doch in der Schule sprachen sie beide kein Wort miteinander. Aber sie telefonierten miteinander und Skylar war die einzige Freundin, die Grace zu Hause besuchte. Als Glenda sagte, Cindy habe ihr erzählt, dass Skylar Grace besucht habe, antwortete Grace, dass sie dazu verdonnert worden sei, mit Skylar zusammen ein Referat zu halten.

Ich bin ein furchtbarer Mensch, meine einzige echte Freundin so zu behandeln.

Das Telefon klingelte und unterbrach ihre Gedanken. Sie meldete sich, ohne auf das Display zu blicken, in der Annahme, dass es Skylar war. Sie fühlte sich ihr gegenüber schuldig.

»Hallo?«

Schweigen, dann eine vertraute Stimme: »Hey, Grace. Ich bin's.«

Grace fuhr hoch. »Tristan?« Sie presste die Hand auf die Brust in der Hoffnung, ihren Herzschlag zu beruhigen.

»Ja. Wie geht's dir?«

Sie holte tief Luft und versuchte, ganz beiläufig zu klingen. »Bestens. Und selbst?«

»Ganz gut.«

Wieder Schweigen. Grace platzte fast vor Neugier, warum er sie wohl anrief. Vielleicht wollte er sie fragen, ob sie wieder miteinander gehen wollten, und sie zu sich nach Houston einladen. Vielleicht hatte er endlich gemerkt, wie sehr er sie vermisste und wie sehr er in sie verliebt war.

»Wie ist das Leben auf dem Land so?«, fragte er.

»Ganz okay. Und wie ist Houston?«

»Wie immer.«

Warum rufst du mich an? Es tat so gut, seine Stimme zu hören.

»Hey«, sagte er nach ein paar Sekunden. »Ich muss dir was sagen.«

Grace stockte der Atem. »Was denn?«

»Ich … ich wollte nicht, dass du es von jemand anderem erfährst. Aber …«

Ihr Herz begann zu rasen. Sie hörte ihm an, dass es etwas Schlimmes war, und schloss krampfhaft die Augen. »Sag es mir einfach, Tristan.«

»Ich werde Vater und ich wollte nicht, dass du es von deinen alten Freunden hörst.«

Grace blieb die Luft weg. Sie hatte sich geweigert, mit Tristan zu schlafen, obwohl er sie immer wieder gebeten hatte. Sie war doch erst fünfzehn gewesen. Wie konnte er so etwas von ihr erwarten, auch wenn er anderthalb Jahre älter war? Ganz zu schweigen davon, dass sie zuerst heiraten wollte. »Was?«

»Ich bin mit Jenny Schwartz gegangen und … jetzt ist sie schwanger. Ihre Eltern wollen nicht, dass wir heiraten, aber wir tun es trotzdem.«

Grace war ganz sicher, dass sie einen Herzanfall bekommen würde. Die Tränen liefen ihr übers Gesicht und sie brachte kein Wort mehr heraus.

»Grace, bist du noch da?«

Sie wusste, dass sie beide noch sehr jung waren, doch sie hatte immer geglaubt, dass sie zusammengehörten. Immer wieder hatte sie sich vorgestellt, wie Tristan in Round Top auftauchen würde, bereit, ihr sein Herz zu schenken. Sie würden auf das gleiche College gehen, ihren Abschluss machen, heiraten und eine Familie gründen. Und jetzt … bekam er ein Kind mit Jenny Schwartz. Ein Mädchen, das Grace für ihre Freundin gehalten hatte. Sie hielt das Handy ein Stückchen von ihrem Gesicht entfernt, starrte es an und drückte dann langsam den Knopf zum Auflegen. Danach legte sie es vorsichtig auf ihr Nachttischchen.

Irgendwie schaffte sie es schließlich aufzustehen. Sie fing an, im Zimmer herumzuwandern. Plötzlich hatte sie das Bild des rosafarbenen Taschenmessers vor Augen, das ihr Vater ihr letztes Jahr geschenkt hatte. »Hier, falls du einer Schlange oder einem ähnlichen Viech begegnest, wenn wir auf dem Land leben«, hatte er gescherzt.

Grace durchsuchte die Schublade ihrer Kommode nach dem Taschenmesser. *Es tut weh, tut weh, tut weh.* Der Schmerz sollte aufhören. Er musste aufhören. Schließlich fand sie das Messer.

Sie setzte sich aufs Bett, schob die Beine ihrer Jeans ein paar Zentimeter hoch und machte einen kleinen Schnitt auf ihrem Schenkel. Das Blut lief heraus und Erleichterung legte sich wie Balsam auf ihre Seele. Sie stand auf und schnitt sich noch einmal, diesmal tiefer, fügte sich eine mehrere Zentimeter lange blutende Wunde zu. *Danke, Gott, danke.* Erleichterung. Nicht mehr an Tristan denken. Keine Reue mehr. Nur Erleichterung. Sie schloss die Augen und blieb mitten in ihrem Zimmer stehen, während das Blut an ihrem Bein herunterlief und auf den Holzfußboden tropfte. Sie genoss es. Nur noch einen Schnitt … Sie schloss die Augen und atmete tief durch.

In diesem Moment ging ihre Zimmertür auf und sie blickte Chad in die Augen. Das Adrenalin schoss in ihre Adern wie eine Gewehrkugel, ihr Herz klopfte so sehr, dass es wehtat. *Warum habe ich mir nicht die Zeit genommen abzuschließen?*

»Grace! Was machst du denn da? Du blutest ja! Was machst du mit dem Messer?« Chad kam näher, seine Augen waren dunkel und anklagend.

Grace erstarrte. Ihr Gesicht und ihre Ohren brannten, der Schweiß brach ihr aus. Sie hatte ihre Eltern schon wegen der Narben auf ihren Armen angelogen und gesagt, dass sie in einem Stacheldraht hängengeblieben sei. Doch hierfür gab es keine Lüge mehr.

»Bitte, sag ihnen nichts«, flehte sie. »*Bitte*, Chad!«

Chad nahm ihr das Messer ab und schlang die Arme um sie, als sie anfing zu schluchzen.

»Gracie, was machst du denn? Was ist denn los mit dir?«

11

Chad hätte es eigentlich besser wissen müssen – ihm war schließlich klar, dass es mit seinem Urteilsvermögen nicht unbedingt weit her war –, aber er erklärte sich bereit, Graces Geheimnis zu bewahren. Er ließ sich nur deshalb darauf ein, weil seine Schwester behauptete, dass sie so etwas noch nie getan habe und jetzt wisse, dass es einfach nur dumm war. Es lag an dem Anruf von Tristan. *Wenn ich diesen Typen jemals in die Hände kriege …*

Tristan war ein Mistkerl, der mit jedem Mädchen in Houston hatte schlafen wollen, und Chad hatte es nie gern gesehen, dass Grace sich mit ihm abgab. Sie hatte jemand Besseres als Tristan verdient, aber sie war blind vor Liebe zu ihm gewesen und deshalb konnte er verstehen – oder ahnen –, warum sie sich so hirnrissig verhalten hatte. *Aber sich selbst ritzen?* Das war verrückt. Chad verstand es nicht. Doch er hatte selbst so manchen Blödsinn gemacht, wie konnte er da über sie richten? Wahrscheinlich war es das Beste, wenn er einfach für sie da war.

Später am Abend sprach er mit Cindy darüber.

»Mann, ich mache mir echt Sorgen um sie!«

Cindy saß neben ihm auf dem Bett. Chad war immer noch überrascht, dass seine Eltern erlaubten, dass sie zu ihm aufs Zimmer kam, aber Cindy war der Inbegriff des perfekten Highschool-Girls, ein Mädchen, wie es sich jeder Vater und jede Mutter für ihren Sohn wünschte. Schön, gut erzogen, Einser-Schülerin, höflich und in allen Vereinen und Organisationen aktiv, die es im Dorf gab. Sie war einfach in jeder Hinsicht vollkommen. Cindy trank aus dem McDonald's-Becher, in dem mehr drin war als nur Diät-Cola.

»Willst du auch?« Sie streckte ihm den Pappbecher hin und er musste zugeben, Rum mit Cola schmeckte gut. »Ja, ich würde mir an deiner Stelle auch Sorgen wegen Grace machen. Ich habe von

Mädchen gehört, die so was tun. Es ist krank.« Sie nahm ihm den Becher wieder ab und trank.

Chad fand Graces Verhalten zwar selbst ein bisschen durchgeknallt, aber er hörte nicht gern, dass Cindy das sagte. »Sie hat gesagt, sie macht es nie wieder.«

Cindy zuckte mit den Schultern. »Das weiß man nie. Es soll Mädchen geben, die zu Ritz-Partys gehen. Sie trinken etwas und dann ritzen sich alle. Es muss sie high machen oder so.«

Chad dachte daran, wie Grace geweint hatte – so sehr, dass sie kaum noch Luft bekommen hatte. Seine Schwester hatte sich nicht zum Spaß geschnitten. Sie war völlig verzweifelt. »Nein, so ist es bei Grace nicht. Sie war völlig außer sich.«

»Na, ich hoffe bloß, dass es nicht rauskommt ...« Cindy beugte sich vor. »Dann wäre sie ruiniert, hier in diesem kleinen Dorf.«

Irgendetwas in ihrem Ton weckte Chads Unbehagen. »Du darfst keinem was sagen.«

Cindy nippte an ihrem Drink, zuckte wieder die Achseln und sah ihn nicht an.

»Cindy, hast du mich gehört? Ich habe dir das im Vertrauen gesagt. Du darfst es niemandem erzählen.«

»Das tue ich auch nicht, aber so was kommt immer raus.« Sie warf ihr Haar über die Schulter zurück und der Anflug eines Lächelns trat auf ihr Gesicht.

Plötzlich erschien sie ihm nicht mehr so schön. »Es ist schon spät. Ich bringe dich nach Hause.«

»Es ist noch nicht spät. Es ist doch erst sieben Uhr.« Cindy zog einen Schmollmund – was er bis jetzt immer süß gefunden hatte. »Ach so, ich verstehe. Du bist sauer.« Sie beugte sich vor und legte eine kalte Hand an seine Wange. »Keine Angst. Ich sage es wirklich niemandem.«

Sie rutschte näher und küsste ihn auf den Mund, schien auf seine Reaktion zu warten, doch er empfand nichts. Irgendwie fühlten ihre Lippen sich genauso kalt an wie ihre Hand ... und ihr Herz. Sie hatte nicht das leiseste Mitleid mit Grace gezeigt.

»Nein, wirklich. Ich hab noch zu tun. Ich bringe dich jetzt nach Hause.« Er stand auf. Auch Cindy erhob sich langsam.

»Okay«, sagte sie und sammelte ihre Bücher ein.

Chad lief hinaus.

Bitte, Gott, mach, dass Cindy keinem was sagt. Und bitte, bitte, lass es Grace nicht wieder tun. Wenn sie es noch mal tun würde, würde er es seinen Eltern sagen.

Dann fiel ihm ein Name ein. Jeder Grufti, den er kannte, war irgendwie verrückt. Hatte Skylar sie dazu verführt?

Grace war klar, dass es kein Zufall war, dass sie am Montag ständig und überall auf ihren Bruder traf. Normalerweise mied Chad sie in der Schule, doch heute tauchte er dauernd auf.

»Mir geht's gut, Chad«, sagte sie, als sie ihren Spind abschloss und er plötzlich wieder neben ihr auftauchte. »Hör auf, mir nachzulaufen!«

»Ich mache mir nur Sorgen, Grace.« Er fuhr sich mit der Hand durchs Haar. »Ich weiß, dass du wegen Tristan ausgeflippt bist, aber ich ...« Er ließ den Kopf hängen und seufzte. »Ich will nicht, dass du dich verletzt.«

»Psssst!« Grace legte den Finger an den Mund. »Ich hab dir doch gesagt, dass ich es nie wieder tue, Chad. Also lass es gut sein.« Sie marschierte davon, um die Ecke, und lief Skylar in die Arme.

»Hey, Grace. Ich dachte, ich komme heute nach der Schule zu dir und ...«

»Heute passt es nicht.« Grace ging weiter, überrascht, dass Skylar gefragt hatte. Sie wusste beim besten Willen nicht, warum das Mädchen so dringend ihre Freundschaft suchte. Sie beschleunigte ihre Schritte. *Skylar war eine Loserin.* Das würde sie sich so oft sagen, bis sie es glaubte.

Die Wahrheit war, dass Skylar wahrscheinlich die beste Freundin war, die sie je gehabt hatte. Der einzige Mensch, der sie verstand. Früher hatte sie gedacht, Tristan würde sie verstehen, doch anscheinend hatte sie sich geirrt.

Sie spürte, wie die frische Wunde an ihrer Jeans rieb, und der Schmerz tröstete sie, lenkte sie von den anderen Gefühlen ab, denen sie sich nicht stellen konnte. Doch Grace war klug genug zu wissen, dass sie diesen Kummer geheim halten musste. Gute Mädchen wurden nicht verrückt.

Sie hörte, wie Skylar ihren Namen rief, doch sie ging einfach schneller, bis sie auf Glenda traf. Sie hakte sich bei ihr ein, zwang sich zu einem Lächeln und warf über die Schulter einen Blick zurück zu Skylar. Sie brauchte absolut keine Lektion von Skylar. Denn Skylar würde wissen … was sie getan hatte.

Sie musste nur noch mit dieser einen Sache fertig werden. Dann würde sie aufhören.

Dave schaute auf die Uhr und rannte zum Auto. Er hatte eine große Ranch außerhalb von Warrenton verkauft und wie immer bei einem Millionen-Dollar-Deal hatte es Probleme gegeben. Wegen ein paar Differenzen bei der Abnahme wäre der Käufer beinahe vom Kauf zurückgetreten. Und jetzt war er spät dran, Cara abzuholen.

Zehn Minuten später bog er auf den Parkplatz der Evans-Schule ein. Er stellte das Auto ab, blieb jedoch sitzen und trommelte mit den Fingern aufs Lenkrad. Den ganzen Tag hatte er sich klarzumachen versucht, dass seine Schwärmerei für Darlene aufhören musste. Sie war eine verheiratete Frau, Caras Lehrerin, und er schuldete ihr allergrößten Respekt. Er ermahnte sich, das Verhältnis zu ihr auf einer rein beruflichen Ebene zu halten. Sie war Caras Lehrerin, mehr nicht. Er verzog den Mund und beschloss, in Zukunft den Kontakt und die Gespräche mit Darlene auf das Nötigste zu beschränken.

Eine Minute später betrat er Caras Klassenzimmer und sah die beiden am Tisch zusammensitzen. Darlene trug eine rosafarbene Bluse. *Sie sieht wunderschön aus in Rosa.*

Dave schüttelte den Kopf über sich selbst, dann lächelte er Darlene und Cara an.

»Cara hatte einen guten Tag«, sagte Darlene.

Dave ging zu Cara und küsste sie wie immer auf die Stirn. »Das ist ja großartig.« Es fiel ihm schwer, Darlene in die Augen zu sehen. Er hätte nicht mit ihr tanzen dürfen.

»Sag Ms Darlene tschüss, Cara.« Damit bugsierte er seine Tochter zum Ausgang und betete, dass sie ohne Widerspruch mitkam. Es schien zu klappen. Sie waren schon fast an der Tür, als er Darlenes Stimme hörte.

»Dave?«

Er drehte sich um und zwang sich zu einem Lächeln. »Ja?«

Darlene kam zu ihm und reichte ihm einen Ordner. »Den hat Cara vergessen. Es sind ein paar Bilder, die sie heute für Sie gemalt hat.«

Daves Hand streifte die von Darlene, als er den Ordner nahm. »Danke.« Er schwieg. »Gut. Dann bis morgen.«

Darlene trat ans Fenster, zog das Rollo hoch und blickte Dave und Cara nach, als sie wegfuhren. Sie war froh, dass Dave sich anscheinend wieder ganz auf Cara und ihre Fortschritte konzentrierte und kein Interesse mehr an ihr zeigte. Sie hatte sich das ganze Wochenende über Sorgen gemacht und sogar ein bisschen schuldig gefühlt, weil sie mit Dave getanzt hatte. Irgendwie war es zu vertraut gewesen, wie er sie im Arm gehalten hatte. Sie hätte diese Nähe nicht zulassen dürfen.

Gestern hatte sie den ganzen Nachmittag versucht, sich auf dem Sofa an Brad anzukuscheln, während die Kinder oben beschäftigt waren, doch die Fernbedienung hatte gesiegt. Vielleicht waren Schuldgefühle der Auslöser gewesen, aber sie hatte Brad in diesem Moment nahe sein wollen.

Als sie nach Hause fuhr, überlegte sie, ob es ein Fehler gewesen war, den Job anzunehmen. Zwar schienen alle mit ihrer Arbeit zufrieden zu sein, doch sie wusste, dass sie kaum noch etwas vom Alltag ihrer Kinder mitbekam, und sie hatte auch weniger Zeit für Brad, weil sie abends und an den Wochenenden die Hausarbeit nachholen musste. Und wenn sie dann endlich ins Bett gehen konnte, war sie todmüde.

Aber sie liebte die Arbeit mit Cara und den anderen Kindern. Sie fühlte sich gebraucht – etwas, das sie in ihrer eigenen Familie nicht mehr empfunden hatte, – erst jetzt, wo morgens nicht mehr das Frühstück auf dem Tisch stand, schienen die Kinder sie auf einmal wieder zu brauchen. Sie lächelte. Sie sollte vielleicht lieber sagen, dass die Kinder sie *als selbstverständlich angesehen* hatten, doch es gab wohl kaum eine Mutter auf dieser Welt, die dieses Gefühl nicht kannte.

Sie bog in Laylas Auffahrt ein, froh, dass das Tor offen stand, parkte vor dem Haus, stieg aus, legte sich vorsichtig das Versacekleid über den Arm und ging die Stufen zur Haustür hinauf. Layla öffnete die Tür, noch bevor sie klopfen konnte.

»Warum bringen Sie mir denn das Kleid zurück?«, fragte sie, verschränkte die Arme vor der Brust und runzelte die Stirn.

»Weil es Ihnen gehört.« Darlene legte sich das Kleid über den anderen Arm. »Ich habe es noch nicht reinigen lassen. Ich wollte vorher fragen, ob es eine Spezialreinigung braucht.«

Layla zuckte mit den Schultern. »Das ist egal.« Sie machte die Tür weit auf und bedeutete ihr hereinzukommen. Darlene trat ein und als Layla die Tür schloss, sah sie, dass sie wieder ihr gewöhnliches Cowgirl-Outfit trug. Auf ihrem Hemd waren Schweiß- und Schmutzflecken und ein Bein ihrer Jeans steckte in einem braunen Arbeitsstiefel.

Layla drehte sich um und ging in Richtung Küche. Darlene folgte ihr und sah zu, wie sie einen Krug Wasser aus dem Kühlschrank nahm und mit großen Schlucken trank.

»Warum stellen Sie denn nicht jemanden ein, der Ihnen hilft, Layla?« Darlene legte das Kleid über einen Küchenstuhl.

Layla fuhr sich mit dem Ärmel über die Stirn und schnappte nach Luft. »Weil so mein Geist beschäftigt ist und mein Körper in Form bleibt.« Sie verdrehte die Augen. »Nicht, dass das noch wichtig wäre.« Dann nickte sie zu dem Kleid hinüber. »Behalten Sie es.«

Darlenes Augen weiteten sich. »Äh … nein … aber trotzdem vielen Dank.« Layla konnte doch kein Kleid verschenken, das mehrere tausend Dollar wert war. »Ich werde den Saum wieder auslassen, dann passt es Ihnen wieder.«

Layla nahm ihr das Kleid ab, legte es sich über den Arm wie eine ungewollte Last und ging durch das Wohnzimmer in ihr Schlafzimmer. Sie öffnete die Schranktür und warf das Kleid hinein. Darlene biss sich so fest auf die Lippen, dass sie fast bluteten. Sie hätte es behalten sollen.

»Danke noch mal, dass Sie es mir geliehen und mich zu der Gala eingeladen haben.«

»Kein Problem.« Layla ging zur Tür und Darlene folgte ihr gehorsam, wohl wissend, dass das ein Wink für sie war zu gehen. Anscheinend hatte sie recht gehabt – sie und Layla würden niemals Freundinnen werden. Layla hätte sie beinahe mit der Tür gestreift, doch kurz davor drehte Darlene sich noch einmal um und streckte ihr die Hand hin, sodass die Tür zu Layla zurückschwang.

»Layla, ich wollte fragen, ob Sie nicht heute Abend zum Essen kommen möchten.« Sie musste innerlich die Zähne zusammenbeißen, um das zu fragen, doch irgendetwas bewegte sie dazu, dieser Frau immer wieder entgegenzukommen. *Gott, gib mir Kraft.*

Layla blinzelte ein paarmal, dann öffnete sie den Mund. »Äh – danke. Aber ich kann nicht.«

»Gut. Ich wollte nur fragen.« *Ich habe es versucht, Gott.* Sie fühlte sich erleichtert. Layla war unberechenbar, manchmal übermäßig freundlich, dann wieder stieß sie einen vor den Kopf. Darlene winkte und wandte sich zum Gehen. »Tschüss.«

»Darlene?«

Sie holte tief Luft und drehte sich wieder um.

Layla hatte die Arme vor der Brust verschränkt. »Ich kann nicht zum Abendessen kommen, weil ich eine kranke Kuh auf einer weiter entfernten Weide habe. Ich glaube nicht, dass sie durchkommt, aber ich möchte bei ihr sein.«

Darlene stammelte: »Kann ich irgendwie helfen?«

»Nein. Ich wollte Ihnen nur sagen, warum ich nicht kommen kann.« Damit trat sie ins Haus zurück und schloss die Tür.

Auf der Heimfahrt fragte Darlene sich, warum sie eigentlich so unbedingt Freundschaft mit Layla schließen wollte. Aber im Grunde kannte sie die Antwort. Layla war ein guter Mensch. Und sie brauchte eine Freundin.

In den folgenden Wochen entwickelte Darlene eine chaotische Routine. Da Sommerferien waren, ihre Schule jedoch keine Ferien hatte, musste Darlene den Haushalt wie ein Diktator aus der Ferne leiten und ihren Kinder oft mehrmals täglich eine SMS schicken, um sie immer wieder daran zu erinnern, was zu Hause zu tun war.

Letzten Dienstag war die Waschmaschine durch den Waschkeller gehüpft, der Schlauch herausgesprungen und der ganze Keller hatte unter Wasser gestanden. Davor hatte Ansleys Hahn, der berüchtigte Rocky, den UPS-Mann angegriffen und am Bein verletzt. Der Mann hatte geblutet und war umgehend zur Evans-Schule gefahren, um ihr den Vorfall zu melden. Und es war wieder eine Schlange ins Haus eingedrungen, eine Ringelnatter, nicht größer als ein Bleistift, doch Chad hatte mit dem Küchenmesser auf sie eingehackt und den Holzfußboden noch weiter ruiniert.

Darlene war froh, dass Chad einen Teilzeitjob angenommen hatte. Er versorgte die Clydesdale-Kaltblüter auf einer nahegelegenen Ranch und war deshalb seltener zu Hause, sodass er nicht so viel im Haushalt helfen konnte wie seine Schwestern. Aber wenigstens war er beschäftigt und verdiente sich ein bisschen Taschengeld. Brad arbeitete immer mehr und kam immer später nach Hause, weil er unbedingt die Partnerschaft wollte.

Im Haus sah es meistens furchtbar aus, und wenn die Kinder putzten, war es danach auch nicht sauberer. Darlene selbst war eigentlich immer müde. Doch als sie zusah, wie Cara ein Kreuzworträtsel löste – das dritte, das sie in der letzten Woche komplett gelöst hatte –, wusste sie, dass ihr Schützling Fortschritte machte. Und das Geld, das sie verdiente, konnten sie sparen. Bald würden sie sich einen neuen Fußboden leisten können.

»Gut gemacht«, sagte Darlene, als Cara vor ihren Augen das Kreuzworträtsel gelöst hatte. Sie überprüfte rasch die Antworten, dann legte sie das Heft beiseite und griff nach einem Buch, als Cara ihre Hand berührte. Es war das zweite Mal in dieser Woche, dass Cara sie berührte. »Was ist denn, meine Süße?«

»Du bist die beste Mama, die es gibt.«

Darlene blieb die Luft weg. Cara hatte langsam und deutlich gesprochen, doch die Art, wie sie ihr in die Augen sah, machte Darlene nervös. »Danke. Ich hoffe, dass alle meine Kinder das denken.« Sie zwang sich zu einem Lächeln, obwohl ihr eng um die Brust war.

Caras Hand lag noch immer auf ihrer. »Du bist jetzt meine Mama.«

Darlene entzog Cara ihre Hand und drehte sich zu ihr. »Cara, ich bin deine Lehrerin und bin stolz auf deine Arbeit ... aber ich bin nicht deine Mama, mein Liebling.«

Cara schüttelte so heftig den Kopf, dass Darlene sicher war, dass es ihr wehtat. »Doch! Du bist jetzt meine Mama!«

»Cara, hör mir zu.« Darlene schwieg und hoffte, dass Cara sie verstand. »Du bist etwas ganz Besonderes. Weißt du eigentlich, was für ein besonderes Mädchen du bist?«

Caras Unterlippe zitterte, als sie sich vorbeugte und ihren Kopf an Darlenes Brust legte. Darlene war so schockiert, dass sie sich ein paar Augenblicke nicht bewegte. Dann legte sie langsam ihre Arme um Cara. So hielt sie Cara immer noch, als Dave hereinkam.

»Stimmt etwas nicht?« Er lief zu ihnen und blickte Darlene mit zusammengezogenen Brauen an. »Ist etwas passiert?«

»Nein, es ist alles in Ordnung«, antwortete Darlene. Cara löste sich von ihr, ging zu ihrem Vater und umarmte ihn.

»War es ein guter Tag?« Dave küsste Cara auf den Scheitel, doch seine Augen waren auf Darlene gerichtet.

Sie, Cara und Dave hatten mit der Zeit eine angenehme Routine entwickelt. Hin und wieder ertappte sie Dave dabei, wie er sie auf eine

Weise ansah, die ihr unangenehm war. Sein Blick war fast bewundernd, doch das lag bestimmt daran, dass Cara so gute Fortschritte machte.

Heute war sie nur noch müde und hoffte, dass Cara ihrem Vater sagte, dass es ein guter Tag war – was ja auch stimmte, bis zu Caras Irrtum über die Rolle, die Darlene in ihrem Leben spielte. Sie überlegte, ob sie Dave von dem Zwischenfall erzählen sollte, als Cara bereits nickte und sagte, dass es ein guter Tag gewesen sei.

Dave lächelte. »Ich war überrascht, dass Sie Cara umarmten, aber jetzt sehe ich, dass sie Fortschritte macht.« Er sah Darlene einen Moment in die Augen. »Danke. Für alles.«

Darlene nickte. Sie wusste, dass sie rot geworden war. »Cara ist eine gute Schülerin.«

Dave forderte Cara auf, sich zu verabschieden, und sie gingen. Darlene wollte erst noch über ihr Erlebnis nachdenken, bevor sie Dave oder Myrna davon erzählte.

Es war nicht gut, dass Cara sie für ihre Mutter hielt, doch ihr wurde warm ums Herz bei dem Gedanken, dass sie und Cara sich so nahegekommen waren.

Sie verließ die Schule unmittelbar nach Dave und Cara. Als sie an Laylas Haus vorüberfuhr, wurde ihr klar, dass sie Layla nicht mehr gesehen hatte, seit sie ihr das Kleid vorbeigebracht hatte. Manchmal fühlte sie sich schuldig, weil sie sich nicht mehr um sie bemühte.

Als sie in die Auffahrt ihres eigenen Hauses einbog, wünschte sie sich einen Zauberstab, mit dem sie das Essen auf den Tisch, die saubere Wäsche in den Schrank und den Dreck in den Staubsaugerbeutel zaubern könnte. Sie stieg aus und sah, dass Brad schon zu Hause war. *Hmmm …*

Sie öffnete die Tür und schnupperte – zwei Aromen, die sich zu einem Duft vereinten, den sie kannte: der zitronige Duft eines sauberen Hauses und ein Essen im Backofen. Sie schleuderte ihre Schuhe von den Füßen und lief in die Küche, wobei ihr auffiel, dass tatsächlich alles strahlend sauber war. Brad rührte in einem Topf auf dem Herd.

»Waren die Heinzelmännchen hier?« Sie lief zu ihm und schlang die Arme um ihn. »Was machst du denn schon so früh zu Hause und was ist mit meinem Haus passiert?« Er beugte sich herunter und sie überschüttete ihn mit vielen kleinen Küssen. »Und was rieche ich da?«

»Ich bin früher nach Hause gekommen, weil ich mal was für meine Frau tun wollte. Das Haus ist sauber, weil ich den Kindern gedroht habe. Und das hier ist Schmorbraten mit Mohrrüben und Kartoffeln, weil es das Einzige ist, was ich kann, wie du weißt. Außer Hotdogs.« Er zwinkerte ihr zu und Darlene platzte fast vor Liebe.

»Du bist der beste Ehemann der Welt«, sagte sie und meinte es auch so. Einen Augenblick stand sie ganz still, dann legte sie eine Hand ans Ohr. »Es ist zu still hier.«

»Die Kinder sind oben, sehen fern – und ganz leise, wie ich es ihnen befohlen habe.«

Darlene grinste. »Wirklich?«

»Na ja, ich habe noch gesagt, dass sie Freitagabend alle Pizza essen gehen dürfen, wenn sie heute Abend ausnahmsweise mal leise sind.«

Sie zog sich einen Küchenstuhl heran und setzte sich. Brad stellte eine Tasse Tee vor sie hin.

»Danke.« Darlene sank auf den Stuhl, nahm einen Schluck Tee und seufzte. »Ich bin so furchtbar müde.«

Brad legte den Deckel auf den Topf und setzte sich ihr gegenüber an den Tisch. »Vielleicht solltest du die Arbeit wieder aufgeben.«

Darlene setzte sich aufrechter hin. Es war in Ordnung, wenn *sie* über diese Möglichkeit nachdachte, aber sie wollte nicht, dass Brad es für sie tat. »Nein, ich liebe meine Arbeit und ich finde es angenehm, Geld zu verdienen.«

Brad langte herüber und drückte ihre Hand. »Was das Geld betrifft … das spielt keine Rolle mehr. Du kannst sämtliche Renovierungen in Angriff nehmen, die dir vorschweben.« Seine Augen leuchteten.

»Du meine Güte! Du bist Partner!« Darlene machte auf ihrem Stuhl einen kleinen Satz. »Stimmt's?«

Brads Lächeln wurde breiter. »Ja, meine Liebe. Das bin ich.«

Sie sprang auf und setzte sich auf seinen Schoß. »Ich wusste, dass es klappt!« Sie warf die Arme um seinen Hals und bedeckte sein Gesicht mit Küssen. »Ich bin so stolz auf dich!«

Er nahm ihr Gesicht in die Hände und küsste sie auf den Mund. »Und deshalb brauchst du jetzt nicht mehr zu arbeiten und alles wird wieder so, wie es war.«

Darlene kämpfte gegen die leise Verbitterung, die sich in ihrem Herzen breitmachte. Sie wusste nicht, ob sie wollte, dass alles wieder so war wie früher. »Ich weiß nicht … es würde mir schwerfallen aufzuhören. Ich bin zwar oft müde und hier zu Hause müssen alle mit anpacken, aber …« Sie zuckte die Achseln. »Es gibt mir ein Gefühl der Unabhängigkeit.«

»Ich wusste nicht, dass du dich vorher abhängig gefühlt hast. Habe ich dir denn jemals Vorschriften gemacht, gesagt, was du zu tun und zu lassen hast, was du kaufen sollst oder nicht?« Brad rieb sich das Kinn und legte den Kopf schräg.

»Nein. Das ist es nicht.« Sie zuckte wieder die Achseln. »Ich weiß nicht. Ich denke darüber nach.« Sie dachte an das Geld, das sie für den Fußboden gespart hatte. Oder für einen Kurzurlaub mit Brad. Sie mussten nur jemanden für die Kinder organisieren. Layla fiel ihr ein, aber …

»Was immer du willst.« Brad küsste sie wieder und strich ihr das Haar hinters Ohr. »Ich will einfach nur, dass du glücklich bist.«

»Ich weiß. Und ich bin glücklich.« Sie dachte daran, wie enttäuscht Myrna wäre, wenn sie nach zwei Monaten schon wieder kündigen würde. Und was sollte aus Cara werden?

»Vielleicht würden mich hier alle ein bisschen mehr schätzen, wenn ich nicht mehr arbeiten ginge? Schließlich wissen sie jetzt, wie es ist, wenn ich nicht hier bin.« Sie gab Brad einen spielerischen Schubs, obwohl sie es völlig ernst meinte.

»Wir haben dich immer geschätzt.« Er stellte sie auf die Füße, ging zum Herd, nahm den Deckel vom Topf, beugte sich darüber und schnupperte. »Gar nicht so übel, wenn ich das sagen darf.«

Darlene zog ihre Bluse aus dem Hosenbund, streckte die Arme und dehnte sich. »Ich ziehe mich nur rasch um, dann …«

Ein markerschütternder Schrei von oben ließ sie mitten im Satz erstarren. Einen Moment blieb sie bewegungslos stehen. Dann kam ein weiterer Schrei.

»Mom! Dad! Kommt schnell! Schnell!!« Ansleys Stimme klang panisch.

Darlene rannte noch vor Brad die Treppe hinauf, einen dicken Kloß der Angst in der Kehle.

12

Ansley stand weinend im Flur vor Graces Zimmer. Darlene stürmte an ihrer jüngeren Tochter vorbei in den Raum, Brad folgte ihr auf dem Fuß. Chad saß neben Grace auf dem Bett. Darlene kniete sich vor dem Bett hin.

»Gracie, meine Kleine.« Darlene sah das Blut auf Graces taubenblauer Bluse. Ihr Mund bewegte sich, doch es kam kein Laut heraus. Die Hände ihres kleinen Mädchens waren blutüberströmt, über ihre Wangen liefen Tränen.

Darlene blickte herab und sah die Schnitte an den Innenseiten von Graces Schenkeln, direkt unter ihren weißen Shorts, die ebenfalls blutbefleckt waren.

»Wer hat dir das angetan?« Sie legte Grace die Hände auf die Schultern. »Sag es mir!«

»Du meine Güte!«, sagte Brad, zog Chad aus dem Weg und setzte sich neben Grace. »Gracie, mein Mädchen! Was ist passiert? Wer hat das getan?«

Darlene wandte die Augen nicht von Grace, während sie Ansley befahl, rasch ein paar feuchte Handtücher zu holen. »Was ist passiert?« Sie blickte zwischen Chad und Grace hin und her. Grace weinte so sehr, dass sie nicht sprechen konnte, deshalb wandte sie sich an Chad, der ebenfalls weinte.

»Sie – sie hat es selbst gemacht, Mom.« Chad wischte sich über die Augen.

»Was?« Brad starrte erst seinen Sohn an, dann wieder Grace.

Darlene legte die Hand auf Brads Bein. Sie spürte, wie er zitterte. Als Ansley mit den feuchten Handtüchern zurückkam, befahl Darlene allen, das Zimmer zu verlassen. Brad wollte widersprechen, doch dann nahm er Ansley und Chad bei den Schultern und sie gingen hinunter.

Darlene holte tief Luft, setzte sich neben Grace aufs Bett und fing an, ihre Wunden zu säubern. Dabei betete sie stumm und dankte Gott, dass die Wunden nicht tiefer waren. Grace mochte vielleicht Narben zurückbehalten, aber sie brauchte nicht genäht zu werden. Sie ließ Grace kurz allein, um eine antibiotische Salbe zu holen. Als sie zurückkam, weinte Grace noch immer genauso heftig wie vor fünf Minuten, als sie und Brad in ihr Zimmer gekommen waren. Laut schluchzend wiederholte sie ständig, wie leid es ihr tue.

»Ist schon gut, meine Süße, ist schon gut.« Darlene wiederholte sich ebenfalls, doch sie wusste nicht, was sie sonst sagen sollte. Sie wollte ihre Tochter vor allem erst einmal trösten, auch wenn ihre Gedanken sich überschlugen. Warum tat ihre wunderschöne Tochter sich das an?

Vier frische Schnitte klafften an den Innenseiten von Graces Schenkeln und auf der Oberseite verliefen vier verschorfte Narben. Es war also nicht das erste Mal, dass Grace so etwas getan hatte.

Als sie sie verarztet hatte, konnte auch Darlene die Tränen nicht mehr zurückhalten. »Warum, Liebling? Warum machst du so was?« Sie presste die Hände vor die Augen und überlegte, ob sie die Sache nicht lieber Brad überlassen sollte. Doch sie konnte Grace jetzt nicht einfach verlassen; das Mädchen war fast hysterisch. Wie mechanisch schüttelte Grace ununterbrochen den Kopf und entschuldigte sich. Darlene fühlte sich völlig hilflos.

Nach einer Weile brachte sie Grace dazu, sich hinzulegen. Darlene blieb bei ihr sitzen, bis sie einschlief. Sie starrte ihre Tochter an. Was sollte sie jetzt tun? Wo sollte sie hingehen? Wen konnte sie anrufen? Warum hatte Grace das getan? Darlene hatte das Gefühl, sich gleich übergeben zu müssen.

Brad öffnete leise die Tür, seine Augen waren blutunterlaufen. Darlene legte einen Finger auf die Lippen. »Sie schläft«, flüsterte sie.

Brad winkte ihr, auf den Flur zu kommen. »Chad hat gesagt, dass sie das schon öfter getan hat, aber noch nie so schlimm.«

»Was?« Darlene stiegen wieder die Tränen in die Augen und sie drückte sie krampfhaft zu. »Warum hat er nichts gesagt?«

»Das habe ich ihn schon gefragt. Er hatte es Grace versprochen.«

»Versprochen?« Sie fing wieder an zu weinen. Dann flüsterte sie: »Warum will Grace sich umbringen, Brad? Warum? Warum?« Sie warf sich in seine Arme, erstickte ihr Weinen an seiner Brust, packte sein weißes Hemd mit aller Kraft, bis ihre Knöchel weiß wurden. Nie im Leben hatte sie sich ohnmächtiger gefühlt, hatte sie das Gefühl gehabt, so restlos versagt zu haben. Sie zwang sich, den Kopf zu heben, und blickte in seine Augen. »Was machen wir jetzt?«

Sie brauchte ihn jetzt. Sie selbst hatte keine Kraft mehr. Doch als er nur mit den Schultern zuckte und den Kopf schüttelte, sprach sie weiter. »Wir müssen jemanden anrufen. Einen Psychologen, einen Psychiater – einen Fachmann.« Sie fuhr sich über die Augen, wusste, dass sie sich zusammenreißen musste. Um Graces willen.

Brad schüttelte nur den Kopf. »Nein. Wir reden mit ihr, wenn sie aufwacht. Ich glaube nicht, dass wir da jemand anders mit hereinziehen sollten.« Er schwieg. »Hier im Dorf würden es alle erfahren.«

»Das ist mir so was von egal!«, schoss sie mit lautem Flüstern zurück.

»Ich glaube aber nicht, dass es Grace egal ist.« Brads Ton war genauso anklagend wie ihrer. »Ich bezweifle, dass es ihr gefällt, wenn alle ihre Freunde an der Schule davon erfahren.« Er hob einen Finger, so wie er es oft bei den Kindern machte. »Warte noch. Unternimm erst einmal noch nichts.« Darlene schob seine Hand zur Seite und lief an ihm vorbei die Treppe hinunter.

Sie baute sich vor Chad auf. »Wie kommst du dazu, uns nichts davon zu sagen?«

Chad schniefte, hob aber trotzig das Kinn. Ansley weinte und Darlene hörte, wie Brad die Treppe herunterkam. »Ansley, geh nach oben und bleib bei deiner Schwester, bis ich komme.«

Ansley nickte, weinte aber zu sehr, um sprechen zu können. Darlene wandte sich wieder an Chad. »Sag uns, was da los ist. Grace hat das schon mal gemacht?«

Brad legte Darlene eine Hand auf die Schulter. »Beruhige dich, Dar.«

Sie fuhr herum mit der Wut einer Frau, deren Kind in Gefahr war. »Erzähl mir nicht, ich solle mich beruhigen.« Sie wandte sich wieder an Chad. »Sag es uns.«

Chads Gesicht war ganz verschwollen. Er fuhr sich mit der Hand über die Nase. »Ich weiß nur von einem einzigen Mal.«

»Findest du nicht, dass das ein Mal zu viel war?« Darlenes Stimme stieg eine Oktave an; sie begann wieder zu weinen. »Wann war das?«

Chads Stimme quiekte. »Es ist noch nicht lange her. Und sie hat gesagt, es sei das einzige Mal gewesen und sie würde es nie wieder tun … es tut mir leid, Mom.« Chads Unterlippe zitterte, während er versuchte, die Tränen zurückzuhalten.

Brad trat neben Darlene. »Ist schon gut, mein Sohn. Geh auf dein Zimmer.« Als Chad den Raum verlassen hatte, wandte er sich an Darlene. »Er hat keine Schuld.«

Sie wandte das Gesicht ab, hatte das Gefühl, wie ein Vulkan kurz vor dem Ausbruch zu stehen. »Ich habe nicht gesagt, dass es seine Schuld ist.« Sie senkte den Kopf, dann blickte sie zu ihm auf. »Ich brauche ein paar Antworten, Brad. Ich verstehe einfach nicht, warum unser wunderschönes kleines Mädchen sich selbst so verletzt. Warum tut sie das?«

Brad stützte eine Hand auf die Hüfte. »Sie will sich nicht umbringen. Wenn sie das wollte, hätte sie sich die Pulsadern aufgeschnitten. Ich kenne jemand …«

Den Rest hörte Darlene gar nicht. Die Rasierklingen fielen ihr ein, die Brad gefunden hatte. »Oh Brad! Dazu hat sie sie also gebraucht! Die Rasierklingen!« Darlene fing wieder an zu weinen.

»Liebling …« Brad rieb sich die Stirn. »Hast du gehört, was ich gesagt habe? Einer meiner Kollegen hat eine Tochter, die das auch getan hat. Grace wollte sich nicht umbringen, aber trotzdem – irgendetwas stimmt ganz und gar nicht, wenn sie sich selbst auf diese Weise schneidet.«

»Was stimmt denn nicht?«

Er hob die Schultern und ließ sie langsam wieder fallen. »Das weiß ich nicht. Aber Paul hat gesagt, seine Tochter hätte das eine Zeit lang gemacht und dann wieder aufgehört. Manche Kinder halten es einfach für cool.«

»Brad, Grace sah nicht aus wie ein Teenager, der etwas Cooles ausprobiert und zu dem Schluss kommt, dass es nichts für ihn ist. Sie hat das schon öfter getan und sie ist beinahe hysterisch.«

»Du bist auch hysterisch! Wenn du dich beruhigen würdest, könntest du deiner Tochter vielleicht helfen!«

Darlene hatte das Gefühl, ihr Blut kochte, doch sie wusste, dass Brad recht hatte. Sie holte tief Luft und atmete langsam wieder aus. »Wir müssen jemanden ausfindig machen, der mit Grace redet.«

»Du und Grace, ihr steht euch doch so nahe. Du solltest mit ihr reden, sobald ihr beiden euch ein bisschen beruhigt habt.« Er streckte die Arme nach ihr aus, doch sie trat zurück.

Brad hob die Hände. »Okay, Darlene.«

Sie stemmte die Hände in die Hüften. »Was heißt das nun wieder?«

»Meinst du nicht, wir sollten das zusammen durchstehen?«

Darlene grunzte. »Normalerweise kümmere ich mich um alles, während du arbeiten gehst.«

Brad schlug die Augen nieder, doch dann sah er sie fest an. »Dazu sage ich jetzt nichts, weil du sehr aufgeregt bist. Wir haben immer alles, was die Kinder betraf, gemeinsam gelöst.«

Stimmt nicht. Sie starrte ihn an. »Ich gehe jetzt rauf, zu Grace.«

Sie war noch nicht auf der Treppe, als sie Brad murmeln hörte. »Vielleicht, wenn du hier gewesen wärst und nicht bei der Arbeit …«

Sie erstarrte.

»Tut mir leid, Dar. Ich hab's nicht so gemeint.«

Sie hörte, wie er hinter ihr die Treppe heraufkam, doch der Schaden war bereits angerichtet. Sie rannte die Treppe hinauf und nahm dabei immer zwei Stufen auf einmal.

Grace wachte auf und brauchte ein paar Sekunden, um zu merken, dass ihre Mutter neben ihr auf dem Bett lag, das Gesicht ihr zugewandt, die Augen geschlossen. Es war dunkel draußen, ihr Zimmer war nur erhellt von der Tinkerbell-Lampe, die sie bekommen hatte, als sie vier war. Doch dann fiel ihr alles wieder ein und sie geriet erneut in Panik. Sie hatte das Gefühl, keine Luft zu bekommen, zu ersticken, als läge ein Elefant auf ihrer Brust. »Mom.« Es klang wie ein Krächzen.

»Ich bin hier, Liebling.« Ihre Mutter richtete sich auf und nahm sie in die Arme.

»Ich kriege keine Luft. Es tut mir leid, ich kann nicht atmen.« Die Erinnerung an das, was geschehen war, überwältigte sie; sie wusste nicht, wie sie das überleben sollte. Ihre Eltern würden nie darüber hinwegkommen und sie ebenso wenig. *Wie dumm, dumm, dumm von mir!*

Ihre Mutter strich ihr das zerzauste Haar aus dem Gesicht. »Alles wird gut, Gracie.« Mom küsste sie auf die Stirn und zog sie dichter an sich. »Hol tief Luft. Mommy ist hier. Es wird alles gut.« Sie küsste sie wieder.

Zitternd versuchte sie zu tun, was ihre Mutter sagte, doch die Luft entwich ihren Lungen in flachen, mit Schluchzern gemischten Stößen. Mom hielt sie fest und wiegte sie. Nach ein paar Minuten merkte sie, dass die Panik nachließ. Mom hatte sie beruhigt.

»Grace …« Ihre Mutter lächelte trotz ihrer roten, geschwollenen Augen. »Hör mir zu.« Ihre Stimme war fest, aber leise und tröstlich. »Es gibt nichts, womit wir in unserer Familie nicht fertig werden.« Sie schwieg und strich Grace wieder übers Haar. »Aber sag mir, mein Schatz, warum hast du das getan?«

Grace zuckte mit den Schultern. Sie wusste, dass sie ihrer Mutter niemals ihre wahren Gefühle verraten konnte. Ihre Mutter würde nie verstehen, wie ein Schmerz einen schlimmeren überlagerte und auf diese Weise Trost spendete, statt wehzutun. »Ein paar Mädchen in der Schule haben es getan«, sagte sie schließlich. »Ich weiß, dass es falsch ist, Mom. Ich tue es bestimmt nicht wieder.«

Ihre Mutter sah sie unverwandt an; anscheinend wusste sie nicht, ob sie ihr glauben konnte.

»Möchtest du mit jemandem darüber reden?«

Graces Herz machte einen Satz vor Schreck. »Nein. Du meinst, mit einem Psychiater?« Sie schüttelte den Kopf. »Nein, Mom. Ich brauche nicht darüber zu reden. Ich höre einfach auf, ich verspreche es.« Ihre Augen füllten sich mit Tränen bei dem Gedanken, sich bei einem Seelenklempner auf eine Couch legen zu müssen.

»Schon gut, Schatz. Wir werden sehen.« Ihre Mutter küsste sie wieder auf die Stirn, dann stand sie auf. »Hast du Hunger? Wir haben beide den Schmorbraten deines Vaters verpasst.«

Grace hatte gehört, wie sie vorhin unten gestritten hatten, und wollte jetzt niemanden sehen. Und sie wollte auch nicht essen. »Ich habe keinen Hunger.«

Mom legte ihren Kopf schräg, wie sie es manchmal tat, wenn sie nachdachte. »Gut. Ich bringe dir etwas herauf, falls du doch noch Hunger bekommst.« Sie blinzelte die Tränen zurück und Grace schämte sich. »Grace … wir werden das durchstehen. Gott wird uns helfen, okay?«

»Es gibt nichts durchzustehen, Mom. Wirklich nicht. Ich habe etwas ausprobiert, das ich nicht hätte tun dürfen, und es hat mir nicht gefallen.« *Bitte, Gott, vergib mir. Hilf mir.*

»Aber das war nicht das erste Mal, Grace, und …«

»Ich weiß, Mom. Ich weiß.« Grace presste die Hände auf ihre Knie, als sie die Beine aus dem Bett schwang, und krümmte sich vor Schmerzen. »Ich habe Mist gebaut. Ich hätte das nicht tun dürfen. Wie oft soll ich denn noch sagen, dass es mir leidtut?« Jetzt kamen ihr wieder die Tränen, weil sie wusste, dass sie mit ihrer Mutter nicht so sprechen durfte. Aber Mom hatte eine Art, einen zu bedrängen, bis man ihr alles erzählte. Dabei hatte Grace ihr doch gerade versichert, dass es nicht wieder vorkommen würde!

»Okay, meine Kleine.« Mom hob eine Hand und fuhr sich übers Gesicht. Auch sie hatte schon wieder Tränen in den Augen. »Wir können später weiter darüber reden.«

Gut.

»Soll ich heute Nacht bei dir bleiben?«

»Nein.« Sie schniefte und wünschte sich nur noch, dass ihre Mutter endlich ging. »Ich möchte allein sein.«

»Okay.«

Ihre Mutter hatte die Tür schon fast hinter sich geschlossen, als sie noch einmal den Kopf ins Zimmer steckte. »Grace?«

Sie hob eine Braue.

»Skylar hat doch nichts damit zu tun, oder?«

»Nein, Mom.« Sie verdrehte die Augen. *Wenn du wüsstest, was für ein guter Mensch Skylar ist.* Grace dachte daran, wie sie Skylar behandelt hatte, und spürte eine neue Welle des Selbsthasses.

»Okay.« Ihre Mutter schwieg, Tränen in den Augen. »Weißt du, wie sehr ich dich liebe?«

»Von ganzem Herzen.« Grace stieß die Worte wie erstickt aus. *Es tut mir so leid, was ich getan habe.*

Mom blies ihr ein Küsschen herüber. »Ja, von ganzem Herzen. Ganz gleich, was passiert.«

Bitte, geh einfach, Mom.

Brad spuckte Mundwasser ins Waschbecken und starrte sich dann im Spiegel an. *Gott, warum musste das passieren?*

Er hatte jahrelang darauf gewartet, dass ihm die Partnerschaft angeboten wurde. Es hätte ein Freudentag sein sollen. Stattdessen tobte ein wahrer Krieg der Gefühle in seinem Innern, als ihm bewusst wurde, dass er und Darlene bei einem ihrer Kinder in irgendeiner Hinsicht versagt hatten. Er streifte sich ein weißes T-Shirt über den Kopf, während sein Verstand krampfhaft nach Gründen suchte, warum Grace so etwas machte. Sie war das mittlere Kind. Bekam sie vielleicht nicht genügend Aufmerksamkeit?

Er ging zum Bett, setzte sich hin und versuchte nachzudenken. Grace hatte ihnen nie irgendwelche Probleme gemacht. Die Schlafzimmertür ging auf und Darlene kam herein. Ihr Gesicht wirkte angespannt und abgehärmt. Er schluckte schwer.

»Wie geht es ihr?«

Darlene stand mitten im Zimmer, ihre Unterlippe zitterte. »Ich weiß es nicht. Sie sagte, sie hätte es einfach nur ausprobiert und würde es nie wieder tun.« Sie setzte sich in den Schaukelstuhl, der in einer Ecke des Zimmers stand, die Finger im Schoß krampfhaft verschränkt. »Aber ich glaube, es steckt mehr dahinter. Sie muss mit jemandem reden, Brad. Mit einem Fachmann.«

Brad rieb sich die Stirn und seufzte. »Sie hat doch gesagt, sie macht es nie wieder, Darlene.« Er blickte seiner Frau in die Augen. »Vielleicht sollten wir ihr einfach vertrauen.« Er hatte die gleichen Ängste wie seine Frau, doch er wollte den Ruf seiner Tochter in diesem Dorf nicht aufs Spiel setzen, wenn es vielleicht zu keinen weiteren Zwischenfällen kam. Als Teenager hatte man es schon schwer genug, auch ohne das Etikett ›psychisch krank‹. »In dem Augenblick, in dem sie die Praxis eines Seelenklempners betritt, erfährt die ganze Stadt davon.«

»Das ist mir völlig egal.« Darlenes Lippen bewegten sich kaum, als sie sprach. »Mir geht es einzig und allein um das Wohlergehen unserer Tochter.«

»Mir vielleicht nicht?« Brad stand auf und ging zu ihr. »Ich bin genauso besorgt wie du, aber ich möchte nichts übereilen. Wir müssen in Ruhe darüber nachdenken.« Er stützte eine Hand in die Seite. »Lass uns eine Nacht darüber schlafen. Morgen besprechen wir es dann.«

»Morgen rufe ich jemanden an.« Darlene stand auf und ging an ihm vorbei ins Badezimmer. Brad folgte ihr.

»Du triffst diese Entscheidung also allein? Hast du überhaupt Grace gefragt, was sie davon hält? Wir sind hier nicht in Houston. Du weißt doch, wie schnell sich hier alles herumspricht. Der ortsansässige Psychologe ist wahrscheinlich der Vater, Onkel oder Großvater eines ihrer Klassenkameraden.«

Darlene drehte sich um, sah ihn an und rief: »Brad, unsere Tochter ist in Schwierigkeiten. Sie ist nicht alt genug, um zu entscheiden, was das Beste für sie ist. Wir sind ihre Eltern – das ist unsere Aufgabe!«

»Brüllen hilft auch nicht.« Obwohl auch Brad das Gefühl hatte, aus vollem Hals zu schreien.

»So zu tun, als sei nichts geschehen, aber ebenso wenig.« Darlene warf die Hände in die Luft. »Brad, ihre Beine sind völlig zerschnitten und ich bin sicher, dass die Narben an ihren Armen auch nicht von Stacheldraht stammen. Sie hat uns schon einmal angelogen. Willst du, dass sie sich weiter verletzt?«

Inzwischen liefen Darlene wieder die Tränen übers Gesicht. »Unsere schöne Grace. Warum tut sie sich das an?« Sie hob den Kopf und fuhr sich über die Augen.

Brad konnte nicht verhindern, dass auch ihm wieder die Tränen in die Augen stiegen. Es herrschte ein langes, kühles Schweigen, dann sprach Darlene wieder.

»Und da es mein Fehler ist, weil ich nicht hier war, um auf meine Kinder aufzupassen, werde ich auch die Entscheidung in dieser Sache treffen.«

Brad senkte den Kopf, dann schüttelte er ihn. Er war erstaunt, dass es so lange gedauert hatte, bis sie seinen Kommentar aufs Tapet brachte. »Dar, ich hätte das nicht sagen dürfen. Es sind *unsere* Kinder. Wir bewältigen das gemeinsam. Wir dürfen uns in dieser Sache nicht gegenseitig bekämpfen, wir müssen …«

»Ich werde aufhören zu arbeiten. Gleich morgen gebe ich in der Schule Bescheid.«

»Tu das nicht nur wegen meines dummen Kommentars.«

»Nein, nicht deswegen.« Sie drehte sich zum Waschbecken und stellte das Wasser an. »Ich muss für meine Kinder da sein.«

Brad wusste, dass das eine Reaktion auf seine Bemerkung war, ihr Versuch, sich an ihm zu rächen. Merkte sie denn nicht, dass er ebenfalls litt? »Na schön. Dann hör eben auf.« Er drehte sich wieder zum Bett um. Er hatte rasende Kopfschmerzen und sein Herz grämte sich um Grace.

»Na schön!«, sagte sie und schlug die Badezimmertür zu.

Er kroch ins Bett.

Glückwunsch zur langersehnten, wohlverdienten Beförderung.

Das war wahrscheinlich der egoistischste Gedanke, den er je gehabt hatte, aber sei's drum.

Darlene ließ den Kopf tief übers Waschbecken sinken und weinte, in der Hoffnung, dass das laufende Wasser ihr Schluchzen übertönte. Brad hätte das nicht gesagt, wenn er es nicht teilweise für wahr hielte. Wenn sie zu Hause gewesen wäre, hätte sie die Veränderung bei Grace vielleicht bemerkt und hätte dafür sorgen können, dass es gar nicht erst so weit gekommen wäre.

Obwohl es bitter war, dass sie ihre Arbeit aufgeben musste, ihre Unabhängigkeit wieder verlor und die Schüler – vor allem Cara – im Stich ließ, waren ihre eigenen Kinder ihr doch wichtiger. Und Grace brauchte sie.

Sie wusch sich das Gesicht, putzte sich die Zähne und dachte dabei die ganze Zeit daran, wie schwer es ihr fallen würde, Myrna Bescheid zu geben. Doch der Gedanke an Graces Beine, das Blut auf dem Bett, in ihrem Schoß, auf ihren Kleidern – Darlene schauderte.

Sie schlüpfte ins Bett und rollte sich auf ihrer Seite zusammen. Brad traf keine Schuld. Sie wusste auch nicht, ob es ihre Schuld war. Aber eins wusste sie: Sie musste mehr über diese Verhaltensstörung herausfinden und sie musste dafür sorgen, dass Grace Hilfe bekam. Egal, wie Brad darüber dachte.

Beim Frühstück sprach niemand viel; Brad brach früh auf. Grace verhielt sich beinahe, als sei nichts geschehen, und schien bemüht, die allgemeine Laune zu heben. Sie scherzte mit Chad, der allerdings kaum reagierte. Und sie bot an, am Nachmittag mit Ansley in Round Top einkaufen zu gehen. Es war ungewöhnlich, dass die Kinder in den Sommerferien so früh aufstanden, aber sie hatten heute Morgen das Space Shuttle im Fernsehen sehen wollen. Darlene war froh, dass Grace mit den anderen aufgestanden war.

Sie hatte Chad beauftragt, Grace im Auge zu behalten, dankbar, dass er heute frei hatte. Denn sie musste wohl oder übel heute noch einmal zur Arbeit gehen, auch wenn sich alles in ihr dagegen sträubte. Aber vielleicht hatte Brad ja recht. Vielleicht hatte Grace nur etwas ausprobiert und es würde nie wieder vorkommen. Doch leider sagte ihr Gefühl ihr etwas anderes.

Chad griff nach der letzten Zimtrolle und Darlene blies allen ein Küsschen zu. »Bis heute Abend.« Sie sah zu ihrem Sohn hinüber. »Ruf mich an, wenn du mich brauchst.« Er nickte und Darlene fuhr zur Arbeit, wenn auch mit einem Herzen voller Angst.

Myrna nahm die Nachricht weit besser auf, als Darlene erwartet hatte, vielleicht weil Darlene ihr trotz Brads Einwänden die Wahrheit über Grace gesagt hatte. Sie nannte ihr auch den Namen einer Psychologin, der sich auf ›solche Probleme‹, wie Myrna es formulierte, spezialisiert hatte. Darlene hatte angeboten, noch zwei Wochen zur Arbeit zu kommen, doch Myrna sagte, dass sie Cara mit in den Einzelunterricht ihrer Enkelin nehmen würde, und bestand darauf, dass Darlene erst einmal bei Grace bleiben und ihr Hilfe besorgen sollte.

Als Darlene sagte, dass sie sich Sorgen um die Schüler mache, vor allem um Cara, meinte Myrna tröstend, dass Gott ihnen helfen und für sie sorgen würde, und plötzlich wurde Darlene klar, dass sie gestern Abend zum ersten Mal, seit sie denken konnte, nicht gebetet hatte. Die Sorge um Grace hatte jeden anderen Gedanken erstickt, dabei wusste sie, dass Graces Situation ein Grund mehr war, Gott um Hilfe zu bitten.

Myrna hielt es für das Beste, Cara und Dave heute noch nichts zu sagen, obwohl Darlene ein sehr schlechtes Gefühl dabei hatte, dass sie ab morgen einfach nicht mehr kommen würde. Als Dave um siebzehn Uhr erschien, um Cara abzuholen, konnte Darlene ihm kaum in die Augen sehen.

»Ich freue mich, dass es schon wieder ein guter Tag war«, sagte Dave, nachdem Darlene ihm von Caras heutigen Fortschritten berichtet hatte. Er lächelte sie verhalten an und Darlene musste wieder einmal daran denken, wie er sich ihr auf der Gala geöffnet und danach wieder völlig verschlossen hatte. Manchmal fragte sie sich, was sie wohl getan hatte, dass er wieder so kühl geworden war. Doch das spielte jetzt keine Rolle mehr, dachte sie. Heute war ihr letzter Tag. »Bis morgen.« Er nahm Caras Hand und die beiden verließen zusammen das Klassenzimmer.

Darlene fühlte sich auf einmal bleischwer. Sie würde sie morgen nicht sehen. Und übermorgen auch nicht.

Gott sei mit dir, Cara.

Und bitte auch mit Grace und unserer Familie.

Darlene trat auf den Flur und verabschiedete sich von den anderen. Sie wusste sehr wohl, dass sie jetzt bei Grace sein musste, doch sie konnte Brads Kommentar und seine Vorwürfe nicht vergessen – als sei er nicht bereit, die Mitverantwortung für Graces Situation zu tragen.

Es war immer ihr größter Wunsch gewesen, eine gute Ehefrau und Mutter zu sein. War es wirklich so falsch, auch ein bisschen Unabhängigkeit außerhalb dieser beiden Rollen anzustreben?

Anscheinend schon.

13

Grace hielt eine kleine Schachtel in der Hand, aus der sie ihrem Vater Nägel zureichte. Normalerweise hätte sie niemals angeboten, ihm bei der Reparatur des Zauns zu helfen, doch sie musste unbedingt mit ihm reden, und zwar allein, ohne die anderen. Es war jetzt volle zwei Wochen her, dass sie sich geritzt hatte, und sie hatte es seitdem nicht mehr gemacht. Doch ihre Mutter bestand darauf, dass sie zu einem Psychodoktor gehen sollte – als sei sie plemplem. Sie hatte sogar schon einen Termin für nächsten Dienstag ausgemacht.

Ihr Vater war die ganze Woche sehr spät nach Hause gekommen, deshalb hatte sich nie die Gelegenheit ergeben, mit ihm zu reden. Doch für heute hatte er sich einige Reparaturen auf der Farm vorgenommen und mit dem Zaun angefangen.

»Dad?«

»Hm?« Brad wischte sich den Schweiß von der Stirn und fügte eine Holzlatte in den Zaun ein. »Nächster Nagel, bitte.« Dabei streckte er ihr die Hand hin, ohne sie anzusehen. Sie nahm einen Nagel aus der Schachtel und reichte ihn ihm. Auf der anderen Zaunseite war Layla gerade dabei, eines ihrer Pferde zu trainieren. Grace winkte, Layla winkte zurück. Sie hatte Layla seit Wochen nicht gesehen, wusste aber, dass ihre Mutter sie besucht hatte. Die meiste Zeit wachte sie allerdings wie eine Glucke über Grace und wich ihr nicht von der Seite, was Grace das Gefühl gab zu ersticken. Sie wünschte, ihre Mutter hätte ihre Arbeit nicht aufgegeben. Grace hatte sich selbst vom Ritzen geheilt. Jetzt musste sie ihren Vater davon überzeugen.

»Daddy, bitte, Mom darf mich nicht zwingen, zu einem Seelenklempner zu gehen!«

Ihr Vater schlug erst den Nagel fertig ein, dann sah er sie an. »Grace, vielleicht ist es aber das Beste für dich, mit jemandem darüber zu reden.«

»Nein, Dad. Ich mache es ja gar nicht mehr. Es war dumm von mir und ich habe es nicht mehr getan. Bitte, zwing mich nicht, am Dienstag dort hinzugehen. *Bitte*!«

Er sah ihr einen Moment in die Augen. Der Schweiß lief ihm über die Stirn. Sie hatten schon fast vierzig Grad und es war noch nicht einmal Juli. Im August würden sie bestimmt alle schmelzen.

»Grace, ich weiß nicht …« Er schüttelte den Kopf. »Deine Mutter hält es für wichtig, dass du mit jemandem darüber sprichst. Glaubst du nicht auch, dass es dir guttun wird, über deine Gefühle zu sprechen und vielleicht zu verstehen, was in diesem wunderschönen Kopf vorgeht?« Er tippte ihr spielerisch an die Stirn. Sie lächelte, war jedoch weiterhin entschlossen, ihn auf ihre Seite zu ziehen.

»Dad, ich fühle mich bestens. Besser als seit langer Zeit. Ich war schrecklich traurig, als ich das mit Tristan hörte, und ich hatte von anderen Mädchen gehört, dass sie sich besser fühlten, wenn sie sich ritzten, und deshalb dachte ich, vielleicht funktioniert das auch bei mir. Aber es hat nicht funktioniert.« *Gott, vergib mir.*

Ihr Vater hob die Hand, um die Augen gegen die Morgensonne zu schützen, die über der mit bunten Wildblumen übersäten Weide stand. »Bist du ganz sicher, Grace?«

Sie berührte seinen Arm. »Ja, Daddy. Ich bin ganz sicher. Bitte sprich mit Mom, damit ich nicht zu dieser Ärztin muss.« Grace hatte mit angehört, wie ihre Eltern sich über diese Sache gestritten hatten, und sie wusste genau, wie sie ihren Vater auf ihre Seite ziehen konnte. »Ich würde sterben, wenn das ganze Dorf erfährt, dass ich zu einem Seelenklempner gehe. Ich könnte es nicht ertragen, wenn mich alle für verrückt halten. Lieber sterbe ich.«

»Grace, das darfst du nicht sagen.« Ihr Vater fügte eine weitere Latte ein und streckte wieder die Hand nach einem Nagel aus. »Deine Mom hat gesagt, die Therapeutin sei in Eagle Lake. Das ist weit genug entfernt, dass niemand davon erfährt. Ich verstehe, dass du nicht willst, dass es sich herumspricht, aber letztlich braucht es einem nicht peinlich zu sein. Wir alle brauchen manchmal jemand, mit dem wir reden können.«

»Ich rede mit Gott.« Das stimmte. Was konnte er dagegen ins Feld führen?

»Und das ist gut! Aber ich glaube trotzdem …«

»Dad, ich kann das nicht! *Bitte*!« Ihre Augen füllten sich mit Tränen. Sie wusste, dass sie ihren Vater damit weichklopfen konnte, doch sie brauchte sich nicht zum Weinen zu zwingen. Sie konnte den Gedanken, einem anderen Menschen etwas erklären zu müssen, das sie selbst nicht begriff, tatsächlich nicht ertragen. Und sie hatte wirklich Todesangst, dass die anderen es herausfanden. Sie hatte gehört, wie Glenda und ihre Freundinnen über Leute redeten, die viel unbedeutendere Probleme hatten als Grace. »Bitte, rede mit Mom.«

Ihr Vater stützte die Hand in die Seite und sah sie an. »Grace, bist du ganz sicher, dass das vorbei ist? Dass du nicht mehr das Bedürfnis hast, dich selbst zu verletzen?« Er legte ihr die Hand an die Wange. »Wir wollen doch nur alles richtig machen, Grace. Wir möchten gut für dich sorgen.«

Sie legte ihre Hand über seine. »Das weiß ich doch, Dad. Aber wenn du mir helfen willst, dann sorg dafür, dass ich nicht zu diesem Termin gehen muss. Es belastet mich schrecklich und es ginge mir sehr viel besser, wenn ich keine Angst mehr davor zu haben bräuchte.«

Er beugte sich vor und küsste sie auf die Stirn. »Na gut, Zwerg. Ich rede mit deiner Mom.«

In den letzten Jahren hatte Grace immer gesagt, sie sei zu alt für dieses Kosewort, doch im Moment war es Musik in ihren Ohren. Sie hatte ihn rumgekriegt. »Danke, Dad.« Sie schlang die Arme um seine Taille. Er küsste sie auf den Scheitel.

»Gern geschehen, meine Kleine.«

Es war früher Abend, als Brad auf Darlene zuging. Er fasste sie um die Taille, als sie gerade das Geschirr in die Spülmaschine räumte. Seit ihrem Streit wegen Grace herrschte eine ungute Spannung zwischen ihnen und durch seine neue Stellung in der Firma kam er abends häufig noch später nach Hause als früher, deshalb hatten sie in den letzten Tagen kaum miteinander gesprochen. Sie selbst sagte ohnehin wenig in letzter Zeit. Er wusste, dass sie ihre Arbeit vermisste. Und dass sie sich Sorgen um Grace machte.

»Lass uns heute Abend essen gehen, nur wir beide.« Er drehte sie um, damit er ihr ins Gesicht sehen konnte. »Wir hatten schon lange keinen Ehe-Abend mehr.«

»Klingt gut.«

Es war schön, sie lächeln zu sehen. Sie war die Liebe seines Lebens. Und auch wenn sie beide nicht immer einer Meinung waren, war es ihm doch unerträglich, wenn sie sich entfremdeten. »Wo möchtest du hingehen?«

»Ganz egal. Ich kann den Kindern etwas vorbereiten oder …«

»Oder sie können sich einfach ein Sandwich machen. Sie werden es überleben, wenn sie mal einen Abend keine warme Mahlzeit bekommen.«

»Da hast du auch wieder recht.«

Brad musste unbedingt mit ihr über Grace sprechen. Vielleicht würden eine entspannte Atmosphäre und ein hübsches Restaurant es ihnen leichter machen zu reden.

»Wir könnten zu *Joe's Place* in Fayetteville gehen«, sagte sie, entzog sich ihm und stellte die Spülmaschine an. »Dann brauchen wir uns nicht aufzubrezeln und ein Steak klingt doch nicht schlecht, oder?«

»Ich bin mit allem einverstanden. Ich springe nur noch schnell unter die Dusche.«

Er beugte sich vor und küsste sie auf die Wange.

Dreißig Minuten später kam er in Jeansshorts und einem weißen T-Shirt die Treppe herunter. Er hatte gehört, dass es geklingelt hatte. Als er unten war, öffnete Darlene gerade die Tür. Brad erkannte Skylar und war leicht überrascht. Graces Freundin war schon lange nicht mehr bei ihnen gewesen. Er winkte ihr zu, als sie an ihm vorbei zur Treppe ging, dann sah er Darlene an, deren angespanntes Lächeln ihn nicht täuschen konnte. Sie warteten, bis Skylar oben war, bevor sie sprachen.

»Glaubst du, dass wir sie eine oder zwei Stunden allein lassen können?« Darlene suchte seinen Blick.

»Ja.« Brad wusste, dass sie sich Sorgen wegen Skylar machte, genau wie er. Es war nicht richtig, das Mädchen nach seiner Kleidung zu beurteilen, aber sie machten sich solche Sorgen um Grace, dass sie im Moment fast verzweifelt nach einem Sündenbock suchten.

Grace hörte ein Klopfen an der Tür und legte das Buch beiseite, in dem sie gerade las. Als sie die Zimmertür öffnete, war sie überrascht, Skylar zu sehen. Vor allem, nachdem sie Skylar die letzte Zeit in der Schule so schlecht behandelt hatte. Skylar hatte ein paarmal angerufen, doch Grace hatte nicht zurückgerufen. »Hey.«

»Hey. Ich wollte nur mal fragen, ob mit dir alles okay ist.«

Sie hatte eine Freundin wie Skylar überhaupt nicht verdient. »Ja, mir geht's gut.« Sie trat beiseite, damit Skylar hereinkommen konnte.

»Was liest du denn gerade?« Skylar nickte zu dem Buch hinüber, das auf Graces Bett lag.

»Einen Roman. Eine Geschichte über die Amish.«

Skylar grinste. »Tatsächlich?«

»Ja.« Grace mochte Geschichten über die Amish, weil sie so ein friedliches Leben führten. Es war eine Flucht vor ihren Problemen, aber sie hatte jetzt keine Lust zu Erklärungen. Ihr war eher nach Weinen zumute. Sie war zu Skylar gemein gewesen und jetzt stand sie hier in ihrem Zimmer, als wäre nichts geschehen.

Grace setzte sich wieder aufs Bett, Skylar nahm neben ihr Platz. Dabei fielen Grace die hellen Haarwurzeln ihrer Freundin auf. Sie fragte sich, welche Haarfarbe Skylar wohl von Natur aus hatte und wie sie wohl ohne das dunkle Make-up und die schwarzen Klamotten aussähe.

»Ich wollte nur mal hören, wie's so läuft.« Skylar zuckte die Achseln und Grace kämpfte schon wieder mit den Tränen.

»Ich … ich …« Grace blinzelte ein paarmal. »Warum bist du hier, Skylar? Ich war nicht gerade nett zu dir in den letzten Tagen vor den Ferien.«

Skylar grinste. »Ist mir gar nicht aufgefallen.«

Sie schwiegen einige Minuten, dann fing Skylar wieder an: »Ich hab mir Sorgen um dich gemacht.«

Graces Schutzwall drohte einzubrechen. »Warum? Mir geht's gut.« Sie stand auf, ging zur Kommode und fing an, die Bücher, die darauf verstreut waren, zu stapeln. »Ich habe viel gelesen in letzter Zeit.« Sie zuckte die Achseln und richtete den Bücherstapel exakt aus. »Ist nicht so leicht, hier in der Gegend einen Job zu finden.«

»Das kannst du laut sagen. Ich habe mich wirklich überall beworben, aber in Kleinstädten brauchen sie einfach keine Hilfe im Sommer. Und mit meinem Auto schaffe ich keine längere Strecke in die Stadt.«

»Ich habe nur ein paar Babysitterjobs ergattert, aber besser als nichts.«

»Aha. Und seit wann ritzt du dich wieder?«

Grace fuhr herum. »Schon lange nicht mehr!«

»Wie lange?«

»Bist du gekommen, um mich deswegen auszuquetschen? Ich hätte dir nie davon erzählen sollen.«

»Warum hast du's dann getan?«

Grace grunzte. »Weil du es sowieso wusstest.«

Skylar senkte den Kopf und runzelte die Stirn.

»Guck nicht so deprimiert. Nachdem meine Eltern es herausgefunden hatten, habe ich ihnen versprochen, es nicht mehr zu tun. Wenn du also nur deshalb gekommen bist …«

»Deine Eltern haben es herausgefunden?« Skylar hob den Kopf und sah Grace an. »Und dann?«

Das war nun wirklich das Allerletzte, worüber Grace reden wollte, doch vielleicht konnte sie das Thema ein für alle Mal ad acta legen, wenn sie ihr alles sagte. Also erzählte sie ihr die ganze Geschichte. Skylar hörte ihr wortlos zu.

»Und heute Abend geht mein Dad mit meiner Mom essen. Er hat versprochen, ihr auszureden, dass ich unbedingt zu einem Psychofritzen muss.«

»Vielleicht wäre ein Psychofritze gar keine so schlechte Idee.«

Grace stemmte die Hände in die Hüften. »Du hast aus eigener Kraft aufgehört. Das kann ich auch.«

Skylar zuckte die Achseln. »Okay. Aber das schafft nicht jeder.«

Grace ging wieder zu dem Bücherstapel und richtete ihn erneut gerade. Ganz schön anmaßend, dass Skylar sich für besser hielt als sie. »Ich schaffe das auch. Und dazu brauche ich mich nicht bei einem Psychiater auf die Couch zu legen und meine Gefühle vor ihm auszubreiten.«

»Ich hatte einen Grund aufzuhören.«

Grace verschränkte die Arme vor der Brust. »Ach wirklich? Und was war das für ein Grund?«

Skylar holte tief Luft und mied Graces Blick. »Das ist eine lange Geschichte.«

»Ich habe Zeit.« Graces Stimme klang kalt und abgehackt. Sie setzte sich wieder aufs Bett.

Skylar schlug sich mit den Händen auf die Knie, dann stand sie auf. »Weißt du was? Ich muss ein Medikament für meinen Vater holen. Willst du mitfahren?«

Es war offensichtlich, dass Skylar im Moment nicht weiter darüber reden wollte. Grace kam in den Sinn, dass sie kaum etwas über Skylars Leben wusste, bis auf die Tatsache, dass sie allein mit ihrem Vater lebte. »Ist er krank?«

»Ja, sozusagen.« Skylar ging zur Tür. »Es wird eine heiße Fahrt nach La Grange; dort muss ich das Medikament holen.« Sie drehte sich um, sah Grace an und zog einen übertriebenen Schmollmund.

Grace wusste, dass Skylars klappriges Auto keine Klimaanlage hatte.

»Ich fahre dich.« Grace nahm ihre Tasche und suchte nach dem Autoschlüssel. »Aber können wir bitte über was anderes reden?«

»Klar.«

Skylar folgte Grace die Treppe hinunter.

Darlene bestellte für sich ein kleines T-Bone-Steak, eine Ofenkartoffel und einen Salat. Brad nahm das Gleiche, aber eine größere Portion. Dieser Abend war für sie beide eine längst überfällige Auszeit. Jedenfalls bis Brad mit dem Thema begann, das er offensichtlich schon die ganze Zeit über hatte ansprechen wollen.

»Grace möchte nicht zu einem Therapeuten gehen. Sie hat mich gebeten, mit dir darüber zu reden.« Brad nahm einen Schluck Kaffee und sah sie über den Rand der Tasse hinweg an.

»Sie wird hingehen.«

Er setzte die Tasse ab und schüttelte den Kopf. »Sie wird hingehen. Ist das alles? Haben Grace und ich dabei denn nicht auch ein Wörtchen mitzureden?«

»Warum verdirbst du uns den Abend?«

»Das mache ich nicht. Ich versuche mit dir zu reden, Dar, aber immer, wenn es um Grace geht, zählt plötzlich nur noch, was *du* willst. Ich weiß nicht, ob sie wirklich eine Therapie braucht.«

Darlene starrte ihn einen Moment an. »Nur was *ich* will, zählt? Ach wirklich, Brad? Das sehe ich aber ganz anders.« So hatten sie und Brad noch nie miteinander geredet, voller Sarkasmus und Gehässigkeit. Sie versuchte, ihren Streit aus der richtigen Perspektive zu sehen; schließlich machten sie sich beide einfach nur Sorgen um Grace. »Sie hat sich geschnitten. Mehr als einmal. Und es muss einen Grund dafür geben.«

Sie blickte sich um und senkte die Stimme zu einem Flüstern. »Unsere schöne Tochter hat Schnitte an den Armen und Beinen, deren Narben man für den Rest ihres Lebens sehen wird. Willst du wirklich, dass das so weitergeht?«

»Natürlich nicht. Aber ich möchte sie auch nicht zum Äußersten treiben. Sie hat große Angst vor dem Termin am Dienstag. Ich will doch nur, dass wir ihr noch ein bisschen Zeit lassen. Sie hat Angst, dass es sich herumspricht.«

»Hat *sie* Angst oder hast *du* Angst?« Die Frage entschlüpfte ihr einfach und obwohl sie ehrlich gewesen war, bereute sie, dass sie sie ausgesprochen hatte.

Brad wurde ganz starr und die Falten auf seiner Stirn vertieften sich. »Okay, Darlene. Ich sehe, dass das Thema nicht zur Diskussion steht. Du hast deinen Entschluss bereits gefasst.« Er richtete seinen Finger auf sie. Sie war versucht, ihn wegzuschlagen, doch stattdessen faltete sie die Hände im Schoß, weil sie keine Aufmerksamkeit erregen wollte. »Wenn du Grace mit diesem Termin zum Äußersten treibst, dann trägst du auch die Verantwortung dafür. Eine Therapie ist nicht für jeden Menschen das Richtige.« Er wischte sich mit der Serviette den Mund ab. »Gehen wir?«

Ohne ihre Antwort abzuwarten, schob er seinen Stuhl zurück und stand auf. *Wie kannst du es wagen.* »Du weißt genau, dass ich nur das Beste für Grace will«, zischte sie hinter ihm, während sie an die Theke gingen, um zu bezahlen. »Ich begreife nicht, warum du nicht einsiehst, dass sie Hilfe braucht. Hast du denn ihre Beine nicht gesehen?«

Brad gab ihr keine Antwort, sondern bezahlte nur die Rechnung. Darlene wartete, bis sie auf dem Parkplatz waren, dann sprach sie weiter. »Wenn Grace also zu einem Therapeuten geht und es funktioniert nicht, ist es meine Schuld. Und wenn sie nicht hingeht und sich wieder ritzt, ist es deine Schuld. Kannst du damit leben?«

Er drückte die Fernbedienung, öffnete die Tür auf seiner Seite und blickte sie über das Autodach hinweg an. »Warum muss überhaupt jemand schuld sein? Warum können wir das Ganze nicht einfach gemeinsam durchstehen?«

»Du hast doch gesagt, dass ich schuld bin, wenn sie wegen dem Termin durchdreht!« Darlene schlug mit der flachen Hand auf die Motorhaube. »Du willst doch nur, dass ich die Entscheidungen treffe, damit du aus dem Schneider bist! Und du willst nicht, dass jemand davon erfährt, weil es dir peinlich wäre!«

»Heute Abend rede ich nicht mehr mit dir über dieses Thema.« Er stieg ein und schlug die Tür zu.

Darlene wollte eigentlich nicht einsteigen, aber es war ein langer Heimweg. Und ein stummer.

Zehn Minuten später bog Brad in ihre Auffahrt ein. »Wo ist Grace?« Darlene sprang aus dem Auto, noch bevor es richtig stand, und lief aufs Haus zu. Sie schaute in Graces Zimmer, dann riss sie, ohne anzuklopfen, die Tür von Chads Zimmer auf.

»Mom! Kannst du nicht gefälligst anklopfen?« Chad saß im Schneidersitz auf dem Bett und guckte fern.

»Wo ist Grace?«

»Sie ist mit Skylar weggefahren.«

»Wohin?«

Chad drückte einen Knopf auf der Fernbedienung. »Sie sagten irgendetwas, dass sie ein Medikament für Skylars Vater in La Grange holen wollten. Sie meinte, sie sei gegen zehn zurück.«

Darlene sah aus dem Fenster in den orangefarbenen Abendhimmel, dann blickte sie auf ihre Armbanduhr. Es war erst neunzehn Uhr fünfundvierzig. Ein kurzes Abendessen mit ihrem Mann.

»Es geht ihr gut, Mom.«

Darlene sah sich in Chads Zimmer um in dem Versuch, sich von ihrer Sorge um Grace abzulenken. »Hier sieht's furchtbar aus.«

»Gefällt's dir etwa nicht?« Er kicherte.

»Nein«, sagte sie im Hinausgehen. »Ich hätte Angst, hier drin zu schlafen.«

Darlene ging nach unten, ihre Schritte waren so schwer wie ihr Herz. Wann hatten sie und Brad angefangen, so miteinander zu reden? Seit wann spielten sie in gegnerischen Teams? Natürlich hatten sie sich im Laufe ihrer Ehe auch gestritten, doch diesmal war es anders. Vielleicht wegen ihrer Angst um Grace. Warum mussten sie einander gegenseitig die Schuld zuschieben? Als Chad in Houston in Schwierigkeiten geraten war, hatten sie sich doch auch nicht gegenseitig angeklagt, warum also jetzt?

Sie setzte sich aufs Sofa. Ansley war draußen, wahrscheinlich wieder bei ihren Hühnern. Brad war nirgends zu sehen; er war wohl schon hochgegangen, vielleicht lag er sogar schon im Bett. Sie lehnte den Kopf zurück und kämpfte gegen die Tränen an.

Darlene wusste im Grunde genau, warum sie Brad angriff. Sie war wütend auf sich selbst, weil sie nicht da gewesen war, um Grace zu helfen. Es war ihr Fehler.

Skylar hielt ihr Versprechen – keine ernsten Themen auf der Fahrt nach La Grange. Stattdessen plauderten sie über die Stadt, wo man essen konnte und was es sonst noch alles in der Stadt gab. Zum Schluss landeten sie bei Skylars Collegeplänen. Grace schämte sich, weil sie Skylar nie nach ihren Zukunftsplänen gefragt hatte, vor allem, da Skylar immer an Graces Leben interessiert gewesen war. Sie drehte den Engelring an ihrem Finger, während Skylar sprach.

»Ich habe in den letzten Sommerferien und auch in diesen Ferien zusätzliche Kurse belegt, damit ich nächstes Jahr schon mit der Schule fertig bin.«

Grace und Skylar kamen beide in die elfte Klasse, wenn die Schule wieder anfing – hatte Grace jedenfalls gedacht. »Dann kommst du dieses Jahr also schon in die Zwölfte?«

»Ja.«

»Warum machst du das? Hasst du die Schule so sehr?«

Skylar drehte sich nach rechts und schaute aus dem Fenster auf der Beifahrerseite. »Je schneller ich den Abschluss mache und mir einen guten Job verschaffe, desto schneller kann ich meinem Dad das Leben ein bisschen erleichtern.«

Grace hatte gedacht, dass Skylar sie nicht mehr besucht hatte, weil sie so gemein zu ihr gewesen war, dabei hatte Skylar die ganze Zeit mit Lernen verbracht, um ihren Abschluss früher als vorgesehen machen zu können. Sie wollte gerade fragen, was das alles mit ihrem Vater zu tun hatte, doch dann dachte sie an das Medikament, das sie geholt hatten. Sie schluckte.

»Auf welches College wirst du gehen?« Grace bog auf Skylars Anweisung ab. Die Straße führte jedoch lediglich zu einer Art Schuppen, den man in der Ferne erkennen konnte. *Hier konnte Skylar doch unmöglich wohnen!*

»Ich möchte auf die UT, die Texas A&M oder die Texas Tech. Ms Long hat mir geholfen, mich für Stipendien zu bewerben, und ich habe tatsächlich ein paar Wettbewerbe gewonnen, mit Essays und so

Zeug.« Sie zuckte die Achseln. »Ms Long meint, meine Noten sind gut genug, um so viel zu kriegen, dass ich die Studiengebühren davon bezahlen kann.«

Grace bremste ab, als sie über die tiefen Spurrillen auf der unbefestigten Straße fuhren. Hier gab es nichts außer Wald und dem verfallenen Haus am Ende des Weges. »Chad kommt dieses Jahr auch in die Zwölfte, danach will er auf die UT.« Sie sah Skylar an. »Nicht schlecht. Meine Noten sind auch ziemlich gut, aber ich glaube nicht, dass ich irgendwelche Stipendien bekommen würde.«

»Deine Eltern können dir wahrscheinlich jedes College bezahlen«, sagte Skylar sachlich und blickte auf das Haus, dem sie sich mittlerweile genähert hatten.

Grace konnte nur starren. Sie musste sich zusammennehmen, um Skylar nicht zu fragen, ob das wirklich ein Wohnhaus war. *Wie kann man hier wohnen*? Der Garten auf beiden Seiten des schmutzig-grauen Hauses sah mehr wie Buschwerk aus als wie ein Garten. Das Unkraut reichte fast bis an die Veranda heran. Ein schäbiger Trampelpfad führte zur Vordertür, von der die Farbe abblätterte. Ein Teil der Veranda auf der linken Seite war eingestürzt. Ihr altes Farmhaus war ein Schloss, verglichen mit dieser Hütte.

»Was fehlt denn deinem Dad?«, fragte Grace, während sie das Auto abstellte und hoffte, dass sie nicht auszusteigen brauchte. Da Skylars Haus auf dem Rückweg von La Grange lag, hatte Skylar gefragt, ob sie rasch das Medikament abliefern könnten, bevor sie ihr Auto bei Grace holten.

»Er hat schwere Arthritis. In letzter Zeit ist es so schlimm geworden, dass er kaum noch arbeiten kann.« Skylar stieß die Autotür auf, drehte sich aber nicht zu Grace um. Sie senkte einen Moment den Kopf. »Du brauchst nicht mit reinzukommen, wenn du nicht willst.«

Grace spürte ein schmerzhaftes Ziehen im Magen, doch sie wollte Skylars Gefühle auf keinen Fall verletzen. Sie öffnete die Autotür. »Ich würde deinen Vater gern kennenlernen.«

Skylars Augen wurden groß, dann lächelte sie. »Er liebt Besuch. Er selbst kommt ja leider kaum noch raus. Hoffentlich schwatzt er dir nicht die Ohren ab.« Auf dem Weg zu der wackeligen Verandatreppe hüpfte sie beinahe. »Ich sage ihm, dass wir nicht lange bleiben können.« Sie deutete nach links. »Pass auf, wo du hintrittst.«

Inzwischen war es fast dunkel; um sie herum war nur Wald. Grace hatte das Gefühl, in einen Horrorfilm geraten zu sein. Doch das änderte sich in dem Moment, als sie das winzige Wohnzimmer betrat. Hier kam ihr als Erstes ein Bär von einem Hund entgegen, der sie schwanzwedelnd empfing, und dann roch sie Leber mit Zwiebeln. Grace war die Einzige in ihrer Familie, die Leber mit Zwiebeln mochte, deshalb gab es das Gericht bei ihr zu Hause nie. Sie hatte es erst wenige Male in ihrem Leben gegessen: einmal bei einer Freundin, vor vielen Jahren bei ihren Großeltern und in Luby's Restaurant in Houston. Der Geruch nach kräftigem Fleisch und gedünsteten süßen Zwiebeln war unverwechselbar.

»Hallo, ihr zwei!« Ein großer, dünner Mann, der so gut wie keine Haare mehr auf dem Kopf hatte, erhob sich aus einem schäbigen Schaukelstuhl und begrüßte sie. Er sah viel zu alt aus, um Skylars Vater zu sein. »Du musst Grace sein.« Die Hand, die er ihr hinstreckte, zitterte. Als Grace sie vorsichtig nahm, legte er seine andere Hand auf ihre. »Ich bin Jack. Willkommen in unserem Haus. Hast du Hunger?«

Grace dachte an die Kasserolle, die ihre Mutter in den Ofen gestellt hatte. Ihre Eltern waren wahrscheinlich noch nicht zu Hause und sie hatte Chad gesagt, dass sie erst gegen zehn zurück wäre. Also hatte sie noch genügend Zeit und schon allein der Gedanke an Leber mit Zwiebeln ließ ihr das Wasser im Mund zusammenlaufen. »Ja, Mr Brown.«

»Es gibt Leber mit Zwiebeln«, sagte Skylar, während sie den großen, struppigen Hund streichelte. »Das mögen die meisten nicht.«

»Oh …«, Grace fuhr sich mit der Zunge über die Oberlippe, »ich liebe Leber mit Zwiebeln.«

»Dann setz dich hin; ich bringe dir einen Teller.« Auf wackligen Beinen ging Skylars Vater aus dem Zimmer.

»Daddy, lass doch, ich hole ihn. Setz dich wieder hin.« Skylar wandte sich zu dem Hund. »Aus, Bear. Platz!«

Skylars Vater winkte ab. »Nein, ich geh schon. Bin gleich wieder da.«

Grace sah sich in dem Häuschen um. Ihr stand der Schweiß auf der Stirn. Eine uralte Klimaanlage bemühte sich, die Temperatur im Raum erträglich zu halten. Auf dem Holzfußboden lagen abgetretene Teppiche. Sie betrachtete die beiden Lehnsessel und den kleinen Fernseher mit der langen Antenne. An der Wand gegenüber stand ein Bücherregal, bestückt mit allerlei Krimskrams, ein paar Büchern und vielen Fotos von Skylar. Grace ging hinüber.

»Ist das deine Mom?« Grace griff nach dem Foto einer Frau, die ein Baby im Arm hielt. Sie hatte lockiges braunes Haar und leuchtend blaue Augen und trug ein pfirsichfarbenes Kleid und weiße Schuhe.

Skylar versuchte immer noch, Bear zum Hinlegen zu bewegen, doch jetzt trat sie zu Grace. »Ja. Das ist meine Mom.«

»Sie ist hübsch.« Grace stellte das Bild zurück und drehte sich um, als Jack wieder ins Zimmer kam. Er reichte Grace einen Teller mit Leber und einem Berg Zwiebeln.

»Danke.« Während sie sich bedankte, lief ihr bereits das Wasser im Mund zusammen. Es duftete köstlich.

»Setz dich hier hin und plaudere ein bisschen mit mir.« Skylars Vater bedeutete Grace, sich in einen der Sessel zu setzen; er selbst nahm in dem anderen Platz. Skylar ging hinaus. Grace setzte sich und stellte den Teller auf ihren Schoß. Zwischen den beiden Sesseln stand ein Fernsehtischchen mit einer kleinen Lampe, mehreren Pillenfläschchen, einem Glas Wasser und einer Schachtel Kleenex.

Skylar kam mit zwei weiteren Tellern zurück und reichte einen ihrem Vater. Dann setzte sie sich auf ein kleines Sofa. Nun, da alle ihr Essen hatten, nahm Grace einen Bissen von ihrer Leber mit den Zwiebeln und stellte fest, dass es wahrscheinlich das Beste war, was sie je gegessen hatte. Das Haus war winzig, aber gemütlich und anheimelnd, trotz der lauten Klimaanlage, dem plärrenden Fernseher und Bear, der laufend aufs Sofa und wieder herunter sprang. Skylar zog ihn vorsichtig am Schwanz, bis er sich endlich zu ihren Füßen auf den Boden legte. Sie belohnte ihn mit einem Stück Leber.

»Bear hält sich nämlich für einen von uns.« Skylar lächelte und Grace nickte, den Mund voll Essen. Sie schluckte und nahm eine weitere Riesengabel.

»Jack …« Es war irgendwie komisch, Skylars Vater beim Vornamen zu nennen. »Das ist die beste Leber, die ich je gegessen habe.«

»Wir freuen uns, Grace, dass du bei uns isst. Leider haben wir hier draußen nicht oft Besuch.« Jack verlagerte sein Gewicht, griff nach einem Kleenex und putzte sich die Nase. »Und Skylar hat uns so viel Gutes von dir erzählt.«

Grace mied seinen Blick, weil sie das Gefühl hatte, diesen Kommentar nicht zu verdienen. Sie sah rasch zu Skylar hinüber, wandte den Blick aber gleich wieder ab.

»Und wie gefällt dir das Dorfleben nach Houston?« Jack spießte einen Bissen Leber auf die Gabel.

»Sehr.« Einen Moment lang schob sie ihr Essen nur auf dem Teller herum. »Es ist ganz anders. Ich habe ein Weilchen gebraucht, bis ich mich daran gewöhnt hatte.«

»Auf dem Land aufzuwachsen, ist nicht schlecht. In der Stadt läuft alles viel zu schnell. Alle haben es immer nur eilig.« Jack schüttelte den Kopf und Grace dachte an das Buch über die Amish, das sie gerade las. Sie war jetzt weit entfernt vom Stadtleben – wie die Amish. Warum empfand sie nicht den Frieden, den diese Menschen hatten?

Graces Teller war schon leer.

»Herrlich! Du magst Leber mit Zwiebeln wirklich!« Jack lachte, dann deutete er auf Skylar. »Hol deiner Freundin noch eine Portion, mein Schatz. Das arme Mädchen sieht aus, als hätte sie seit Jahren keine Leber mit Zwiebeln bekommen.«

»Hab' ich auch nicht.« Grace lächelte und reichte Skylar ihren Teller. »Keiner in unserer Familie mag es, deshalb macht Mom es nie.« Sie schüttelte den Kopf. »Schade. Ich esse es nämlich für mein Leben gern.«

»Skylar wird dir sagen, wenn es das bei uns wieder gibt. Du bist jederzeit herzlich eingeladen.«

»Danke, Jack.«

Während sie aßen, unterhielten sie sich weiter. Jack guckte sich gern Sport im Fernsehen an und obwohl Grace von dem meisten, worüber er sprach, nichts verstand, hörte sie ihm doch gern zu. Er schien sich über ihre Gesellschaft zu freuen und Grace mochte ihn.

»Wo ist dein Zimmer?«, fragte sie, nachdem sie Skylar geholfen hatte, die Teller in die Küche zu bringen.

»Gleich hier, am Ende vom Flur.«

Grace folgte ihr um eine Ecke, einen schmalen Gang hinunter. Sie betraten ein Zimmer auf der linken Seite und Grace musste erst einmal schlucken. Es war etwa so groß wie ein geräumiger Schrank und enthielt lediglich ein kleines Doppelbett und ein Nachttischchen. Auf einem Gestell neben der Tür hingen ein paar Kleidungsstücke, alle in dunklen Farben. Eigentlich hätte es der deprimierendste Ort auf der Welt sein müssen, doch wie der Rest des Hauses wirkte auch dieses Zimmer gemütlich. *Vielleicht ist es ja der Geruch dieses herrlichen Essens.*

Bear kam hereingetrottet, sprang aufs Bett und legte den Kopf zwischen die Pfoten.

»Bear ...« Skylar deutete mit dem Finger auf ihn und schüttelte den Kopf. »Das ist nicht dein Bett.«

Der Hund rührte sich nicht und Grace sah, dass Skylar auch gar nicht damit rechnete. Sie setzten sich neben ihn und Grace betrachtete die gerahmten Fotos, die an der Wand hingen. Die meisten zeigten Skylar und ihren Vater. Ein paar davon mussten schon ziemlich alt sein; man sah ein kleines Mädchen – wahrscheinlich Skylar – mit ihrer Mutter. Auf diesen Fotos sah Skylar völlig anders aus. Sie trug helle Farben und ihr Haar war dunkelblond. Eines der Fotos von Skylar und ihrem Vater war offenbar erst kürzlich aufgenommen worden. Auf dem Foto hatte Skylar einen Preis in der Hand.

»Was arbeitet dein Dad?« Grace tätschelte Bear und drehte sich zu Skylar um.

»Er ist Elektriker. Wenn er kann, arbeitet er für Tony Beltons Firma.« Skylar beugte sich hinunter und band die Schnursenkel eines ihrer Armeestiefel zu. »Ich werde dieses Dorf verlassen, eine Ausbildung machen und mir einen guten Job besorgen. Dann kaufe ich Dad als Erstes ein besseres Haus und sorge dafür, dass er genügend Geld für seine Medikamente hat. Ich weiß, dass er sie manchmal nicht nimmt …« Skylar richtete sich auf. »Meinetwegen.«

Grace dachte einen Moment nach. »Hat er keine Versicherung?«

Skylar schüttelte den Kopf und zog ein Bein aufs Bett hoch. »Er bekommt eine kleine Unterstützung … du weißt schon … von der Regierung.«

Grace stellte die Frage, die ihr schon lange unter den Nägeln brannte: »Hast du wegen der Probleme deines Vaters angefangen, dich zu ritzen?«

Sie brachte das Thema nicht gern zur Sprache, aber sie fragte sich einfach, ob Skylar ähnliche Probleme wie sie selbst hatte.

»Nein, wegen seiner Probleme habe ich damit aufgehört.« Skylar strich sich das Haar hinter die Ohren. »Er wusste nichts davon. Es fing vor ein paar Jahren an. Ich hatte keine Freunde, passte nirgendwo hin und … eines Tages hab ich es einfach ausprobiert.« Sie schwieg, dann rollte sie ihr langärmeliges schwarzes T-Shirt hoch. Grace schnappte nach Luft, als sie die tiefen Narben sah. Sie waren sehr viel schlimmer als ihre eigenen.

»Aber so gut es sich auch angefühlt hat, ich merkte, dass es langsam außer Kontrolle geriet. Dad ging es immer schlechter und wenn mir etwas zustieß …« Sie rollte die Ärmel wieder herunter. »Und deshalb habe ich eines Tages einfach aufgehört.«

Skylar streichelte Bear und sie schwiegen wieder für ein paar Minuten.

Grace überlegte, wann sie zum ersten Mal das Gefühl gehabt hatte, dass ihr Leben außer Kontrolle geraten war. »Ich hoffe, mein Dad kann meine Mom überzeugen, dass ich am Dienstag nicht zu dem Seelenklempner gehen muss.« Sie strich Bear über den Kopf.

Skylar ließ sich gegen ihr Kopfkissen sinken. »Wenn ich die Möglichkeit gehabt hätte, hätte ich gern mit jemandem darüber gesprochen. Vielleicht hätte ich dann früher aufhören können. Aber …« Skylar seufzte. »Wir hatten kein Geld für so was und …« Sie runzelte die Stirn und sah Grace an. »Ich sage das nicht, damit du Mitleid mit mir hast oder so. Ich sage es nur …« Sie zuckte mit den Schultern. »Ich glaube einfach, du solltest mit dem Psychofritzen reden.«

Grace krümmte sich. »Ich kann das nicht. Ich verstehe es doch selbst nicht, wie soll ich es also jemand anderem erklären? Außerdem finde ich es furchtbar, wenn jemand in mich hineinsehen kann. Und schrecklich peinlich.«

»Genau deshalb solltest du hingehen, weil du es nicht verstehst. Ich habe es auch nie richtig verstanden.«

»Aber du hast aus eigener Kraft aufgehört.«

Skylar zuckte wieder die Achseln. »Ja. Aber ich hätte mit jemandem geredet, wenn ich die Möglichkeit gehabt hätte. Stattdessen habe ich alles gelesen, was ich darüber in die Finger bekam.« Sie schwieg, dann sagte sie: »Weißt du, so muss sich ein Alkoholiker fühlen oder ein Drogensüchtiger, der einen Schuss braucht. Das Ritzen war eine Erleichterung. Ich glaube, es gab mir eine Art Kontrolle über meinen Körper, als ich sonst nichts in meinem Leben kontrollieren konnte. Es war, als sei ich high – aber wenn man high ist, kommt man irgendwann wieder runter.«

»Siehst du? Ich brauche keinen Psychofritzen. Ich habe ja dich.« Grace lächelte und betete schweigend, dass sie am Dienstag nicht zu der Psychiaterin zu gehen brauchte.

Als Skylar nichts sagte, stand Grace auf und ging die wenigen Schritte durch das Zimmer, um sich die Fotos an der Wand genauer anzusehen. Jetzt wusste sie auch, was genau sie an Skylar, ihrem Vater und diesem Haus so mochte. Die Fotos, die Gerüche, die Freundlichkeit in der Stimme ihres Vaters. Sogar Skylar schien hier warmherziger zu sein. Es war ein richtiges Zuhause, voller Liebe, so wie ihr eigenes Zuhause. *Daran sieht man, dass es nicht darauf ankommt, wie groß ein Haus ist. Wichtig ist, was darin ist.*

»Du wirst schon rauskriegen, was dir hilft«, sagte Skylar. »Aber ich habe keine Antworten für dich.«

Grace war sich ganz und gar nicht sicher, ob es überhaupt etwas gab, das ihr helfen würde, auch wenn sie sich jetzt schon länger nicht mehr geritzt hatte. »Ich glaube, ich habe schon damit aufgehört.« Sie hob eine Schulter und ließ sie langsam wieder sinken. »Ich habe es seit Wochen nicht mehr gemacht.«

Skylar sagte nichts.

»Wir sollten jetzt fahren, damit du dein Auto holen kannst.« Grace stand auf, Skylar ebenfalls.

Doch statt zur Tür zu gehen, öffnete sie den Reißverschluss ihrer schwarzen Hose und streifte sie langsam herunter, bis zu den Knien. Dann stand sie in Unterwäsche vor ihr und sah Grace mit Tränen in den Augen an.

Grace blickte auf die tiefen Narben an Skylars Beinen und war ganz sicher, dass sie sich nie so schrecklich schneiden würde wie Skylar. Nie würde sie das tun. *Niemals*. Ihr Herz klopfte so sehr, dass sie dachte, ihr Brustkorb müsse platzen. Sie sah auf. Skylar lief eine Träne über die Wange.

»Geh zu dem Therapeuten, Grace. Warte nicht so lange wie ich.« Sie fing an zu weinen. »Welcher Junge will mich schon haben, so wie ich aussehe?« Weinend zog sie ihre Hose wieder hoch.

Grace schlang die Arme um Skylar und hielt sie ganz fest. »Irgendjemand wird dich lieben, weil du so bist, wie du bist, Skylar, und du bist ein schöner Mensch.«

Skylar entzog sich ihr und rieb an dem dunklen Make-up unter ihren Augen herum. »Versprich mir, dass du den Termin wahrnehmen wirst.«

Grace betrachtete ihre rosa Tennisschuhe und schüttelte den Kopf. »Ich kann nicht. Ich kann nicht darüber reden.«

Skylar griff nach Graces Hand, drückte sie mit geschlossenen Augen und ließ den Kopf sinken.

»Gott, bitte, gib Grace die Kraft und den Mut, sich ihren Ängsten zu stellen, in dem Wissen, dass du die ganze Zeit bei ihr bist. Sie braucht dich, Gott.«

Grace fing an, so sehr zu weinen, dass sie nicht mehr aufhören konnte. Sie hatte selbst gebetet, doch zu hören, wie Skylar für sie betete, berührte sie mehr, als sie sagen konnte.

Vielleicht gab es ja doch noch Hoffnung für sie.

14

Darlene blätterte in einer Zeitschrift, während Brad durch die Kanäle zappte. Sie saßen beide auf dem Sofa – so weit voneinander entfernt wie möglich. Bei jedem Klicken der Fernbedienung hätte sie ihm das Gerät am liebsten aus der Hand geschlagen.

Sie blickte auf die Wanduhr. Zehn vor zehn. Chad und Ansley waren schon seit einer halben Stunde oben. Wenn doch nur auch ihr drittes Kind endlich sicher und gesund nach Hause käme und nach oben auf sein Zimmer ginge!

Ein unsichtbarer Schild des Zorns stand zwischen ihr und Brad, eine Spannung, die so intensiv war, dass Darlene sich wünschte, er würde ins Bett gehen. Ihr Verstand sagte ihr, dass sie sich im Restaurant nur deshalb gestritten hatten, weil sie sich um Grace sorgten, doch die Tatsache, dass Brad ihr die Schuld an Graces Problemen gegeben hatte, verstärkte ihre Schuldgefühle noch. Wenn sie nicht gearbeitet hätte, wenn sie mehr Zeit mit Grace verbracht hätte – dann wäre das vielleicht nicht passiert. Sie hätte das Ganze gern noch einmal mit Brad durchgesprochen, aber sie war zu müde. Und zu besorgt um Grace.

Fünf Minuten später ging die Haustür auf. Darlene versuchte, sich ihre Sorge nicht anmerken zu lassen. »Hey. Wie geht's Skylar?«

»Gut.« Grace ging zur Treppe. »Ich geh schlafen.«

Darlene sah Brad an und fragte sich, was er wohl dachte. Sie hatte jetzt jedes Mal Angst, wenn Grace in ihr Zimmer hinaufging. Grace war vielleicht noch vier Schritte von der Treppe entfernt, als sie sich umdrehte.

»Ach, Dad … ich weiß, dass wir gerade erst darüber gesprochen haben, aber ich wollte euch nur sagen, dass ich einverstanden bin, am Dienstag zu diesem Termin zu gehen.«

Darlene sah Brad an, dann wieder Grace. Brad sprach als Erster

»Großartig, mein Schatz. Woher kommt diese Meinungsänderung?« Brad drückte den Pausenknopf auf der Fernbedienung.

Grace zuckte die Achseln. »Ich weiß nicht. Ich bin halt einverstanden.« Sie drehte sich um und ging hinauf.

»Dann hast du ja, was du wolltest«, sagte Brad, nachdem sie gehört hatten, wie Grace ihre Zimmertür schloss.

Darlene sagte nichts. Sie hatte nicht die Kraft für eine weitere Auseinandersetzung mit Brad, obwohl er offensichtlich Streit suchte. Das Wichtigste war, dass Grace dem Besuch bei der Psychiaterin jetzt positiv gegenüberstand.

»Ich geh duschen.« Brad legte die Fernbedienung hin und verließ das Zimmer.

Darlene nahm die Fernbedienung und suchte nach irgendetwas, das sie von ihrem Schmerz ablenken würde.

Brad stand länger als sonst unter der Dusche, in der Hoffnung, das warme Wasser würde die Spannung in seinem Nacken und seinen Schultern lösen. Er hasste es, wenn er und Darlene Streit hatten. Sie stritten nicht oft, aber wenn es dazu kam, dann meistens wegen der Kinder. Diesmal hatte Darlene wirklich einen Nerv getroffen. Sie hatte recht gehabt mit ihrem Vorwurf. Er wollte nicht, dass irgendjemand von Graces Problemen erfuhr. Zum Teil wollte er Grace davor bewahren, sich vor ihren Klassenkameraden lächerlich zu machen, aber gleichzeitig musste er zugeben, dass ihr Verhalten ihm auch das Gefühl gab, als Vater versagt zu haben.

Er verstand nicht, warum ein Mensch sich solche Schmerzen zufügen konnte, es sei denn, mit dem Betreffenden war geistig irgendetwas absolut nicht in Ordnung. Und dieser Gedanke erschreckte ihn zutiefst. Er hoffte einfach, das Ganze würde sich von selbst regeln.

Tief in seinem Herzen wusste er, dass Darlene recht damit hatte, auf einen Besuch bei einem Fachmann zu bestehen, doch Brad erinnerte sich noch zu gut an seine eigenen Besuche bei einer Psychologin, als er elf Jahre alt war. Dr. Mathis. Eine dralle Frau mit silbernem Haar und einer roten Lesebrille. Man hatte ihn zu ihr geschickt, weil er schlechte Träume gehabt hatte – schreckliche Albträume, wegen denen er jede Nacht schreiend ins Zimmer seiner Eltern gerannt war.

Alles, woran er sich aus dieser Zeit erinnerte, was das Gefühl, verrückt zu sein, weil er zu einer Psychologin ging. Und daran, dass Dr. Mathis versuchte, ihm Vorstellungen einzuimpfen, die einfach nicht wahr waren. Sie hatte ihm unterstellt, dass in seiner Familie etwas nicht stimmte. Doch das war nicht der Fall gewesen. Hatte versucht ihm einzureden, dass er in der Schule gemobbt wurde. Was ebenfalls nicht stimmte. Und so war es immer weitergegangen. Brad hatte den Eindruck, dass sie einfach ihr Honorar hatte rechtfertigen wollen, indem sie nach einem Grund für seine Schlafstörung gesucht hatte – was ihr nicht gelungen war. Und lange, sehr lange Zeit hatte er gegrübelt, was wohl mit ihm nicht stimmen mochte. Dann, eines Tages, waren die Albträume von selbst wieder verschwunden.

Er wusste, dass Graces Situation eine ganz andere war, doch er erinnerte sich noch zu gut an Dr. Mathis und wie er sich vor den Besuchen bei ihr gefürchtet hatte. Er hatte einfach nichts übrig für Psychologen und Psychiater und wollte Grace dem nicht aussetzen.

Als er das Wasser abstellte, kam Darlene ins Badezimmer und begann mit ihrem abendlichen Ritual. Er war noch immer gekränkt, weil sie ihm unterstellt hatte, dass es ihm peinlich sei, wenn Grace zu einem Psychiater ginge. Hielt sie ihn wirklich für so oberflächlich, dass es ihm etwas ausmachte, was die Leute sagten? Aber vielleicht hatte sie ja sogar recht.

Er trat aus der Dusche und trocknete sich ab. Darlene blickte nicht auf. Er dachte an ihre früheren Versöhnungen, vor Jahren. Aber damals war ohnehin alles viel einfacher gewesen. Heute würde es mit Sicherheit keine solche Versöhnung geben. Doch das machte nichts. Er war sowieso müde. Und morgen war Gottesdienst.

Am Dienstagmorgen war Darlene höchst überrascht, als Brad nicht zur Arbeit fuhr, sondern verkündete, er würde sie und Grace zu Dr.

Brooks bringen. Es würde ein langer Vormittag werden; Dr. Brooks hatte zwei Stunden für ihren ersten Besuch vorgesehen.

Am Sonntag nach der Kirche hatten sie wie gewöhnlich Pfannkuchen gegessen. Am Montag war Brad arbeiten gegangen und Darlene und die Kinder hatten den Dachboden aufgeräumt. Außer den Koffern und Kartons, die sie nach dem Umzug hinaufgeschafft hatten, gab es dort oben noch Kisten und andere Sachen von Darlenes Großeltern.

Grace hatte die altmodische Lampe haben wollen, an die Darlene sich noch aus ihrer Kinderzeit erinnerte. Sie stammte von ihrer Großtante. Keiner wusste, wie sie auf den Dachboden ihrer Großeltern gekommen war. Chad hatte ein paar alte Hefte von ihr und Brad von der Highschool gefunden. Und Ansley nahm einige alte Fotoalben mit auf ihr Zimmer.

Darlenes schönster Fund war eine kleine Schmuckschatulle. Sie hätte sie beinahe übersehen, weil sie zwischen der Arbeitskleidung ihres Großvaters gelegen hatte. Die grauen Hosen und passenden Hemden riefen Erinnerungen an Besuche bei ihren Großeltern wach. Ihr Großvater hatte über dreißig Jahre lang für die Bezirksverwaltung gearbeitet. Er hatte einen Traktor gefahren und die Grasstreifen am Highway gemäht. Jeden Abend, wenn er nach Hause kam, musste er sich erst einmal auf die Veranda setzen, damit ihre Großmutter die Zecken absammeln konnte, die er von diesen Fahrten mit nach Hause brachte. Bei der Erinnerung daran musste Darlene lächeln. Sie und Dale waren oft durch den Garten getobt und hatten Glühwürmchen gefangen und in ein Glas gesteckt, während ihre Großmutter ihren Großvater nach Zecken abgesucht hatte.

Die kleine Schmuckschatulle hatte sie allerdings noch nie gesehen. Es lag nur ein einziges Schmuckstück darin, eine feine Silberkette mit einem Anhänger in Form einer Taube. Sie konnte sich nicht erinnern, dass ihre Mutter oder ihre Großmutter jemals Schmuck getragen hatten. Zuerst hatte sie die Kette Grace geben wollen, da Ansley nicht so wild auf Schmuck war, doch dadurch hätte sie vielleicht Ansleys Gefühle verletzt. Deshalb hatte sie die Kette einfach selbst angelegt. Sie wusste, dass die Taube ein Symbol für den Heiligen Geist war, und hoffte, dass er ihr Kraft geben würde. Leider waren die Flügel der Taube schwarz angelaufen, aber wenn sie ihre Silberpolitur gefunden hatte, die wahrscheinlich noch in irgendeinem unausgepackten Karton in der Scheune lag, würde sie sie putzen.

Der Nachmittag war voller Erinnerungen gewesen. Nach einer Weile waren sie alle nach unten gegangen und hatten die Sachen entsorgt, die sie nicht behalten wollten. Es war ein schöner Tag mit den Kindern gewesen. Schade, dass Brad nicht dabei gewesen war, doch er nahm sich so gut wie nie einen Tag frei – mit Ausnahme von heute Morgen.

Sie hatten nicht viel miteinander gesprochen seit dem Abendessen im Restaurant und Darlene wusste, dass der heutige Tag die Spannungen zwischen ihnen wahrscheinlich noch verstärken würde. Sie hatte gebetet, dass Dr. Brooks herausfand, was Grace fehlte, und ihre Tochter davor bewahrte, sich weiter selbst zu verletzen.

Sie mussten nicht lange warten, bis Dr. Brooks sie ins Sprechzimmer bat. Die Psychiaterin war völlig anders, als Darlene sie sich vorgestellt hatte. Sie trug Jeans und eine weiße Bluse, die ihr lose um die Hüften hing. Ihr dunkles Haar war zu einem Pferdeschwanz zusammengebunden. Winzige silberne Ringe schmückten ihre Ohrläppchen. Darlene spürte, wie ihre Ängste schwanden, als sie sie sah. *Genau das war wahrscheinlich ihre Absicht.*

Als Allererstes hatte Darlene einen Haufen Formulare ausfüllen müssen, dann hatten sie über ihre Familiengeschichte und den Grund für Graces Besuch gesprochen. Dr. Brooks hatte sie auch über die ärztliche Schweigepflicht informiert. Darüber hatte sich Darlene schon Gedanken gemacht. Wie sich herausstellte, hatten Brad und Darlene das Recht, über den Inhalt der Therapiesitzungen informiert zu werden, weil Grace noch minderjährig war, doch sie verzichteten darauf. Dr. Brooks meinte, das sei in Ordnung, es sei denn, Grace zeige Anzeichen, dass sie sich selbst oder andere verletzen würde. An diesem Punkt waren Darlene und Grace in Tränen ausgebrochen. Doch irgendwie hatten sie diesen ersten Teil der Sitzung überstanden. Als

Nächstes würde Grace dann allein mit der Ärztin sprechen, doch erst einmal würden sie eine fünfzehnminütige Pause machen.

Grace und Darlene gingen auf die Damentoilette und tranken ein Glas Wasser, dann kehrten sie ins Wartezimmer zu Brad zurück und warteten dort. Mit zitternden Händen saß Grace zwischen Darlene und Brad.

Darlene hätte alles gegeben, den Platz mit ihrer Tochter tauschen zu können. Für sie gab es nichts Schlimmeres, als ihr Kind leiden zu sehen; doch dann dachte sie daran, wie sie in Graces Zimmer gekommen war und gesehen hatte, dass die Hände, das Bettzeug, das Hemd und die Shorts ihrer Tochter blutüberströmt waren.

Sie schloss einen Moment die Augen, wurde aber in die Gegenwart zurückgeholt, als sie hörte, wie Dr. Brooks Grace hereinbat.

»Es kommt alles wieder in Ordnung, Grace«, sagte Brad, als Grace aufstand. »Wir sind hier, wenn du uns brauchst.«

Dann presste er die Lippen zusammen und Darlene fand, dass er aufgeregter wirkte als Grace. Sie griff nach der Hand ihrer Tochter und drückte sie. »Dein Dad hat recht, meine Kleine.«

Grace ging langsam in den Raum und als sie die Tür hinter sich wieder geschlossen hatte, verstrich die Zeit im Wartezimmer quälend langsam. Brad wurde mit jeder Sekunde aufgeregter. Er rutschte auf seinem Stuhl herum, blätterte Zeitschriften durch, ohne irgendetwas zu lesen, und als er zum x-ten Mal ärgerlich aufseufzte, dachte Darlene, dass sie es keinen Augenblick länger aushielte.

»Jetzt ist sie schon über eine Stunde da drin«, sagte er schließlich und warf die Zeitschrift, die er in der Hand hatte, zurück auf den Tisch. Dann lehnte er den Kopf gegen die Wand und seufzte erneut.

»Ich bin sicher, es ist alles in Ordnung.« Darlene war auch so schon nervös genug – ohne sich mit Brads Sorgen auseinandersetzen zu müssen.

Er starrte sie an. »Das kannst du doch gar nicht wissen.«

Darlene wollte jetzt nicht mit ihm streiten. Sie machte sich Sorgen um Grace, aber sie wusste sie in guten Händen. Myrna hätte ihr niemals jemanden empfohlen, der nicht gut für Grace war.

Eine Weile schwiegen sie beide. Darlene berührte die Taube, die sie um den Hals trug. »Vielleicht sollten wir beten.«

Brad zog die Brauen zusammen, seine Stimme klang gereizt. »Ich bete. Schon die ganze Zeit.«

»Ich weiß … ich dachte nur – vielleicht sollten wir zusammen beten. Jetzt gleich.«

Außer den Tischgebeten konnte sie sich nicht erinnern, dass sie und Brad je laut miteinander gebetet hatten. Darlene hatte mit den Kindern laut gebetet, als sie noch klein waren, doch auch sie sprachen ihre Gebete jetzt allein – zumindest hoffte sie das.

»Ja, das könnten wir tun.« Brad neigte den Kopf und Darlene schluckte ihre Tränen hinunter, bevor sie begann.

»Gott, bitte leg deine heilenden Hände auf Grace und hilf ihr, sich in dieser schweren Zeit auf dich zu verlassen. Sie ist so jung, Gott,… sie bedeutet uns so viel.«

Sie biss sich auf die Unterlippe, überwältigt von ihren Gefühlen, und war froh, als Brad fortfuhr.

»Gott, bitte hilf unserem kleinen Mädchen. Leg deine liebenden Arme um sie und hilf ihr, wieder gesund zu werden. Bitte gib Darlene und mir die Erkenntnis und die Kraft, die wir brauchen, um unseren Kindern gute Eltern zu sein. Amen.«

»Amen.« Eine Träne rollte über Darlenes Wange und als sie Brad ansah, wandte er den Blick ab. Doch sie hatte gesehen, dass auch ihm Tränen in den Augen standen.

Ein paar Minuten später ging die Tür langsam auf. Darlene sah, dass Grace geweint hatte, aber sie brachte trotzdem ein schwaches Lächeln zustande. »Ihr braucht nicht so besorgt auszusehen. Mir geht's gut.« Sie kam zu ihnen. »Dr. Brooks möchte euch noch kurz sprechen.« Grace setzte sich neben Darlene. »Ich habe ihr gesagt, dass ich einverstanden bin, wenn sie mit euch über alles spricht.«

»Bist du auch ganz sicher, Liebling? Für uns ist es in Ordnung, wenn das zwischen dir und Dr. Brooks bleibt.« Darlene legte Grace die Hand aufs Bein.

»Ich bin sicher, Mom.«

Darlene sah, dass Graces Hände nicht mehr zitterten, als sie nach einer Zeitschrift griff. Als sie und Brad noch zögerten, wiederholte sie: »Mir geht's gut, wirklich.«

Darlene und Brad standen auf und gingen den Flur hinunter in das große Zimmer mit dem dunkelblauen Sofa und den Lehnsesseln. Darlene war schon vorher aufgefallen, dass das Zimmer in beruhigendem Taubenblau gestrichen war, fast die gleiche Farbe wie das Klassenzimmer in der Evans-Schule. An einer Seite des Zimmers verlief eine breite Fensterfront. Darlene holte tief Luft und konzentrierte sich auf die Szene draußen, eine Wiese mit Wildblumen und Longhorns.

Dr. Brooks bat sie, auf dem dunkelblauen Sofa Platz zu nehmen, und setzte sich in einen der Lehnsessel ihnen gegenüber. Sie schlug die Beine übereinander, legte einen Block und einen Stift vor sich hin und lächelte sie an. »Grace ist ein liebes Mädchen.«

Darlene und Brad zwangen sich ebenfalls zu einem Lächeln und warteten, dass sie fortfuhr.

»Ich weiß, dass die Tatsache, dass Grace sich ritzt, eine Menge Gefühle bei Ihnen ausgelöst hat und Sie sich große Sorgen machen. Ich werde mein Bestes tun, Ihre Fragen zu beantworten und zu versuchen, Ihnen zu erklären, warum Grace das meiner Meinung nach tut.«

Darlene hielt die Luft an und nickte.

»Als Erstes möchte ich den Punkt ansprechen, der den Eltern meistens die größte Sorge macht.« Sie lächelte und blickte zwischen Darlene und Brad hin und her. »Ritzer wollen nur sehr selten Suizid begehen. Das heißt nicht, dass es nicht vorkommt, doch keiner meiner Patienten fällt in diese Kategorie und ich habe schon viele Kinder wie Grace therapiert.

Ritzen ist in den meisten Fällen auf intensive Gefühle zurückzuführen, die der Betreffende nicht zum Ausdruck bringen kann wie andere Menschen. Wir anderen brüllen, manche weinen, wieder andere gehen joggen oder essen literweise Eis.« Sie schwieg und sah erneut zwischen Darlene und Brad hin und her. »Wenn jemand Gefühle wie Zorn, Verletzung, Frustration oder auch Scham nicht zum

Ausdruck bringen kann, hat er das Gefühl, keine Kontrolle zu haben, und der einzige Weg, die Kontrolle wiederzuerlangen, ist das Ritzen. Es bringt ihm Erleichterung und ist eine Möglichkeit, sich auf etwas anderes zu konzentrieren als den ursprünglichen Schmerz. Können Sie das nachvollziehen?«

Darlene nickte, auch wenn ein solches Verhalten ihr immer noch unverständlich war.

»Aber was bereitet Grace denn solchen Schmerz, dass sie so etwas tun muss?« Brad schüttelte den Kopf. »Ich begreife es einfach nicht. Liegt es an der Trennung von ihrem Freund in Houston?«

Dr. Brooks lächelte wieder und Darlene wünschte, sie würde das unterlassen. »Sie hat schon vor dem Umzug mit dem Ritzen begonnen, aber die Trennung von ihrem Freund und die Angst und Unsicherheit, die der Umzug mit sich brachte, haben es noch verschlimmert.«

Darlene hatte eine Hand auf die Brust gelegt. Sie fragte sich, wie lange Grace dieses Geheimnis schon mit sich herumtrug. Tränen traten ihr in die Augen und sie wandte sich an Brad und sagte das Erste, was ihr einfiel: »Es hat schon früher angefangen, Brad, die zwei Monate, die ich gearbeitet habe, waren also nicht der Anlass dafür.«

»Darlene, ich habe nie gesagt, dass es deine Schuld ist.«

»Doch, das hast du.«

»Ich habe nicht gesagt, dass du schuld bist – auch wenn es vielleicht so herauskam, und …«

»Darlene, Brad …« Dr. Brooks unterbrach sie. »Keiner von Ihnen beiden ist schuld daran. Ich habe viele Fälle von Missbrauch, Alkoholismus und Vernachlässigung gesehen, die zum Auslöser wurden, dass sich jemand ritzt, aber auf Grace trifft das alles nicht zu. Sie kann einfach nur ihre Gefühle nicht zum Ausdruck bringen und …«, sie schwieg kurz und sah wieder zwischen ihnen beiden hin und her, »… Grace möchte perfekt sein. Sie möchte auf gar keinen Fall jemanden enttäuschen; diese Vorstellung ist sehr schlimm für sie.«

In Darlene stieg ein Schuldgefühl auf, so heftig, dass ihr Herz anfing zu rasen. Wie oft hatte sie Grace ihr perfektes kleines Mädchen genannt! Sie stützte die Stirn in die Hand und betupfte sich die Augen.

»Es ist also unsere Schuld.« Brad rieb sich die Stirn; auch er hielt den Blick gesenkt. »Irgendwie haben wir als Eltern versagt.« Er wandte sich an Darlene. »Du warst doch die meiste Zeit bei den Kindern zu Hause. Hast du denn gar nichts bemerkt?«

Darlene blieb einen Moment die Luft weg, dann sagte sie langsam und mit fester Stimme, in der Hoffnung, ihn damit bis ins Mark zu treffen: »Und du warst nie zu Hause. Ganz zu schweigen davon, dass du ihr ständig gesagt hast, wie perfekt sie ist. Es ist nicht leicht, immer deine Erwartungen zu erfüllen.«

Brads Gesicht wurde feuerrot, doch Dr. Brooks ging dazwischen, bevor er etwas sagen konnte.

»Das genügt. Wir kommen vom Thema ab. Es geht hier nicht um Schuldzuweisungen, sondern darum, wie wir Grace helfen können, den Druck ohne Ritzen zu bewältigen.«

»Wie kann man sich überhaupt besser fühlen, wenn man sich mit einem Messer bis aufs Blut schneidet? Warum macht man so was?« Brads Stimme klang rau, sein Ton war misstrauisch.

Dr. Brooks stellte die Beine wieder nebeneinander, stützte die Ellbogen auf die Knie und legte das Kinn in die Hände. »Man begegnet dieser Verhaltensweise in erster Linie bei Mädchen. Am Anfang ist es häufig nur ein Herumexperimentieren oder sie kennen andere Mädchen, die das machen.

Wenn es jedoch gelingt, einen anderen, emotionalen Schmerz durch das Ritzen zu lindern, kann es zur Gewohnheit werden. Und Gewohnheiten sind nur schwer wieder abzulegen. Aber wir werden mit Grace arbeiten, werden ihr klarmachen, dass niemand von ihr erwartet, dass sie vollkommen ist, und dass es andere Wege gibt, mit Stress umzugehen.

Grace wird Narben davontragen, emotionale und physische, doch die Tatsache, dass sie selbst den Willen hat aufzuhören, ist ein großes Plus. Manche der Mädchen, die ich behandle, wollen gar nicht aufhören. Sie sind nur hier, weil jemand herausgefunden hat, was sie tun, und sie zwingt, zu mir zu kommen. Aber Grace scheint wirklich aufhören zu wollen.«

Darlene hustete und schniefte. »Ist sie – hat sie – stimmt mit ihrem Verstand irgendetwas nicht?«

»Deine Tante Helen war schizophren.« Brad drehte sich auf dem Sofa so, dass er Darlene ins Gesicht sehen konnte.

»Das hat überhaupt nichts zu bedeuten«, schnappte diese.

»Nein, das hat es tatsächlich nicht«, sagte Dr. Brooks. »Die Vorgeschichte einer Geisteskrankheit kann zwar in manchen Fällen eine Rolle spielen, doch was Grace betrifft, so haben bestimmte jüngste Ereignisse in ihrem Leben dazu geführt, dass sie ihre Gefühle unterdrückt hat und dann nicht wusste, wie sie damit fertig werden sollte. Das wiederum bewirkte, dass sie Schwierigkeiten hatte, sich in Round Top einzuleben.« Sie setzte sich aufrechter hin. »Ich möchte Grace gern ein Mal die Woche sehen und schätze die Erfolgsaussichten der Behandlung recht hoch ein. Sie wird nicht über Nacht geheilt werden. Wir müssen sie sozusagen umprogrammieren; sie muss einsehen, dass niemand von ihr erwartet, dass sie vollkommen ist, und dass es andere Wege gibt, mit emotionalem Schmerz umzugehen.«

»Aber mit welchem emotionalen Schmerz denn?« Brads Stimme war noch lauter geworden. »Sie hat sich von dem Jungen getrennt, gut, aber wieso hatte sie davor schon irgendwelchen emotionalen Schmerz? Sie hat eine Familie, die sie liebt, ein gutes Zuhause, gute Noten in der Schule und sie ist ein hübsches Mädchen. Ich verstehe es einfach nicht.«

Darlene wünschte, Brad würde einfach den Mund halten – obwohl sie insgeheim dasselbe dachte.

Dr. Brooks stand auf und ging zu ihrem Schreibtisch. Sie setzte eine Lesebrille mit schwarzem Rahmen auf und blätterte in einem Kalender, der auf ihrem Schreibtisch lag. »Kann ich Grace nächste Woche um dieselbe Zeit wieder sehen?«

Darlene nickte und Dr. Brooks beugte sich vor und trug den Termin in ihren Kalender ein. Dann nahm sie die Brille ab und sah wieder zwischen Darlene und Brad hin und her. »Für Eltern sind diese

Dinge oft schwer zu verstehen.« Sie schwieg kurz und fuhr fort. »Und gegenseitige Schuldzuweisungen führen manchmal zu Eheproblemen. Können Sie beide Ihre Tochter nächste Woche wieder begleiten?«

»Nein.« Brad stand auf und strich seine Hose glatt. »Das reicht jetzt. Unsere Ehe ist gut. Wir sind nur ein bisschen neben der Spur wegen dieser Sache.«

»Ich verstehe.« Dr. Brooks kam um ihren Schreibtisch herum. »Falls Sie Ihre Meinung noch ändern, ich hätte Zeit. Doch das Allerwichtigste ist erst einmal, Grace dazu zu bringen, dass sie über ihre Gefühle spricht. Das wird anfangs nicht leicht sein, weil sie so sehr daran gewöhnt ist, sie zu verbergen. Aber sie scheint eine sehr gute familiäre Einbettung zu haben.« Dr. Brooks hielt inne. »Und auch ihre Freundin Skylar hat ihr geholfen, den richtigen Weg einzuschlagen.«

Darlene stand auf und trat einen Schritt auf Dr. Brooks zu. »Skylar?«

Dr. Brooks verschränkte die Arme. »Ja. Sie ist eine ehemalige Ritzerin und hat die Zeichen bei Grace erkannt. Sie hat ihr zugeredet, aufzuhören und sich Hilfe zu suchen. Es klingt, als sei sie eine ganz besondere junge Frau; Grace kann sich glücklich schätzen, sie zur Freundin zu haben.«

Darlene wäre am liebsten zu Skylar gerannt, hätte sie in die Arme genommen und sich entschuldigt, weil sie ihr in Gedanken so oft die Schuld an Graces Verhalten gegeben hatte. Sie drehte sich zu Brad um.

»Vielleicht wäre es keine schlechte Idee, wenn wir …«

»Nein. Wir beide brauchen keine Therapie.« Er wandte sich an Dr. Brooks. »Vielen Dank, dass Sie mit Grace arbeiten. Wir werden ebenfalls tun, was wir können.«

»Was ist, wenn sie es wieder tut? Wenn sie sich wieder ritzt?«, fragte Darlene. »Sollen wir Sie dann anrufen? Sollen wir mit Grace reden? Gibt es Anzeichen, nach denen wir Ausschau halten sollen?«

Dr. Brooks legte Darlene die Hand auf den Arm. »Sie können mich zu jeder Tages- und Nachtzeit anrufen.« Sie drehte sich um und nahm eine Visitenkarte vom Schreibtisch. »Hier ist meine Handynummer. Das Beste, was Sie sonst für sie tun können, ist einfach, Grace zu erlauben, ihre Gefühle auszudrücken. Und seien Sie nicht überrascht, wenn sie das auf eine Weise tut, die Sie nicht gewöhnt sind – wenn sie Sie anbrüllt oder dergleichen.« Sie schwieg wieder und berührte erneut Darlenes Arm. »Das Ritzen wird nicht über Nacht aufhören. Ich würde Ihnen gern sagen, dass es nie wieder vorkommen wird, aber es könnte durchaus sein, dass sie sich wieder schneidet. Seien Sie einfach für sie da und reden Sie mit ihr.«

Darlene nickte. »Danke.«

Als sie Dr. Brooks' Büro verließen, dachte Darlene an zwei Dinge: an ihre Tochter und an die wachsende Distanz zwischen Brad und ihr.

Drei Tage später versuchte Darlene Grace zu überreden, sie zum Einkaufen zu begleiten. Doch sie wusste schon, dass das ein hoffnungsloses Unterfangen war.

»Mom, ich hasse Einkaufen.«

Darlene öffnete den Kühlschrank und überlegte, was sie brauchten. Sie zählte sieben Dutzend Eier und schüttelte den Kopf. »Sag doch bitte Ansley, dass Eier auch irgendwann schlecht werden, wenn man sie nicht isst.«

Grace kicherte. »Mach ich.« Ihr Lachen war Musik in Darlenes Ohren.

»Du willst also wirklich nicht mitkommen zum Einkaufen?«

»Mom.« Grace warf die Hände in die Luft und ließ sie rasch wieder fallen. »Hör auf, mich zu bemuttern. Das nervt. Fahr ruhig zum Supermarkt. Skylar kommt später noch vorbei, wir werden einfach ein bisschen rumhängen und uns vielleicht einen Film anschauen.«

Darlene freute sich, das zu hören. »Okay. Wenn Chad aufsteht, sagt ihm, er soll den Müll rausbringen, bevor er zur Arbeit geht, und Dad hat gesagt, er soll den Rasen mähen, wenn er nach Hause kommt.« Sie nahm ihre Tasche und wandte sich noch einmal an Grace. »Warum kommt Cindy eigentlich gar nicht mehr her?«

»Chad hat gesagt, es hätte nicht geklappt mit ihnen.«

Darlene seufzte. Sie kam sich ein bisschen schäbig vor, weil sie dachte, dass ihr Sohn mit diesem Mädchen vielleicht doch zu hoch gegriffen hatte. »Ich hoffe, er nimmt es nicht zu schwer, dass Cindy mit ihm Schluss gemacht hat.«

Grace setzte sich an den Küchentisch und nahm sich eine Banane aus der Obstschale. »Sie hat nicht mit ihm Schluss gemacht. Chad hat ihr gesagt, dass er sie nicht mehr sehen will.«

Darlene hob eine Braue. »Wirklich?« Sie hoffte, dass Chad nicht wieder in schlechte Gesellschaft geriet. Cindy war so ein nettes Mädchen gewesen. »Na gut. Ich bin jetzt mal weg. Ich muss zum Walmart in La Grange und dann zum Lebensmittelladen, ich bin also eine ganze Weile unterwegs. Bist du sicher …«

»Ja, Mom. Ich will nicht mitkommen. Und es ist alles in Ordnung.«

Darlene rang sich ein Lächeln ab. Immerhin beruhigte es sie, dass Skylar kommen würde.

Dreißig Minuten später stand sie im Supermarkt und verglich Toilettenpapierpreise, als Dave um die Ecke bog. Er schob einen Einkaufswagen und war allein. Sie hatte ihn seit ihrem letzten Arbeitstag nicht mehr gesehen.

»Hi, Dave. Wie geht es Ihnen?« Sie lächelte. »Was macht Cara?«

Sie legte eine Zwölferpackung Toilettenpapier in ihren Wagen und wartete. An Daves Kinn zuckte ein Muskel, sein Gesicht nahm einen distanzierten, beherrschten Ausdruck an. Darlene schluckte schwer.

»Ich wusste, dass ich Ihnen irgendwann irgendwo begegnen würde.« Dave verschränkte die Arme vor der Brust und strich sich mit einer Hand über das Kinn. Seine Stimme klang verbittert. »Wie geht es Ihnen?«

Darlene war sicher, dass ihn das nicht im Mindesten interessierte. »Gut. Es tut mir leid, dass ich die Evans-Schule verlassen musste. Ich vermisse Cara sehr.«

»Sie hat eine Woche lang geweint. Es war sehr verwirrend für sie. Sie hat nicht verstanden, warum Ms Darlene einfach verschwunden ist und sie verlassen hat.«

Das saß.

Aber Darlene wusste, dass sie es verdiente. »Ich wollte mich von ihr verabschieden, aber Myrna meinte, das würde alles nur noch schlimmer machen.«

»Vielleicht hätten Sie es ja wenigstens *mir* sagen können. Wäre das zu viel verlangt gewesen?« Er schüttelte den Kopf. »Warum haben Sie den Job überhaupt angenommen, wenn Sie nur ein paar Monate bleiben wollten? Kinder wie Cara gewöhnen sich ganz besonders stark an ihre Lehrer. Ich weiß, dass ich Mae gegenüber ungerecht war, aber ich dachte, Ihnen hätte ich freie Hand mit Cara gelassen und sie hat ja auch gute Fortschritte gemacht. Es gibt immer noch keine Nachfolgerin für Sie. Myrna unterrichtet Cara jetzt gemeinsam mit ihrer Enkelin. Nun ja, ich nehme an, Sie hatten Ihre Gründe.« Er schwieg kurz. »Wie auch immer. Alles Gute für Sie.« Er wollte weitergehen.

Darlene schluckte die Tränen hinunter; sie wollte auf keinen Fall vor ihm weinen. Andererseits hätte sie ihm gern gesagt, dass Cara und die Schule ihr sehr wichtig waren. »Dave?«

Er drehte sich um, sagte aber nichts.

»Myrna wird bestimmt einen guten Ersatz für mich finden. Und ich hoffe von Herzen, dass es Ihnen und Cara gut ergeht.« Gegen ihren Willen fing sie an zu weinen und wandte sich ab.

Er trat ein paar Schritte näher, bis er neben ihr stand. »Warum weinen Sie?« Seine Stimme klang angespannt, als hielte er die Luft an und die Worte erstickten ihn.

»Mir war gar nicht wohl dabei, dass ich so sang- und klanglos verschwunden bin. Aber ich wusste nicht, was ich tun sollte. Und …« Sie schlug die Hände vors Gesicht, weil sie das Gefühl hatte, als drängten auf einmal alle Tränen, die sie in letzter Zeit unterdrückt hatte, heraus. Panisch wischte sie an ihren Augen herum, dann hob sie das Kinn. »Es tut mir so leid. Alles tut mir so leid. Bitte, sagen Sie Cara, dass ich sie lieb habe – natürlich nur, wenn es sie nicht aufregt. Ich vermisse sie wirklich.« Wieder lief ihr eine Träne über die Wange und sie wollte rasch weitergehen. Doch eine feste Hand ergriff ihren Arm.

»Warten Sie.«

Sie hielt den Kopf gesenkt, weil sie ihre Gefühle nicht kontrollieren konnte.

»Was ist los mit Ihnen?« Daves Stimme war jetzt sanfter. Sie blickte zu ihm auf.

»Es ist … es geht um meine Tochter Grace.« Sie schwieg und holte tief Luft. »Sie ist … wir …« Sie trocknete sich die Augen und wartete, bis eine Frau mit ihrem Sohn vorbeigegangen war. Als die beiden außer Hörweite waren, sagte sie: »Grace hat Probleme.«

Dave ließ ihren Arm los und schwieg einen Moment. »Was für Probleme?«

Es ging ihn eigentlich nichts an, doch sie schuldete ihm eine Erklärung. »Sie … sie ist …« Darlene holte tief Luft und blinzelte mehrmals. »Sie hat sich selbst verletzt. Sie ritzt sich.« Sie blickte ihm in die Augen. »Bitte verzeihen Sie mir, dass ich Cara so im Stich gelassen habe, aber meine Tochter ist in Not und ich muss für sie da sein.«

Einen Augenblick schwieg er und sah sie nur an. Dann senkte er den Kopf. Als er wieder aufblickte, sagte er: »Wir bringen alle Opfer für unsere Kinder. Ich wusste, dass Sie Ihre Arbeit lieben.« Er holte tief Luft. »Ich konnte nur nicht verstehen, warum Sie aufgehört haben. Das mit Grace tut mir sehr leid.«

Sie senkte wieder den Kopf. »Danke.«

Er trat näher zu ihr und legte ihr behutsam die Hand unter den Arm. Die Berührung war so zärtlich, dass sie ihm am liebsten um den Hals gefallen wäre. Überhaupt wäre es schön, gehalten zu werden, egal, von wem. Brad war so distanziert in letzter Zeit und sie brauchte so dringend jemanden, der sie in den Arm nahm. Sie hatte daran gedacht, bei Layla vorbeizuschauen, doch es war schon eine ganze Weile her, seit sie sie zuletzt gesehen hatte. Und Layla schien ihr auch nicht gerade der fürsorgliche Typ zu sein. Darlene wünschte sich, dass ihre Eltern noch am Leben wären. Sie brauchte jetzt jemanden, der sie ein bisschen bemutterte. Und als Dave sie in die

Arme nahm, weinte sie an seiner Schulter, so lange, bis sein blaues Hemd feucht war von ihren Tränen und sie sich lächerlich vorkam, weil sie hier einfach mitten im Walmart stand und weinte. Sie entwand sich ihm, holte tief Luft und blickte rasch um sich, um zu sehen, ob jemand die Szene mitbekommen hatte. »Ich sollte jetzt lieber fertig einkaufen«, sagte sie und suchte in ihrer Tasche nach einem Taschentuch. »Du meine Güte. Dave, es tut mir so leid. Ich weiß gar nicht, was mit mir los ist.«

»Kommen Sie, wir gehen hinaus«, sagte er sanft. »Ich glaube, Sie sollten mal mit jemandem reden. Sie brauchen jemanden, der Ihnen zuhört, oder …« Er sah ihr in die Augen, ein mitfühlendes Lächeln auf den Lippen. »Oder einfach eine Schulter, an der Sie noch ein Weilchen weinen können.«

Darlene blickte an ihm vorbei auf eine Frau, die gerade um die Ecke bog und auf sie zukam. »Ich weiß nicht …« Sie senkte den Kopf und drückte das Taschentuch auf ihre Augen.

»Es geht nichts über eine schöne Tasse Kaffee und einen Menschen, der uns zuhört, wenn es uns schlecht geht. – Wollen wir?«

Sie blickte auf ihren Wagen und hatte absolut keine Lust, weiter einzukaufen. »Gut.«

Er nahm ihre Tasche, reichte sie ihr und führte sie am Ellbogen den Gang hinunter. Dann waren sie draußen und stiegen in sein Auto.

Dave bog auf den Parkplatz des *Latte on the Square* in La Grange ein. Es war zehn Uhr morgens; die Frühstücker waren schon weg und für den Mittagsbetrieb war es noch zu früh. Als sie das kleine Restaurant betraten, war nur ein einziger Gast anwesend, eine Frau, die ganz hinten in einer Ecke saß. Dave führte Darlene an einen Tisch in der gegenüberliegenden Ecke. Dabei überschlugen sich in seinem Kopf die Gedanken.

Bevor sie ihre Arbeit an der Schule aufgegeben hatte, hatte er sie gemieden und mit ihr nur über Caras Fortschritte gesprochen. Seit der Gala wusste er, dass er sich auf gefährlichem Terrain bewegte. Ihm gefiel einfach alles an dieser Frau. Vielleicht hätte er erleichtert sein sollen, als sie ihre Arbeit aufgegeben hatte, doch für Cara war es schwer gewesen. Und er war wütend auf sie gewesen, nicht nur, weil sie seiner Tochter wehgetan hatte, sondern weil er in so kurzer Zeit eine so große Zuneigung zu ihr gefasst hatte. Doch jetzt brauchte sie jemanden, der für sie da war, und er wusste, dass er ihr ein Freund sein konnte. Er konnte verstehen, dass sie ihrem Kind helfen wollte und alles dafür auf sich nahm.

Die nächste Stunde verbrachte er damit, Darlene zuzuhören. Am schlimmsten war der Teil, als Darlene und ihr Mann ihre Tochter blutüberströmt in ihrem Zimmer gefunden hatten. Dann erzählte sie ihm von der Therapiesitzung. Und von der Reaktion ihres Mannes.

»Ich glaube, wenn jemand aus der Familie Probleme hat, dann fühlen wir Männer uns, als hätten wir die Kontrolle über unser Leben verloren. Wir meinen, wir hätten ein besserer Vater sein sollen, ein besserer Ehemann … ein besserer Mann.« Er sah ihr zu, wie sie einen Schluck Kaffee trank, und war froh, dass sie nicht mehr weinte. Während sie ihm ihre Geschichte erzählt hatte, hatte sie fast die ganze Zeit geweint. Und es hatte ihm fast das Herz gebrochen, das mit ansehen zu müssen. Doch jetzt schien es ihr besser zu gehen. Nun wünschte er sich nur noch, ihr einen Rat geben zu können, der ihr wirklich half.

»Brad ist ein guter Mann, ein typischer Versorger. Aber ich glaube, Sie haben recht. Manchmal fühlt er sich als Versager.« Sie biss sich auf die Lippe. »Wenn er nicht gerade mir die Schuld daran gibt.«

»Darlene, ich bin sicher, dass er Sie nicht absichtlich beschuldigt.« Inmitten dieses fremden, neuen Terrains, auf dem er sich bewegte, hatte Dave das Bedürfnis, Brad zu verteidigen. Und das, obwohl er unpassende Gefühle für die Ehefrau dieses Mannes hegte – ja vielleicht gerade, *weil* er diese Gefühle hatte. Er hatte seine Frau nie betrogen und auch nie eine Affäre mit einer verheirateten Frau gehabt. Er legte seine Hand auf Darlenes Hand. »Und sich selbst sollten Sie genauso wenig die Schuld daran geben.«

Sie zog ihre Hand unter der seinen weg – wie sie es gleich hätte tun sollen. »Jetzt muss ich aber nach Hause. Ich lasse Grace nicht gern so lange allein. Nicht, weil … ich bin sicher, es ist alles in Ordnung. Nur …«

»Ich glaube, wir haben beide unsere halb vollen Einkaufswagen im Walmart stehen lassen.« Dave lächelte und war froh, dass sie ebenfalls lächeln musste.

»Stimmt. Ich sollte erst noch fertig einkaufen.«

Sie gingen zum Auto und Dave fuhr sie zurück zum Supermarkt.

»Ich habe einen Termin und muss meinen Einkauf deshalb verschieben«, sagte er, als er vor dem Eingang hielt.

»Es tut mir leid, dass Sie sich meine Probleme angehört haben und deshalb Ihren Einkauf nicht erledigen konnten.«

Er konnte ihr nicht sagen, dass es keinen Ort gab, an dem er die letzte Stunde lieber verbracht hätte, deshalb nickte er nur. »Kein Problem. Ich hoffe, dass Ihre familiäre Situation sich bald bessert.« Er zermarterte sich den Kopf, wie er es anstellen konnte, sie wiederzusehen. Cara hatte endlich aufgehört, von ihr zu reden, deshalb konnte er sie nicht als Entschuldigung anführen. Doch der Gedanke, Darlene nicht wiederzusehen, versetzte ihn richtiggehend in Panik.

»Danke, für alles.« Sie lächelte und schlug die Tür zu.

Dave blickte ihr nach, bis er sie nicht mehr sehen konnte.

Er wusste, dass er eine Möglichkeit finden musste, sie wiederzusehen.

Herr, Gott, hilf mir.

Brad tippte mit dem Stift auf den Schreibtisch und sah auf seine Uhr. Es war schon beinahe sieben. Wenn er jetzt losfuhr, würde er gegen halb neun zu Hause sein. Er hatte heute Morgen früh angefangen, hatte mehr gearbeitet, als er von irgendeinem seiner Kollegen an einem Tag erwarten würde, und hatte trotzdem das Gefühl, dass es nicht genügte.

Vom Verstand her wusste er, dass er sich nur deshalb in die Arbeit vergrub, weil er sein Verhalten gegenüber Darlene wiedergutmachen wollte. Und sein Versagen gegenüber Grace. Darlene war traurig, sie brauchte Trost. Und für Grace war es wichtig, dass ihr Vater sich ganz normal verhielt.

Seit Dienstag konnte er sie nicht mehr ansehen, ohne dass sich ein Kloß in seinem Hals bildete, und er hatte auch nicht die emotionale Kraft, Darlene zu trösten. Und das verstärkte noch sein Gefühl, ein Versager zu sein.

Da saß er also, versteckte sich hinter seiner Arbeit und brachte nicht den Mut auf, nach Hause zu fahren und sich seiner Familie zu stellen.

Er hatte gebetet, hatte Gott angefleht, ihm zu helfen, ein besserer Mensch zu werden, damit er seiner Familie beistehen konnte. Er dachte daran, wie er und Darlene in der Praxis von Dr. Brooks gebetet hatten. Er hatte schon immer gebetet, in der Kirche, abends vor dem Einschlafen und auch während des Tages sprach er häufig ein stilles Gebet. Doch er hatte noch nie mit seiner Frau zusammen gebetet.

Er drehte den Stift zwischen seinen Fingern, während er über diese Tatsache nachdachte. Als sie jung waren, hatten sie laut mit den Kindern gebetet. Warum hatte er nie laut mit Darlene gebetet?

Als ihm keine Antwort darauf einfiel, beschloss er, noch ein paar Stunden zu arbeiten, vielleicht schaffte er es dann, nach Hause zu fahren. Er schlug eine Akte auf, die schwierigste Steueranalyse, die er im Moment vorliegen hatte, und vertiefte sich in die Arbeit.

Als er wieder aufsah, war es neun Uhr. Er holte sein Handy heraus und rief zu Hause an. Darlene nahm gleich ab, als hätte sie auf seinen Anruf gewartet.

»Hey. Ich bin gerade erst fertig geworden; ich musste noch eine Sache erledigen.« Er sah aus dem Fenster in die Dunkelheit, ein Spiegel seines Herzens. »Aber ich fahre jetzt los.«

»Okay. Ich stelle dir dein Essen warm.«

Darlene versicherte ihm, dass mit Grace alles in Ordnung war, doch ihr Gespräch blieb angespannt. Wie jedes Wort, das er seit Dienstag mit ihr gewechselt hatte.

Die Erinnerung an den Anblick seiner geliebten Tochter, blutüberströmt in ihrem Zimmer, verfolgte Brad. Er hatte wieder Albträume bekommen – wie früher. In seinen Träumen rannte er … versuchte, zu Grace zu gelangen … sie war voll Blut und er drang nie bis zu ihr durch. Letzte Nacht hatte er seine ganze Familie blutüberströmt vor sich gesehen. Darlene hatte die ganze Zeit um Hilfe geschrien und er hatte nicht zu ihnen gelangen können.

Er nahm seinen Schlüssel, schloss alles weg und machte die Tür hinter sich zu.

Grace nahm wieder ihr Buch über die Amish zur Hand. Sie hatte auf ihren Vater gewartet, aber es war schon fast elf, als sie ihn schließlich in die Auffahrt einbiegen hörte, noch später als gestern Abend. Sie hatte ihn umarmt und versucht, so fröhlich wie möglich zu sein, damit er wusste, dass mit ihr alles in Ordnung war; dann war sie nach oben gegangen.

Sie fragte sich, ob ihre Eltern wohl wieder stritten. Jedenfalls schienen sie nicht mehr viel miteinander zu sprechen. Grace wusste, dass das ihre Schuld war. Die Gesichter ihrer Eltern, als sie sie beim Ritzen überrascht hatten, verfolgten sie jeden Tag. Ihre Eltern zu enttäuschen, war das Schlimmste, was sie sich vorstellen konnte.

Sie dachte daran, was Dr. Brooks ihr gesagt hatte: »Jeder Mensch enttäuscht im Laufe seines Lebens einen anderen Menschen und wird auch selbst enttäuscht. Wichtig ist, wie wir mit diesen Enttäuschungen umgehen.«

Und dann hatte sie gesagt, dass kein Mensch vollkommen sei, dass ein solcher Anspruch unrealistisch sei. Im Grunde wusste Grace das selbst. Sie versuchte, sich wieder auf die Geschichte zu konzentrieren, die sie gerade las, doch es gelang ihr nicht.

Sie legte das Buch beiseite, lehnte sich zurück und starrte an die Decke. Sie wollte so gut sein, wie sie nur konnte… Dass sie der Grund für den Streit ihrer Eltern war, machte alles nur noch schlimmer. Sie wusste, dass sie sich nicht mehr ritzen durfte. Es würde ihren

Eltern den Rest geben. Doch mit ihrer Angst wuchs auch der Drang, sich zu schneiden. Nur ein winziger Schnitt, nur einen Moment Erleichterung, nur eine Minute weit weg von allem.

Tränen stiegen ihr in die Augen und ihr Herz fing an zu rasen. Mit zitternden Händen streckte sie die Hand nach dem Nachttischchen aus.

Und rief Skylar an.

15

Darlene fiel beinahe von der Bank, als Layla am nächsten Sonntag in die Kirche spaziert kam. Alle Augen blickten auf den Ex-Filmstar, der in einem elfenbeinfarbenen Kostüm den Mittelgang nach vorn schritt. Ihr langes blondes Haar fiel ihr offen über die Schultern. Sie glitt in die Bank und setzte sich neben Darlene.

»Gucken Sie doch nicht so entsetzt!« Layla strich sich eine Haarsträhne von der Wange. »Ich hatte Appetit auf Pfannkuchen.« Dann runzelte sie die Stirn. »Wo haben Sie eigentlich in letzter Zeit gesteckt?«

»Ich war die ganze Zeit da, Layla«, flüsterte Darlene. »Aber Sie neigen dazu, einem Menschen das Gefühl zu geben, dass er Ihnen lästig ist, deshalb bin ich nicht mehr gekommen.«

»Wirklich? Diesen Eindruck mache ich?« Sie grinste. »Nun, ich habe Sie aber vermisst.«

Darlene starrte Layla einen Moment an. Es war Wochen her, seit sie sie zuletzt gesehen hatte, und sie überlegte, warum Layla sie wohl ausgerechnet in der Kirche treffen wollte.

»Tom hat angerufen. Er kommt diese Woche zu Besuch.« Layla lächelte strahlend. »Ich habe dafür gebetet. Für uns – für Tom und mich.«

Darlenes Mund öffnete sich, ihre Augen wurden groß.

»Ja, Darlene. Ich war wütend auf Gott, aber dann habe ich beschlossen, ihn doch um Hilfe zu bitten.« Sie schwieg kurz und hob das Kinn. »Und heute bin ich gekommen, um ihm zu danken.«

Darlene war einfach nur froh, dass Layla in die Kirche gekommen war und glücklich wirkte. »Das ist ja wunderbar«, sagte sie. Dabei wurde ihr erneut klar, dass sie selbst immer weniger betete – ohne es zu wollen. Jedes Mal, wenn es ihr bewusst wurde, sprach sie spontan ein Gebet. Doch ihr Abendgebet zum Beispiel hatte sie fast ganz aufgegeben. Sie war so müde gewesen in letzter Zeit, so ängstlich, so ruhelos, sie fand kaum noch Schlaf. Außerdem fühlte sie sich schuldig, weil sie Dave von ihren privaten Problemen erzählt hatte. Brad wäre sicher nicht glücklich darüber, und bis jetzt hatte sie noch nie irgendetwas vor ihm geheim gehalten.

Doch Daves zärtliche Berührung war zu einem Zeitpunkt gekommen, an dem ihr Mann sie fast gar nicht mehr beachtete und sie seine Hilfe so sehr gebraucht hätte.

Aber warum betete sie nicht mehr? Sie und ihre Familie brauchten Gott im Moment mehr denn je. Sie dachte an das kurze Gebet, das sie und Brad in der Praxis von Dr. Brooks gesprochen hatten, und ihr wurde klar, dass sie beides brauchte: Gott *und* ihre Familie. Sie würde wieder für beides beten. Zögernd hob sie die Hand und berührte die Taube an ihrer Halskette.

Nach der Kirche kam Layla mit ihnen nach Hause und verputzte beim Mittagessen mehr Pfannkuchen als Chad. Ansley machte große Augen, als sich Layla großzügig Sirup über ihre Pfannkuchen goss.

»Ihnen scheinen Moms Pfannkuchen aber zu schmecken!« Ansley stopfte sich selbst einen großen Bissen in den Mund.

»Ja, deine Mom ist eine gute Köchin. Das heißt, ich vermute mal, dass sie das ist. Sie lädt mich ja nie zum Essen ein, obwohl ich in dem großen Haus dort drüben ganz allein hause.«

»Layla!« Darlene grinste und legte ihre Gabel hin. »Das stimmt doch gar nicht! Lügen Sie meine Kinder nicht an!« Sie deutete rund um den Tisch auf Grace, Ansley und Chad. »Hört mal. Hört genau zu.« Dann wandte sie sich an Layla. »Morgen Abend mache ich Hähnchenschnitzel und Kartoffelbrei, Layla. Möchten Sie nicht mit uns essen?«

Layla grinste. »Natürlich, gern, Darlene. Wie nett von Ihnen, dass Sie fragen.«

Alle lachten, sogar Brad. Darlene deutete mit dem Finger auf Layla. »Bisher haben Sie mich immer abblitzen lassen, aber diesmal haben wir Zeugen. Wir erwarten Sie also morgen Abend um neunzehn Uhr.«

»Ich liebe Hähnchenschnitzel!«

Später am Abend saßen Darlene und Layla in der Hollywoodschaukel auf der Veranda und Darlene erzählte ihr von Grace, von der Psychiaterin und auch von der Entfremdung zwischen ihr und Brad.

Layla schwieg lange, doch schließlich wandte sie sich mit Tränen in den Augen an Darlene. »Sie sind eine gute Mutter, Darlene. Und Brad ist ein guter Vater. Und Sie beide sind auch zusammen gut. Ich bin ganz sicher, dass alles wieder in Ordnung kommt.« Und dann tat sie etwas völlig Unerwartetes. Sie ergriff Darlenes Hand und drückte sie fest. »Es war richtig, dass Sie Ihre Arbeit aufgegeben haben. Grace braucht Sie jetzt, vielleicht mehr denn je.«

Darlene fürchtete, dass Layla dabei auch an Marissa dachte, deshalb wechselte sie das Thema. »Erzählen Sie mir von Tom. Wann kommt er?«

Ihr Gesicht leuchtete auf. »Mittwoch.«

»Glauben Sie, dass Sie sich wieder versöhnen werden?«

Layla lächelte. »Vielleicht.« Sie drehte sich zu Darlene und sah sie an. »Ich leugne nicht, dass ich mehr als wütend auf Gott war. Aber ich weiß nicht …« Sie zuckte die Achseln. »Es gab eine Zeit in meinem Leben, da habe ich gebetet wie verrückt. Und jetzt habe ich versucht, meinen Zorn zu begraben, und habe ganz langsam wieder angefangen zu beten. Und daraufhin hat sich etwas in mir verändert. Und dann hat Tom angerufen. Glauben Sie, das alles ist Zufall?«

»Nein. Ich glaube, dass Gott unsere Gebete erhört, und wenn er das tut, sind wir dankbar. Wenn er sie jedoch nicht erhört, aus Gründen, die wir nicht wissen können, fühlen wir uns verlassen und manchmal werden wir bitter.« Während sie die Worte aussprach, wurde ihr klar, dass auch sie in letzter Zeit verbittert geworden war – wegen Grace und wegen der Spannung zwischen ihr und Brad.

»Nun, als Tom anrief, hat Gott meine Gebete in ganz großem Stil erhört.« Laylas Stimme klang mit einem Mal froh und unbeschwert. »Habe ich Ihnen eigentlich schon gesagt, dass Tom der einzige Mann ist, den ich je geliebt habe?«

»Nein. Aber es ist wunderbar. Brad ist auch der einzige Mann, den ich je geliebt habe. Ich kann mir ein Leben ohne ihn nicht vorstellen.«

Sie schaukelten ein Weilchen und blickten zum sternenübersäten Nachthimmel auf. Schließlich sprach Layla weiter. »Es tut mir leid, dass ich kein besserer Mensch bin, Darlene. Ich mochte Sie eigentlich von Anfang an …« Sie schwieg kurz und grinste. »Als Sie sich so anstellten wegen dieser lächerlichen kleinen Schlange unter Ihrem Bett.« Sie hielt wieder kurz inne, dann fuhr sie fort: »Aber den meisten Menschen geht es nicht einfach nur um Freundschaft. Normalerweise wollen sie irgendetwas von mir. Ich glaube, als Sie nicht mehr kamen, habe ich gemerkt, dass Sie wirklich nichts von mir brauchen.« Sie nickte zum Haus hinüber. »Sie haben alles, was Sie brauchen, in diesem Haus.«

Darlene schwieg. Sie schluckte schwer. »Ich brauche eine Freundin. Die Geschichte mit Brad ist wahrscheinlich schlimmer als …« Sie holte tief Luft.

Layla fragte nicht nach, sondern nahm wieder ihre Hand und drückte sie.

»Eins wollte ich Ihnen noch sagen. Wenn ich Freundschaft schließe, dann fürs ganze Leben.« Bevor Darlene antworten konnte, ließ Layla ihre Hand wieder los und stand auf. »Also sind wir jetzt Freundinnen.«

»Fürs Leben.« Darlene erhob sich ebenfalls. Sie dachte an ihre Freundschaft mit Gina in Houston, doch diese Beziehung hatte sich ausschließlich um die Kinder und deren Aktivitäten gedreht. Darlene hatte Gina nie etwas Persönliches erzählt. Sie vermisste die Zeit zusammen, aber nach Ginas Scheidung hatte Darlene gemerkt, dass auch ihre Freundschaft zu Ende war. »Ich habe noch nie eine Frau gekannt, der ich alles anvertrauen konnte. Ich weiß auch nicht, warum.«

»Frauen sind hinterhältig. Die meisten jedenfalls. Und oft spielen wir unseren Geschlechtsgenossinnen übel mit.«

Darlene glaubte nicht, dass sie in diese Kategorie gehörte, aber sie fragte sich doch, warum sie nie eine gute Freundin gehabt hatte. Und dann wusste sie plötzlich, warum. Brad war immer ihr bester Freund gewesen. Ihm hatte sie immer alles gesagt.

An den nächsten beiden Abenden aß Layla bei Darlene und ihrer Familie zu Abend. Von Mittwoch an parkte dann ein weißes Auto vor ihrem Haus. Tom.

Als Darlene am Samstag sah, dass das Auto nicht mehr da war, ging sie zu Layla hinüber.

»Und?«, fragte sie, als Layla die Tür öffnete.

»Es war wunderschön. Wir haben viel geredet.« Sie winkte Darlene herein und das Erste, was Darlene auffiel, waren die Fotos, die überall im Haus standen.

Sie nahm eins in die Hand, das Layla neben ihrer Tochter zeigte; Marissa trug ein rosa Kleid.

»Es ist sehr hübsch bei dir, Layla.« Layla selbst strahlte und sah aus, als würde sie im nächsten Moment vor die Kamera treten. Darlene fragte sich, ob sie in letzter Zeit vielleicht an ein Comeback dachte.

Layla verzog das Gesicht. »Deine Augen sind geschwollen und du siehst alt aus.« Sie betrachtete Darlene genauer. »Wie läuft es denn? War Grace noch einmal bei einer Therapiestunde? Das ist sehr wichtig. Ich wünschte …« Sie hielt inne und seufzte. »Egal. Setz dich.«

Darlene setzte sich aufs Sofa und berührte die dunklen Ringe unter ihren Augen. »Wie alt sehe ich denn aus?« Sie wartete die Antwort nicht ab, sondern fuhr fort: »Ich glaube, Grace geht es wirklich allmählich besser. Die Psychiaterin meinte, die Sitzung sei gut verlaufen, und ihre Freundin Skylar besucht sie oft. Sie tut Grace gut.« Darlene lehnte den Kopf gegen das Sofa. »Nur – nächste Woche fängt die Schule wieder an und das macht mir Sorgen. Aber ich vertraue darauf, dass Gott Grace hilft und dass sie weiter Fortschritte macht.«

»Und was ist mit Brad? Auch besser?«

»Nein.« Darlene schloss die Augen. »Wir gehen immer noch sehr distanziert miteinander um. Es fing mit dieser Sache wegen Grace an und jetzt hat es sich irgendwie verselbstständigt. Und ich weiß einfach nicht, warum.«

»Männer. Schwierige Sache.« Layla, die am anderen Ende des Sofas saß, zog die Beine an.

»Ich glaube, Gott gibt mir eine zweite Chance auf Glück. Ich weiß auch nicht, warum. Aber es geht mir so viel besser – nicht nur wegen Tom. Ich weiß ja gar nicht, wie es mit ihm und mir weitergeht, ob zu viel Zeit vergangen ist oder … aber ich fühle mich trotzdem besser. Klingt das vernünftig?«

Darlene nickte. »Ja«, sagte sie, auch wenn sie den Frieden, von dem Layla sprach, schon lange nicht mehr empfunden hatte. Sie vermisste Brad mehr denn je.

Sie gingen höflich und respektvoll miteinander um, aber sehr zurückhaltend. Dabei wünschte Darlene sich nichts mehr, als sich in seine Arme, in seine Liebe werfen zu können – dass alles wieder normal zwischen ihnen wurde, so wie früher. Doch aus irgendeinem Grund blieb sie auf Abstand. Und Brad unternahm auch nicht gerade übermäßige Anstrengungen, um die Kluft zwischen ihnen zu überbrücken.

Am nächsten Donnerstag, als Darlene gerade ihren wöchentlichen Einkauf bei Walmart erledigte, begegnete sie erneut Dave.

»Das klappt ja ganz gut mit unseren Treffen hier«, sagte er und schüttelte den Kopf.

»Hi, Dave.«

»Ich wollte Sie eigentlich anrufen und fragen, wie es Ihnen geht, aber ich habe Ihre Handynummer nicht. Wie geht es Grace?«

»Sie spricht nicht viel. Wenn man nicht wüsste, dass etwas nicht stimmt, würde man denken, sie hat keinerlei Probleme auf der weiten Welt. Aber ihre Therapeutin sagt, sie mache Fortschritte, und soweit wir wissen, hat sie sich noch nicht wieder geritzt.«

»Gott sei Dank.«

Darlene strich sich eine Haarsträhne hinters Ohr. Sie wusste, dass sie in ihren grauen Shorts, dem ausgeblichenen T-Shirt und den Flip-Flops nicht gerade attraktiv aussah. »Wie geht es Cara?«

»Nun ...« Er zog die Brauen zusammen.

»O nein. Was ist passiert?«

»Ach, nichts. Cara hat nur ... sie hat uns überrascht.« Dave lächelte.

»Wie denn? In gutem Sinne, hoffe ich.«

Dave legte den Kopf schräg. »Ich glaube, das sollte ich Ihnen zeigen und nicht nur beschreiben. Haben Sie vielleicht fünf Minuten Zeit, wenn Sie Ihren Einkauf erledigt haben?«

»Natürlich.«

»Ich warte bei Ihrem Auto auf Sie, helfe Ihnen einladen und dann machen wir eine kurze Fahrt. Es dauert nicht lange. Ich würde Ihnen wirklich gerne zeigen, was Cara gemacht hat.«

»Ich kann es mir absolut nicht denken, aber da Sie sich so sehr darüber freuen, würde ich es natürlich gern sehen.« Sie blickte auf ihre Einkaufsliste. »Noch zwei Sachen. Wenn Sie auch fertig sind, sehen wir uns draußen.«

Zehn Minuten später trafen Dave und Darlene sich bei ihrem Auto. Er half ihr, die Sachen einzuladen. Es war nichts Verderbliches dabei, denn die frischen Lebensmittel kaufte sie nicht im Supermarkt. Danach gingen sie zu Daves Auto.

»Wo fahren wir denn hin?«, fragte Darlene. Schon beim Anschnallen lief ihr der Schweiß über die Stirn. Der August in Texas war brutal und dieser Sommer bildete keine Ausnahme. Sie blickte an ihren weiten Shorts und ihrem T-Shirt herunter und zog dann das Gummi um ihren Pferdeschwanz fester. Sie sah wirklich furchtbar aus.

»Zu mir nach Hause«, antwortete Dave und fuhr los.

Darlene zuckte innerlich kurz zusammen, doch dann sagte sie sich, dass das kein Grund zur Beunruhigung sei. Ein paar Minuten später fuhren sie auf ein Eisentor zu – ein ganz ähnliches wie das von Layla – und Dave drückte eine Fernbedienung an der Sonnenblende. Das Tor ging langsam auf. Dave fuhr die Kiesauffahrt hinauf. Als sein Haus in Sicht kam, machte Darlene große Augen. Eigentlich hätte sie es sich ja denken können – das teure Auto, seine Kleidung, die Gebühren für die Privatschule, die Cara besuchte, und die Sachen, die er auf der Gala ersteigert hatte … Dave war reich und sein riesiges Haus war der beste Beweis dafür.

»Mit diesem Anwesen habe ich wirklich ein Schnäppchen gemacht, aber ich bin ja schließlich aus der Branche«, sagte er fast entschuldigend. Darlene fragte sich, was er wohl über ihr teilrestauriertes altes Farmhaus dachte. Layla hatte mehrmals eine Bemerkung fallen lassen, was sie ändern oder anbauen würde. Aber das war eben echt Layla. Dave hingegen war viel zu nett, um etwas zu sagen.

Die Auffahrt führte in einem weiten Bogen zu einem massiven weißen Backsteinhaus – entlang an üppig blühenden Blumenbeeten und einer großen Rasenfläche mit einem Springbrunnen, dessen Wasser sich in einen kleinen Fischteich ergoss.

»Ist das schön!« Sie betrachtete das Anwesen. Hinter dem Haus stand eine rote Scheune mit dem traditionellen weißen X auf dem Tor. Sie wirkte frisch gestrichen. Und ein Gartenhäuschen gab es auch.

»Das war Julies Domäne«, sagte er. »Ich selbst bin auf diesem Gebiet leider völlig unbegabt.« Er nickte zu den Blumenbeeten beim Haus hinüber. »Die hat Bargs angelegt, eine Gartenbaufirma.«

»Wie viele Hektar haben Sie?«

»Etwa hundertachtzig, doch das meiste habe ich Bill Walsh für sein Vieh verpachtet. Ich bin mit Cara einfach völlig ausgelastet.« Er deutete nach links. »Die Longhorns gehören alle Bill.«

Darlene stieg aus und fühlte sich noch schlechter gekleidet als zuvor auf dem Parkplatz von Walmart. Dave war wie immer perfekt in seinen kakifarbenen Shorts und einem weißen Button-Down-Polohemd. *Schwitzte dieser Mann eigentlich nie?* Darlene wischte sich den Schweiß von der Stirn und folgte ihm zur Vordertür.

Die Eingangshalle war beeindruckend. An der Decke hing ein riesiger Kristalllüster. Links von der Tür stand eine große Truhe aus Granit, auf der gerahmte Fotos aufgereiht waren. Sie nahm eines in die Hand. »Ist das Julie?«

Dave knipste eine Lampe an und trat näher. »Ja.«

»Sie ist sehr schön.« Darlene betrachtete die feinen Züge der Frau, ihr langes dunkles Haar, ihre leuchtend blauen Augen.

Dave griff ebenfalls nach dem Foto und schaute es an; dabei lag seine Hand über der von Darlene. »Ja, das ist sie.« Er sah das Bild noch einen Augenblick an, dann schüttelte er den Kopf. »Kommen Sie rein. Machen Sie sich's bequem. Ich hole uns etwas Kaltes zu trinken.«

Darlene blickte sich in dem großen Wohnzimmer um und fragte sich, wozu er und Cara den vielen Platz brauchten, doch das Haus stand in einer vornehmen Gegend und war wunderschön, wenn er sich's also leisten konnte, warum nicht?

Gleich darauf kehrte Dave zurück und reichte ihr ein Glas Eistee. Sie trank mehrere große Schlucke und fragte dann: »Was wollten Sie mir zeigen?«

»Ach ja. Caras Bilder.«

»Bilder?«

Dave winkte ihr, ihm einen langen Flur hinunter zu folgen. Er öffnete die Tür zu einem Zimmer auf der linken Seite, das Darlene an Graces Zimmer erinnerte. Sehr viel Rosa.

An der Wand hing ein Bild von einem Huhn, allerdings nicht in den Farben, die man erwartet hätte, sondern in ungewöhnlichen Schattierungen von Rot und Blau, gemischt mit weißen Punkten. Darlene verstand nichts von Kunst, doch wenn man ihr in einer Kunstgalerie gesagt hätte, das Bild sei fünfzigtausend Dollar wert, hätte sie es geglaubt. Das lag nicht nur an den lebhaften Farben, sondern auch an dem Ausdruck auf dem Gesicht des Huhns; es wirkte fast, als könne es direkt in ihre Seele blicken. »Dave, das ist ja erstaunlich. Wann hat sie das gemalt?«

»Letzte Woche. Sie bringt immer noch Zeichnungen mit nach Hause, die sie in der Schule gemacht hat, und manche davon sind wirklich gut. Deshalb habe ich ihr ein Starterset Acrylfarben gekauft und dann hat sie das hier gemalt.« Er lächelte. »Ich konnte es selbst kaum glauben. Daraufhin habe ich ihr noch mehr Farbe gekauft.« Er winkte ihr wieder. »Kommen Sie mal mit. Ich habe noch eins in meinem Arbeitszimmer und eins hängt im Schlafzimmer.«

Sie gingen in einen großen Raum mit einem Eichenholzschreibtisch, einem großen Bücherregal und einer gläsernen Schiebetür, die in einen weiteren Garten hinausführte, in dem ebenfalls ein kleiner Springbrunnen stand. Dave deutete auf ein gerahmtes Gemälde, das ein Haus zeigte. Es war in den gleichen Farben gemalt wie das Hühnerbild, doch das Haus wirkte beinahe abstrakt. Darlene betrachtete es eingehend, überrascht von Caras Fähigkeiten. Caras Bleistiftzeichnungen in der Schule waren schon gut gewesen, doch das hier war etwas ganz anderes. Sie hatte gehört, dass autistische Kinder manchmal besondere Talente besaßen, aber es kam doch eher selten vor. Vielleicht entdeckte Cara gerade ihre verborgene Leidenschaft für Kunst.

»Und das letzte hängt in meinem Zimmer.«

Darlene ging mit Dave in sein Schlafzimmer. Es fühlte sich ein wenig seltsam an, zu vertraut, so wie auf der Gala, als sie miteinander getanzt hatten. Dennoch folgte ihr Blick seinem Finger. Über der Kommode hing ein weiteres gerahmtes Gemälde.

Sie trat näher, unfähig, ihre Augen abzuwenden. »Dave …« Sie hob die Hand, um es zu berühren, doch dann hielt sie inne und sah es einfach nur ungläubig an. Schließlich drehte sie sich zu ihm um. »Das sind Sie!«

Er trat neben sie. »Ja. Ist es nicht erstaunlich?«

»Cara hat wirklich Talent«, sagte Darlene, während sie die subtilen Details von Daves Gesicht vor einem Hintergrund aus verschiedenen Grüntönen betrachtete. »Wie hat sie … du meine Güte. Wow!« Sie lächelte. »Ihre Zeichnungen waren schon immer gut, aber wer hätte gedacht, dass sie so malen kann? Es ist wunderschön. Wirklich erstaunlich.«

Als er nicht antwortete, drehte sie sich zu ihm um. Auch er betrachtete das Bild. »Ja, ich konnte es selbst kaum glauben.« Nach einer Weile schien er wie aus einer Trance zu erwachen und schaute sie an. »Kommen Sie, ich zeige Ihnen noch den Rest des Hauses.«

Darlene wartete, bis er die Tür hinter sich geschlossen hatte, dann sah sie auf ihre Armbanduhr. Brad hatte sie gebeten, heute ein Päckchen für ihn anzunehmen, und sie wusste, dass UPS immer zwischen sechzehn und siebzehn Uhr kam. Aber es war erst fünfzehn Uhr.

Dave zeigte ihr das Haus: vier Schlafzimmer, dreieinhalb Badezimmer, ein Wintergarten, ein Medienzimmer und ein Spielezimmer.

»Es ist toll«, sagte sie, als sie zurück ins Wohnzimmer gingen.

»Danke. Ich wollte es eigentlich verkaufen, nachdem Julie gestorben war, aber es ist Caras Zuhause, deshalb behalte ich es, solange sie sich hier wohlfühlt.« Er bedeutete ihr, sich zu setzen. »Wann fängt die Schule wieder an?«

»Montag.« Sie holte tief Luft. »Ich freue mich immer auf den Sommer, weil ich dann mehr von den Kindern habe, aber es ist auch schön, wenn die Schule wieder anfängt. Aber ich …« Sie schwieg und legte einen Finger an die Lippen

»Sie machen sich Sorgen um Grace.« Dave setzte sich neben sie aufs Sofa und sah sie an.

»Ja. Das stimmt. Dabei weiß ich, dass ich aufhören muss, sie zu bemuttern.« Darlene grinste schief. »Sie hat es mir auch schon gesagt. Aber es ist nicht einfach. Am liebsten hätte ich sie jede Sekunde vor Augen, nur um sicher zu sein, dass sie nicht …« Sie hob eine Schulter und zwang sich zu einem Lächeln. »Es wird schon gut gehen.«

»Und was ist mit Brad? Wieder besser?«

»Jedenfalls nicht schlimmer.« Als sie die Worte aussprach, bereute sie sie auch schon.

Ihre Beziehung zu Brad ging Dave nichts an; es war schlimm genug, dass sie ihn bei ihrer letzten Begegnung ins Vertrauen gezogen hatte. »Es geht schon in Ordnung.«

Dave schlug die Beine übereinander und rieb sich das Kinn. »Eine Ehe kann manchmal schwierig sein. Aber ich würde alles darum geben, nur einen einzigen Tag mehr mit Julie gehabt zu haben, selbst wenn wir diesen ganzen Tag lang nur gestritten hätten.«

Diese Bemerkung rückte alles wieder ein wenig in die richtige Perspektive. Sie konnte sich ein Leben ohne Brad nicht vorstellen.

Sie schwiegen ein Weilchen, dann richtete Dave sich auf. »Hey, ich möchte Sie etwas fragen.«

»Was denn?« Sie blinzelte ein paarmal und spürte, wie sie rot wurde.

»Entspannen Sie sich, Darlene.« Er lachte leise. »Ich hatte mir vorgenommen, Sie zu fragen, ob ich mit Cara noch einmal Ansleys Hühner besuchen darf. Sie hat kürzlich von ihnen gesprochen und ich dachte, es würde ihr gefallen. Jetzt ist wahrscheinlich auch genügend Zeit vergangen, sodass sie nicht mehr weinen wird, wenn sie Sie sieht.« Als Darlene den Kopf senkte, schwieg er. Dann sagte er: »Ich wollte nicht, dass Sie sich schlecht fühlen. Sie wissen schon, was ich meine.«

»Sie können jederzeit mit Cara kommen und die Hühner besuchen.« Sie blickte zu ihm auf und lächelte, erleichtert zu hören, dass es bei dem Vorschlag um Cara ging.

»Das wäre großartig. Sonst müsste ich selbst ein paar Hühner kaufen und die Idee begeistert mich nicht gerade.«

Darlene blickte auf die Uhr und stand auf. »Ich muss gehen. Brad erwartet ein Paket von UPS und wenn ich mich nicht beeile, verpasse ich es. Meine Kinder sind nicht da, um es anzunehmen; an den letzten Ferientagen sind sie immer unterwegs, um ihre Freiheit noch einmal auszukosten.«

»Klar.« Dave stand ebenfalls auf, griff in seine Tasche, holte die Schlüssel heraus und ging mit ihr zur Tür.

Als Darlene nach Hause kam, standen weder Chads noch Graces Auto in der Einfahrt. Sie lief ins Haus, um die Nachrichten zu lesen, die die beiden ihr mit Sicherheit hinterlassen hatten. *Bin bei Skylar. Liebe Grüße, Grace.* Und: *Sind reiten bei Layla. Liebe Grüße, Chad und Ansley.* Die zweite Nachricht war in Ansleys Handschrift geschrieben. Darlene krümmte sich innerlich bei dem Gedanken, dass ihre Kinder auf einem Pferd saßen. Ihres Wissens waren sie noch nie geritten, aber Layla passte bestimmt gut auf sie auf.

Sie war froh, dass Grace bei Skylar war. Sie hatte an der Vordertür und im Briefkasten nachgeschaut, aber UPS war offenbar noch nicht da gewesen. Oder ob sie das Paket doch verpasst hatte? Sie hatte Brad gefragt, was er erwartete, und er hatte nur gesagt: »Etwas, das ich im Internet bestellt habe.« Sie vermutete, es war das Geschenk, von dem er gesprochen hatte, als sie ausgegangen waren, um ihre neue Arbeit zu feiern.

Sie setzte sich aufs Sofa. Nach diesem Nachmittag konnte sie es nicht mehr länger verdrängen: Dave Schroeder machte ihr Avancen. Es war so lange her, dass sie die Anzeichen fast nicht mehr erkannt hätte, doch die Art, wie er sie ansah, wie er mit ihr sprach … und wie er sie auf der Gala im Arm gehalten hatte, ließ keinen Zweifel daran.

Ein Schuldgefühl legte sich auf sie, so schwer, dass sie kaum noch atmen konnte. Sie drückte die Hand auf die Brust, stand auf und ging durchs Wohnzimmer, entschlossen, nie wieder zuzulassen, dass sie mit ihm allein war. Wenn er mit Cara die Hühner besuchen kam, gut, aber mehr würde es nicht geben.

Komm schnell nach Hause, Brad.

Sie wollte ihn umarmen, ihm sagen, wie sehr ihr Streit und ihre Entfremdung ihr leidtaten, und dann wollte sie den Rest des Abends mit ihm verbringen.

Doch kaum hatte sie den Gedanken zu Ende geführt, als die Tür aufflog und Brad hereinstürmte. Und sie anbrüllte.

16

»Hör auf zu schreien!« Darlene brüllte ebenfalls, nachdem sie seine Vorwürfe angehört hatte. »Ich bin eben erst nach Hause gekommen und habe Ansleys Nachricht gelesen!«

»Ich habe angehalten, als ich sie und Chad gesehen habe, und ihnen gesagt, sie sollten ihre Ärsche nach Hause bewegen, aber sofort.« Er warf seine Aktentasche aufs Sofa. »Sie sind noch nie geritten und Chad hockte auf dem Gaul, als hielte er sich für einen verdammten Cowboy oder so was!«

»War Layla bei ihnen?«

»Ja, sie war da, aber die Kinder sollten nicht auf Pferden sitzen. Sie haben ja keine Ahnung, was sie da tun.«

»Brad ...« Sie sprach ganz ruhig, während sie ihm in die Küche folgte. »Layla würde sie nie auf ein Pferd setzen, wenn es gefährlich für sie wäre.« Dessen war sich Darlene ganz sicher und in ihrem Bemühen, nicht überbehütend zu sein, war sie auch nicht zu Layla hinübergerannt, um ihre Kinder zu holen.

Brad nahm den Zettel in die Hand und las ihn. »Sie haben nicht mal gefragt, sie sind einfach hingegangen. Wo warst du?«

Sie zuckte unter seinem anklagenden Ton zusammen. »Ich war einkaufen. Ich hatte noch nicht mal das Auto ausgeladen, als ich ihre Nachricht gelesen habe.«

Sie berührte seinen Arm. »Du hast doch gehört, wie Layla neulich beim Abendessen zu ihnen gesagt hat, dass sie mal rüberkommen und reiten könnten.«

Brad lockerte seine Krawatte, wobei er ihre Hand abschüttelte. »Und hast du nicht gehört, dass ich gesagt habe, sie sollten erst üben, bevor sie sich auf ein Pferd setzen?«

»Und wer könnte besser mit ihnen üben als Layla?« Sie machte den Fehler zu lächeln.

Brad starrte sie an. »Es ist mir bitterernst, Darlene. Ich kann es nicht ertragen, wenn noch einmal etwas ist mit unseren Kindern. Nach der Sache mit Chad in Houston und jetzt Grace …« Er schüttelte den Kopf. »Ich will nicht, dass unseren Kindern etwas passiert.«

Trotz des heftigen Wortwechsels war Darlene klar, dass Brad einfach außer sich war vor Sorge. Entschlossen, ihm seinen Wutausbruch nachzusehen, legte sie die Arme um ihn und drückte ihn. »Grace geht es gut und es passiert nichts.«

Brad entzog sich ihr und holte tief Luft. »Wo ist mein Paket?«

»Ach ja.« Darlene runzelte die Stirn. »Tut mir leid. Ich weiß nicht, ob ich rechtzeitig zu Hause war. Aber es war keine Nachricht von UPS da. Was ist es denn?«

»Nichts Wichtiges, allem Anschein nach.«

Sie holte ebenfalls tief Luft. Ihr Herz klopfte ein wenig zu heftig, als sie daran dachte, warum sie so spät gekommen war und dass das Paket wahrscheinlich ein Geschenk für sie war. »Tut mir leid.«

Als er nichts sagte, nahm Darlene eine Packung Hähnchenschnitzel aus dem Kühlfach. In diesem Moment hörten sie die Vordertür zufallen. Sie drehte sich um. »Da ist jemand nach Hause gekommen.«

Chad und Ansley kamen in die Küche. Ansley ging direkt zum Kühlschrank und holte den Eistee heraus. »Willst du auch, Chad?« Ohne seine Antwort abzuwarten, schenkte sie zwei Gläser ein.

»Mann, was für ein Ritt!« Chad ging zu Ansley und nahm eins der Gläser! »Das ist cool, Dad! Die Pferde sind super freundlich.«

Brads Gesicht lief rot an. »Ich habe dir gesagt, dass du nicht reiten darfst, ohne dass ich oder Mom dabei sind. Und dass du vorher üben musst.«

Ansley trat vor. »Layla hat uns ganz genau gesagt, was wir tun sollen, und es war toll, Dad!«

»Ja, es war das Tollste, was ich seit Langem gemacht habe. In dem Augenblick, als sie das Tor zur Hauptweide geöffnet hat, wussten die Pferde, dass sie laufen sollen. Sie sind richtig abgegangen mit uns.« Chad trank sein Glas aus und Brads Gesicht wurde noch röter. Er deutete mit dem Finger auf Chad.

»Kein Reiten mehr.«

Chad seufzte. »Ja, Sir.«

Dann wandte Brad sich an Darlene. »Würdest du bitte mit Layla reden und ihr sagen, dass sie meine Kinder nicht mehr ohne meine Erlaubnis auf ihre Pferde setzen soll? Sie hat genau gehört, dass ich es nicht wollte.«

Darlene nickte. Brad verließ die Küche. Kurz darauf kam Grace mit Skylar herein.

»Hi, Mädels.« Darlene lächelte. »Wie war euer Tag?«

»Gut«, sagte Grace. »Wir waren bei Skylar und haben mit ihrem Dad Karten gespielt.«

Darlene wandte sich an Skylar. »Wie geht es deinem Vater, Skylar?«

»Besser. Und es gefällt ihm sehr, wenn er Grace beim Kartenspielen schlagen kann.« Skylar grinste, Darlene ebenfalls.

»Kannst du zum Abendessen bleiben, Skylar?« Darlene rollte die Hähnchenschnitzel in Paniermehl und dann in Parmesan.

»Nein. Aber trotzdem danke. Ich bin in meinem Auto hinter Grace hergefahren. Sie – sie will mir etwas leihen.«

»Komm noch schnell mit rauf.« Grace winkte Skylar und die beiden verließen die Küche. Darlene fragte sich, was Grace ihr wohl leihen wollte, doch dann sah sie Ansley am Kühlschrank stehen und ihre Eier zählen.

»Vierzehn Dutzend«, sagte sie stolz.

Darlene ging zu ihrer Tochter. »Ansley Marie, wir müssen diese Eier irgendwann essen. Hast du mich verstanden?« Darlene hatte bereits angefangen, sie heimlich zu verbrauchen. Mit vier Legehennen bekamen sie vier Eier pro Tag und weil Ansley sich weigerte, sie zu essen, war der Kühlschrank allmählich voll.

»Das ist so blöd, Ansley«, sagte Chad und schüttelte den Kopf. »Warum hebst du die Eier eigentlich auf?« Er trat zu ihr. »Letzte Woche habe ich ein Dutzend gekocht und Mom verwendet sie auch schon die ganze Zeit.«

Ansley kniff die Augen zusammen. »Weißt du was, Chad? Du bist einfach nur gemein.« Sie ging hinaus.

»Warum bist du so zu ihr?«, fragte Darlene, nachdem Ansley die Küche verlassen hatte.

Chad zuckte mit den Schultern. »Weil es behindert ist, dass sie sie alle aufhebt.«

Darlene fuhr herum. »Du sollst das Wort nicht benutzen, Chad.« Dann runzelte sie die Stirn. »Du musst noch zum Frisör, bevor die Schule wieder anfängt.«

»Ja, ich weiß.« Er nahm sich eine Banane, schälte sie und biss ab.

Darlene schob die Hähnchenschnitzel in den Ofen. »Ich frage mich, was Grace Skylar leihen will.« Durch das wenige, das Darlene von Grace erfahren hatte, wusste sie, dass Skylar und ihr Vater recht bescheiden lebten. Sie vermutete, dass sie wegen seiner gesundheitlichen Probleme so zu kämpfen hatten, weil er nicht viel arbeiten konnte.

»Ich hoffe, es sind Klamotten«, sagte Chad, lachte und ging ebenfalls hinaus.

Brad klopfte sein Kissen zurecht, zappte ein wenig durch die Fernsehkanäle und sah sich schließlich eine Dokumentation über den Weltraum an, eines seiner Lieblingsthemen. Es lenkte ihn ab vom Leben und davon, wie er sich vorhin verhalten hatte. Er war in letzter Zeit nur noch ungeduldig mit Darlene, seinen Kindern und seinen Mitarbeitern.

Doch sosehr er auch versuchte, sich auf die Sendung zu konzentrieren, seine Gedanken wanderten immer wieder ab. Er wäre gern ein besserer Mensch gewesen, doch stattdessen führte er sich vor lauter Sorgen wie ein Verrückter auf. Dazu kam, dass er noch nie ein Geheimnis vor Darlene gehabt hatte, so wie jetzt. Das Schuldgefühl lastete Tag und Nacht bleischwer auf ihm und überschattete seine Beziehung zu seiner Familie.

Eigentlich wollte er seine Frau einfach nur in die Arme nehmen und sie so lieben, wie sie es verdiente, doch er bezweifelte, dass sie überhaupt noch mit ihm zusammen sein wollte, nachdem er sie so behandelt hatte. Er rutschte in eine bequemere Position und versuchte sich wieder auf die Sendung zu konzentrieren. Der Sprecher berichtete über ein neues schwarzes Loch, das in einer fernen Galaxie entdeckt worden war. Genau so fühlte er sich. Als stecke er in einem schwarzen Loch in einer fernen Galaxie, nirgends war ein Licht oder eine Fluchtmöglichkeit.

Er blickte auf, als Darlene aus dem Badezimmer kam. Sie trug ein kurzes weißes Nachthemd. Als sie zum Bett kam, fiel ihr blondes Haar, das noch feucht vom Duschen war, über ihre Schultern, und er roch ihren Duft, lange bevor sie bei ihm war. Tief atmete er den Lavendelduft ein. Sie setzte sich aufs Bett und er starrte sie einen Augenblick nur an. Wie konnte sie jetzt noch schöner sein als an dem Tag, an dem er sie geheiratet hatte? Er war sich schmerzlich bewusst, dass er ein glücklicher Mann war. Sie kletterte ins Bett, schmiegte sich an ihn, richtete den Oberkörper auf und küsste ihn zärtlich auf den Mund.

Dann lächelte sie und fragte: »Wen liebst du?«

Brad schluckte, einen Knoten von der Größe eines Golfballs in der Kehle. »Dich, Süße«, krächzte er mit rauer Stimme.

Sie küsste ihn noch einmal und er zog sie dichter an sich heran. Er spürte, wie ihr Herz an seiner Brust schlug, und fragte sich, ob sie merkte, dass sich sein Puls beschleunigt hatte. Er versuchte sich ganz auf seine Frau zu konzentrieren, doch im Hinterkopf lauerte ständig das Geheimnis, das er vor ihr verbarg.

Am Freitagmorgen um neun Uhr schliefen die Kinder noch. Darlene trat auf die Veranda und sah in der Ferne Layla auf einem Pferd. Sie zog ihre Turnschuhe an und schnappte sich die Schlüssel. Ein paar Minuten später bog sie in Laylas Auffahrt ein.

»Du siehst aus, als wärst du gerade aus dem Bett gefallen«, sagte Layla und stieg vom Pferd.

»Du weißt doch immer, wie du mich aufbauen kannst, Layla.«

Darlene trank einen Schluck Kaffee aus dem Thermobecher, den sie mitgenommen hatte.

»Hast du mal eine Minute Zeit für mich?«

»Oje. Was ist denn passiert?« Layla runzelte die Stirn und legte eine Hand auf die Hüfte. »Du hast wieder diesen gewissen Blick.«

»Welchen Blick denn?«

»Diesen ernsten Blick, den du manchmal hast.« Layla seufzte. »Komm, gehen wir erst einmal rein. Es ist schon ganz schön heiß hier draußen.«

Darlene folgte Layla ins Haus. Sie gingen in die Küche. Darlene wartete, während Layla ein Glas Wasser trank, dann setzten sie sich beide an den Küchentisch.

»Brad war gestern verärgert, weil die Kinder geritten sind, obwohl er es ihnen verboten hatte.«

Layla deutete mit dem Finger auf Darlene. »Ich habe sie extra gefragt, ob sie die Erlaubnis haben zu reiten. Ansley hat nichts gesagt, aber Chad meinte, du seist einverstanden.« Sie verdrehte die Augen. »Ich hätte es eigentlich wissen müssen, nach dem, wie Brad neulich beim Abendessen bei dem Thema reagiert hat. Aber weißt du, die Pferde, die ich ihnen gegeben habe, sind wirklich sanft wie die Lämmchen. Sie könnten gar keine besseren kriegen, um reiten zu lernen, und ich war die ganze Zeit bei ihnen.«

»Ich weiß, aber die Kinder wissen ja gar nicht, was sie tun müssten, wenn sie ihnen durchgehen oder so was.« Sie trank einen Schluck Kaffee. »Aber eigentlich hat Brad einfach nur schlechte Laune gehabt. Ich glaube, er macht sich Sorgen um Grace. Und zwischen uns hat es ja auch nicht so besonders geklappt.«

»Ist es jetzt wieder besser?«

Darlene dachte an letzte Nacht. »Ja. Viel besser.« Sie beschloss, das Thema zu wechseln. »Ich habe Toms Auto nicht mehr gesehen.«

»Er musste beruflich weg, aber er hat angerufen.« Ein sanftes Lächeln erhellte Laylas Gesicht.

»Ich hoffe, dass ihr beiden es schafft. Ich wünsche es dir von ganzem Herzen.«

Layla zuckte die Achseln. »Vielleicht schaffen wir es. Vielleicht auch nicht.«

Darlene wartete noch kurz, ob Layla ihr vielleicht mehr erzählen wollte. Als sie schwieg, fragte sie: »Und wenn nichts aus euch beiden wird, wäre das für dich in Ordnung?«

Layla tippte sich ein paarmal mit dem Finger auf den Mund. »Ja, das wäre es, wie es auch ausgehen mag. Wir haben viel geredet. Über alles. Das haben wir seit Marissas Tod nicht mehr getan. Ich glaube, damals war unser Schmerz einfach noch zu frisch.« Sie schwieg, dann sagte sie: »Natürlich haben wir auch geweint, beide. Aber ein paar Dinge mussten einfach gesagt werden und ich glaube, wie auch immer es ausgeht, wir werden Freunde bleiben.« Sie lächelte und schüttelte den Kopf. »Weißt du, ich habe darum gebetet, dass ich Tom wiederbekomme. Und jetzt ist er tatsächlich wieder da. Aber ich hätte nie gedacht, dass es so wird. Für mich ist jetzt alles wieder in Ordnung, auch wenn wir nicht zusammenbleiben. Und für Tom ist es das auch.«

Darlene berührte den Taubenanhänger, den sie trug. »Du klingst anders … ganz anders.«

Layla lächelte. »Es ist lange her, seit ich den Frieden empfand, den eine Beziehung zu Gott schenken kann. Ich habe ihn vermisst.«

Sie schwiegen ein Weilchen.

»Darf ich … darf ich dich etwas fragen?« Darlene fuhr mit dem Finger über den Rand ihrer Kaffeetasse. »Über Dave.«

Layla runzelte die Stirn. »Macht er dich an?«

Darlene richtete sich auf. »Warum denkst du das?«

Layla hob das Kinn und eine Braue. »Weil ich gesehen habe, wie er dich bei der Gala angeschaut hat.«

Darlene zuckte mit den Schultern. »Ich weiß nicht. Vielleicht. Ich war bei ihm zu Hause, weil er mir ein paar Bilder zeigen wollte, die Cara gemalt hat. Ich hatte ihn bei Walmart getroffen.« Darlene kratzte sich am Kopf. »Ich weiß nicht, Layla. Manchmal sieht er mich so an … und dann habe ich so ein komisches Gefühl. Aber vielleicht irre ich mich ja.«

»Halt dich fern von ihm. Du und Brad, ihr besitzt etwas ganz Besonderes. Mach es nicht kaputt.«

Darlene war gekränkt. »Das würde ich niemals tun!«

»Sag niemals nie«, meinte Layla und stand auf. Sie ging zur Spüle und holte sich noch ein Glas Wasser.

»Nein, ich würde Brad nie betrügen und er mich auch nicht. Auf gar keinen Fall.«

»Warum erzählst du mir das alles dann überhaupt? Fühlst du dich zu Dave hingezogen?«

»Nein!«

Layla setzte sich wieder hin. »Das wäre doch verständlich. Er ist ein gut aussehender Mann. Das heißt ja noch nicht, dass du Brad betrügen musst.«

Darlene fiel wieder ein, wie sie mit Dave auf der Gala getanzt hatte, wie zärtlich er im Walmart zu ihr gewesen war und wie er sie in seinem Schlafzimmer angesehen hatte.

Ja, er sah gut aus, doch er war zu keinem Zeitpunkt eine Versuchung für sie gewesen. Vielleicht hatte sie sich ein bisschen unwohl gefühlt, aber eine Versuchung – nein!

»Klar sieht er gut aus. Aber so sehe ich ihn nicht.« Sie stand auf. »Egal. Ich hätte es gar nicht ansprechen sollen. Er würde gern ab und zu mit Cara die Hühner besuchen.«

Layla grinste hintergründig. »Das glaube ich sofort. Und das macht er, während Brad bei der Arbeit ist und die Kinder in der Schule. Nächste Woche fängt die Schule wieder an, oder?«

»Ja. Layla, hör auf, so was zu sagen. Ich gehe jetzt nach Hause.«

Sie hätte wissen müssen, dass Layla so reagieren würde. Das Problem war, dass sie bei einem Streit mit Layla regelmäßig den Kürzeren zog. Layla brachte sie zur Tür. Darlene drehte sich noch einmal um. »Sehen wir uns am Sonntag in der Kirche?«

»Da kannst du Gift drauf nehmen. Ich hab doch gesagt, Gott und ich kommen im Moment sehr gut miteinander aus.« Layla hob den Daumen. »Und ich will auch nicht auf die Pfannkuchen verzichten.« Sie runzelte kurz die Stirn. »Ist Brad noch böse auf mich?«

»Nein. Er ist überhaupt nicht böse. Lass die Kinder einfach vorerst nicht mehr reiten. Ich glaube, Grace geht es wirklich besser, und Brad und mir auch, und dann wird sich auch seine Laune bald wieder bessern.«

»Meine Babys würden deine Babys ganz bestimmt nie abwerfen. Diese Pferde haben in ihrem ganzen Leben noch keinen abgeworfen.«

»Ich weiß. Er wird es auch ganz bestimmt erlauben. Die Sache mit Grace hat uns einfach ein bisschen mitgenommen.«

»Aber du glaubst, dass sie aufgehört hat, sich zu ritzen?«

»Ich glaube, dass sie es bis jetzt nicht mehr gemacht hat, und ihre Therapeutin sagt, sie macht Fortschritte.«

»Gut.« Layla winkte. »Wir sehen uns dann am Sonntag.«

Der Sonntag begann ganz normal. Kirche um elf, dann Pfannkuchen. Layla hatte im Gottesdienst neben ihnen gesessen, war dann zum Brunch mit ihnen mit nach Hause gekommen und am Nachmittag war sie zum Flughafen gefahren, um Tom abzuholen.

Darlene erklärte sich bereit, die Küche alleine aufzuräumen, damit die Kinder nachmittags noch ein paar Sachen für die Schule besorgen konnten. Nach einer längeren Auseinandersetzung darüber, ob Chad oder Grace fahren sollten, warf Ansley eine Münze. Grace gewann, und Darlene fragte sich, ob Ansley vielleicht geschummelt hatte, weil sie Chads laute Musik ebenso sehr verabscheute wie Grace.

Sie wischte die Arbeitsplatte ab, trocknete sich die Hände und begab sich auf die Suche nach Brad. Er war in letzter Zeit sehr still gewesen, aber längst nicht mehr so unleidlich. Sie könnten sich ein bisschen Zeit zu zweit nehmen und vielleicht sogar nach Brenham ins Kino fahren.

Sie ging durchs Haus und rief immer wieder seinen Namen. Vielleicht werkelte er ja in der Scheune herum, der ›Männerhöhle‹, wie er sie nannte. Sie war schon fast an der Scheunentür, als sie ihn reden hörte. Es war sonst keiner da, deshalb wusste sie gleich, dass er telefonierte. Sie wollte gerade hineingehen, als sie seine angespannte Stimme hörte.

»Ich sage dir, Barbara … wenn meine Frau das herausfindet, ist meine Ehe am Ende.«

17

Darlenes weiße Turnschuhe schienen am Boden festzukleben, ihre Gedanken überschlugen sich; sie hatte das Gefühl, in ihrem Kopf sei ein Tornado ausgebrochen.

Es war ein wunderschöner, sonniger Tag, die Vögel sangen, auf den Weiden muhten die Kühe und das Glockenspiel auf der Veranda klimperte im sanften Wind. Ein wunderschöner Tag für jeden, dessen Welt nicht soeben aus den Angeln gehoben worden war.

Sie stand ganz still und hörte zu.

»Gut. Das ist gut. Wir reden morgen.«

Sie hörte, wie Brad sein Handy schloss, doch sie konnte sich noch immer nicht rühren. Sie holte tief Luft und versuchte, ihre Gedanken zu ordnen. Sollte sie ihn zur Rede stellen oder würde er sie dann einfach anlügen? Wie lange ging das schon? Wer war diese Frau? Würde Brad sie jetzt verlassen?

Ins Kino zu gehen oder einfach mit ihm zusammen zu sein, erschien ihr plötzlich längst nicht mehr so verlockend wie noch vor ein paar Minuten. Sie holte noch einmal tief Luft und ging langsam weiter. Sie hatten sich immer gegenseitig vertraut. Vertrauen war ihnen heilig gewesen und obwohl Brad schon immer bis spätabends gearbeitet hatte, wäre sie nie auf die Idee gekommen, dass er sie betrügen würde.

Aber wenn er wirklich ein Verhältnis hatte, durfte sie ihre Karten nicht gleich hier, an Ort und Stelle, ausspielen. Sie musste an ihre Kinder denken, an ihr Leben, an ihre Zukunft. Eine Zukunft ohne ihn? Sie schluckte. Es musste eine andere Erklärung geben. Sie ließ sich seine Worte wieder und wieder durch den Kopf gehen. *»Ich sage dir, Barbara … wenn meine Frau das herausfindet, ist meine Ehe am Ende.«*

Hass auf eine Frau, die sie nie gesehen hatte, stieg in ihr auf. Es musste eine andere Erklärung geben. *Nicht Brad.*

Als er plötzlich aus der Scheune kam, machte sie vor Schreck einen Satz.

»Hey. Was machst du denn hier?« Er kam zu ihr, das Handy noch in der Hand.

»Ich hab dich gesucht.« Sie legte eine Hand über die Stirn, gegen die Sonne; ihr Herz raste. »Ist alles in Ordnung?« Sie schaute auf sein Handy.

»Ach, das?« Er hob das Handy hoch und starrte es an wie einen Fremdkörper. »Ja, war nur was Geschäftliches.« Er ließ den Arm wieder sinken. »Sind die Kinder jetzt mit Graces Auto gefahren?«

»Ja. Wir sind allein.« Sie zwang sich zu einem Lächeln und wünschte, ihr Herz würde nicht so heftig klopfen. Sie konnte sich kaum beherrschen, nicht zu weinen – oder ihm die Faust in den Magen zu rammen.

»Ich muss noch ein paar Besorgungen machen. Wir brauchen noch Hühnerfutter und die Longhorns haben mal wieder den Zaun kaputt gemacht. Ich muss ihn unbedingt reparieren, bevor Layla es sieht.«

Zusammen gingen sie zum Haus. Darlene sah ihren Ehemann – ihre erste und einzige Liebe – von der Seite an. *Das kann einfach nicht sein.*

Sie erinnerte sich an das Gespräch mit Layla. *»Sag niemals nie«,* hatte Layla gesagt, als Darlene gemeint hatte, dass sie und Brad einander nie betrügen würden. »Okay. Ich habe auch noch zu tun«, sagte sie schließlich.

Mit zusammengebissenen Zähnen ging sie hinter ihm die Verandastufen hinauf ins Haus. Der Brad, der sie nicht betrog, wäre vor Freude in die Luft gesprungen, wenn er Zeit mit ihr alleine hätte verbringen können. Der Ehebrecher-Brad konnte es kaum erwarten, aus dem Haus zu kommen.

Zehn Minuten später fuhr ihr Mann weg und Darlene machte sich an die Arbeit. Sie ging an ihren Computer, loggte sich mit zitternden Händen in ihren Handy-Account ein und rief die Seite mit den Nummern auf, die Brad in letzter Zeit angerufen hatte. Sie hatte bis jetzt noch nie einen Blick auf seine Telefonrechnungen geworfen und kam sich in diesem Moment, trotz ihres Verdachts, wie eine Spionin vor. Sie schlug die Hände vors Gesicht und weinte.

Bitte, Gott. Das darf einfach nicht sein. Bitte, lass mich nichts herausfinden.

Nach ein paar Minuten hob sie den Kopf, schniefte und kam zu dem Entschluss, dass sie es einfach wissen musste. Sie überflog die letzten Nummern, angefangen bei seinem letzten Anruf, dessen Nummer auf 2481 endete. Er hatte sie gestern ein ... zwei ... drei ... vier ... sieben Mal angerufen. Lauter kurze Gespräche bis auf das letzte. Zweiunddreißig Minuten.

Darlene versuchte sich zu erinnern, wo sie und Brad gestern gewesen waren.

Gestern war Samstag gewesen. Sie war mit Grace und Ansley einkaufen gegangen; die beiden hatten Schulkleidung gebraucht.

Sie tippte sich mit dem Finger gegen das Kinn. Brad war mit Chad zu Hause geblieben.

Sie überflog noch den Rest der Seite. Die Nummer der Frau tauchte immer mal wieder auf, jeweils mehrmals täglich.

Nach einer Stunde hatte Darlene die Anrufe etwa zwei Monate zurückverfolgt. Meistens hatte Brad die andere Frau während der Arbeitszeit angerufen. Sie fuhr den PC herunter, weinte wieder und fragte sich, ob er wohl versuchte, mit der Frau Schluss zu machen. Seine Stimme am Telefon hatte unfreundlich geklungen, genau so, wie er in letzter Zeit mit Darlene sprach.

Gott, ich ertrage das nicht.

Sie schloss die Augen und drückte beide Hände auf die Brust. Etwas, das Layla einmal gesagt hatte, kam ihr in den Sinn.

»Wenn Gott nämlich auf die Idee kommt, dass dein Leben zu glatt geht, wird er einen Weg finden, dich zu demütigen, dich wieder auf den Boden der Tatsachen zu holen, auch wenn das bedeutet, dass er dich vernichten muss. Das macht er nämlich, wenn du sündigst. Er nimmt, nimmt, nimmt ... dir alles, was dir etwas bedeutet. Und dann blickt er erbarmungslos auf dich hinunter, auch wenn du ihn auf Knien anflehst, dem Schmerz ein Ende zu machen.«

Darlene wusste, dass das nicht stimmte. So war Gott nicht. Und sie war ganz sicher, dass Layla inzwischen alles zurücknehmen würde, was sie gesagt hatte, weil der Auslöser für diese Worte Verbitterung und zu viel Wein gewesen waren.

Doch obwohl sie wusste, dass Laylas Aussage nicht stimmte, spukten die Worte trotzdem in ihren Gedanken herum und sie überlegte, was sie Schlimmes getan hatte, um das hier zu verdienen. War sie Brad keine gute Frau gewesen?

Und Grace? Wie hatte sie nicht merken können, dass ihre Tochter in Not war? Vielleicht war sie zu sehr mit sich selbst beschäftigt gewesen, nur auf die Befriedigung ihrer eigenen Bedürfnisse bedacht, und hatte deshalb keinen Blick mehr für ihre Familie gehabt.

Bitte, Gott. Ich flehe dich an. Bitte lass das mit Brad nicht wahr sein. Bitte, es muss eine andere Erklärung geben. Ich kann nicht ohne ihn leben. Und bitte, lieber Gott, heile Grace von jedem Schmerz, dem sie nicht Ausdruck geben kann. Heile meine Familie, Gott.

Am Montagmorgen war Chad froh, dass er wieder zur Schule gehen konnte. Dort gab es Mädchen, auch wenn das Mädchen, dem er als Erstes begegnete, ausgerechnet Cindy war. Er schloss gerade seinen Spind ab, als sie vorbeiging. Sie war hübsch wie immer mit ihren großen blauen Augen und dem langen blonden Haar. Ihre Sonnenbräune machte sie noch attraktiver. Doch im Gegensatz zu früher interessierte Cindy Weaver ihn nicht mehr die Bohne.

»Wie waren deine restlichen Ferien?« Sie warf ihr Haar über die Schulter und lächelte. Es war eines dieser verkniffenen Lächeln, die Mädchen manchmal aufsetzten, wenn sie wütend auf einen waren.

»Ganz okay. Und deine?«

»Großartig. Party bis zum Abwinken.« Sie hob die Schultern und ließ sie langsam wieder fallen. »Und du hast das alles verpasst.«

»Äh, weißt du …« Dann sah er Grace, gerade noch rechtzeitig. Er erkannte sie an ihrer rosa Jeans, die sie immer mit der rosa-weißen

Bluse trug. »Hey, ich muss gehen, da hinten ist meine Schwester. Ich muss ihr was sagen.« Er wartete Cindys Antwort gar nicht erst ab, sondern hastete den Gang hinunter, wobei er sich rücksichtslos seinen Weg durch die anderen Schüler bahnte, die zurück in ihre Klassenzimmer drängten. »Grace! Warte doch mal!«

Seine Schwester drehte sich nicht um. Typisch! Er ging schneller – rennen konnte er leider nicht, da Mr Radcliffe am Ende des Flurs stand. »Grace! Bist du taub?« Er packte sie am Arm und riss sie herum und – dachte, er müsse in Ohnmacht fallen. *»Skylar?«*

Chad konnte die Veränderung nicht fassen. Sie trug Graces Kleider. Ihr Haar war blond wie das von Grace und sie hatte auch nicht mehr das ganze schwarze Zeug im Gesicht. Und keinen Nasenring. Sie sah … normal aus. Sie war … schön. Er befahl sich, den Mund zu schließen, starrte sie aber weiter an.

»Hast du deine Zunge verschluckt?« Skylar stützte ihre Bücher auf ihrer Hüfte ab.

»Du … du siehst … wow!« Chad blinzelte ein paarmal. Mit diesem neuen Look sah sie auf einmal nicht mehr nur aus wie eine Freundin von Grace oder eine Freundin der Familie, sondern wie etwas, das er noch nicht so recht zu bezeichnen wusste.

»Ich hab eine Veränderung gebraucht«, sagte sie und zog eine Braue hoch. »Mach doch keine so große Sache daraus.«

Mach keine große Sache daraus. Jeder Typ, der vorbeiging, starrte sie an und am liebsten hätte Chad die Kerle plötzlich alle niedergeschlagen. »Okay …« Er kratzte sich die Wange, unfähig, seine Augen von ihr abzuwenden. Grace hatte ihm gesagt, dass Skylar ihren Abschluss früher machen würde, und jetzt überlegte er, ob sie beide vielleicht zum Teil dieselben Kurse belegen würden. »Wo willst du hin?«

»Ms Johnson. Englisch.«

Danke, Gott. »Ich auch. Ich komme mit.«

Skylar ging weiter, Chad blieb neben ihr. Er überlegte, ob er ihr die Bücher abnehmen sollte, doch das kam ihm ein bisschen plump vor. Er war nicht sicher, ob Jungs das wirklich machten oder ob es das nur im Kino gab.

»Kannst du bitte aufhören, mich anzuglotzen?«, sagte Skylar mit zusammengebissenen Zähnen, ohne ihn anzusehen.

Chad lachte. »Skylar …« Er schüttelte den Kopf. »Nein, ich glaube, das geht nicht.«

Sie drehte sich zu ihm um und lächelte.

Das Schuljahr fing wirklich mit einem Hammer an!

O Yeah!

Grace ertrug geduldig alle ›Fragen zum ersten Schultag‹, mit denen ihre Mutter sie überfiel, und auch Ansley und Chad mussten eine Menge Fragen über sich ergehen lassen. Das war cool. Mom war einfach Mom, sie wollte ganz genau wissen, wie es ihren Kindern ging. Ansley redete das ganze Mittagessen über, die meiste Zeit mit vollem Mund. Grace sagte ihr zweimal, sie solle erst schlucken, bevor sie sprach, doch Ansley war eben so. Sie war aufgeregt und es war schwer, sich davon nicht anstecken zu lassen. Wie sich herausstellte, hatte sie alle Lehrer und Lehrerinnen, die sie sich gewünscht hatte, und dazu war noch Tim Zimmermann in ihrer Klasse. Von Tim Zimmermann redete sie ihnen schon die Ohren voll, seit sie hierhergezogen waren.

»Äh, Grace …« Chad sah Grace an und grinste – ebenfalls mit vollem Mund. »Du hast etwas vor uns geheim gehalten.«

Im Gegensatz zu ihren Geschwistern schluckte Grace, bevor sie sprach. »Was denn?« Dann grinste sie auch. Sie wusste, was Chad meinte, denn sie hatte ihn und Skylar zusammen gesehen. Allerdings wusste sie nicht, wie sie das finden sollte. Es war irgendwie seltsam.

Chad blickte zwischen seinen Eltern hin und her. »Ihr müsstet Skylar mal sehen. Ihr würdet euren Augen nicht trauen. Sie trägt normale Kleidung, ihr Haar ist blond und sie hat kein schwarzes Make-up mehr im Gesicht.« Er sah seinen Vater an. »Dad, sie ist echt umwerfend.«

»Skylar ist ein nettes Mädchen«, sagte Mom. »Sie musste einfach nur ihren Weg finden. Meinst du nicht, Grace? Wie kam es zu der

Veränderung?« Sie schwieg, dann sagte sie: »Wahrscheinlich durch den Umgang mit dir.«

Grace zuckte die Achseln, doch sie war sich ziemlich sicher, was der Grund war. Skylar hatte sie im Laufe des Sommers ein paarmal nach Chad gefragt und auch nach Cindy, seiner Ex. Grace wusste, das Skylar Chad mochte, auch wenn sie keine Ahnung hatte, warum. Er war ein Chaot, stellte die Musik viel zu laut und sein Auto war ständig zugemüllt mit leeren Getränkedosen und anderem Zeug. Er sah immer aus, als ob er dringend zum Frisör müsste, und er ließ sich von Mädchen wie Cindy Weaver blenden.

Aber sie war so froh gewesen, dass Skylar endlich bereit war, den völlig veralteten Gruftilook abzulegen, dass ihre Motivation sie in diesem Moment überhaupt nicht interessiert hatte. Wenn Chad und Skylar jetzt allerdings anfingen, miteinander zu gehen oder so was … das wäre doch zu abartig.

Aber es lag noch etwas in der Luft. Grace spürte es, aber sie konnte nicht hundertprozentig sagen, was es war. Mom hatte eines ihrer besten ›Essen zum ersten Schultag‹ gekocht, das alle liebten – Tacos, Bohnen und Reis – und sie stellte die richtigen Fragen, aber trotzdem stimmte etwas nicht.

Irgendetwas lief fürchterlich schief. Ihre Augen waren geschwollen, als hätte sie geweint, und obwohl sie allen weiszumachen versuchte, dass sie glücklich war – so war sie eben –, lächelte sie kaum. Sie wirkte einfach … bedrückt.

Dad war auch nicht besser. Immer wenn er sich Sorgen machte, aß er kaum etwas. Das war ein sicheres Zeichen. Er hatte jetzt gerade mal einen Taco gegessen und die Bohnen und den Reis nicht angerührt.

Sie hoffte, dass sie sich nicht immer noch wegen ihr Sorgen machten. Morgen hatte sie wieder Therapie bei Dr. Brooks, nach der Schule. Grace fand die Psychologin ganz okay und versuchte zu tun, was sie ihr sagte. Sie arbeiteten daran, dass Grace andere Wege fand, mit ihren Frustrationen umzugehen, und Grace hatte ihr gesagt, dass sie nicht mehr das Bedürfnis hätte, sich zu ritzen.

Das wollten schließlich alle hören.

Abends wartete Darlene, bis Brad unter der Dusche war, dann durchsuchte sie seine Schubladen, seine Brieftasche, alles, wo sie weitere Informationen über Barbara vermutete. Sie kam sich wie eine Verbrecherin vor, obwohl schließlich nicht sie es war, die das Ehegelübde gebrochen hatte. Jedes Mal, wenn sie daran dachte, was Brad zu dieser Frau gesagt hatte, tat ihr das Herz weh.

Was hatte er aus ihr gemacht? Eine jämmerliche Duckmäuserin, die nach Hinweisen auf seine Untreue suchte? Sie hatte ihm den ganzen Abend nicht ins Gesicht sehen können, zum Teil, weil sie ihm am liebsten die Augen ausgestochen hätte, zum Teil aber auch, weil sie ihn immer noch verzweifelt liebte. Sie wusste, dass sie ihm alles vergeben würde, doch sie wusste nicht, wie sie das Thema ansprechen sollte. Außerdem wollte sie erst warten, bis sie mehr herausbekommen hatte. Morgen würde sie mit Layla sprechen, falls Toms Auto wieder weg war.

Sie schloss die Augen. *Warum geschieht das, Gott? Warum?*

Das war alles, was sie heute Abend an Gebet zustandebrachte. Sie hatte immer gehört, dass Gott einem nicht mehr auferlegte, als man tragen konnte.

Als sie in Graces Zimmer gelaufen war und das Blut und die Schnitte an ihrem kleinen Mädchen gesehen hatte, war sie sicher gewesen, dass das das Schlimmste war, dass sie nichts mehr ertragen konnte, auch nicht die geringste Kleinigkeit. Niemals hätte sie gedacht, dass Brad ihr so etwas antun würde. Immer wieder überlegte sie, ob sie sich vielleicht geirrt hatte. Doch was für eine andere Erklärung gab es schon, wenn Brad in diesem Ton mit einer Frau sprach und sagte, dass seine Ehe zu Ende sei, wenn Darlene es herausfände? Und was war mit den vielen Anrufen? Ihr kamen schon wieder die Tränen. Als Brad aus dem Bad kam, mit nassem Haar und einem Handtuch um die Hüften, wandte sie sich ab.

»Ist alles in Ordnung, meine Süße?« Brad zog die Schublade auf, um sich frische Unterwäsche herauszunehmen, und Darlene war froh, dass er sie nicht ansah. Sie tupfte sich die Augen ab und drehte sich auf die Seite, weg von ihm.

»Ja. Ich bin nur müde.«

»Ich auch. Es war ein langer Tag.«

Sie hörte, wie er seine Boxershorts und ein T-Shirt anzog und ins Bett krabbelte. Während er noch durch die Fernsehkanäle zappte, kämpfte sie gegen das Schluchzen an, das in ihrer Kehle aufstieg. Wie konnte er einfach neben ihr liegen, als sei alles in Ordnung?

Darlene hatte noch nie so stark das Gefühl gehabt, dass ihr Leben aus den Fugen geraten war – als befände sie sich im Albtraum eines anderen Menschen.

Am nächsten Morgen kleidete Brad sich für die Arbeit an, schlang eine Schale Müsli herunter und küsste Darlene, bevor er ging. Genau wie immer. Das Bedürfnis, ihn nach Barbara zu fragen, war so stark, dass sie Magenschmerzen bekam. Vielleicht war es besser, alles offen auf den Tisch zu legen, als ständig die Spekulationen und die furchtbaren Vorstellungen mit sich herumzuschleppen. Oder … war die Wahrheit vielleicht so schlimm, dass sie nie darüber hinwegkommen würde? Was, wenn sie ihn zur Rede stellte und er wollte sich scheiden lassen? Was, wenn er diese Frau liebte?

Die Kinder brachen kurz nach Brad auf und Darlene zwang sich, erst einmal die Hausarbeit zu erledigen, doch nichts konnte sie von dem, was sie mit angehört hatte, ablenken. Sie sah zum x-ten Mal aus dem Fenster zu Laylas Haus hinüber. Toms Auto stand noch immer da und sie wollte die beiden nicht stören. Sie freute sich für Layla und hoffte, dass mit Tom und ihr wieder alles in Ordnung kam, doch im Moment brauchte sie dringend Laylas gnadenlose Aufrichtigkeit. Layla würde ihr sagen, was sie tun sollte.

Gegen Mittag war Toms Auto endlich verschwunden. Vielleicht war Layla mit ihm irgendwo hingefahren. Darlene holte ihr Handy, sie würde sie einfach fragen. Als Layla sich meldete, fragte sie schüchtern, ob sie zu Hause sei. Layla sagte ja und meinte, Darlene solle doch rüberkommen. Fünfzehn Minuten später saß sie auf Laylas Sofa und erzählte ihr alles.

»Es ist furchtbar, dass ich seine Telefonrechnungen und seine Brieftasche und alles durchsucht habe, oder?« Darlene ließ den Kopf gegen Laylas Sofalehne sinken, schloss die Augen und wartete darauf, dass Layla ihr sagte, sie sei völlig im Recht.

»Ich verstehe nicht, warum du ihn nicht einfach danach gefragt hast.« Layla, die ihr im Sessel gegenüber saß, schlug ein Bein über das andere. Wieder einmal sah sie wie der Filmstar aus, der sie einst gewesen war.

Sie trug ein leuchtend rotes Neckholder-Sonnenkleid und einen Lippenstift, der perfekt dazu passte. Ihr langes Haar fiel ihr über die Schultern und sie wippte mit ihrem nackten Fuß, dessen Zehennägel in der gleichen Farbe lackiert waren wie ihre Fingernägel. Darlene dachte, dass sie selbst niemals so glamourös aussehen könnte, aber bei Layla wirkte es völlig natürlich. Und in Jeans, Arbeitshemd und Stiefeln war sie genauso schön.

Heute umgab sie zu alldem noch eine Aura tiefer Ruhe. Ihre Stimme war leiser, sie sprach langsamer und ihre Bewegungen waren nicht so rasch und abgehackt wie sonst. Darlene fühlte sich schrecklich, weil sie ihrer Freundin das alles zumutete, aber sie hatte niemand außer Layla. Und jetzt brauchte sie sie, mehr denn je.

»Ich habe Angst vor dem, was er mir sagen könnte«, sagte sie schließlich und schluckte schwer.

Layla sah sie eine Weile streng an. »Tom hat mich einmal betrogen, ein paar Jahre nach Marissas Geburt.«

»Und was ist dann passiert?«

Layla schüttelte den Kopf. »Der schlimmste Streit, den wir je hatten. Ich warf mit Sachen um mich, boxte ihn in den Magen und weinte, bis ich keine Tränen mehr hatte.« Sie schwieg kurz. »Und dann habe ich ihm verziehen.«

Darlene zog eine Braue hoch. »Einfach so? Du hast ihm verziehen?«

»Damals führten wir ein völlig verrücktes Leben.« Ihr Blick verlor sich einen Moment, dann sah sie Darlene wieder an. »Es gab mehr als genug Versuchungen, aber ich wusste tief in meinem Herzen, dass Tom mich liebte, und ich wollte, dass wir eine Familie blieben und Marissa gemeinsam großzogen. Und nein ... ich habe ihm nicht einfach so verziehen. Es ist mir sehr lange sehr schwergefallen, ihm wieder zu vertrauen.« Sie hielt noch einmal kurz inne, dann fuhr sie fort: »Wahrscheinlich habe ich es ihn länger büßen lassen, als ich hätte sollen, aber ... irgendwann waren wir wieder ein richtiges Paar. Und dann ...« Layla stand auf, ging zu der Truhe, die an der Wand stand, und holte ein Foto von Marissa. »Nachdem Marissa gestorben war, konnte ich ihm nicht mehr ins Gesicht sehen. Ich gab ihm die Schuld. Ich gab mir die Schuld. Ich gab Gott die Schuld. Und er machte es genauso.«

»Aber jetzt ist alles wieder gut?« Darlene fragte sich, ob sie und Brad sich trennen und später wieder versöhnen könnten. Sie war nicht sicher, ob sie eine Trennung überleben würde.

Layla drückte das Foto an ihr Herz und hielt es eine Weile fest, dann stellte sie es zurück auf die Truhe. Sie drehte sich wieder zu Darlene um, ging langsam zu ihrem Sessel und setzte sich wieder hin. »Ja. Es ist wieder gut. Das heißt nicht unbedingt, dass wir wieder zusammenkommen, doch im Moment sieht es nicht schlecht aus.«

Darlene nickte. »Was soll ich also tun?«

»Rede mit Brad.«

»Das kann ich nicht. Ich habe zu viel Angst.« Sie blinzelte die Tränen zurück.

»Wovor hast du am meisten Angst?«

Sie dachte über die Frage nach. »Dass ... dass er eine andere liebt.«

»Das bezweifle ich. Ich hatte den Eindruck, dass ihr eine gute Ehe führt.«

»Es war gut, aber nicht perfekt. Wir hatten auch Momente, in denen wir müde waren, Geldsorgen hatten, Stress wegen den Kindern hatten oder uns um andere Dinge sorgten. Aber im Großen und Ganzen, ja ... haben wir eine gute Ehe geführt. Ich habe Brad immer für meinen besten Freund gehalten und kann es einfach nicht ertragen, dass das jetzt zwischen uns steht und …« Sie schwieg und fing an zu weinen. »Tut mir leid, Layla. Aber ich habe einfach niemanden, mit dem ich darüber reden könnte.«

»Doch, hast du.« Layla lächelte. »Du weißt, mit wem du reden musst.«

»Ja, ich muss Brad zur Rede stellen.« Sie blinzelte wieder und legte die Hand vor den Mund.

»Das habe ich nicht gemeint. Wenn du mir nicht den Anstoß gegeben hättest, den ich brauchte, um wieder zu beten, hätte ich nie die Kraft gehabt weiterzumachen, zu glauben, dass ich das Recht habe, wieder glücklich zu sein. Bete, Darlene.«

»Ich habe ja gebetet.« Das stimmte, aber Darlene hatte trotzdem das Gefühl, sich von Gott entfremdet zu haben, und sie wusste nicht, warum. »Du hast einmal gesagt, wenn Gott glaubt, dass unser Leben zu gut ist, demütigt er uns, indem er uns etwas nimmt, und …«

»Gute Güte! Vergiss das doch, Darlene! Also wirklich! Ich war so zornig auf Gott und eine Flasche Wein hat meine Wut noch verstärkt, deshalb habe ich ihm die Schuld an allem gegeben. Ich hätte das nicht sagen dürfen und du darfst es nicht ernst nehmen.«

»Du musst mir sagen, was ich tun soll.« Darlene warf ihren Kopf wieder zurück auf die Sofalehne. »Soll ich mit ihm reden, es hinter mich bringen?«

»Ich habe dir gesagt, was du meiner Meinung nach tun solltest. Ich glaube, du solltest beten.«

Frustriert stand sie auf. Sie wollte, dass Layla einen Plan für sie entwarf, dass sie ihr noch etwas anderes sagte als das, was auf der Hand lag. Darlene hatte gebetet, für sich und Brad und für Grace. Doch irgendetwas stimmte nicht, sie brauchte konkretere Führung. »Ich gehe jetzt.«

»Sei nicht böse.« Layla stand ebenfalls auf. »Ich weiß, dass du gekommen bist, damit ich dir sage, was du tun sollst, und vor ein paar Wochen hätte ich dir wahrscheinlich geraten, den Kerl an den Eiern …« Sie holte tief Luft. »Aber das Leben ist einfach zu kurz.«

Und dann tat Layla etwas völlig Unerwartetes. Sie kam zu Darlene herüber, nahm sie in den Arm und ließ sie an ihrer Schulter weinen.

Trotz all des Chaos', das über sie hereingebrochen war, wusste Darlene eins ganz sicher: Layla war ihre Freundin. Und dafür war sie dankbar.

Jetzt musste sie nach Hause gehen und sich auf das Unausweichliche vorbereiten.

Sie musste Brad zur Rede stellen.

18

Brad bog in die Auffahrt ein. Er hoffte, dass UPS das Paket heute ausgeliefert hatte, und er war froh, dass Barbara endlich auf ihn zu hören schien. Diese Frau würde seine Existenz zerstören, wenn er nicht aufpasste. Er rannte die Verandastufen hinauf. Darlene war in der Küche.

»Ist UPS heute gekommen?« Er küsste sie zur Begrüßung auf die Wange. »Mmmm … das riecht aber gut.«

»Nein. Ich war um die Mittagszeit eine Weile bei Layla, aber sonst war ich immer zu Hause. Ein Paket ist nicht gekommen.« Sie holte Teller aus dem Schrank und Brad nahm sich etwas zu trinken.

»Na gut, dann vielleicht morgen. Es ist eine Nachlieferung, deshalb konnten sie nicht genau sagen, wann sie kommt.«

Als sie den Tisch deckte, fielen Brad zum ersten Mal ihre roten, geschwollenen Augen auf. Er trat zu ihr. »Was ist denn los? Ist bei Graces Therapiesitzung alles gut gegangen?« Brad hatte viel für Grace gebetet und als er jetzt auf Darlenes Antwort wartete, klopfte sein Herz vor Angst.

»Ich habe nach der Sitzung mit Dr. Brooks gesprochen. Sie sagt, Grace macht weiter Fortschritte.«

Brad seufzte vor Erleichterung auf. »Gott sei Dank.« Er trank noch einen Schluck Tee, dann beugte er sich vor und legte Darlene die Hand auf den Arm. »Warum siehst du dann aus, als hättest du geweint? Ist alles in Ordnung?«

Sie entzog sich ihm, machte die Ofentür auf und nahm eine Kasserolle heraus. »Ja. Ich bin nur müde.«

Sie stellte die Form auf den Tisch. Brad trat hinter sie, legte die Arme um sie und küsste sie auf den Nacken. »Vielleicht sollten wir heute mal ein bisschen früher ins Bett gehen.«

»Vielleicht.«

Es war nicht zu übersehen, wie sie sich verspannte.

Darlene war die letzten Tage seltsam gewesen, so distanziert, doch er wusste, dass er sie nicht drängen durfte. Sie würde schon mit ihm reden, wenn sie so weit war.

Drei Tage später hatte Darlene Brad noch immer nicht zur Rede gestellt. Wenn sie mit ihm sprach, war vielleicht alles vorbei, was ihr Leben lebenswert machte und ihre ganze Ehe über Gültigkeit gehabt hatte. Sie war nicht in der Lage, sich einer Realität zu stellen, die ihr ganzes Leben zerstören würde. Sie hatte ständig Magenschmerzen, es war ihr aber lieber, nicht die Wahrheit zu kennen, als mit Brads möglicher Reaktion umgehen zu müssen. Würde er die Beziehung zu Barbara leugnen? Würde er sagen, dass es vorbei war? Würde er sie belügen?

Wenn Brad sie anlog, würde sie es merken. Er war ein miserabler Lügner. Als sie letztes Jahr angedeutet hatte, dass sie wüsste, was sie zu Weihnachten bekommen würde, hatte Brad ihr in die Augen gesehen und geleugnet, dass er ihr die Perlenkette gekauft hatte, die sie ihm ein paar Wochen zuvor bei einem Juwelier gezeigt hatte. Sie hatte nur gelächelt und ihn in dem Glauben gelassen, dass es eine Überraschung für sie sein würde.

Brad kaufte ihr gerne Geschenke, aber er konnte niemals ein Geheimnis bewahren.

Sie setzte sich aufs Sofa, starrte das Schinkensandwich an, das sie sich gemacht hatte, und zwang sich, einen Bissen davon zu essen.

Andererseits war er vielleicht doch ein besserer Lügner, als sie dachte – schließlich hatte er das Geheimnis mit Barbara bewahrt. Sie ließ das Sandwich wieder auf den Teller fallen und legte die Füße auf den Couchtisch. Ihr Haus war so sauber wie seit Jahren nicht mehr. Das Putzen hatte sie abgelenkt, doch jetzt gab es nichts mehr zu putzen. Die Kinder waren in der Schule, es war ruhig und ihre Gedanken gingen auf Wanderschaft. *Ob Brad jetzt vielleicht gerade mit Bar-*

bara zu Mittag isst? Sind sie vielleicht in irgendeinem kuscheligen kleinen Hotel? Oder hat er vielleicht Schluss mit ihr gemacht?

Sie nahm noch einen Bissen von dem Sandwich, dann ging sie in die Küche und warf es in den Mülleimer. Sie musste etwas tun. Während sie sich noch nach einer Beschäftigung umschaute, hörte sie ein Auto in die Auffahrt einbiegen.

Sie schaute aus dem Fenster. Dave und Cara stiegen gerade aus. Darlene nahm ihre kleinen Kreolen ab, steckte ihre Taubenkette in ihr T-Shirt und kämpfte mit ihrem Ehering, bis sie ihn abgezogen hatte. Sie legte alles auf die Truhe neben der Eingangstür und ging auf die Veranda hinaus. Während sie mit der Hand die Augen gegen die Sonne abschirmte, rief sie ihren Besuchern ein so freundliches Hallo zu, wie sie nur konnte.

»Ich hoffe, wir kommen nicht ungelegen, aber die Evans-Schule hat heute früher geschlossen, weil die Klimaanlage ausgefallen ist, deshalb dachten Cara und ich, wir könnten vielleicht die Hühner besuchen.« Dave winkte. Er war wie immer perfekt gekleidet, marineblaue Shorts und gelbes Hemd. Darlene blickte an ihren Jeans herunter; sie trug ein rosa T-Shirt mit Nike-Emblem und weiße Flip-Flops dazu. Das T-Shirt besaß sie schon, so lange sie denken konnte; es war ihr Lieblings-T-Shirt und zugleich das abgetragenste Kleidungsstück, das sie hatte. Sie nahm ihr Haar am Hinterkopf zusammen und schlang das Gummiband darum, das sie in den Sommermonaten stets um ihr Handgelenk trug. Der kurze Pferdeschwanz würde zwar ihr Erscheinungsbild nicht gerade verbessern, aber draußen war es vierzig Grad heiß.

»Natürlich dürfen Sie die Hühner besuchen.« Darlene ging Dave und Cara langsam entgegen. »Schön, Sie zu sehen.« Sie drehte sich zu Cara um und lächelte. »Hallo, Cara.«

Cara kam ihr nicht entgegen, sondern deutete nur auf den Hühnerstall. »Ansleys Hühner.«

»Ja. Wir gucken uns Ansleys Hühner an.«

Dave schob seine dunkle Sonnenbrille hoch. »Ich hoffe, Sie haben nichts dagegen, dass wir gekommen sind. Es war eine spontane Idee, weil wir plötzlich einen freien Nachmittag hatten. Ich habe Ihre Festnetznummer nachgeschlagen und wollte Sie anrufen, aber mein Handy hatte keinen Empfang, deshalb bin ich nicht durchgekommen.«

»Die Handys haben hier draußen öfter mal keinen Empfang, aber ich habe überhaupt nichts dagegen, dass Sie gekommen sind.« Im Gegenteil, die Ablenkung war ihr höchst willkommen. »Sie wissen ja, dass ich nicht gerade ein Fan der Hühner bin.« Sie lächelte, während sie ihre Besucher mit einer Handbewegung einlud, ihr zum Hühnerstall zu folgen. »Ich komme also nicht mit rein.«

»Oh nein, das brauchen Sie auch nicht. Wir können die Hühner gut auch von draußen betrachten. Sie brauchen die Käfigtür nicht zu öffnen.« Dave hielt Caras Hand, während sie zum Stall gingen. Zwei Hühner liefen herum, die anderen saßen auf ihren Brutplätzen.

Cara ließ Daves Hand los und rannte zum Gehege. »Ansleys Hühner füttern!« Sie hüpfte auf und ab und deutete auf die Hühner. Sie sah so hübsch aus in ihren roten Shorts, der weißen Bluse und den flachen Sandalen. Die Evans-Schule war das ganze Jahr über geöffnet, deshalb war ein freier Tag etwas ganz Besonderes für Cara.

»Cara, ich glaube nicht, dass wir hineingehen sollten«, sagte Dave, als er und Darlene sie eingeholt hatten.

»Ansleys Hühner füttern«, wiederholte Cara und blickte flehend zu Darlene auf.

»Von mir aus geht das in Ordnung, wenn Sie nicht befürchten, dass die Hühner sie erschrecken. Ich selbst mag es gar nicht, wenn sie herumflattern und rumrennen. Ansley macht das nichts aus, aber Cara erträgt es vielleicht nicht.«

»Also gut, aber nur ganz kurz, Cara.« Dave beugte sich hinunter und löste den Draht, der das kleine Tor verschloss. Cara ging hinein und wie Darlene befürchtet hatte, flatterten die Hühner sofort aufgescheucht herum. Darlene blieb draußen, Dave ging zu Cara hinein. Cara schien keine Angst zu haben. Sie lief herum und kicherte jedes Mal, wenn ein Huhn ein Geräusch machte oder vor ihr weglief.

Doch dann ging Cara in den hinteren Teil des Geheges und das Unheil nahm seinen Lauf. Vier der Hühner flitzten um Dave herum und flatterten aus dem Käfig. Da Darlene wusste, wie Ansley sich mit ihren geliebten Hühnern anstellte, rannte sie über den Hof hinter ihnen her. »Zurück, zurück«, schrie sie und versuchte, die Tiere in Richtung Käfig zu treiben. Ansley ließ sie zwar auch manchmal frei laufen, doch sie hatte ein bestimmtes System, sie zurück in den Stall zu locken.

Aus den Augenwinkeln sah Darlene, wie Dave Cara aus dem Gehege zerrte, obwohl sie schrie und Widerstand leistete. Er schloss die Tür, sodass die beiden restlichen Tiere sicher verwahrt waren. »Ich muss Darlene helfen, Ansleys Hühner einzufangen, Cara. Bleib ganz still hier stehen und rühr dich nicht.« Er deutete mit dem Finger auf sie, doch Cara hüpfte herum und schrie und lachte und scheuchte die Hühner dadurch immer weiter weg vom Stall. Eine große braune Henne verschwand gerade hinter dem Farmhaus.

»Darlene, es tut mir so leid«, sagte Dave und setzte sich die Sonnenbrille richtig auf. Dann lief er nach links, Darlene rannte nach rechts und beide breiteten die Arme aus und versuchten, die Hühner mit lauten Geräuschen wieder in Richtung Stall zu treiben. Doch immer, wenn es ihnen zu gelingen schien, fing Cara wieder an, auf und ab zu hüpfen und scheuchte sie damit erneut vom Stall fort.

Zehn Minuten später waren Darlene und Dave schweißnass und hatten doch erst ein einziges Huhn wieder in die Umzäunung zurückgetrieben.

Darlene blieb stehen und versuchte, erst einmal wieder zu Atem zu kommen. Dave tat es ihr nach.

»Ob wir so weiterkommen?«

Darlene lachte. »Wahrscheinlich nicht.«

Dave trat näher zu ihr und sah, dass die Hühner, die noch frei waren, ein paar Meter entfernt im Gras herumpickten. »Vielleicht können wir sie mit ein bisschen Futter anlocken?«

»Das könnte funktionieren.« Darlene ging in den Stall und holte eine leere Futterschüssel. Dann ging sie in die Scheune und tauchte die Schüssel in einen großen Futtersack. Plötzlich spürte sie Dave hinter sich und fuhr vor Schreck zusammen. Er war genauso schweißnass wie sie und in dem dämmerigen Schuppen sah sie, wie er sich mit der Hand über die Stirn fuhr. Dann nahm er ihr die Schüssel ab.

»Lassen Sie mich das machen.« Er beugte sich hinunter, so dicht neben ihr, dass seine Brust ihr Bein streifte, als er die Schüssel in den fast leeren Sack tauchte. Als er sich wieder aufrichtete, war sein Gesicht nur wenige Zentimeter von ihrem entfernt. Ihre Blicke verfingen sich. Schweiß rann über ihre Wangen. Sie hörte Cara draußen lachen, während sie Daves Gesicht betrachtete. Mit ernstem Ausdruck erwiderte er ihren Blick. Sie dachte daran, wie zärtlich er immer zu ihr gewesen war, und aus Gründen, die sie später zu Tode analysieren würde, näherte sie ihr Gesicht dem seinen. Er bewegte sich nicht, als sie sich auf die Zehenspitzen stellte und ihn zart auf den Mund küsste. Als sie zurücktrat, suchte er ihren Blick, als wolle er in ihm versinken, und nahm ihr Gesicht in seine Hände. Sie wehrte sich, doch seine Lippen waren voller Leidenschaft und während er ihren Mund auf verbotene Weise erforschte, erwiderte sie seinen Kuss.

Als sie sich ihm schließlich entzog, flüsterte er ihren Namen. »Das wünsche ich mir schon so lange.« Er griff wieder nach ihr, doch Darlene trat zurück. Die Erkenntnis dessen, was sie getan hatte, traf sie wie der Blitz. Sie trat noch ein paar Schritte weiter zurück.

»Sie müssen gehen. Sofort.« Sie schluckte schwer, Brads Gesicht vor Augen.

»Darlene, es ist alles in Ordnung«, sagte Dave und streckte ihr die Hand hin, während er auf sie zukam. »Das musste irgendwann geschehen und …«

»Nein … Es musste überhaupt nicht geschehen. Es hätte nicht passieren dürfen. Es tut mir leid. Ich weiß nicht …« Tränen stiegen ihr in die Augen. Ganz gleich, was Brad getan hatte, doppeltes Unrecht ergab noch kein Recht und Darlene verabscheute sich plötzlich aus tiefstem Herzen. »Bitte, gehen Sie.«

»Süße …«

»Nicht, Dave. Nennen Sie mich nicht so.« Sie starrte zu Boden, wollte ihn nicht mehr anschauen. Er legte eine Hand auf ihren Arm.

»Ich gehe. Aber bitte, Darlene. Mach dir keine Vorwürfe. Es war nur ein Kuss.«

Darlene wusste, dass es mehr war als nur ein einfacher Kuss, und hatte das Gefühl, in Schuldgefühlen zu ertrinken. »Ich weiß«, sagte sie, weil sie nicht wusste, was sie sonst sagen sollte, und nicht wollte, dass Dave dem Kuss zu große Bedeutung beimaß. »Es hätte nur nicht passieren dürfen. Ich hätte nicht …« *Ich hätte nicht damit anfangen dürfen.*

Dave trat näher zu ihr und Darlene spürte, wie ihr Herz heftig schlug. Sie bewegte sich nicht, als er sich herunterbeugte und sie auf die Stirn küsste, sondern fing einfach an zu weinen. Er nahm sie in die Arme. »Süße Darlene. Es ist alles in Ordnung. Wir haben nichts getan.« Er tröstete sie und strich ihr mit dem Daumen über die nasse Wange. »Aber ich würde lügen, wenn ich sagte, dass ich nicht die ganze Zeit an dich denke.« Er küsste sie auf die Wange.

»Ich kann das nicht tun.« *Ich will das nicht tun.* Sie trat noch ein paar Schritte zurück. »Bitte, sagen Sie Cara tschüss von mir. Und gehen Sie jetzt. Ich kümmere mich später um die Hühner.«

Dave blieb einen Moment bewegungslos stehen.

»Bitte, Dave.«

Er hob eine Hand. »Okay. Ich gehe. Aber ich bin da, wenn du irgendetwas brauchst, Darlene.«

Sie nickte und wusste, dass alles, was sie brauchte, ein Tritt in den Hintern war. Sie wartete, bis sie Dave und Cara wegfahren hörte; dann verließ sie die Scheune.

Sie brauchte zwei Stunden, um die Hühner wieder einzufangen und in den Käfig zu sperren, und die ganze Zeit über stellte sie sich Brads Gesichtausdruck vor, wenn er erfuhr, was sie getan hatte.

Und dazwischen sah sie ihn vor sich, wie er eine andere Frau küsste oder noch mehr mit ihr tat. *Was ist nur aus uns geworden?*

Als die Hühner wieder in Sicherheit waren, ließ sie sich an der Stallwand heruntersinken, barg das Gesicht in den Händen und weinte. Die *gute* Darlene hätte jetzt gebetet, doch die *schlechte* Darlene hatte Gott nichts zu sagen. Von Scham überwältigt wünschte sie, Gott könnte sie nicht sehen, könnte ihre Gedanken nicht hören, wäre nicht so enttäuscht von ihr, wie sie es von sich war.

Aber er wusste alles.

Sie hatte sich noch nie in ihrem Leben so einsam gefühlt.

Dave fuhr mit Cara nach Hause. Während sie ruhig am Küchentisch saß und malte, dachte er darüber nach, was zwischen ihm und Darlene geschehen war. Irgendetwas hatte sie dazu getrieben, ihn zuerst zu küssen, aber leider bereute sie es. Trotzdem hörten seine Gedanken nicht an diesem Punkt auf. Sie hatte seinen Kuss erwidert, leidenschaftlich erwidert, so wie eine Ehefrau ihren Mann küsst. Diese Tatsache erfüllte ihn mit Hoffnung und Scham zugleich. Er hatte noch nie die Frau eines anderen Mannes geküsst. Und noch nie die Frau eines anderen Mannes begehrt. Er wählte Darlenes Festnetznummer, doch wie erwartet, schaltete sich der Anrufbeantworter ein. Er hinterließ keine Nachricht.

Als er in die Küche ging, dachte er an Julie und fragte sich, ob sie vielleicht vom Himmel herabsah und den Kopf schüttelte. Schlimmer noch, Gott wusste, was er getan hatte. Und dennoch – er hätte es nicht ungeschehen machen wollen.

Das Gefühl von Darlenes Mund auf seinem, die Art, wie sie auf ihn reagiert hatte, hatte eine brennende Sehnsucht in ihm geweckt, Ehemann hin oder her.

Grace saß beim Mittagessen neben Skylar, wie schon seit dem ersten Schultag in diesem Jahr, trotz der Blicke, die Glenda und die anderen Mädchen ihr zuwarfen. Sie waren nicht ihre Freundinnen. Skylar hingegen war ihre beste Freundin.

Als Chad sich auf den Stuhl neben Skylar fallen ließ und seinen Teller abstellte, spannten Graces Muskeln sich an.

»Was willst du hier, Chad? Setz dich doch zu den Blödmännern, mit denen du auch sonst immer rumhängst.« Grace starrte ihn an und sah dann Skylar an, die nur lächelte.

»Halt den Mund, Grace.« Er wandte sich an Skylar. »Ich habe Karten für den Festival Hill morgen. Die Band muss echt cool sein. Hast du Lust?«

Graces Herz schlug schneller, als Skylar nickte und sagte: »Klar.«

Sie liebte ihren Bruder, egal, wie blöd er manchmal war. Und sie liebte auch Skylar. Aber der Gedanke, dass die beiden zusammen waren, erschreckte sie. Skylar war ihre Freundin. Sie musste Chad sagen, dass er sich eine andere suchen sollte. Doch als Skylar ihm zuzwinkerte, wusste sie, dass sie sie verlieren würde. Von jetzt an würde Skylar mit Chad herumhängen, nicht mehr mit ihr.

Sie dachte daran, wie sie Skylar letztes Jahr in der Schule behandelt hatte, und fand, dass sie es nicht anders verdient hatte. Doch sie würde Skylar nicht kampflos aufgeben.

»Ich habe gehört, dass Cindy heute im Matheunterricht gesagt hat, ihr beide würdet wieder miteinander gehen.« Grace schob sich eine Pommes in den Mund.

Chad grunzte, dann sah er Skylar an. »Das stimmt nicht. Cindy lügt, wenn sie den Mund aufmacht. Wir werden ganz bestimmt nie mehr miteinander gehen.«

Skylar lächelte und Grace hätte die beiden am liebsten geschlagen und geschrien: ›Nein, nein, nein. Ihr beide dürft nichts miteinander anfangen.‹ Aber sie war nicht sicher, ob das ein vernünftiger Gedanke war, und auf jeden Fall war er egoistisch. Trotzdem, Chad behandelte die Mädchen, mit denen er ging, nicht immer gut. Grace würde Skylar später vor ihm warnen.

Sie seufzte, weil sie wusste, dass sie ihren Bruder dadurch kränken würde. Das wollte sie natürlich auch nicht. Aber sie konnte den Gedanken nicht ertragen, dass Skylar und Chad zusammen waren – ohne sie.

Darlene sah, dass der Anrufer Brad war, und ging beim dritten Klingeln ans Telefon. Beim Klang seiner Stimme brach ihr der kalte Schweiß aus; sie fragte sich, wie sie ihm nach dem, was sie getan hatte, je wieder gegenübertreten konnte. Doch als er ihr sagte, dass es heute Abend sehr spät werden würde, schien ihr Tun ihr mit einem Mal fast gerechtfertigt.

»Wie spät?« Sie hörte, dass ihre Stimme zitterte, und fragte sich, ob er es wohl auch hörte.

»Es wird wohl neun werden. Das Meeting beginnt erst um sechs.«

»Wer trifft sich mit wem?« Sie merkte, wie sie sich verspannte, als sie überlegte, wie Barbara wohl aussah. War sie groß und schlank? War sie jünger als Darlene?

»Es ist ein Treffen der Partner.«

Brad hatte leicht gezögert, bevor er geantwortet hatte. Oder hatte sie sich das eingebildet? Wurde sie vielleicht schon paranoid? »Okay.«

»Ich liebe dich. Bis heute Abend.«

Er hatte aufgelegt. *Ich liebe dich auch.*

Layla sprang vom Pferd, band es an den Balken vor der Scheune und kam Darlene entgegen. Die Augen ihrer Freundin waren rot und verschwollen.

»Ich habe Dave Schroeder geküsst«, platzte Darlene heraus und warf die Arme in die Luft.

»Du hast was?« Layla sah ihre Freundin einen Moment lang nur an. Das war das Letzte, was sie zu hören erwartet hätte. Sie klopfte sich den Schmutz von den Kleidern, dann nahm sie Darlene am Arm. »Okay. Komm rein. Reden wir darüber.« Drinnen legte sie den Arm um Darlene und führte sie zum Sofa. »Setz dich.« Sie selbst warf sich in einen Sessel ihr gegenüber. »Was ist passiert?«

Nachdem Darlene ihr von der Knutscherei in der Scheune erzählt hatte, war Laylas erste Reaktion, ihr zu sagen, dass es doch so schlimm nun auch wieder nicht sei. Doch wahrscheinlich hielt Darlene selbst es für das Schrecklichste, was sie je im Leben getan hatte. »Nun vergib dir erst einmal selbst, Darlene, und dann sorg dafür, dass es nicht wieder geschieht. Bete.«

»Mir ist aber nicht nach Beten zumute, Layla.« Darlene presste die Worte zwischen zusammengebissenen Zähnen heraus.

Layla verzog das Gesicht. Welch eine Ironie!

Es war noch nicht lange her, da war sie diejenige gewesen, die nicht beten wollte. Doch nun hatte sie diese Tür endlich wieder geöffnet und dadurch hatte sich so viel in ihrem Leben verändert. Zum Besseren verändert. Und jetzt musste sie dafür sorgen, dass Darlene diese Tür nicht schloss – und vor allem, dass sie sie nicht so lange geschlossen hielt wie Layla.

»Bete trotzdem.« Laylas Stimme klang ungewöhnlich eindringlich.

Darlene starrte sie an. »Ich bete, wenn mir danach ist.«

Hmmm … Darlene suchte offenbar Streit. Wahrscheinlich brauchte sie einen Sündenbock. Und Layla wusste aus Erfahrung, dass Gott in dieser Hinsicht ein leichtes Opfer war. »Okay.« Sie streifte erst einen, dann den anderen Stiefel ab. »Was willst du also tun?«

»Es Brad sagen, denke ich.«

»Halt. Denk mal eine Minute nach.« Layla stützte ihre Ellbogen auf die Knie. »Bist du da ganz sicher?«

»Ja. Und wenn ich schon mal dabei bin, frage ich ihn auch gleich nach Barbara. Und dann frage ich ihn, wie sein sogenanntes Meeting heute Abend war. Und dann drucke ich die Telefonrechnung aus und werfe sie ihm an den Kopf. Und dann …« Sie fing an zu weinen. »Warum passiert das alles bloß?«

Layla starrte sie nur an. Ihr Leben in Hollywood hatte manchen schweren Schlag für sie bereitgehalten; an einigen war sie sogar selbst schuld gewesen. Verglichen mit ihr hatte Darlene wahrscheinlich ein relativ behütetes Leben geführt. Deshalb war das Ganze auch so schwer für sie. Sie stand auf und ging zum Sofa.

»Süße, hör mir mal zu. Du kannst das durchstehen, ganz gleich, was ihr beide, Brad oder du, getan habt. Das Schlüsselwort ist verzeihen. Ihr müsst einander vergeben.« Sie schwieg und nahm Darlenes

Hand. »Und … du musst dir selbst vergeben. Hast du mich verstanden?«

Darlene drückte ihre Hand. »Ich will, dass alles wieder so ist, wie es war.«

»Das wird es wahrscheinlich nie mehr sein.« Layla schwieg wieder. Dann sagte sie: »Aber es könnte sogar noch besser werden. Es könnte eine Ehrlichkeit und Offenheit in eurer Beziehung herrschen, die ihr früher nicht gekannt habt.«

»Versuch nicht, mir weiszumachen, dass sich das alles zum Guten wendet und dass unsere Beziehung besser wird durch die miesen Entscheidungen, die wir getroffen haben.«

»Du weißt doch gar nicht, warum das alles so gekommen ist. Gott verfolgt einen Plan damit, mehr sage ich nicht.«

Darlene verspannte sich, als Layla Gott erwähnte, eine Reaktion, die dieser schmerzlich vertraut war. Sie wusste, dass sie Darlene jetzt genauso helfen musste, wie Darlene ihr geholfen hatte. Durch Darlenes Sanftmut und Freundlichkeit und ihre vielen Hinweise auf Gott hatte Layla angefangen, ihren Geist und ihr Herz wieder zu öffnen und zu beten, und durch das Gebet hatte sie zu Gott zurückgefunden. Jetzt würde für sie, Layla, nichts wieder so sein wie vorher, und auch wenn der Schmerz über den Verlust Marissas nie enden würde, hatte sie doch Frieden gefunden. Sie wusste, dass das allein Gott bewirkt hatte.

»Vielleicht sollte ich ja mit Dave schlafen, dann sind wir quitt.« Darlene bedachte sie mit einem eisigen Lächeln.

»Wenn du meinst, dass du dich dann besser fühlst.« Layla dachte, wenn sie das Feuer ein bisschen schürte, könnte Darlene vielleicht ihren Gefühlen freien Lauf lassen, die sie jetzt noch krampfhaft zu unterdrücken versuchte.

»Selbstverständlich würde ich mich danach nicht besser fühlen, Layla!« Darlene sprang vom Sofa auf. »Doppeltes Unrecht ergibt kein Recht, wie es so schön heißt. So weit werde ich mich bestimmt niemals erniedrigen!«

Layla starrte sie an. »Fein. Was willst du stattdessen tun?«

Darlene stampfte auf. »Das ist alles Brads Schuld! Ich hätte Dave nie geküsst, wenn …«

Layla wartete. In den nächsten fünf Minuten würde Darlene allen die Schuld geben, die ihr einfielen, einschließlich Layla. Sie wusste, dass Darlene das jetzt brauchte. Danach würde Layla dann ein paar Dinge ein für alle Mal klarstellen.

Darlene gab Dave die Schuld, weil er gekommen war, Brad, weil er untreu war, Gott, weil er sie verlassen hatte, und sich selbst, weil sie Grace eine schlechte Mutter und Brad eine schlechte Ehefrau gewesen war. Und schließlich zog sie, wie erwartet, auch noch Layla in diesen Wirrwarr hinein.

»Ich hätte die Zeichen erkennen müssen … wie Brad dich die ganze Zeit angestarrt hat, als wollte er …«

»Das reicht!« Layla stand auf und deutete mit dem Finger auf sie. »Du weißt nicht einmal genau, ob Brad etwas getan hat oder nicht, du versuchst nur, dein eigenes Tun zu rechtfertigen. Hör auf damit!« Sie nickte zum Sofa hinüber. »Setz dich sofort wieder hin, Fräuleinchen. Ich werde dir jetzt etwas sagen und du hörst mir gefälligst zu.«

»Kommandier mich nicht rum wie ein Kind.« Darlene schniefte und verschränkte die Arme vor der Brust und Layla musste sich in Erinnerung rufen, dass hier eine erwachsene Frau vor ihr stand. Sie holte tief Luft und stieß sie langsam wieder aus.

»Darlene, bitte, setz dich aufs Sofa, damit ich kurz mit dir reden kann.«

»Ich bleibe stehen.«

»Setz dich.« Layla nahm auf dem Sofa Platz und deutete neben sich. Darlene schnaubte, setzte sich aber hin.

»Süße …« Layla seufzte. »Du befindest dich im Moment an einem sehr gefährlichen Punkt. Manche Menschen fliehen zu Gott, wenn sie Probleme haben, andere fliehen vor ihm. Ich glaube, ich bin vor ihm weggelaufen, weil ich mich geschämt habe und mir die Schuld an Marissas Tod und am Scheitern meiner Ehe gegeben habe und weil ich mir all das Schlechte, das ich in meinem Leben getan hatte, nicht verzeihen konnte. Aber ich glaube, dass er dich, Darlene, benutzt hat, um mir zu helfen, den Weg zu ihm zurückzufinden. Und in einer seltsamen Umkehrung der Dinge bitte ich jetzt dich … ihn um Hilfe zu bitten. Entferne dich nicht so weit, dass du kaum noch umkehren kannst. Entferne dich nicht von Brad – und nicht von Gott.«

Darlene schwieg.

»Du musst wissen, dass ich zum ersten Mal seit vielen, vielen, vielen Jahren wieder Hoffnung habe. Alles, was du jetzt gerade durchmachst, wird vorübergehen. Aber, mein Schatz, wende dich an Gott. Du brauchst ihn in dieser Zeit mehr denn je.«

Darlene fing an zu weinen und Layla nahm sie fest in die Arme. Sie strich ihr übers Haar, wie sie es bei Marissa getan hatte, wenn diese traurig gewesen war, und weinte mit ihrer Freundin.

»Ich liebe dich, Layla.«

Layla weinte, während sie Gott im Stillen für dieses Wunder dankte. Sie hatte nie eine beste Freundin gehabt. Darlene war ein Geschenk für sie. *Ich danke dir, Gott, für Darlene. Bitte hilf ihr durch diese schwierige Zeit und … lass sie nicht in die Irre gehen.*

»Ich liebe dich auch, Süße«, sagte sie schniefend. »Irgendwann wird es uns beiden wieder gut gehen.«

19

Grace tigerte in Dr. Brooks' Sprechzimmer auf und ab; die Psychologin hatte sich entschuldigt, weil sie wegen eines Notfalls ans Telefon musste. Grace trat an das Bücherregal, in dem größtenteils medizinische Bücher standen, darunter auch ein paar von Dr. Brooks selbst. Daneben standen Fotos von Dr. Brooks' drei Kindern; Grace schätzte ihr Alter auf neun, vierzehn und siebzehn Jahre. Dr. Brooks hatte mit ihr über ihre Kinder gesprochen; die Ärztin schien eine gute Mutter zu sein.

Sie wandte sich um, als Dr. Brooks wieder ins Zimmer kam. »Grace, es tut mir leid, aber ich musste diesen Anruf annehmen.« Dr. Brooks nahm ein Kleenex und tupfte sich ein paar winzige Schweißtropfen von der Stirn, dann setzte sie sich auf einen der hochlehnigen Sessel. Grace nahm ihren alten Platz auf dem Sofa wieder ein.

»Ist alles in Ordnung?« Grace glaubte, Tränen in den Augen der Psychologin zu sehen, aber ganz sicher war sie sich nicht.

Dr. Brooks sah sie an. »Ich hoffe es. Ich habe eine Patientin ....« Dr. Brooks schwieg kurz. »Eine Ritzerin hat es diesmal zu weit getrieben. Sie musste in die Klinik eingeliefert werden.«

Grace schluckte, sagte aber nichts.

»Ärgert es dich, dass ich dir das erzählt habe?« Dr. Brooks setzte ihre schwarz gerahmte Lesebrille auf und legte den Block und den Stift in ihren Schoß. Sie kritzelte etwas aufs Papier, dann sah sie Grace an.

»Ein bisschen.« Grace hörte nicht gerne, dass jemand Schmerzen hatte oder im Krankenhaus war, sei es wegen Ritzen oder aus anderen Gründen.

»Die Patientin hatte gute Fortschritte gemacht, aber dann hatte sie einen Rückfall.« Dr. Brooks lehnte sich auf ihrem Sessel zurück. »Wie fühlst du dich?« Sie schlug die Beine übereinander und sah Grace über den Rand ihrer Brille hinweg an. »Irgendwelche Probleme? Hattest du noch einmal den Drang, dich zu ritzen?«

Grace schüttelte den Kopf. »Mir geht's großartig. Keine Probleme.«

Dr. Brooks nickte und schrieb sich etwas auf. »Gut, gut. Und wie läuft es so in der Schule?«

»Gut.«

Dr. Brooks legte den Stift in ihren Schoß und nahm die Brille ab. »Grace, ich dachte, wir hätten Fortschritte gemacht, aber in letzter Zeit habe ich den Eindruck, als sagtest du mir einfach, was ich hören möchte.«

Vielleicht hatte die Psychologin einen schlechten Tag, jedenfalls hatte sie noch nie in so ungeduldigem Ton mit Grace gesprochen. »Das mache ich aber nicht.«

»Doch, das tust du. Wir haben doch schon darüber gesprochen.« Dr. Brooks lehnte sich ganz leicht vor. »So. In deinem Leben ist also alles perfekt? Die Schule läuft großartig? Keine Sorgen, auf der ganzen weiten Welt nicht? Wenn das stimmt, dann bist du wirklich ein glückliches Mädchen.«

Was ist das plötzlich für eine Quacksalberin? Ich will die alte Dr. Brooks wiederhaben. Grace zuckte die Achseln. »Dann bin ich eben glücklich.«

»Scheint so.«

Hatte Dr. Brooks gerade die Augen verdreht? Durfte sie das überhaupt? Grace warf einen Blick auf die Uhr.

»Wir haben noch fast die ganze Sitzung vor uns, keine Sorge.«

Grace öffnete den Mund, unsicher, wie sie auf diese neue Dr. Brooks reagieren sollte. »Okay.«

Dr. Brooks starrte sie eine Weile ernst an. »Noch immer kein Bedürfnis, dich zu ritzen?«

»Nö.« Grace faltete die Hände, gelangweilt von der immer gleichen Frage und zugleich ein wenig genervt über das Verhalten der Ärztin.

»Wirklich nicht? Ich glaube dir nämlich nicht.« Dr. Brooks legte den Block und den Stift auf den Schreibtisch und hob das Kinn.

»Mir egal.« Grace wandte den Blick ab und strich sich die Haare hinter die Ohren. »Mir geht's gut.«

Schweigen. Ein langes, unheimliches Schweigen. Nach einer vollen Minute sprach Dr. Brooks wieder.

»Ich glaube, dass du mich anlügst, Grace. Ich glaube, du hast das Bedürfnis, dich zu ritzen, aber du sagst es mir nicht, sondern kommst hier herein und lügst mich Woche für Woche an. Das glaube ich.«

Graces Hände und Unterlippe fingen an zu zittern. »Wie können Sie das sagen? Ich lüge nicht.«

»Wirklich nicht? Das hat nämlich auch meine andere Patientin zu mir gesagt und jetzt liegt sie im Krankenhaus und kämpft um ihr Leben. Und deshalb möchte ich im Moment bitte die Wahrheit von dir hören.«

Grace konnte es nicht fassen. »Hören Sie. Ich weiß nicht, was mit Ihrer anderen Patientin los ist, aber es ist unethisch, wenn Sie uns vergleichen. Ich bin sicher, das ist nicht erlaubt!« Grace hörte, wie ihre Stimme lauter wurde, während sie die Arme vor der Brust verschränkte.

»Erzähl mir nichts von Ethik. Erzähl mir von den Dingen in deinem Leben, die dir Probleme machen. Jeder hat Sachen, die ihn ärgern.«

Netter Versuch. »Nun, ich aber nicht.«

Dr. Brooks starrte sie wieder an und Grace wäre am liebsten aus dem Zimmer gerannt. »Und wie läuft es zu Hause?«

»Bestens.« Grace sprach so sarkastisch, wie sie nur konnte.

»Ah ja.«

Diesmal, da war sie ganz sicher, verdrehte Dr. Brooks die Augen.

Grace deutete mit dem Finger auf sie. »Dürfen Sie das? Ihre Augen vor einem Patienten verdrehen?«

»Ärgert dich das etwa?« Dr. Brooks hob eine Braue.

»Es ist unprofessionell.«

»Nun, ich verdrehe meine Augen, weil du mich anlügst und weil ich das satthabe. Glaubst du, du kannst Woche für Woche hier he reinkommen und mich zum Narren halten, Grace? Ich habe es dir bis jetzt durchgehen lassen, aber es ist unproduktiv und ich möchte dir helfen. Kein Mensch hat ein so perfektes Leben, wie du es zu haben behauptest.«

»Vielleicht brauche ich Ihre Hilfe ja nicht!«

»Vielleicht brauchst du sie aber doch.« Dr. Brooks' Stimme war jetzt sanfter, sodass Grace plötzlich das Bedürfnis hatte zu weinen, doch das kam überhaupt nicht in Frage. »Sprich mit mir, Gracie.«

»Nennen Sie mich nicht Gracie.« Ihre Eltern hatten sie Gracie genannt, als sie noch jünger war; jetzt taten sie das nur noch, wenn sie aufgeregt waren. Sie erinnerte sich, dass ihre Mutter an dem Tag, an dem sie sie gefunden hatte, Gracie zu ihr gesagt hatte. Sie presste die Lippen aufeinander und blinzelte.

»Okay. Grace. Bitte, rede mit mir.«

»Was möchten Sie denn hören?« Grace wusste, dass sie beinahe schrie, während sie ihre Hände in die Luft warf.

»Erzähl mir von den Dingen, die dich ärgern oder dir Sorgen machen.«

Grace mochte die neue, gemeine Dr. Brooks nicht, aber diese Dr. Brooks hier, der seit dem letzten Satz wirklich etwas an ihr zu liegen schien, mochte sie noch weniger. Schon allein die Tatsache, dass Dr. Brooks sich etwas aus ihr machte, war doch eine Lüge. Sie schüttelte den Kopf und presste den Mund fest zusammen. »Warum tun Sie so, als läge Ihnen etwas an mir? Ich bin doch nur ein Scheck für Sie. Abends gehen Sie nach Hause in Ihr glückliches kleines Leben und ... tun, was immer Sie eben tun.«

Dr. Brooks seufzte. »Ich werde mit dir nicht über mein Leben sprechen, Grace. Dafür bezahlen deine Eltern mich nicht. Aber ich versichere dir, es ist alles andere als perfekt. Und manchmal werde ich richtig böse.« Sie schwieg kurz und seufzte. »Was regt dich auf, was macht dich böse?«

Grace zitterte. Bis jetzt hatte sie gedacht, es wäre ihr ganz gut gelungen, sich Dr. Brooks vom Leibe zu halten. Doch allmählich wurde sie wirklich wütend auf diese Frau. »Was mich aufregt, sind Ihre Fragen.«

Dr. Brooks grunzte und sah beinahe aus, als grinse sie. Dann verdrehte sie wieder die Augen.

»Hören Sie auf damit!« Grace schlug mit den Händen auf die Knie.

»Womit?«

»Die Augen zu verdrehen. Das dürfen Sie nicht!« Grace warf die Hände hoch. »Ich weiß, was Sie vorhaben, aber es funktioniert nicht!«

»Was funktioniert nicht, Grace?«

»Sie versuchen absichtlich, mich wütend zu machen, weil Sie glauben, dann platze ich mit allem heraus, was mich ärgert.«

»Es gibt also Dinge, die dich ärgern?«

Grace stampfte auf. »Nein! Das habe ich nicht gesagt!« Dann presste sie ihre Hände so fest zusammen, dass es wehtat, und schloss die Augen.

»Erzähl es mir, Grace. Erzähl mir von deinem Leben.«

»Ja, es gibt Dinge, über die ich mich aufrege! Über die ich mich sogar sehr aufrege!« Ihre Augen füllten sich mit Tränen. Sie wusste nicht, ob sie das konnte. Ihre Hände zitterten, ihr Herz raste. Sie verlor die Kontrolle.

Dr. Brooks saß ganz ruhig in ihrem Sessel. »Kannst du mir davon erzählen?«

Grace wandte den Blick von Dr. Brooks ab und fing an zu weinen, dann blickte sie sie wieder an und schrie: »Mein Bruder will mit meiner besten Freundin gehen und das will ich nicht! Mit meinen Eltern stimmt irgendetwas nicht und ich weiß nicht, was! Ich hätte gern selbst einen Freund! Und ich gehe jede Nacht ins Bett mit einer Rasierklinge in der Hand und habe nur den einen Wunsch: mich zu ritzen!« Dann beugte sie sich vor und schluchzte. »So, sind Sie jetzt glücklich?«

Sie hörte, wie Dr. Brooks aufstand, und spürte eine Hand auf ihrem Kopf. »Ja, Grace, das bin ich.« Dr. Brooks hockte sich auf den Boden vor sie hin und hob sanft Graces Kinn an, bis sie ihr in die Augen sehen konnte. Heiße Tränen rollten über Graces Wangen. »Genau das sollst du tun, mein Schatz. Es ist in Ordnung, wütend zu werden. Es ist in Ordnung, Gefühle zu haben. Das ist deine Reaktion auf die Dinge, mit denen wir uns befassen. Du brauchst nicht jeden Abend mit diesen Gefühlen ins Bett zu gehen. Wir stehen das durch. Zusammen.«

Grace konnte nicht glauben, dass Dr. Brooks sie wirklich in die Arme nahm und drückte. »Ich bin so stolz auf dich.«

Grace entzog sich ihr. »Aber warum? Ich bin ausgerastet. Ich habe geschrien. Und jetzt heule ich wie ein großes Baby.« Sie war dankbar, dass sonst niemand hier war, der das mitbekam.

»Genau. Genau das tun die meisten Menschen, um ihren Zorn und ihre Frustrationen loszuwerden. Du weißt es vielleicht noch nicht, aber wir hatten gerade einen wirklich großen Durchbruch.« Dr. Brooks, die immer noch auf dem Boden saß, kreuzte die Beine. Sie wirkte viel weniger furchteinflößend, wenn sie so dasaß. »Fangen wir bei deinen Eltern an …«

Grace glitt vom Sofa und setzte sich ebenfalls auf den Boden. Auch sie kreuzte ihre Beine. Dann blickte sie Dr. Brooks an. Ein Teil von ihr wollte reden, ein Teil wollte es nicht. Es dauerte ein Weilchen, doch dann fing sie an. »Meine Eltern verhalten sich ganz komisch. Ich weiß nicht, was los ist, aber irgendetwas stimmt nicht.«

In der nächsten Stunde erzählte sie Dr. Brooks alles über ihre Sorgen, ihre Ängste und ihr überwältigendes Bedürfnis, sich zu ritzen.

Am Ende der Sitzung empfand sie etwas, was sie seit langer Zeit nicht mehr gefühlt hatte, außer beim Ritzen. Erleichterung.

Darlene saß nach Graces Sitzung in Dr. Brooks' Sprechzimmer und hörte voller Freude, dass die Ärztin glaubte, einen großen Durchbruch erzielt zu haben. Doch dann brach sie beinahe in Tränen aus, weil Grace sich Sorgen wegen ihrer und Brads Beziehung machte und weil das zu den Dingen gehörte, die ihr Angst und Schmerz bereiteten.

»Ich habe Grace gebeten, draußen zu warten, weil ich mit Ihnen reden wollte, und ich sehe, dass Sie selbst sehr mitgenommen sind über das, was ich Ihnen gesagt habe. Sind Sie sicher, dass Sie nicht doch einen Termin für Sie selbst und Brad ausmachen wollen?«

Darlene schüttelte den Kopf. »Nein. Aber ich will auch nicht, dass Grace sich Sorgen wegen uns macht.«

»Ich kann Grace ihre Sorgen nicht nehmen, doch im Moment befassen wir uns damit, wie wir ihr helfen können, mit diesen Dingen umzugehen. Meiner Ansicht nach haben wir heute einen guten Anfang gemacht. Sie hat zugegeben, dass sie sich über bestimmte Dinge Sorgen macht, und hat zum ersten Mal ganz offen mit mir geredet, statt einfach nur so zu tun, als sei ihr Leben perfekt. Ich habe Ihnen gesagt, dass wir einen Durchbruch erzielt haben, und das war nicht übertrieben.

Ich war ganz sicher, dass sie noch immer das Bedürfnis hat, sich zu ritzen, und das musste sie erst einmal zugeben. Sie musste es aussprechen, damit wir weitergehen und dafür sorgen können, dass sie es nicht tut.«

»Ich fühle mich … so …« Darlene hatte es so satt zu weinen, doch jedes Mal, wenn sie glaubte, dass sie keine Tränen mehr hätte, lief ihr wieder eine über die Wange.

»Ich weiß, dass Sie sich verantwortlich fühlen, Darlene, aber Sie dürfen sich nicht selbst die Schuld daran geben. Ich habe den Eindruck, dass es zwischen Ihnen und Ihrem Mann etwas gibt, das der Klärung bedarf. Was Grace betrifft – seien Sie einfach ehrlich mit ihr. So ehrlich, wie Sie können. Sie brauchen ihr nur zu sagen: ›Ja, dein Vater und ich haben im Moment Probleme, aber wir lieben uns‹ oder …«

Den Rest dessen, was Dr. Brooks sagte, hörte Darlene nicht. Sie dachte darüber nach, ob sie und Brad einander tatsächlich noch liebten. Sie liebte ihn von ganzem Herzen und mit ganzer Seele und wenn sie den Kuss mit Dave ungeschehen machen könnte, würde sie es sofort tun, ganz gleich, was Brad getan hatte. Die Schuld lastete schwer auf ihr.

Schließlich dankte sie Dr. Brooks und verabschiedete sich. Auf dem Heimweg versuchte sie, einen fröhlichen Eindruck zu machen und die Sorgen ihrer Tochter zu vertreiben, auch wenn ihr das bei sich selbst nicht gelang.

»Grace, bitte, mach dir keine Sorgen um mich und deinen Dad. Wir sind schon lange verheiratet und Eheleute haben manchmal Probleme. Wir werden es durchstehen.« Sie wandte sich an Grace und lächelte. »Ich bin froh, dass du und Dr. Brooks eine gute Sitzung hattet. Und, Grace … ich habe dich sehr lieb.«

»Ich hab dich auch sehr lieb, Mom.«

Als sie nach Round Top hineinfuhren, bat Grace sie, sie bei Skylar abzusetzen.

»Sag Skylar, sie soll es mich wissen lassen, wenn sie oder ihr Vater etwas brauchen.« Darlene wusste nicht, ob sie zurzeit überhaupt etwas zu geben hatte, sie fühlte sich einfach nur restlos ausgelaugt, aber sie wollte die richtige Perspektive nicht verlieren. Sie wusste, dass Skylar und ihr Vater sehr zu kämpfen hatten.

»Mach ich, Mom. Skylar fährt mich nachher nach Hause.«

Darlene nickte. Sie bogen in die Auffahrt von Skylars Haus ein. »Chad ist ja hier«, sagte sie, als sie das Auto in der Einfahrt entdeckte.

»Ja.« Grace wandte sich an Darlene, bevor sie die Autotür öffnete. »Ich glaube, die beiden gehen miteinander.«

»Und wie geht es dir damit?«

»Es gefällt mir nicht.« Grace verzog den Mund, dann lächelte sie nervös. »Aber weißt du, was? Ich werde ihnen sagen, warum es mir nicht gefällt, und vielleicht stellt sich ja heraus, dass es gar nicht so schlimm ist.« Sie zuckte mit den Schultern. »Wer weiß, vielleicht wird Skylar irgendwann sogar meine Schwägerin.«

Darlene lächelte. »Vielleicht. Bis heute Abend.«

Auf dem Heimweg dachte sie über die letzten Tage nach. Jedes Mal, wenn sie mit Brad hatte reden wollen, war eins der Kinder dazwischengekommen oder es war aus irgendeinem anderen Grund ein schlechter Zeitpunkt gewesen. Aber eigentlich hatte sie einfach nur Todesangst davor. Wenn sie ihn wirklich zur Rede stellte, konnte sich ihr ganzes Leben ändern, und dieser Gedanke erschreckte sie zutiefst. Sie hatte sich Laylas Worte zu Herzen genommen und betete wieder.

Nicht die tief empfundenen Gebete, die sie früher gesprochen hatte, aber Gott schien ihr doch zuzuhören, denn Dr. Brooks hatte gesagt, dass es Grace besser ging.

Wenn sie – oder Dr. Brooks – doch einfach alles wieder in Ordnung zaubern könnte zwischen ihr und Brad. Aber Brad lehnte eine Therapie ab und Darlene hatte nicht das Gefühl, es aus eigener Kraft schaffen zu können. Wenn sie versuchte, mit Gott zu reden und ihn um Hilfe zu bitten, wurde sie jedes Mal von einer Scham überwältigt, die ihre Gebete im Keim erstickte. Sie wusste, dass das, was sie getan hatte, falsch war. Wie konnte sie Gott um Vergebung bitten, wenn sie sich selbst nicht vergeben konnte?

Sie bog in ihre Straße ein. Mittlerweile war sie völlig erschöpft und wollte nur noch ins Bett und am liebsten tagelang nicht mehr aufstehen. Aber sie musste das Abendessen machen und dazu saß ihr ständig die Angst im Nacken, dass sie einen günstigen Zeitpunkt finden musste, um mit Brad zu reden. Wahrscheinlich würden sie sich anbrüllen und sie wollte nicht, dass die Kinder das hörten. Sie bremste ab und fuhr seitlich an den Straßenrand, um zwei Polizeiautos Platz zu machen, die vorbeirasten – etwas, das man in Round Top sehr selten sah und schon gar nicht in dieser Straße. Sie wollte gerade wieder anfahren, als ein Rettungswagen und dann ein Feuerwehrauto vorbeibrausten. Ihr Herz fing an, wild zu klopfen. *Ist bei mir zu Hause etwas passiert?*

Sie trat so stark aufs Gas, dass die Räder durchdrehten. Ihr Auto raste die Straße entlang, eine Staubwolke aufwirbelnd, doch sie hielt nicht vor ihrem Haus an. Polizei und Krankenwagen hatten etwas weiter vorn rechts gehalten. Und das Fernsehen war auch schon da.

Vor Laylas Haus.

20

Darlene fuhr so weit in Laylas Auffahrt hinein, wie sie konnte, doch die vielen Fahrzeuge versperrten ihr den Weg. Sie musste hinter zwei Übertragungswagen des Fernsehens vor dem Tor parken. Sie stieg aus und versuchte, sich einen Weg durch die Reporter zu bahnen, doch dann sah sie die Sanitäter hinten auf der Koppel. Mit klopfendem Herzen wollte sie hinlaufen, wurde jedoch von einem Sheriff, der sie am Arm packte, zurückgehalten.

»Ma'am, da können Sie jetzt nicht hin.«

Darlene schüttelte seine Hand ab. »Was ist denn passiert? Geht es um Layla? Ist sie verletzt?«

Der großgewachsene Mann, der etwa in ihrem Alter war, schob seinen Hut zurück. »Gehören Sie zur Familie?«

»Nein, aber … ich bin ihre … ich bin ihre beste Freundin. Bitte, sagen Sie mir, was passiert ist. Bitte!« Darlene zitterte und sah immer wieder zur Koppel hin.

»Sie ist anscheinend vom Pferd gestürzt, aber ich darf Sie nicht hingehen lassen. Es sind sowieso viel zu viele Leute hier. Wir geben Ihnen Bescheid.«

»Hat jemand ihren Mann benachrichtigt? Ich meine, ihren Ex-Mann, aber er muss es erfahren.« Darlene wischte sich den Schweiß von der Stirn.

»Ich weiß es nicht. Ich frage mal nach.«

Als der Sheriff fortging, hörte Darlene in der Ferne ein Donnern. Der Hubschrauber war noch nicht zu sehen, aber sie vermutete, dass er Layla in die Klinik bringen sollte. Er würde gleich landen. Darlenes Herz klopfte wie rasend.

So lässig wie möglich schob sie sich durch die Menge. Polizisten aus Fayette County versuchten, die Reporter zurückzuhalten. *Layla würde das alles überhaupt nicht gefallen.*

Sie sah eine Öffnung zwischen den Polizisten und rannte drauflos, so schnell sie konnte. Das Unkraut schlug gegen ihre nackten Schienbeine, während sie in ihren Flip-Flops über die unebene Weide lief. Sechs Personen standen um Layla herum und als Darlene endlich bei ihr war, sah sie, dass Laylas Augen geschlossen waren. *Nein, nein, nein … bitte, Gott … bitte.*

»Bitte treten Sie zurück. Sie dürfen hier nicht sein«, sagte jemand hinter ihr.

Eine große, stämmige Frau drängte sich mit einer Art Maschine an Darlene vorbei. Sie gab das Gerät den beiden Sanitätern, die neben Layla kauerten, und kam dann zu Darlene zurück. »Gehören Sie zur Familie?«

Diesmal sagte Darlene: »Ja. Ich gehöre zur Familie.« Irgendwie stimmte es schließlich. Die Frau legte ihr die Hand auf den Arm und führte sie ein Stückchen weg.

»Sie hat offenbar eine innere Blutung und außerdem eine große Wunde auf dem Rücken.« Die Frau blickte auf, als der Hubschrauber zur Landung ansetzte. »Sie bringen sie nach Austin ins Brackenridge Hospital.«

Darlene bemühte sich, nicht in Panik zu geraten. Sie wusste, dass Schwerverletzte immer ins Brackenridge Hospital gebracht wurden, manchmal auch nur zur Abklärung. Es musste nicht lebensbedrohlich sein. Ihr war klar, dass sie nicht mit Layla im Hubschrauber mitfliegen konnte.

»Wie … wie schlimm ist es? Ich meine …« Darlene holte tief Luft, als ihr Blick wieder auf Layla fiel. Laylas Augen waren noch immer geschlossen. Man sah keinerlei äußere Verletzungen.

»Ich weiß es nicht. Es ist schwer zu sagen. Aber wenn Sie gleich zum Brackenridge Hospital vorausfahren, werden Sie sicher fast gleichzeitig mit dem Hubschrauber dort sein.« Layla schien zu sich zu kommen und die Sanitäterin lief wieder zu ihr.

Darlene wusste, dass die Frau recht hatte. Das Beste war, gleich loszufahren, auch wenn sie jetzt lieber bei Layla geblieben wäre. »Gut«, sagte sie leise.

Sie sah zu, wie Layla an diverse Schläuche angeschlossen und ihr Kopf in einer Manschette gesichert wurde. Die Sanitäterin trat noch einmal zu ihr.

»Der Hubschrauber landet jetzt und die Medien sind schon überall. An Ihrer Stelle würde ich gleich losfahren, dann sind Sie vielleicht noch vor den Reportern dort.«

Darlene wusste, dass es das Beste war, den Rat der Frau zu befolgen. Sie ging über die Koppel zurück zu Laylas Haus. Auf dem Weg überlegte sie, was Layla wohl brauchte und wer jetzt für ihre Tiere sorgte. *Wird sie es schaffen?*

Da die Presseleute im Moment alle weiter unten in der Nähe der Koppel warteten, gelangte sie unbehelligt zur Vordertür. Sie ging ins Haus, lief rasch in Laylas Badezimmer, nahm eine Zahnbürste und ein paar andere Sachen und verstaute sie in einer kleinen Reisetasche, die sie in einer Schublade gefunden hatte. Auf dem Weg nach draußen nahm sie noch ein Foto von Layla, Marissa und Tom, das auf der Truhe stand, und legte es ebenfalls in die Tasche. Dann griff sie nach Laylas Portemonnaie und den Schlüsseln, ging hinaus und schloss die Tür ab.

Als sie auf der Schnellstraße war, rief sie Brad an. Er sagte, er würde sich sofort auf den Heimweg machen, sodass wenigstens einer von ihnen in der Nähe der Kinder war.

»Schatz, es kommt alles wieder in Ordnung.« Brads Stimme klang zuversichtlich. Seine Worte trösteten sie und der sanfte, feste Ton, den er anschlug, wenn sie sich Sorgen machte, gab ihr Hoffnung – trotz allem, was zwischen ihnen stand. Jetzt wollte sie nur noch so schnell wie möglich zu Layla.

Zwei Stunden später war sie im Brackenridge Hospital, aber die Presse war noch schneller gewesen. Vor der Klinik standen Übertragungswagen des Fernsehens. Darlene war ganz sicher, dass sie wegen Layla hier waren. Als sie endlich die Intensivstation gefunden hatte, sagte man ihr, sie dürfe nicht zu Layla, es sei denn, sie sei ein Mitglied der engeren Familie. In ihrer Verzweiflung log sie und sagte: »Ich bin ihre Schwester.«

Eine Pflegerin begleitete sie zu Zimmer drei und bat Darlene, kurz draußen zu warten, weil sie erst nachsehen musste, ob sie zu Layla durfte. Eine Minute später kam sie wieder heraus, deutete auf einen Stuhl und sagte ihr, dass sie noch warten müsse. Darlene setzte sich und hörte gedämpfte Stimmen hinter der Tür, die ein paar Meter entfernt war.

Fast eine ganze Stunde später kamen die Ärzte schließlich heraus. Während sie die Masken von den Gesichtern streiften und die Handschuhe auszogen, ging Darlene ihnen entgegen. »Wie geht es ihr?«

Ein älterer Arzt mit grauem Haar und einer Brille mit goldfarbener Fassung sah sie an. Darlenes Herzschlag beschleunigte sich.

»Ich bin ihre Schwester«, log sie zum zweiten Mal.

Der Arzt seufzte. »Ihre Schwester hat ein gebrochenes Bein, mehrere gebrochene Rippen und eine innere Blutung.«

Darlene entspannte sich. Das klang ja gar nicht so schlimm. Doch dann veränderte sich der Gesichtsausdruck des Arztes, seine Augen verengten sich.

»Außerdem hat sie eine schwere Kopfverletzung. Wir werden sie gleich operieren.« Er schwieg kurz. »Im Moment liegt sie im Koma.«

Darlene blinzelte die Tränen zurück. »Wird sie nach der Operation aus dem Koma aufwachen?«

»Das wissen wir nicht.« Er trat näher zu ihr. Die Falten zwischen seinen Augen und auf seiner Stirn vertieften sich. Sein Ausdruck erinnerte sie an den Gesichtsausdruck des Tierarztes, als er ihnen gesagt hatte, dass Buddy sterben müsse. Ihr Herz fing an zu rasen.

»Sie ist sehr schwer verletzt. Ich würde an Ihrer Stelle auch den Rest der Familie benachrichtigen und falls Sie einen Klinikgeistlichen rufen möchten – es sind Vertreter der wichtigsten Konfessionen anwesend.«

Darlene bekam weiche Knie, doch sie nickte. »Eine Kapelle. Wo ist die Kapelle?«

Der Arzt schenkte ihr ein schwaches Lächeln. »Direkt neben der Eingangshalle.« Er berührte Darlenes Arm. »Das ist alles, was Sie im Moment tun können. Beten.«

Darlene weinte auf dem ganzen Weg in die Lobby und war erleichtert, dass die Kapelle leer war. Sie hatte Gott viel zu sagen.

Brad fuhr, so schnell er konnte, nach Hause, doch die Kinder waren bereits da. Als er durch die Vordertür hereinkam, liefen sie ihm alle drei entgegen.

Ansley schlang ihm die Arme um die Taille und schniefte. »Geht es Layla gut?«

»Ich weiß noch nichts, meine Süße.« Brad küsste sie auf den Scheitel, dann schob er sie sanft weg. Er warf seine Mappe aufs Sofa und sah zum Fernseher hin, der beinahe auf volle Lautstärke gestellt war.

»Es kam vorhin in den Abendnachrichten.« Chad richtete die Fernbedienung auf den Fernseher und stellte den Ton noch lauter. »Es wird sicher gleich wiederholt.« Er wandte sich an Brad. »Dad, sie haben gesagt, dass Layla wahrscheinlich nicht überleben wird.« Seine Augen füllten sich mit Tränen. »Stimmt das?«

»Ich weiß es nicht, mein Sohn.« Brad setzte sich zu ihm aufs Sofa. »Mach ein bisschen leiser, Chad.« Sein Kopf war am Platzen und das Herz tat ihm weh, für Layla und für seine Frau. Er wusste, wie nahe sich die beiden Frauen mittlerweile standen. Wenn Layla etwas zugestoßen war, wäre es für sie alle schlimm, am schlimmsten aber für Darlene.

Sie schwiegen ein paar Minuten, während der Wettermann den lang ersehnten Regen ankündigte. Als klar wurde, dass nichts mehr über Layla kommen würde, bat Brad Chad, den Fernseher erst einmal auszumachen, und fragte ihn, ob er zu Laylas Ranch hinübergehen und nach ihren Tieren sehen könne.

»Ich komme mit, um zu helfen«, sagte Ansley.

Als Chad und Ansley fort waren, setzte Grace sich neben Brad. »Dad, sollen wir vielleicht ein Gebet für Layla sprechen?«

Brad schluckte einen Kloß in seiner Kehle hinunter. »Das ist eine sehr gute Idee.«

Sie senkten die Köpfe und Grace nahm Brads Hand. Er kämpfte gegen seine zitternden Lippen an. Das Gespräch mit Barbara heute war nicht gut gelaufen. Und jetzt noch das. »Warum sprichst *du* nicht das Gebet?«, fragte er mit unsicherer Stimme.

Grace drückte seine Hand.

Darlene trug noch immer ihre Shorts, das T-Shirt und die Flip-Flops. Sie hatte keine Zeit gehabt, sich umzuziehen oder irgendetwas einzupacken, weil sie so schnell wie möglich ins Krankenhaus gefahren war. Anfangs hatte sie sich Sorgen gemacht, dass Tom vielleicht nichts von Laylas Unfall erfuhr, doch im Wartezimmer hatte sie dann gesehen, dass die Nachricht bereits von zwei Fernsehsendern gebracht wurde.

In beiden Sendern hieß es, dass Layla den Unfall vermutlich nicht überleben würde, dann wurde ein kurzer Rückblick auf ihr Leben gezeigt sowie ein paar Ausschnitte von Filmen, die sie als junge Frau gedreht hatte. Darlene kannte die Medien gut genug, um zu erkennen, dass ein Riesenwirbel veranstaltet wurde, ohne dass die Reporter mehr Informationen als sie hatten. Sechs Männer und eine Frau befanden sich mit ihr im Warteraum. Zwei der Männer schienen auf das Ergebnis der Operation von jemand anderem zu warten – einem Patienten namens Sam –, die übrigen warteten anscheinend wie sie auf Nachrichten über Layla.

In der Kapelle hatte sie für Layla gebetet; sie hatte an Gott gezweifelt, geweint, um Vergebung gebeten und ihn angefleht, Layla nicht sterben zu lassen, jetzt, wo sie gerade das Glück wiederzufinden schien. Auch für sich selbst hatte sie gebetet, dass Grace weiter Fortschritte machte, dass ihre Ehe wieder in Ordnung kam, ganz gleich, was der Grund für ihre Probleme war. Aber vor allem hatte sie Gott gebeten, Layla wieder gesund zu machen.

Sie lehnte den Kopf zurück, schloss die Augen und sprach noch ein paar Gebete. Doch dann erregte das Gespräch zwischen zwei der Männer ihre Aufmerksamkeit.

»Sie war eine Schönheit damals, nicht?«

Darlene blickte nach links. Der junge Mann, der das gesagt hatte, wirkte nicht viel älter als Chad, auch wenn er älter sein musste und wohl kürzlich seinen Collegeabschluss gemacht hatte.

»Das ist sie noch immer«, sagte der andere, der etwas älter war. »Ich habe einen Cousin, der in Round Top lebt. Wir haben sie mal in einem Geschäft dort gesehen. Sie ist immer noch eine schöne Frau.«

»Also eine vergessene Größe?«

»Ja. Sie verschwand aus dem Rampenlicht, nachdem ihre Tochter an einer Überdosis Tabletten gestorben war.« Er schwieg. »Habe ich jedenfalls gehört.«

»Ich habe gehört, dass sie die Presse hasst und dass sie einmal einen Kameramann gegen das Schienbein getreten und ihn dann niedergeschlagen hat.«

Darlene grinste.

Der Ältere lachte. »Ja, das habe ich auch gehört.«

Als die Tür zum Warteraum aufging, sprang Darlene auf. Eine Horde Reporter fiel ins Zimmer ein, ein paar von ihnen trugen Fernsehkameras. Darlene runzelte die Stirn; sie wusste, dass das Layla nicht gefallen würde. Sie hatte sich immer solche Mühe gegeben, der Presse aus dem Weg zu gehen.

Eine finster blickende Afro-Amerikanerin betrat den Raum und fragte laut: »Wer von Ihnen versucht, sich als Laylas Schwester auszugeben?«

Darlene erstarrte einen Augenblick, dann stand sie auf und ging zu der Frau hinüber. Sie beugte sich vor und flüsterte ihr ins Ohr: »Können wir uns woanders unterhalten?« Dann ging sie aus dem Zimmer in der Hoffnung, dass die Frau ihr folgte.

Nicht nur die Frau folgte ihr, sondern auch die Reporter. Darlene öffnete eine Tür, auf der *Privat* stand, und ging hinein; die Frau kam nach. Darlene sah sich um, froh, dass niemand hier war, dann schloss sie die Tür und drehte den Schlüssel um.

»Ich bin ihre beste Freundin. Ich wusste, dass man mich nicht zu ihr lassen würde, deshalb habe ich gesagt, dass ich ihre Schwester bin.

Bitte, verraten Sie mich nicht. Sie will ganz bestimmt, dass ich hier bin.«

Die schlanke Frau musste Mitte vierzig sein; sie trug einen eleganten rehbraunen Hosenanzug. Darlene dachte kurz daran, wie sie selbst aussah.

»Sind Sie ihre Nachbarin?« Die Frau verschränkte die Arme vor der Brust.

»Ja. Wir wohnen praktisch neben ihr in Round Top. Haben Sie etwas von den Ärzten gehört?«

»Nein. Aber dafür umso mehr über Sie.« Sie streckte ihr die Hand hin. »Ich bin Sheila, Laylas Agentin.«

Darlene schüttelte ihr die Hand. Sie sah sich in dem Privatbüro um und überlegte, wie lange sie wohl hierbleiben konnten, bevor man sie wieder den Presseleuten draußen zum Fraß vorwarf.

Sheilas linke Braue hob sich ganz leicht. »Layla hat mir von Ihnen erzählt. Ihr liegt offenbar viel an Ihnen, deshalb lasse ich Sie nicht auffliegen, aber passen Sie auf, was Sie den Geiern da draußen sagen. Sie werden schnell herausbekommen, dass Sie nicht Laylas Schwester sind.« Sie schwieg kurz und schüttelte den Kopf. »Das Beste wird sein, ich gehe raus und gebe eine Erklärung ab, damit sie Ihnen das Leben nicht schwer machen. Ich sage ihnen, dass Sie ihre beste Freundin sind und dass Sie sich deshalb gegenseitig Schwester genannt haben. Wahrscheinlich werden sie Sie eine Weile verfolgen, aber wenigstens wirken Sie dann nicht mehr wie ein Groupie, das versucht, Layla zu sehen.«

Darlene nickte. »Tom hat es doch sicher im Fernsehen gehört. Wissen Sie, ob er kommt?«

»Er ist in Thailand bei einem Dreh, buchte aber gleich einen Flug, als ich ihn anrief.«

»Oh. Ich wusste gar nicht, dass er auch ein Filmstar ist.«

»Ich weiß nicht, ob der Ausdruck ›Filmstar‹ angebracht ist, er ist mit Sicherheit kein Star wie Layla, aber er ergattert hin und wieder eine kleine Rolle.« Sie kramte in ihrer Tasche. »Ich lebe in New York, aber ich war zufällig in Houston und habe die Nachricht im Fernsehen gehört.« Sie gab Darlene eine Karte. »Ich gehe jetzt raus und rede mit der Presse und dann lasse ich sie alle hinauswerfen, was eigentlich schon längst hätte passieren müssen. Warten Sie hier auf mich.«

Das tat Darlene, doch dabei fragte sie sich, ob der Arzt vielleicht in der Zwischenzeit in den Warteraum gekommen war und die Anwesenden gerade über Laylas Zustand informierte, und sie war nicht da.

Nach zehn Minuten kam Sheila zurück. »Alles in Ordnung.« Sie winkte Darlene, ihr zu folgen. Sie gingen zurück ins Wartezimmer. Sheila ging zu dem Fernseher in der Ecke und stellte ihn aus.

»Ich habe mit dem Arzt gesprochen; im Moment wird sie noch operiert.« Sheila blinzelte ein paarmal und presste die Lippen zusammen. »Sie wissen nicht, ob sie wieder aufwacht, und wenn ja, ob sie … ob sie jemals wieder so sein wird wie vorher.«

Darlene setzte sich auf einen Stuhl, beugte sich vor und barg das Gesicht in den Händen. *»Bitte, Gott … mach Layla gesund. Bitte.«*

Sheila schniefte. Sie setzte sich auf den Stuhl neben Darlene und drückte ihre Hand. »Ich sage Ihnen mal was. Es gibt niemand Besseren als diese Frau da drinnen.« Sie schwieg kurz und nahm ihre Hand wieder weg. »Sie kann manchmal ein bisschen grob sein, aber sie würde Ihnen ihren rechten Arm geben, wenn Sie ihn brauchen. Aber das wissen Sie wahrscheinlich.«

Darlene hielt den Kopf noch immer in den Händen, doch sie nickte. Schließlich richtete sie sich auf.

Sie schwiegen ein paar Minuten, dann stand Sheila auf. »Ich muss jetzt gehen. Bei mir gibt es nämlich auch eine Krise. Als ich von Laylas Unfall gehört habe, war ich in Houston am St. Luke's Heart Institute, weil bei meinem Mann heute Nachmittag ein Bypass gelegt wird.« Sie fuhr sich über die Augen. »Ich muss wieder zurück, aber ich wollte wenigstens kurz nach Layla sehen. Es ist mir ein Trost, dass Sie hier sind; ich weiß, dass es Layla recht ist. Jetzt habe ich erst mal eine dreistündige Fahrt nach Houston vor mir.« Sie gab Darlene eine Karte. »Bitte, rufen Sie mich unter dieser Nummer an, wenn Sie wissen, wie es Layla geht. Ich komme wieder, sobald mein Mann stabil ist.«

Darlene nickte. »Das mache ich.«

Eine Minute später war Darlene allein.

Sie rief Brad an, um nach den Kindern zu fragen. Wieder war die Stimme ihres Mannes ihr ein Trost. Es musste alles wieder in Ordnung kommen, es musste einfach.

Dann betete sie. Und betete noch mehr. Gott würde ihre Gebete erhören.

Fünfundvierzig Minuten später kam ein Arzt durch die Tür mit der Aufschrift OP. Er nahm seine Maske ab, trocknete sich mit einem Taschentuch die Stirn und trat zu Darlene. Sie stand auf, einen hämmernden Knoten in ihrem Magen. Sein angespannter Gesichtsausdruck sagte ihr, dass ihre Gebete nicht erhört worden waren.

21

Darlene weinte im Wartezimmer, bis sie das Gefühl hatte, keine Tränen mehr zu haben. Die Worte des Arztes klangen ihr noch im Ohr: »Es tut mir sehr leid. Die Operation ist gut verlaufen, aber ihre inneren Verletzungen sind zu schwer. Ihre Nieren und weitere innere Organe versagen. Sie können sie sehen, aber sie sollten sich beeilen, denn sie hat nicht mehr viel Zeit.«

Der Arzt hatte gesagt, dass Layla aus dem Koma aufgewacht sei.

Sie war vom Pferd gestürzt. Wahrscheinlich hatte ihr Pferd sich erschreckt, vielleicht wegen einer Schlange, und Layla hatte den Halt verloren, war mit dem Fuß im Steigbügel hängen geblieben und ein weites Stück mitgeschleift worden. Irgendwann war dann der Postbote gekommen und hatte entdeckt, was passiert war.

Schließlich stand Darlene auf und ging zu Laylas Zimmer. Zögernd öffnete sie die Tür. Layla sah überraschend friedlich aus, sogar mit den vielen Kabeln und Schläuchen, die man an ihr befestigt hatte. Sie trug einen dicken Verband um Kopf und Stirn, aber ihr Gesicht war frei. Auf der linken Gesichtsseite hatte sie zwei lange Schnitte. Ihre Oberlippe war geschwollen, ihre Augen geschlossen. Darlene zog sich einen Stuhl ans Bett und griff nach Laylas Hand.

Sie konnte tatsächlich immer noch weinen. Sie schluckte schwer und blinzelte, so schnell sie konnte. Dennoch liefen ihr unablässig die Tränen über die Wangen. Ein paar Minuten später ging die Tür auf und eine Schwester kam herein. Sie prüfte Laylas Atmung, ihren Puls und ihren Herzschlag; dann legte sie Darlene die Hand auf die Schulter. »Es dauert nicht mehr lange, meine Liebe. Kann ich Ihnen etwas bringen?«

Darlene schüttelte nur den Kopf.

Sechs Stunden saß sie so neben Layla. Zweimal rief sie Brad an. Schwestern kamen herein und gingen wieder hinaus und wirkten jedes Mal überrascht, dass Layla noch lebte. Layla hatte zwei Mal die Augen aufgeschlagen und Darlene angesehen. Darlene hatte ihre Hand gedrückt und versucht, mit ihr zu reden, doch Layla hatte die Augen wieder geschlossen.

Einmal dachte Darlene, dass sie jetzt gestorben sei, doch der Monitor zeigte, dass das Herz noch schlug. Ihr Atem war zwar schwach, aber noch hörbar.

Darlene hatte nicht gemerkt, dass sie eingedämmert war. Plötzlich spürte sie, dass ihre Hand ganz leicht gedrückt wurde. Sie öffnete die Augen und begegnete Laylas glasklarem Blick. »Hey«, sagte sie und beugte sich vor.

Zu ihrer Überraschung flüsterte Layla: »Hey.«

Bitte, Gott, lass mich nicht weinen. Gib mir Kraft. Und wenn Layla stirbt, nimm sie auf in dein Reich, ins Paradies, in dem es keinen Schmerz mehr gibt.

»Brauchst du etwas?« Darlene wusste nicht, was sie sagen sollte, und sie wusste auch nicht, wie viel Layla wusste. Sie fragte sich, ob ein Mensch es spürte, wenn das Leben aus ihm wich. Oder dachte Layla vielleicht, dass sie nur vorübergehend im Krankenhaus lag, und wollte unbedingt nach Hause?

»Tom?« Laylas Gesicht verzerrte sich vor Schmerz, als sie sprach.

»Er ist auf dem Weg, Layla. Er hat das nächste Flugzeug aus Thailand genommen.« Darlene drückte wieder ihre Hand. »Soll ich sonst noch jemanden anrufen? Sheila war auch hier. Sie musste wieder gehen, weil ihr Mann eine Herzoperation hat.«

»Nein. Bleib bei mir.« Laylas Stimme war leise und rau.

Darlene zitterte am ganzen Körper und der Kloß in ihrem Hals machte es ihr schwer zu schlucken. Sie wusste nicht, wie lange sie die Tränen noch unterdrücken konnte. Ihre Brust schmerzte von der Anstrengung, doch sie war entschlossen, stark zu sein für ihre Freundin.

Dann flüsterte Layla etwas, das Darlene nicht verstand. »Ich habe dich nicht gehört, Layla. Was hast du gesagt?« Sie beugte sich dichter über Layla.

»Sag – sag Tom …« Sie schloss die Augen und Darlene fing an zu weinen. Doch dann schüttelte sie den Kopf und zwang sich aufzuhören.

»Ich höre, Layla. Was soll ich Tom sagen?«

Layla öffnete langsam wieder die Augen. »Sag ihm, dass es mir leidtut, dass ich nicht mehr da bin.«

Darlene zitterte noch heftiger, wieder strömten ihr die Tränen übers Gesicht. »Ich sage es ihm.«

»Sag ihm, er war immer der Einzige …« Plötzlich lag ein leichtes Lächeln in ihren Mundwinkeln. »Sag ihm, Skihasen frieren nie. Er weiß schon.«

Darlene drückte ihre Hand. »Das mache ich, Layla. Ich sage es ihm.«

Layla blickte ihr in die Augen. »Danke.«

»Ich mache es gerne.«

Layla schloss wieder die Augen und Darlene gab dem Schluchzen nach, das aus ihrer engen Brust emporstieg. Sie konnte den Blick nicht von Laylas Brustkorb wenden, der sich leise hob und senkte. Erleichterung überflutete sie, als Layla die Augen wieder aufschlug.

»Danke, Darlene, dass du mir einen Schubser zurück auf den richtigen Weg gegeben hast. Auf Seinen Weg.« Sie sagte noch etwas, doch Darlene verstand es nicht. Sie beugte sich dichter über sie, doch Laylas Blick wanderte nach rechts. Layla lächelte wieder und eine Träne lief ihr über die Wange. »Marissa …«

Darlene folgte Laylas leuchtendem Blick und wandte sich um zur Zimmerecke. Dann sah sie wieder Layla an, die jetzt ein strahlendes Lächeln auf dem Gesicht hatte.

»Marissa …«, sagte sie wieder.

Dann schloss sie die Augen zum letzten Mal.

Laylas Begräbnis fand drei Tage später in Round Top statt. Sheila hatte dafür gesorgt, dass die Öffentlichkeit nichts erfuhr. Tom und Sheila waren sich einig, dass Layla sich nur eine Feier im engsten Kreis gewünscht hätte, deshalb gab es nach der Beerdigung nur ein Essen in Laylas Haus, organisiert von einer lokalen Cateringfirma. Darlene brachte beim besten Willen keinen Bissen herunter. Als sie Dave unter den Gästen sah, regte sie sich nur noch mehr auf, vor allem, weil Brad in einer Ecke mit ihm sprach.

Sie wusste, dass sie es Brad sagen musste, doch es würde noch ein Weilchen dauern, bis sie sich auf irgendetwas konzentrieren konnte. Sie versuchte, stark zu sein für ihre Kinder. Alle drei hatten Layla sehr gerngehabt. Grace nahm es am schwersten, seit dem Begräbnis hatte sie nicht mehr aufgehört zu weinen. Darlene blieb bei ihr und war tief gerührt, dass auch Ansley ihr nicht von der Seite wich. Chad hatte auf der Beerdigung geweint, doch hier, in Laylas Haus, nahm er sich zusammen.

Brad tat alles, was in seiner Macht stand, um Darlenes Schmerz zu lindern. Er hatte die letzten Tage Essen mitgebracht, damit sie nicht kochen musste, hatte ihr heiße Bäder eingelassen, sie ins Bett gebracht und dafür gesorgt, dass die Kinder beschäftigt waren. Und die ganze Zeit hatte er ihr gesagt, wie sehr er sie liebte – woraufhin sie umso heftiger geweint hatte.

Doch eines tröstete sie. Layla hatte zu einem festen Glauben zurückgefunden und ihre Beziehung zu Gott erneuert, bevor sie gestorben war. Nun machte Darlene sich Sorgen wegen ihrer eigenen Beziehung zu Gott. Was, wenn sie morgen starb? Hätte sie dann den gleichen Frieden wie Layla? Sie hatte die letzten Tage ununterbrochen gebetet, aber nicht immer mit reinem Gewissen. Manchmal wusste sie, dass sie nur zu Gott sprach, weil sie sonst niemanden hatte. Ihrer besten Freundin konnte sie nicht mehr sagen, wie schuldig sie sich fühlte, wie sehr sie bereute, was sie getan hatte. Und auch mit Brad konnte sie nicht über ihre Schuld sprechen, über ihren Verdacht und ihr Bedürfnis, wieder mit ihm ins Reine zu kommen. Deshalb hatte sie mit Gott geredet. Stundenlang.

Und obwohl Gott nur ihre zweite Wahl gewesen war, gab er ihr doch das Gefühl, die Nummer eins für ihn zu sein, und ihre Gebete in den letzten Tagen schenkten ihr Trost und Kraft und das sichere

Wissen, geliebt zu sein. Ihre Gespräche mit Gott waren ehrlich, aufrichtig und tränenreich. Sie hatte mit ihm geredet wie mit einem guten Freund; wenn niemand da war, hatte sie oft sogar laut gesprochen.

Tom trat zu ihr und unterbrach ihren Gedankengang. Sie hatte ihn heute vor dem Begräbnis schon gesehen, doch sie hatten noch nicht miteinander sprechen können. Alle waren sehr aufgewühlt gewesen, auch Tom, der furchtbar geweint hatte. Seine Augen waren immer noch ganz rot und geschwollen.

»Ich bin froh, dass Sie bei Layla waren, als sie starb«, sagte er und schluckte schwer. »Sie hat gesagt, Sie seien die beste Freundin, die sie je hatte, und sie habe Ihnen absolut vertraut.«

Darlene zwang sich zu einem Lächeln. Am liebsten wäre sie nach Hause gegangen, hätte sich ins Bett gelegt und geweint. »Ich werde sie schrecklich vermissen«, sagte sie schließlich. Dann fielen ihr Laylas letzte Worte ein; eigentlich hätte sie sie Tom schon viel früher sagen müssen. »Tom, ich soll Ihnen von Layla sagen, dass Sie immer der Einzige für sie waren.« Sie holte tief Luft. »Und dass es ihr leidtut, dass sie nicht mehr da ist.«

Er legte einen Moment die Hand über die Augen, dann sah er Darlene an. »Layla und ich hatten uns ausgesöhnt.« Er blinzelte, um die Tränen zurückzuhalten.

»Und sie hat noch gesagt, dass Skihasen niemals frieren.«

Trotz der Tränen, die ihm in den Augen standen, lachte er. »Das ist mein Mädchen! Danke, dass Sie mir das gesagt haben.« Er küsste Darlene auf die Wange. »Ich hoffe, dass wir in Verbindung bleiben und dass ich Sie bald mal wiedersehe.«

Darlene nickte. Sheila war Laylas Nachlassverwalterin und würde ihr Haus zum Verkauf ausschreiben; es war also unwahrscheinlich, dass Darlene und Tom sich je wiedersehen würden.

Sie verließ das übervölkerte Wohnzimmer und ging über den langen Flur ins Badezimmer. Auf dem Weg dorthin begegnete sie Dave. Sie hatte versucht, ihm möglichst aus dem Weg zu gehen, und jeden Blickkontakt vermieden, auch wenn sie spürte, dass er sie manchmal ansah.

»Kann ich mit dir reden?« Sein Ton war drängend und obwohl jetzt wirklich nicht der richtige Zeitpunkt war, um über ihre Situation zu sprechen, blieb sie doch stehen, weil sie befürchtete, dass vielleicht etwas mit Cara war.

Sie folgte ihm in die große Bibliothek am anderen Ende des Flurs. »Was ist?«

»Ich mache mir Sorgen um dich.« Er berührte ihren Arm, doch sie zog ihn weg.

»Ich bin sehr traurig. Meine beste Freundin ist gerade gestorben.« Sie wusste, dass ihre Stimme ablehnend klang, doch das Zusammensein mit Dave erinnerte sie allzu schmerzlich an das, was sie getan hatte.

»Ich weiß. Wir alle werden Layla vermissen.« Er schwieg und Darlene sah die aufrichtige Trauer in seinen grünen Augen. Sie wandte den Blick ab.

»Ich bereue es nicht, Darlene. Den Kuss.« Trotz seiner Worte hörte Darlene eine leisen Ton der Entschuldigung in seiner Stimme.

Sie blickte sich rasch um, dann sah sie ihn an. »Aber ich bereue es, Dave. Ich bereue es maßlos und ich werde es Brad sagen.«

»Was? Tu das nicht, Darlene! Warum willst du das tun?« Er schüttelte den Kopf und zog die Brauen zusammen. »Das wäre ein Fehler.«

»Es steht wie ein Berg zwischen meinem Mann und mir und ich möchte, dass dieser Berg verschwindet.« Das wollte sie wirklich, obwohl sie sich fragte, ob ihr Geständnis den Graben zwischen ihnen nur noch verbreitern würde. Aber egal, so konnte sie nicht weiterleben.

»Es war nur ein Kuss. Ich finde nicht, dass du es ihm sagen solltest.«

»Dave …« Sie holte tief Luft. »Es hätte nie passieren dürfen. Ich bereue es. Bitte, komm nie mehr in meine Nähe. Und auch nicht in Brads.«

Sie verließ das Zimmer, obwohl sie hörte, wie er ihren Namen rief. Dann suchte sie Brad und fragte: »Gehen wir?«

»Natürlich, mein Schatz.« Er legte den Arm um sie; gemeinsam holten sie ihre Kinder. Sie schmiegte sich in den Schutz seiner

Arme und wusste, was auch immer Brad ihr über Barbara sagen würde, sie würde ihn lieben bis ans Ende ihrer Tage.

Am nächsten Tag versicherte Darlene ihrer Familie, dass es ihr gut gehe, obwohl sie eine fürchterliche Leere in ihrem Leben und in ihrem Herzen empfand. Sie bestand darauf, dass die Kinder in die Schule gingen; sie brauchten Beschäftigung und Ablenkung. Darlene selbst wollte sich am liebsten irgendwo verkriechen und weinen und nicht mehr stark sein müssen für alle anderen. Brad bot an, zu Hause zu bleiben, doch sie schickte auch ihn zur Arbeit. Sie würden bald miteinander reden müssen, doch heute hatte sie nicht die Kraft dazu.

»Bist du ganz sicher, dass ich nicht hierbleiben soll?« Brad küsste sie auf die Stirn.

Sie schüttelte den Kopf. »Ja. Es ist alles in Ordnung.«

Schließlich ging er, sagte aber, dass er sie gleich nachher anrufen würde. Er war noch nicht aus der Einfahrt, als Darlene schon auf dem Sofa lag und weinte – laute, heftige Schluchzer, die niemand hören durfte. Sie hatte sie seit dem Begräbnis zurückgehalten. Jetzt zog sie die Beine an die Brust, legte die Arme darum und gestattete sich den ganzen Schmerz über Laylas Verlust. Sogar auf der Rückfahrt vom Krankenhaus, nachdem Layla gestorben war, hatte sie sich gezwungen, alles zu unterdrücken, weil sie wusste, dass sie nach Round Top zurückfahren, sicher ankommen und für ihre Kinder da sein musste.

Sie wusste, dass sie das alles nur geschafft hatte, weil sie die ganze Zeit mit Gott geredet hatte, und jetzt brauchte sie seine Hilfe, um noch etwas anderes zu überstehen. Morgen würde sie mit Brad sprechen.

In den folgenden zwanzig Minuten weinte sie, betete und weinte wieder. Sie weinte so sehr, dass sie nicht einmal hörte, wie Brad ins Zimmer trat. Er lief zu ihr. »Meine Kleine, mein Liebling …« Er nahm sie in die Arme. »Genau das habe ich befürchtet. Ich war vielleicht zehn Minuten unterwegs, dann habe ich umgedreht. Ich wusste doch, wie es dir geht.« Er setzte sich neben sie aufs Sofa, zog sie auf seinen Schoß und strich ihr übers Haar. »Ich bin hier, mein Liebling. Ich bin hier. Was brauchst du?«

Sie antwortete nicht, sondern barg nur ihr Gesicht an seiner Brust und weinte. Eine lange Zeit. Als sie ausgeweint hatte, kletterte sie von seinem Schoß, schloss einen Moment die Augen und holte tief Luft. Dann sah sie ihn an. »Erzähl mir von Barbara.«

Sie sah, wie er sich verkrampfte, als er die Hand hob und sich am Kinn kratzte. »Von wem?«

Sie wusste nicht, ob sie wirklich die Kraft hierfür hatte, aber genauso wenig konnte sie diese Last weiter tragen. »Ich weiß von Barbara.« Brads Gesicht verdunkelte sich und Darlenes Herz zog sich vor Angst zusammen. »Wie lange geht es schon?«

Brad stand auf und ging vor ihr auf und ab. »Ein paar Monate.«

Das war die Bestätigung. Ihr Kopf war ganz leicht, als sie die Füße auf den Boden setzte, die Ellbogen auf die Knie legte und das Gesicht in ihren Händen barg. *Gott, ich brauche dich jetzt. Mehr denn je. Ich halte das nicht aus. Ich kann es nicht.*

Sie richtete sich wieder auf, doch vor lauter Tränen konnte sie nichts erkennen.

Ihre ganze Einsamkeit und Angst verschmolzen in einen einzigen Entschluss und sie stellte ihm die Frage, vor der sie am meisten Angst hatte: »Liebst du sie?« Schon allein der Gedanke erschütterte sie. Sie schloss die Augen.

»Wen?«

Sie schlug die Augen wieder auf und sah ihn an. In ihr tobte ein Krieg der Gefühle. Wie konnte er ihr eine so unschuldige Frage stellen? »Barbara.« Ihr Magen krampfte sich zusammen. Die Sekunden vergingen wie in Zeitlupe, während sie auf die Antwort wartete, die ihre Welt für immer verändern würde.

Brad blieb der Mund offen stehen. »Was soll die Frage?«

Sie schniefte. »Ich muss wissen, ob du sie liebst.«

»Natürlich nicht!« Er setzte sich wieder neben sie. »Meine Kleine …« Er legte seine Hand an ihre Wange, doch sie entzog sich ihm.

»Fass mich nicht an, Brad! Du sagst mir jetzt alles! Ich halte das keinen Tag, keine Sekunde länger aus. Ich weiß es schon seit Wochen, aber ich hatte solche Angst, dich danach zu fragen. Und dann kam das mit Layla …« Sie weinte so heftig, dass sie kaum noch atmen konnte. »Ich muss wissen, wie lange du schon eine Affäre mit dieser Barbara hast.«

»Was?« Brad blieb schon wieder der Mund offen stehen. »Du glaubst, ich hätte eine Affäre mit Barbara Rollins?« Er schüttelte ungläubig den Kopf. »Was? Wie kommst du denn auf so was?«

»Ich habe gehört, was du am Telefon gesagt hast, Brad. Du hast gesagt, wenn deine Frau das über euch beide herausfindet, ist deine Ehe zu Ende.«

»Das habe ich mit Sicherheit nie gesagt, Dar. Schon allein deshalb nicht, weil nie irgendetwas zwischen uns …« Er hielt inne und starrte sie an, dann seufzte er auf. »Oh … du hast mein Gespräch mit Barbara in der Scheune mit angehört, oder?«

»Ja.«

»Dar … Barbara ist Brokerin. Die Krankenversicherung hat Graces Besuche bei der Psychiaterin nicht übernommen und ich wollte doch, dass du das Haus ganz nach deinen Wünschen renovieren kannst.« Er schwieg kurz, dann sprach er langsamer weiter. »Ich habe einen Großteil unserer Ersparnisse in einen Plan investiert, den Barbara ausgearbeitet hat, und dadurch sozusagen über Nacht sehr viel Geld verloren. Ich habe ihr gesagt, sie soll entweder eine bessere Investitionsmöglichkeit für mich finden oder mir mein Geld zurückgeben, denn …«, er holte Luft, »… wenn du es herausfindest, ist meine Ehe zu Ende.« Er schüttelte den Kopf. »Ich habe nur versucht, ihr klarzumachen, wie wichtig es für mich ist.« Er setzte sich aufs Sofa, nahm ihre Hand und drückte sie. »Der Markt hat sich erholt, ich habe mein Geld wieder raus und jetzt in eine sehr viel sicherere Anlage investiert.« Er kniff die Augen zusammen. »Hast du wirklich geglaubt, ich würde dich betrügen? Es tut mir leid, dass ich dir nichts davon erzählt habe, aber es ist ja gut ausgegangen. Ich wollte doch nur ein bisschen Geld herausholen und ich tue es auch bestimmt nicht wieder, ohne vorher mit dir darüber zu reden, aber – Dar … ich würde doch nie, nie, nie eine andere Frau anrühren!«

Darlene entzog ihm ihre Hand, stand auf, ging ein paarmal auf und ab und kaute an einem Fingernagel. Sie bekam kaum noch Luft. Am liebsten wäre sie weggelaufen, zurück in die Zeit, als Grace sich noch nicht ritzte, als sie und Layla auf dem Sofa saßen und plauderten und sie und Brad miteinander lachten und sich liebten – eine Zeit, in der sie Dave Schroeder noch nicht kannte. »Oh Brad«, flüsterte sie und krümmte sich zusammen.

Er kam zu ihr und nahm sie in die Arme. »Ich würde unsere Liebe nie, niemals verraten. Niemals. Ich würde dich nie betrügen.«

Sie schob ihn zurück und sah ihn an. Trotz der warnenden Stimme in ihrem Hinterkopf, die ihr zuflüsterte: ›Sag es nicht!‹, schleuderte sie die Worte förmlich in die Luft, wohl wissend, wie schmerzhaft ihr Absturz daraufhin sein würde. »Ich habe aber gedacht, dass du mich betrügst. Und ich habe Dave Schroeder geküsst! Ich habe ihn zwei Mal geküsst. Hier, draußen in der Scheune.«

Alle Farbe wich aus Brads Gesicht, als er sie anstarrte.

»Ich empfinde überhaupt nichts für ihn. Es war ein Fehler und es tut mir unsagbar leid. Ich dachte, du hättest eine Affäre mit einer Frau namens Barbara.« Darlene sank auf die Knie. »Es tut mir so leid. Du bist die Liebe meines Lebens, mein Ein und Alles. Es tut mir so leid.«

Das Schweigen zwischen ihnen verdichtete sich wie Nebel. Brad stand vor ihr wie ein Vulkan kurz vor dem Ausbruch. »Du und Dave? Draußen in der Scheune? In unserer Scheune?« Er brüllte jetzt und Darlene wusste, dass sie es verdiente. Sie wusste nicht, ob er darüber hinwegkommen würde. Und ob sie sich selbst verzeihen konnte.

Sie stand auf und sah ihm ins Gesicht. Dann streckte sie die Hand nach ihm aus, doch er trat zurück. »Brad …«

Doch bevor sie weitersprechen konnte, drehte er sich um, ging hinaus und schlug mit einem Knall die Tür hinter sich zu.

22

In den beiden folgenden Tagen sprach Brad nur das Nötigste mit ihr. Er blieb abends lange auf und schlief auf dem Sofa ein. Sie wusste, dass das eine Botschaft an sie war, eine Botschaft, die sie verdient hatte. Schließlich war sie diejenige gewesen, die Brad verraten hatte, deren Geheimnis schlimmer als seines war.

Sie hatte Brad noch nie so zornig erlebt wie in dem Augenblick, als sie es ihm gestanden hatte – seine Augen hatten geblitzt, seine Stimme hatte gezittert vor Verachtung. Sie fühlte sich leer. Verloren. Und sie vermisste Layla.

Sie hatte nur noch Gott. Tief in ihrem Herzen wusste sie, dass er ihr zuhörte, dass er ihre Hilfeschreie hörte, und doch kam es ihr vor, als müsse sie vor Schuld und Reue ersticken. Sie suchte schließlich Zuflucht in der Arbeit.

Brad hatte ihr versprochen, dass sie den Fußboden erneuern lassen durfte, aber gestern hatte sie sich trotzdem eine Schleifmaschine ausgeliehen.

Es war schwere Arbeit und nach kurzer Zeit tat ihr der Rücken weh. Am Morgen hatte sie kaum aufstehen können, um die Arbeit fortzusetzen, doch Müßiggang war ihr größter Feind. Sobald die Kinder zur Schule und Brad zur Arbeit gefahren waren, machte sie sich wieder ans Werk.

Ihr tat alles weh, jede Bewegung schmerzte, doch das hatte sie verdient. Und jedes Mal, wenn sie die schwere Maschine über den Boden zog, sah sie sofort den Lohn ihrer Mühe. Unter der obersten Schicht des verwitterten Holzes kam eine neue, frische Oberfläche zum Vorschein. Sie hustete und stöhnte vor Erschöpfung und manchmal hielt sie inne, um zu weinen.

Heute Nachmittag machte Brad früh Schluss. Er vermisste seine Frau, doch die Verbitterung hielt ihn so fest in ihrem Würgegriff, dass er kaum noch atmen konnte. Als er in Dave Schroeders Auffahrt einbog, hatte er nur noch ein einziges Bedürfnis: dem Typen die Faust in den Magen zu rammen. Doch als Dave ihm öffnete, hielt er den Atem an. Neben ihrem Vater stand Cara, ein freundliches Lächeln auf dem schönen Gesicht.

»Kann ich Sie sprechen?« Brad ballte seine Hände in den Hosentaschen zu Fäusten, als er Dave in die Augen sah.

»Klar.« Mit gesenktem Kopf machte Dave die Tür weit auf und er und Cara traten beiseite, damit Brad hereinkommen konnte. Brads Herz klopfte heftig, als er sich vorstellte, wie Dave seine Frau geküsst hatte.

Dave legte einen Arm um Cara; aus seinem Gesicht war alle Farbe gewichen. »Ich bringe Cara nur noch rasch in ihr Malzimmer, dann komme ich zu Ihnen.«

Brad nahm ein Foto in die Hand, auf dem Dave neben einer schönen Frau vor diesem Haus stand. Das musste Daves Frau gewesen sein. Brad lief ein Schauer über den Rücken, als er daran dachte, dass er Darlene verlieren könnte, doch bevor er noch ergründen konnte, ob er Mitleid mit Dave hatte, kam dieser auch schon zurück. Und mit ihm die Verbitterung, die Brad empfand.

»Ich weiß, was zwischen Ihnen und Darlene geschehen ist. Sie lassen gefälligst die Hände von meiner Frau.« Brads Stimme zitterte; die Vorstellung, diesem Kerl hier einen schnellen Haken zu verpassen, war immer noch sehr verlockend.

Dave rieb sich die Stirn und schlug einen Moment die Augen nieder. Als er aufblickte, schluckte er. »Ich habe noch nie die Frau eines anderen Mannes geküsst und kann Ihnen gar nicht sagen, wie leid es mir tut.« Er hielt inne und rieb sich erneut nervös die Stirn. »Es verstößt gegen alles, woran ich im Leben glaube.«

Brad freute sich, dass Dave nervös war, doch gleichzeitig ärgerte er sich darüber, dass er tatsächlich Mitleid mit diesem Mann empfand. Doch Dave schien sein Verhalten aufrichtig zu bereuen. Brad blickte auf die vielen Fotos von Dave und seiner Frau, die auf der Truhe neben der Tür standen. Wieder dachte er, wie unendlich schwer es ihm fiele, ohne Darlene leben zu müssen, und plötzlich wollte er nur noch zurück zu ihr nach Hause.

»Ich will Sie nicht in unserem Leben.« Brads Stimme war jetzt kräftiger, er hielt den Blick fest auf Dave gerichtet. »Es ist ein kleines Dorf und wir werden uns gelegentlich begegnen, aber ich möchte Sie nicht mehr bei meiner Familie sehen.«

Dave nickte und senkte wieder den Blick. »Ich verstehe.«

Brad wusste, dass Dave nicht allein die Schuld trug, doch in diesem Augenblick war ihm alle Logik egal.

Er hatte nur noch das Bedürfnis, die Sache mit Darlene wieder in Ordnung zu bringen. Wenn er ihr Vorwürfe machte, würde ihm das nie gelingen. Er musste Dave die ganze Schuld geben und das tat er auch.

Er drehte sich um und ging zur Tür. Als er schon fast dort war, vernahm er plötzlich ein Flüstern.

Wenn ihr denen vergebt, die euch Böses angetan haben, wird euer himmlischer Vater euch auch vergeben.

Einen Augenblick stand er ganz still, während sich seine eigenen Verfehlungen vor seinem inneren Auge abzeichneten.

Was hatten Darlene und Dave denn Schlimmeres getan als er? Er hatte seine Frau angelogen oder ihr bestenfalls die Wahrheit verschwiegen.

Wer war er, eine Sünde gegen eine andere abzuwiegen? Trauer, Verbitterung und Scham überfielen ihn. Er musste Dave und Darlene in diesem Moment die Schuld geben, aber hatte er in letzter Zeit in den Spiegel geschaut? Er drehte sich um und sah Dave an.

»Ich vergebe Ihnen.« Es widerstrebte ihm, Dave zu vergeben, und er wollte auch nicht, dass dieser Mann seine Frau je wiedersah. Aber er wollte seine Worte ernst meinen. Noch einmal sagte er: »Ich vergebe Ihnen.« Dann eilte er hinaus.

Als Darlenes Rücken zu sehr schmerzte, stellte sie die Schleifmaschine aus und bewunderte ihr Werk. Mehr als alles andere wünschte sie sich, dass es Brad gefiel, dass er stolz auf ihre Arbeit war.

Sie setzte sich aufs Sofa, dabei lief ihr der Schweiß übers Gesicht. Die Vorderseite ihres T-Shirts war schweißgetränkt. Sie legte den Kopf zurück. Da war sie – die Muße, die freie Zeit, in der ihre Gedanken auf Wanderschaft gingen. Doch hier im Haus gab es absolut nichts mehr für sie zu tun. Sie hatte den Fußboden abgeschliffen, die Bäder geschrubbt, sämtliche Wäsche gewaschen und sogar den silbernen Taubenanhänger poliert. Sie hob die Hand, berührte das Schmuckstück und betete, dass der Heilige Geist sie erfüllen und ihr Kraft geben möge.

Zehn Minuten später kam Brad herein, fast zwei Stunden früher als sonst. Er trug eine schmale, etwa einen Meter lange Schachtel und legte sie vor dem Sofa auf den Boden. »Das lag auf der Veranda.«

Darlene trocknete sich das Gesicht mit dem T-Shirt. »Ich habe gar nicht gehört, dass UPS da war.« Sie blickte auf die Schleifmaschine und überlegte, ob Brad wohl etwas zum Fußboden sagen würde. »Was ist das?«

»Etwas, das ich dir vor Monaten gekauft habe.«

Sie schlug die Hände vors Gesicht und fing an zu weinen. »Als du mich noch geliebt hast.«

Brad setzte sich neben sie aufs Sofa und zog ihre Hände fort. »Ich habe nie aufgehört, dich zu lieben, Darlene. Aber ich muss wissen … Empfindest du etwas für Dave?« Er drückte sanft ihre Hände. »Tust du das, Dar? Wenn ja – ich glaube, ich könnte das nicht ertragen.«

Sie schüttelte den Kopf. »Nein!« Tränen liefen ihr übers Gesicht. »Ich liebe dich. Ich habe dich immer geliebt. Ich könnte nie einen anderen Mann lieben.« Sie schlang die Arme um sich, ihr Körper zitterte, sie hatte das Gefühl, als bräche ihr das Herz. »Es tut mir so leid, Brad. Ich habe einfach …«

Er legte einen Finger auf ihre Lippen. »Darlene …« Er sprach leise, zärtlich und sah ihr dabei in die Augen. Dann strich er ihr das Haar zurück und nahm ihr Gesicht in seine Hände. »Wen liebst du?«

Unter Tränen antwortete sie: »Dich, mein Süßer. Für immer und ewig.«

Er umarmte sie. »Es tut mir leid, dass ich dir nicht die Wahrheit gesagt habe.«

»Mir tut es auch leid – alles.« Sie barg ihr Gesicht an seiner Brust. Seine Liebe war so wichtig für sie, für ihr Überleben, so wichtig wie Essen und Trinken. »Ich bedaure es so sehr, so unsagbar. Ich kann kaum atmen.«

Er hob ihr Kinn, bis sie ihm in die Augen sah. Dann küsste er sie sanft. »Das weiß ich. Und ich bleibe bei dir, heute, morgen, solange es dauert, bis du dich besser fühlst.« Er hielt inne und sah ihr in die Augen. »Ich kenne dich, Darlene. Deshalb hör mir zu.« Er gab ihr einen Kuss auf die Nase. »Ich weiß, dass du mich liebst. Deshalb frage ich dich auch nicht immerzu danach. Ich weiß, dass ich der Einzige für dich bin. Deshalb bitte ich dich … vergib dir selbst. Denn ich vergebe dir und ich bedarf auch deiner Vergebung, weil ich ein Geheimnis vor dir hatte.«

»Ich vergebe dir.«

Er zog sie in seine Arme. »Laylas Tod ist ein großer Verlust für dich. Es wird lange dauern, bis du dich besser fühlst.«

Sie fing an zu weinen. »Brad … ich brauche dich. Mehr denn je.«

»Ich weiß, meine Kleine. Ich brauche dich auch.«

Am folgenden Samstag machten sich Darlene, Brad, Chad, Grace und Ansley auf die Suche nach einem hübschen Fleckchen im Vorgarten. Darlene trug ihr Geschenk von Brad, einen Obstsalatbaum, der im Moment jedoch nur aussah wie ein großer Ast mit ein paar Zweigen. Knapp einen Meter lang, wirkte er nicht anders als die morschen Äste, die noch vom Beschneiden der Bäume im Garten herumlagen.

In der Gebrauchsanweisung hatte gestanden, man müsse das Bäumchen vor dem Einpflanzen ein paar Tage in Wasser stellen; danach sollte es dann jeden Tag ausreichend gegossen werden. Darlene würde diesen Baum in den üppigsten Obstsalatbaum verwandeln, den die Welt je gesehen hatte.

Brad trug eine Schaufel und Ansley die kleine Tafel, die sie angefertigt hatten. Sie würden diesen Baum zum Gedächtnis an Layla pflanzen.

»Und an diesem Baum werden also tatsächlich alle möglichen, unterschiedlichen Obstsorten wachsen?« Chad hatte diese Frage schon mehrmals gestellt. Darlene hatte Brad den Baum vor ein paar Monaten in einem Gartenbaukatalog gezeigt und war überglücklich, dass er sich daran erinnert hatte.

Sie bestätigte es ihrem Sohn noch einmal. »Ja.« Dabei lächelte sie Chad an. »Wir haben einen Steinfruchtbaum, das heißt, er trägt Pfirsiche, Pflaumen, Nektarinen und Aprikosen.«

Es dauerte nicht lange, bis Brad ein Loch ausgehoben und das Bäumchen hineingestellt hatte. Grace nahm die Gießkanne und wässerte die Erde um den Baum herum. Ansley legte die Tafel unten an den Stamm. *In liebender Erinnerung an unsere Freundin Layla Jager.*

»Kommt, wir wollen beten«, sagte Darlene. Sie bildeten einen Kreis um den Baum und nahmen sich an den Händen. »Gott, wir vermissen Layla und …« Darlene schluckte das Schluchzen hinunter, das sich in ihrer Kehle gebildet hatte, und holte tief Luft, um fortzufahren, doch Brad drückte ihre Hand und sprach weiter.

»Wir könnten alle etwas über Layla sagen und Gott für etwas danken, das er uns geschenkt hat. Ich zuerst.« Er hielt inne. »Gott, wir wissen, dass Layla an einem wunderschönen Ort ist, in deinem Reich. Dort spürt sie die Liebe, die du für uns alle empfindest, im Himmel und auch hier auf Erden.« Wieder drückte er Darlenes Hand. »Halte sie in deiner Hand und uns alle, damit wir alle heil werden. Ich danke dir für meine wunderbare Familie.« Er nickte nach links, wo Grace stand.

Grace räusperte sich. »Ich werde Layla vermissen, Gott, aber ich weiß, dass sie bei dir und Marissa ist.«

Darlene spürte, wie ihr eine Träne über die Wange rann, doch sie lächelte, als sie an Laylas letzte Worte dachte.

»Ich … ich …« Grace holte tief Luft. »Ich danke dir ebenfalls für meine Familie. Und für Dr. Brooks.«

Darlene wusste, dass Grace nach ihrem Durchbruch endlich auf dem Weg zur Besserung war, und das war nicht zuletzt das Verdienst von Dr. Brooks. Jetzt sahen alle Ansley an.

»Ich vermisse Layla auch, Gott. Und ich bin dankbar für meine Familie, meine Hühner und meine Freunde in der Schule.«

Nun war Chad an der Reihe.

»Hi, Gott. Ich werde Layla auch schwer vermissen.« Er ließ einen Moment den Kopf sinken und Darlene hoffte, dass er nicht weinen würde. Doch als er ihn wieder hob, lag ein breites Grinsen auf seinem Gesicht. »Und ich bin dankbar, dass ich Skylar endlich küssen durfte.«

»Chad!« Ansley klang entrüstet und Grace ergriff die Gießkanne und goss Chad den restlichen Inhalt über den Kopf. Darlene war froh, dass Grace die Beziehung, die sich zwischen Chad und Skylar anbahnte, nicht nur akzeptiert hatte, sondern sogar unterstützte.

Dann liefen auf einmal alle herum, lachten, bespritzten sich gegenseitig mit der Gießkanne und hüpften um ein Bäumchen herum – einen kleinen Zweig Leben, nicht größer als ein Ast. Doch mit der richtigen Nahrung würden der Baum und seine vielen Früchte starke Wurzeln bilden – miteinander verbunden für ein ganzes Leben, für künftige Generationen.

Wie eine Familie.

Dank

Mein ganz besonderer Dank gilt meiner lieben Freundin Kelly Long, weil sie mich und dieses Buch ein Jahr lang mit ihren Gebeten begleitet hat. Es ist mir eine Ehre, es dir zu widmen, Kelly. Unsere Freundschaft ist etwas ganz Besonderes für mich.

Meiner Assistentin und Pressereferentin Janet Murphy möchte ich sagen, dass mir die schönsten Passagen dieses Buches während der Arbeit in ihrem Strandhaus gelungen sind, das sie mir netterweise zur Verfügung gestellt hat. Vielen Dank für deine Großzügigkeit, deine Freundschaft und vor allem für die Arbeit, die du für mich leistest.

Das Ritzen im Teenageralter ist ein ernst zu nehmendes Problem und es war mir sehr wichtig, die Gedanken und Gefühle, die mit dieser gefährlichen Bewältigungsstrategie einhergehen, präzise zu beschreiben.

Mein Dank gilt in diesem Zusammenhang vor allem Eric Baumgartner, Klinischer Psychologe, für seine Hilfe und seine Ratschläge. Ich wusste sie sehr zu schätzen!

Danken möchte ich auch meinem Team beim Thomas Nelson Verlag, insbesondere meiner Lektorin Natalie Hanemann und ›Superman‹ Allen Arnold, die es mir ermöglicht haben, mich an einem neuen Genre zu versuchen und eine Geschichte zu schreiben, die mir wirklich am Herzen lag. Wenn *Weil ich dich brauche* auch nur einer einzigen Familie in Not hilft, haben wir unsere Aufgabe erfüllt.

Ganz herzlichen Dank möchte ich meiner Lektorin Jenny Baumgartner sagen – es ist stets ein Vergnügen, mit dir zu arbeiten! Du machst da weiter, wo Natalie aufhört, und verleihst meinen Büchern Glanz. Ich bin glücklich, diese Reise mit dir machen zu können. Gottes Segen für dich und deine Familie, meine Freundin.

Mary Sue Seymour – ich freue mich, dass du uns in Texas besucht hast. Es war eine wunderbare Zeit mit dir! Ich kann mich glücklich schätzen, eine Agentin wie dich zu haben, die zugleich eine liebe Freundin von mir ist. Ich wünsche dir alles Gute.

Dank nicht zuletzt meinem wunderbaren Mann, Patrick … ich liebe dich so sehr! Und ich bin so glücklich über den Obstsalatbaum, den du in unserem Vorgarten gepflanzt hast – als Symbol für unsere Familie … *Ein winziger Baum* – ein kleiner Zweig Leben, nicht größer als ein Ast. Doch mit der richtigen Nahrung wird der Baum und seine vielen Früchte starke Wurzeln bilden – miteinander verbunden für ein ganzes Leben, für künftige Generationen.

Das gilt uns!

Meine Freunde und meine Familie – ich wäre verloren ohne eure Liebe und Ermutigung. Besonderer Dank gilt meiner besten Freundin, Renée Bissmeyer, und meiner Mutter, Pat Isley.

Mein allergrößter Dank aber gilt wie immer Gott für die vielen Segnungen, mit denen er mein Leben reich macht.

Und danke auch Ihnen, liebe Leserinnen und Leser, dass ich diese Geschichte für Sie schreiben durfte. Wenn der Roman Sie oder jemand, den Sie kennen, berührt hat, würde ich mich sehr über eine E-Mail freuen: author@bethwiseman.net.

Melanie Dobson

Das Haus auf Crescent Hill

Paperback, 13,5 x 20,5 cm, 336 Seiten
Nr. 395.393, ISBN 978-3-7751-5393-5

Unverhofft erbt Sarah die alte, prunkvolle Villa ihrer Großmutter Rosalie – das Zuhause ihrer Kindheit. Als sie einzieht, merkt sie, dass dort merkwürdige Dinge vor sich gehen. Zusammen mit dem attraktiven Alex kommt sie alten Familiengeheimnissen auf die Spur.

Claire Hölig

Die Weiße Wölfin und der Admiral

Paperback, 13,5 x 20,5 cm, ca. 400 S.
Nr. 395.445, ISBN: 978-3-7751-5445-1

Europa 1943: Die Geschwister Karl und Maria kämpfen auf verschiedenen Seiten: Karl hat eine steile Karriere in der deutschen Kriegsmarine hinter sich, seine Schwester wurde britische Agentin im besetzten Frankreich. Eine erschütternde Entdeckung führt ihre Wege neu zusammen.